KB146932

『서유기』,
텍스트에서
문화콘텐츠까지

송정화 宋貞和

이화여자대학교 중어중문학과에서 학부와 석사과정을 졸업하고 고려대학교 중어중문학과와 중국 푸단대학 중국고대문학연구중심(中國古代文學硏究中心)에서 박사학위를 받았다. 현재는 이화여대와 고려대에서 강의하고 있다. 중국 고전서사와 문화콘텐츠, 신화와 역사지리서에 관심을 갖고 오랜 시간 연구해왔다. 저서로 『西游記與東亞大衆文化－以中國, 韓國, 日本爲中心』 『중국 여신 연구』 등이, 역서로 『목천자전 · 신이경』 『중국 여성 그리고 역사』 『전통시기 중국의 안과 밖』 등이 있다.

『서유기』,
텍스트에서 문화콘텐츠까지

인쇄 · 2021년 8월 25일 | 발행 · 2021년 8월 30일

지은이 · 송정화
펴낸이 · 한봉숙
펴낸곳 · 푸른사상사

주간 · 맹문재 | 편집 · 지순이 | 교정 · 김수란, 노현정 | 마케팅 · 한정규
등록 · 1999년 7월 8일 제2－2876호
주소 · 경기도 파주시 회동길 337-16 푸른사상사
대표전화 · 031) 955-9111(2) | 팩시밀리 · 031) 955-9114
이메일 · prun21c@hanmail.net
홈페이지 · http://www.prun21c.com

ISBN 979-11-308-1811-5 93820
값 29,000원

문화콘텐츠 총서 18

『서유기』, 텍스트에서 문화콘텐츠까지

송정화

JOURNEY TO THE WEST, FROM TEXT TO CULTURAL CONTENTS

책머리에

바야흐로 세계는 트랜스 미디어 스토리텔링의 시대에 접어들었다. 이제 문화산업에서는 훨씬 다양해진 멀티미디어 플랫폼 안에 어떤 콘텐츠를 담아낼 것인가에 무엇보다 주목한다. 사실 콘텐츠가 중요하지 않은 시대는 없었지만 지금처럼 인간의 상상력이 고도의 기술력과 접목되면서 실시간으로 멀티 유즈되는 신세계는 없었던 것 같다.

그러나 인류의 역사에서 상상력이 늘 환영을 받은 것은 아니고 오히려 그 반대인 경우가 더 많았다. 과거 인류의 역사를 돌아보면 상상력은 불온한 힘으로 사람의 마음을 교란시키고 사회를 위험에 빠뜨리는 존재로서 억압 받은 적이 더 많았다. 중국도 거기서 예외는 아니었다. 위대한 공자는 일찍이 “괴상한 능력이나 불가사의한 존재(怪力亂神)에 대해 이야기하지 말 것”을 주장하면서 상상력의 위험성을 경고했었다. 그러나 그의 경고에도 불구하고 사람은 기본적으로 재미난 것을 좋아하고 즐거운 이야기에 끌린다. 공자의 이성주의가 국가와 사회를 유지하는 견고한 기틀이 되었다면 상상력의 즐거움은 중국인의 감성을 촉촉이 적시고 세상을 신나게 살아갈 수 있게 하는 원동력이 되었다.

중국인이 좋아하는 이야기는 수도 없이 많겠지만 그중에서도 『서유기』 이야기는 무려 천 년이 넘는 시간을 뛰어넘어 지금까지도 꾸준히 사랑을 받고 있다. 627년 당나라의 승려 현장이 당시 출국금지령(?)[1]을 위반하면서까지 오로지 불심 하나로 척박한 중앙아시아를 넘어서 인도까지 다녀온 이야기는 이후 사람들의 뇌리에 인상적으로 남아 큰 영향을 미쳤다. 지금처럼 발달하지는 않았지만 과거에도 그들 나름의 미디어는 존재했다. 『서유기』가 소설의 형태로만 존재한 것으로 알고 있는 사람들도 있지만 사실 『서유기』는 저잣거리의 이야기꾼과 포교하는 승려들의 단골 소재로 활용되었고, 연극의 형태로도 무대에 올려졌으며, 그림책으로도 만들어졌다. 이미 오래전부터 『서유기』는 중국의 멀티유즈 콘텐츠로서 존재하고 있었던 것이다.

『서유기』 이야기가 비단 중국에서만 인기를 끌었던 것은 아니다. 우리나라 고려 시대에 소설 『서유기』가 들어와 읽혔다는 기록이 『박통사언해(朴通事諺解)』에 보이고 일본에서도 에도 시대에 이미 유행했다는 기록이 남아 있다. 한국과 일본뿐 아니라 동남아시아에서도 오래전부터 유행했던 것을 보면 『서유기』 이야기는 고대의 동양 세계를 매료시킨 보물 같은 자산이었다.

『서유기』를 처음 읽을 때에는 내용이 다소 거칠고 속되어서 B급 이야기처럼 생각될 수도 있다. 그러나 『서유기』를 탐독하다 보면 그 안에서 모자란 주인공들이 요마들과 싸워 이기고 고난을 극복해나가며 자아를 완성해가는 감동의 성장 서사를 만나게 된다. 중간중간에 나오는 기상천외한 요마들, 현란한 법술과 신기한 무기들은 서구의 판타지를 대표

---

1 당 태종(太宗) 시기에는 하서주랑(河西走廊) 일대를 수시로 침입하는 돌궐족 때문에 국경 출입을 금지하는 조서가 내려졌었다.

하는 『반지의 제왕』이나 『해리 포터』와는 다른 독특한 동양적인 상상의 세계를 보여준다.

그런데 과거 우리의 선조들이 즐겼던 것에 비하면 오늘날 국내에서 『서유기』는 제대로 알려져 있지 않다. 우리나라에서 『서유기』는 한자 교육 자료나 동화책처럼 아동용 콘텐츠로 활용된 경우가 많아서 정작 『서유기』의 진면목은 거의 알려져 있지 않다. 『서유기』는 단순히 불교 이야기로만 볼 수 없고 유불도가 결합된 복합적인 이야기이며, 그 안의 내용도 독자에 따라서 다르게 읽힐 수 있는 무한한 해석의 가능성을 지니고 있다. 필자는 중국 푸단(復旦)대학에서 '『서유기』와 동아시아 대중문화'라는 주제로 박사 공부를 하면서 『서유기』에 흠뻑 매료되었고 이 책의 기발한 상상과 독특한 재미를 사람들에게 반드시 알려야겠다는 생각을 하게 되었다. 지금 이 책은 『서유기』와 관련하여 여러 해에 걸쳐 학술지에 발표해온 것을 오랜 시간 다듬고 수정하여 한 권으로 묶어낸 것이다.

『서유기』는 이야기 자체로도 연구할 가치가 충분하지만 그것이 문화콘텐츠와 연결되었을 때의 잠재력과 영향력은 더욱 커진다. 중국은 21세기에 들어서서 자국의 전통문화를 콘텐츠로 개발하여 국가의 대표적인 소프트 파워로 육성시킬 다양한 프로젝트를 가동 중이다. 2017년 1월에 중국 정부는 「중화의 우수한 전통문화를 전승, 발전시키기 위한 프로젝트를 실시함에 관한 의견(關于實施中華優秀傳統文化傳承發展工程的意見)」을 발표하여 '중국몽(中國夢)'을 실현하기 위해서는 중화의 전통문화를 개발하고 소설, 출판, 영화, 드라마, 애니메이션 등의 미디어를 통해서 선전하고 교육해야 한다고 촉구했다. 중국이라는 지정학적인 공간에서 전통문화는 단순히 전통의 의미만을 지니지 않는다. 그것이 중국의 이데올로기와 결합하고 선전과 교육의 도구가 될 때 전통문화는 중국몽을 실현하기 위한 세련된 정치적인 무기 역할을 하기 때문이다. 이 책은 소설 『서유기』를 통하여 고전 서사의 문화콘텐츠로의 변용의 가능성을 모색함에 그치지 않고 중국의 전통문화가 국가의 이데올로기와 만날 때 그것이 어떠한 의미를 지니는지에 대한 시각의 단초를 열어 주고자 한다.

이 책은 글의 성격상 크게 두 부분으로 나뉜다. 제1부 '『서유기』 텍스트의 심층 독해'에서는 『서유기』의 특징적인 내용을 심도 있게 분석함으로써 『서유기』 텍스트의 본질을 보여주고자 했다. 『서유기』에 보이는 웃음과 식인의 주제들을 살펴보고, 인삼과 이야기와 삽입된 시의 도교적인 특징을 탐구하며, 『서유기』에서 작자가 중화와 이역을 어떻게 구분하고 차별화했는지를 분석함으로써 『서유기』의 내면 의미로 깊이 들어가고자 하였다. 제2부 '『서유기』의 문화콘텐츠로의 변용'에서는 문화원형으로서 지녔던 『서유기』의 고유한 내용들 특히 사오정과 삼장법사의 경우, 한 · 중 · 일 문화콘텐츠에서 어떻게 변용되었는지 이미지 분석을 통해 살펴보았다.

서문을 쓰다가 문득 중국 인터넷 사이트를 둘러보니 『서유기』를 각색한 영화가 또 한 편 나와 있었다. 『서유기』는 매년 한두 편씩 꼭 영화로 만들어진다. 중국을 알고 싶은가? 중국적인 상상력을 체험하고 싶은가? 그럼 다 제쳐두고 『서유기』를 읽어보시라고 권하고 싶다. 무엇보다도 이 판타지의 시대에 『반지의 제왕』과 『해리 포터』보다 수백 년이나 앞선 판타지의 고전 『서유기』를 읽지 않고 세계의 판타지를 이야기하는 것은 어불성설이라 할 것이다.

이제 마음속에 간직해왔던 헌사(獻辭)를 드리고자 한다. 생각건대, 필자의 중국 고전서사와 현대적인 변용에 대한 긴 탐구의 여정은 가족의 배려와 이해가 없었으면 불가능했을 것이다. 공부한다고 늘 바쁜 아내와 엄마를 묵묵히 이해해주는 가족에게 깊은 고마움을 보낸다. 마지막으로 지금은 유명을 달리하신 그리운 아버지께 이 부족한 책을 바치고 싶다.

2021년 8월

송정화 삼가 씀

차례

제2부 『서유기』의 문화콘텐츠로의 변용

제1부

『서유기』 텍스트의 심층 독해

잡상(경복궁)

1장

『서유기』에 나타난 웃음

— 낯섦과 추악함을 통한 전복의 미학

1. 들어가는 말

『서유기』의 주제가 과연 무엇인가에 대해서는 중국 내에서도 오늘날까지 의견이 분분하다. 학계에서 주로 논의되는 몇 가지 견해들을 정리해보면, 정치와 관련이 없다는 주장(임서[林紓]), 우언(寓言)소설이라는 주장(석암[石庵]), 과학소설이라는 주장(협인[俠人]), 완세주의(玩世主義)라는 주장(호적[胡適]), 유희(游戲)라는 주장(노신[魯迅]), 철리(哲理)소설이라는 주장(양계초[梁啓超]), 동화(童話)소설이라는 주장(원가[袁珂]) 등 매우 다양하다.[1] 그중 『서유기』가 온전히 작자와 독자들의 재미를 위해서 지어졌다는 유희설의 주장은 후대에 가장 큰 영향을 끼쳤다. '유희설'에 관련해서는 일찍이 노신이 『중국소설사략(中國小說史略)』에서 "작자가 비록 유생이지만, 이 책은 실제로는 '유희'에서 나왔다(然作者雖儒生, 此書則實

1 黃霖 · 許建平 等, 『20世紀中國古代文學研究史(小說卷)』, 東方出版中心, 2006, p.309.

出于游戱)”고 했고 『중국소설적역사변천(中國小說的歷史變遷)』에서도 『서유기』가 “작자의 유희에서 나왔다(出于作者之游戱)”라고 주장한 바 있다. 이탁오(李卓吾) 역시 『서유기』가 “유희 중에 은밀하게 진리를 전한다(游戱之中, 暗傳密諦)”고 했고, 명대 진원지(陳元之)는 세덕당본(世德堂本) 『서유기』의 서에서 『서유기』가 “골계의 으뜸(滑稽之雄)”이라고 말한 바 있다.[2]

실제로 『서유기』를 읽어보면 이 책이 『삼국지연의』의 비장함이나 『홍루몽』의 섬세한 심리 묘사와는 달리 읽는 내내 재미있고 황당하며 특히 희극적이라는 것을 알 수 있다. 그러나 이러한 『서유기』의 희극적인 요소가 구체적으로 어떤 순간에 발생하며, 작품 안에서 웃음이 어떤 의미와 효과를 갖는지에 대한 분석은 거의 이루어지지 않고 있다. 이에 이 글에서는 『서유기』에서 ‘웃음’이 유발되는 요인을 분석하고 그 웃음의 의미에 대해 알아보고자 한다.

2. 환상의 체험에서 오는 웃음 : 신체의 파괴와 변신

『서유기』에서 현실과 비현실은 구분조차 힘들 정도로 긴밀하게 얽혀 있다. 그래서 이탁오는 『서유기』에 평어(評語)를 달면서 “극히 황당해서 오히려 진실 같다”[3]고 말하기도 한다. 『서유기』를 읽다 보면 현실과 환상을 넘나드는 재미와 자유를 체험하는 동시에 독자들은 완벽하다고 믿었던 기성 세계의 틀이 별안간 깨지는 황당함을 경험하기도 한다.

---

2 吳承恩 著, 李卓吾 批評, 『西游記』(上), 岳麓書社, 2006, p.3.

3 위의 책, p.492.

때문에 『서유기』에는 인간의 이성적인 사고와 보편적 상식이 부정됨으로써 터지는 웃음이 곳곳에 나타난다. 우선 인간의 신체에 대한 『서유기』의 시각은 매우 특이하다. 『서유기』에서 인간의 신체란 고정불변의 것이 아니라 자유자재로 변화될 수 있는 가소성의 물질과 다름없다. 즉 신체를 마치 생명체가 아닌 물질적인 존재로 대상화시켜 보고 있다. 『서유기』에서 신체는 동물이나 식물 등의 다른 형태로 변하기도 하고(變身), 크기가 늘어나거나 줄기도 하며(伸縮自在), 무참히 파괴되기도 한다. 어떤 경우에는 어이없게도 파괴되었던 신체가 도로 제자리에 가서 붙기도 한다. 이러한 황당한 『서유기』의 장면들은 신체에 대해 인간이 갖는 보편적 인식—즉 인간의 몸은 물질과는 달리 변형될 수 없으며 생명은 유한하다—을 가볍게 무너뜨린다. 다음의 46회의 손오공의 예를 보자.

> 머리를 뎅강 베어버려도 말을 할 수 있고
> 팔뚝을 다져놔도 사람을 때릴 수 있노라.
> 다리를 잘라도 걸을 수 있고
> 배를 갈라도 다시 아무니 신기하기 이를 데 없도다.
> 만두 빚는 것처럼
> 한번 주무르면 금방 한 덩어리가 되지.
> 기름가마에서 목욕하는 것은 더 쉬우니
> 그저 탕에서 때나 벗기는 셈일 뿐.[4]

---

4 『西游記』 제46회 : 砍下頭來能說話, 剁了臂膊打得人. 斬去腿脚會走路, 剖腹還平妙絕倫. 就似人家包匾食, 一捻一箇就囫圇. 油鍋洗澡更容易, 只當溫湯滌垢塵(이하 『서유기』에 대한 번역은 오승은, 『서유기』, 서울대학교 서유기 번역연구회 역, 솔, 2004를 참고한다).

위의 장면은 요괴들이 손오공을 끓는 기름 솥에 처넣으려고 하자 손오공이 호기를 부리며 이야기하는 장면이다. 현실에서는 머리가 베이고 팔뚝이 잘려 그 고기까지 다져진다면 목숨을 보전할 수 없는 것은 당연한 이치이다. 그런데 『서유기』에서는 이처럼 지극히 당연한 현실의 이치가 너무도 쉽게 무시된다. 그래서 손오공은 다리와 배가 잘렸는데도 금방 아물고 다시 걷는다. 46회에서 망나니가 제천대성의 목을 베는 장면에서도 몸은 파괴되었다가도 살아나고 다시 자라나기까지 한다. 망나니가 제천대성의 목을 베어버리자 제천대성의 머리는 저 멀리 나동그라지며 스스로 "머리야, 오너라!"라고 외친다. 그러나 호력대선(虎力大仙)의 명령을 받은 토지신이 제천대성의 머리를 잡고 있자 머리는 다시 돌아가 붙지 못한다. 그러자 제천대성은 "자라나라!"라고 다시 외치고, 제천대성의 목에서는 또 다른 목이 쑥 자라난다. 『서유기』의 이기이한 이야기는 현실의 이성적인 사고로는 절대 이해할 수 없는 내용이다. 이처럼 인간의 몸에 대한 독특한 인식은 『서유기』 전체에 충만하다. 다음의 46회의 예를 보자.

> 망나니는 밧줄로 손오공의 상반신을 묶고 또 다른 밧줄로는 다리를 걸어놓은 다음, 우이단도(牛耳短刀) 한 자루를 휘휘 흔들더니 뱃가죽 아래를 찔러 쭉 구멍을 내놓았어요. 손오공은 두 손으로 배를 열어 제치고 내장을 꺼내 하나하나 찬찬히 정리하더니, 예전대로 구불구불하게 뱃속에 잘 집어넣고 뱃가죽을 문지르며, 신선의 기운을 불어넣고 외쳤어요. "붙어라!" 그러자 원래대로 배가 붙었어요.[5]

---

5 『西游記』 제46회 : 那劊子手將一條繩套在他髆項上, 一條繩札住他腿足, 把一口牛耳短刀幌一幌, 着肚皮下一割, 搠箇窟窿. 這行者雙手爬箇肚腹, 拿出腸脏來, 一條條理勾多時, 依然安在裡面, 照舊盤曲; 捻着月坡, 吹口仙氣, 叫長依然長合.

이처럼 『서유기』에서 몸이란 현실을 뛰어넘어 초현실의 범주에 놓인 존재이다. 파괴되고 다시 재생되는 몸을 보면서 독자는 현실 속의 존재들을 전혀 다른 방식으로 인식할 수 있음을 깨닫게 된다. 이는 오랜 역사 동안 우리를 지배해온 고정관념으로부터 벗어나는 유쾌한 일탈의 경험이기도 하다.

그런데 『서유기』에 나오는 신체의 변형과 재생의 예들은 이미 중국 신화로부터 그 연원을 찾아볼 수 있다. 중국 최고의 신화서인 『산해경(山海經)』을 예로 들면, 우주 창조의 여신인 여와(女媧)의 몸은 다른 존재로 변화[化]할 수 있는 존재이다. 그녀의 하반신은 불사의 에너지를 상징하는 뱀이고, 그녀의 몸에서는 신들이 화생된다.[6] 신 곤(鯀)이 죽자 그 배에서 아들 우(禹)가 나오고,[7] 신 전욱(顓頊)은 죽어서 인어인 어부(魚婦)로 다시 태어나기도 한다.[8] 즉 신화 속에서 몸은 고정된 존재가 아니라 끊임없이 변화하고 생명을 잉태하는 생명력의 원천이다. 앞에서 얘기한 46회의 머리가 잘린 제천대성도 우리는 중국 신화 속에서 그 원초적 이미지를 찾아볼 수 있다.

형천(刑天)이 이곳에서 천제와 신의 지위를 다투었는데 천제가 그

---

6 이 부분에 대한 郭璞의 주를 보면 "여와는 옛날의 신녀로서 임금이 되었던 자로, 사람의 얼굴에 뱀의 몸이고 하루 중에 70번을 변화하는데 그의 배가 이러한 신으로 변화되었던 것이다(女媧古神女而帝者, 人面蛇身, 一日中七十變, 其腹化爲此神)"라고 하였다. 정재서 역주, 『산해경』, 민음사, 1985, 305쪽 참고(이하 『산해경』에 대한 번역은 이 책을 참고로 한다).

7 『山海經』「海內經」: 洪水滔天. 鯀竊帝之息壤以堙洪水, 不待帝命. 帝命祝融殺鯀於羽郊. 鯀復生禹, 帝乃命禹卒布土以定九州.

8 『山海經』「大荒西經」: 반쪽은 사람인 물고기가 있는데 이름을 어부라고 한다. 전욱이 죽었다가 금방 다시 살아난 것이다(有魚偏枯, 名曰魚婦. 顓頊死卽復蘇).

의 머리를 잘라 상양산에 묻자 곧 젖으로 눈을 삼고 배꼽으로 입을 삼아 방패와 도끼를 들고 춤추었다.[9]

『산해경』 속의 형천은 천제와의 전쟁에서 패하고 머리가 잘린 채 창과 방패를 들고 춤을 춘다. 『서유기』 46회에서 호력대선, 녹력대선(鹿力大仙), 양력대선(羊力大仙)의 요괴들과 싸우다가 목을 베이면서도 결코 굴복하지 않는 손오공의 이미지도 바로 이러한 신화 속 전사인 형천의 이미지를 상기시킨다.

이처럼 『서유기』에 보이는 몸은 "신체는 견고하고 완벽한 것"이라는 고정관념에 대한 도전이자 회의이며, 신체의 파괴는 오히려 재생이고, 죽음이란 또 다른 생명의 시작이라는 아이러니한 생명의식을 보여준다. 그리고 이 모든 신체의 파괴와 살인의 장면들은 진지함을 제거한 웃음의 코드를 통해 표현됨으로써 잔인함과 추악함에 대한 독자의 심리적 불편함을 덜어준다. 『서유기』에 수없이 등장하는 신체의 파괴와 살인 등의 그로테스크한 장면들이 신화와 환상이라는 전제 조건을 만날 때, 그것은 훨씬 더 가볍고 재미있는 이야기로 승화된다.

3. 계급의 경계를 초월한 웃음 : 신성(神聖)에 대한 풍자

바타유(Georges Bataille)는 웃음이 인식의 경계를 허문다는 의미에서, 웃음을 "경계 넘기"로 정의하였다.[10] 즉 웃음은 우리 인식의 견고한 경계

---

9 『山海經』「海外西經」: 刑天與帝至此爭神, 帝斷其首, 葬之常羊之山. 乃以乳爲目, 以臍爲口, 操干戚以舞.

10 김영숙 · 최동규, 「비극적 시대의 긍정적 전망 : 바흐친의 웃음의 미학」, 『세계문학

를 허물고 경계 저편의 낯선 것을 끌어와 친숙한 것으로 만드는 힘을 지닌다. 웃음이 터지는 순간은 여러 요인에 의해서 형성되곤 하는데, 그중 하나는 지금껏 익숙했던 존재들의 영역이 파괴되면서 갑자기 익숙하지 않은 낯선 것과 맞닥뜨릴 때이다. 우리가 황당함을 느끼게 되는 그 순간, 웃음이 터지게 된다. 그리고 이러한 웃음은 인간의 행동과 사고를 지배해온 기존의 인식과 사회규범 나아가 계급 구조까지도 부정하는 의미를 지니기 때문에 안정된 사회 질서에 대한 전면적인 도전이기도 하다. 이러한 계급의 전복에서 발생하는 웃음은 우선 극단적인 두 계급-신성한 존재와 저급한 존재-의 양극단이 전제되어야 하며, 이 두 양극단의 긴장이 필수적이다.

『서유기』에는 계급 간의 경계가 붕괴됨으로써 '낯섦'을 체험하게 되는 이야기들이 자주 나온다. 즉 현실에서 신으로 추앙받는 존귀한 존재들의 권위가 어느 순간 사라지고 이들이 저급하고 우스꽝스러운 존재들로 추락하는 전복의 순간이 발생한다. 이처럼 이상적이고 지고한 신성들이 저급한 존재들과 극렬한 대비를 이루면서 저급한 존재들에 의해 그 사회의 안정된 틀이 무너질 때, 독자는 '낯섦'을 느끼게 되고 그 순간 웃음을 터뜨리게 되는 것이다.

『서유기』 제5회에서 제천대성이 천궁에서 한바탕 난동을 부리는 대료천궁(大鬧天宮) 이야기는 저급한 원숭이에 의해 신성한 세계가 파괴됨으로써 계급 간의 경계가 무너지는 순간을 잘 보여준다. 대료천궁의 이야기를 『서유기』의 여러 에피소드 중 하나로 단순하게 생각하기 쉽지만, 사실 이 이야기는 전형적인 왕권지상주의에 대한 반항의 표현이자, 계급 파괴를 통한 평등사회의 추구를 상징적으로 표현한다.

비교연구』 제29집, 2009년 겨울호, 230쪽.

우선 대료천궁의 주무대인 반도연회(蟠桃宴會)가 중국인들의 인식 속에서 자리 잡아온 이미지에 대해 먼저 살펴보자. 서왕모(西王母)가 신선들을 초대하여 천상의 복숭아를 대접하는 반도연회는 중국인들에게는 오랜 역사 동안 꿈꿔온 아름답고 조화로운 이상향이었다. 사실 『서유기』에 나오는 반도연회의 원형은 오래된 신화서인 『목천자전(穆天子傳)』에서부터 찾아볼 수 있다. 『목천자전』이 지어진 전국시대에 서왕모는 서역을 관장하는 여신으로 이미 숭배되고 있었고 이러한 사실은 비슷한 시기에 지어진 『산해경』,[11] 『죽서기년(竹書紀年)』[12]에도 나온다. 『목천자전』 권3에서는 서왕모가 동쪽으로부터 알현하러 온 주목왕(周穆王)을 맞이하여 요지(瑤池)에서 연회를 성대하게 연다.[13] 그러나 여기서 아직 복숭아는 등장하지 않으며, 서왕모의 연회와 복숭아가 처음 연결되는 것은 육조 시대에 나온 『한무제내전(漢武帝內傳)』부터이다.[14] 『한무제내전』에서는 서왕모가 신선들을 자신의 반도연회로 초대하는 것이 아니라 천상에서 하강한 한무제에게 복숭아를 주는 내용으로 구성되어 있다. 『서유기』에서처럼 신선들을 초대하여 잔치를 벌이는 이야기는 원대(元代) 잡극인 〈반도회(蟠桃會)〉, 〈중신선경상반도회(衆神仙慶賞蟠桃會)〉,

---

11 서왕모는 『산해경』의 「西山經」, 「海內北經」, 「大荒西經」의 총 3군데에 출현한다.

12 『竹書紀年』: 穆王 17년에 왕이 곤륜구로 원정을 나갔는데 서왕모를 만났다. 이 해에 서왕모가 조정으로 알현 오니, 소궁에서 접대했다(十七年, 王西征昆侖邱見西王母, 其年西王母來朝賓於昭宮).

13 『穆天子傳』 卷3에서는 주목왕이 흰 圭와 검은 璧을 가지고 서왕모를 만나러 가서 서로 노래로 和答하는 아름다운 장면이 나온다. 송정화 · 김지선 역주, 『穆天子傳, 神異經』, 살림, 1997, 115쪽.

14 김경아, 「漢武內傳 試論 및 譯註」, 이화여자대학교 대학원 중어중문학과 석사학위 논문, 1998, 44~45쪽.

〈축성수금모헌반도(祝聖壽金母獻蟠桃)〉 등에서부터이다.[15] 이처럼 『서유기』의 제5회에 나오는 반도연회는 중국문학에서 이미 오랜 역사적 연원을 가진 유명한 스토리이며 단순한 연회의 의미를 넘어선다. 우선 서왕모라는 중국 최고의 여신이 이 연회를 주관하고 유불도의 지고한 영웅과 신성들이 이 자리에 초대받는다. 여기에는 장생불사를 가져온다는 온갖 진귀한 천상의 음식들이 차려지고 신비로운 천상의 음악이 흐른다. 그리고 이 연회를 통해 하늘과 땅, 동과 서, 음과 양, 남과 여 그리고 온갖 신과 영웅들이 만나고, 분열되었던 우주는 다시 한번 조화를 이루게 된다. 그러므로 하나의 이야기 안에서 반도연회는 우주의 조화와 이상향으로의 회귀라는 신화적인 시간을 반복하는 제의적인 기능을 갖는다.

그런데 『서유기』에 와서 이 아름다운 이상향이 제천대성이라는 한 마리 원숭이에 의해서 조화의 틀이 깨지고 그야말로 한바탕 혼란에 빠지게 된다. 사실 이러한 천상의 연회에서 무뢰한이 난동을 부리는 이야기는 『서유기』 이전에도 있었다. 한대의 전설적인 인물인 동방삭이 이미 서왕모의 복숭아를 훔쳐 먹고 여신의 분노를 초래한 적이 있다.[16] 『서유기』의 대료천궁 이야기에 등장하는 제천대성은 이 동방삭이라는 인물을 패러디한 것이다. 그러나 그 일탈의 정도만 놓고 보자면 제천대성이 훨씬 심하다. 『서유기』 속의 제천대성의 행패로 인해 오랜 시간 동안 중국 문학 속에서 견고하게 유지되어 온 왕권과 신권은 파괴되고 신성한 예법질서는 무너지게 된다. 그리고 이러한 황당한 순간을 경험하는 순

---

15 우현수, 「조선후기 瑤池淵圖에 대한 연구」, 이화여자대학교 대학원 미술사학과 석사학위논문, 1996, 11쪽.

16 東晋 시기에 저작된 것으로 추정된 『漢武內傳』에는 동방삭이 서왕모의 반도를 훔쳐 먹은 이야기가 나온다. 김경아, 앞의 논문, 99쪽.

간, 독자들은 그 어이없음에 웃음을 터뜨리게 되는 것이다.

기성 세계의 사회질서가 깨지는 낯선 경험은 지고한 신성들이 한순간에 우스꽝스럽고 저급한 존재로 추락하는 순간에도 일어난다. 앞에서도 언급했듯이 『서유기』에서 존귀한 신성들에게 과감하게 맞서는 인물은 제천대성과 저팔계이다. 제천대성은 한낱 미천한 원숭이의 신분이지만 전혀 주눅 들지 않고 엄격한 계급사회인 천상을 마구 누비고 다닌다. 그는 최고의 신인 옥황상제를 "당신"이라고 서슴없이 부르고 그 앞에서 무릎을 꿇지도 절을 하지도 않는다. 오히려 『서유기』에서는 고고한 신들이 멸시의 대상으로 종종 풍자되곤 한다. 제39회에서는 도교의 최고 신격인 노자(老子)가 구두쇠에다 소심하고 쩨쩨한 인물로 등장하고, 26회에서는 도교의 수성(壽星), 복성(福星), 녹성(祿星)이 저팔계의 농담에 꼼짝없이 당하는 어리석은 인물로 희화된다. 다음의 예를 보자.

> 저팔계는 수성을 보더니 가까이 다가와 손을 붙잡고 웃으며 말했어요. "이 말랑말랑한 노인네야! 오랫동안 보지 못했더니 언제 이렇게 말쑥해졌지? 모자도 안 쓰고 오셨네?" 그러고는 자신의 승모(僧帽) 하나를 꺼내 철썩 수성의 머리에 얹어 주더니 손바닥을 치며 낄낄 웃으며 말했어요. "좋아! 멋지군! 정말 '관을 쓰고 벼슬자리에 나아가는(加冠進爵)' 모양일세."[17]

저팔계는 도교의 신인 수성에게 스스럼없이 다가가서 "말랑말랑한 노인네"라고 놀리며 자신의 승모를 씌우면서 희롱한다. 여기에서 저팔

17 『西游記』 제26회 : 那八戒見了壽星, 近前扯住. 笑道, 你這肉老兒, 許久不見, 還是這般脫洒, 帽兒也不帶個來. 遂把自家一個僧帽, 扑的套在他頭上, 扑着手呵呵大笑道, 好好好, 眞是加冠進祿也.

계는 심하게 수성을 모욕하고 조롱하는데, 이러한 장면은 독자들에게 어이없는 웃음을 짓게 한다. 다음의 수성, 복성과 저팔계의 대화를 보자.

수성은 모자를 내던지며 욕을 퍼부었어요. "이 미련한 것아! 너는 위아래도 몰라보느냐?" "내가 미련한 놈이 아니라 자네들이 정말 머슴 같은 친구들이지." 그러자 복성이 말했어요. "네놈이 미련하면서 오히려 감히 남을 머슴 같다고 매도하는구나!" 저팔계는 또 비웃으며 말했어요. "남의 집 머슴도 아니면서 이름에다 수(壽)니 복(福)이니 녹(祿)이니 하는 글자들을 잘도 붙였네?"[18]

그렇게 한참 얘기를 나누고 있던 차에 저팔계가 또 들어오더니 복성을 붙들고 과일을 내놓으라고 했어요. 그는 소매 속을 함부로 더듬고 허리 속을 함부로 해치면서 계속 복성의 옷을 들추며 뒤지는 것이었어요. 그러자 삼장법사가 웃으며 말했어요. "그게 무슨 버릇없는 짓이냐?" "버릇없는 짓이 아니라 '언제나 복(番番是福)'이라는 것입니다."[19]

그 멍텅구리는 문을 나설 때 복성을 째려봤는데 눈동자도 굴리지 않고 험한 눈빛을 보냈어요. 그러자 복성이 말했어요. "미련한 놈아, 내가 언제 널 화나게 했길래 이렇게 나를 미워하는 거냐?" "널 미워하

18 『西游記』 제26회 : 那壽星將帽子摜了, 罵道, 你這個夯貨, 老大不知高低. 八戒道, 我不是夯貨, 你等眞是奴才. 福星道, 你倒是個夯貨, 反敢罵人是奴才. 八戒笑道, 不是人家奴才, 好道叫做添壽, 添福, 添祿.

19 『西游記』 제26회 : 正說處. 八戒又跑進來, 扯住福星, 要討果子吃. 他去袖裏亂摸, 腰裏亂挖, 不住的揭他衣服搜檢. 三藏笑道, 那八戒是什麼規矩. 八戒道, 不是沒規矩, 此叫做番番是福.

는 게 아니라 이건 '고개 돌려 복을 바라보는(回頭望福)' 것이야."[20]

그러자 저팔계가 웃으며 말했어요. "버릇이 없는 게 아니라, 이런 걸 일컬어 '사계절 내내 길하고 경사스럽다(四時吉慶)'고 하는 것입지요."[21]

수성, 복성, 녹성은 모두 민간에서 추앙받는 도교의 신들이다. 수성은 원래 수명을 관장하는 별을 지칭했는데 나중에 노인의 모습으로 인간화되어 장수를 관장하는 도교의 신으로 신앙되면서 노인성(老人星), 남극성(南極星), 수노인(壽老人), 남극노인(南極老人) 등으로도 불렸다. 복성 역시 원래는 복을 관장하는 별이었는데 후에 인간화되어 사람들에게 복과 행운을 가져다주는 도교의 신이 된다. 그런데 『서유기』에서는 이 숭고한 신들이 모두 저팔계의 희롱의 대상으로 추락한다. 현실에서 많은 사람들의 기복의 대상으로 추앙되던 이들은 『서유기』에서는 한낱 돼지에게 놀림받는, 완전히 '낯선' 존재가 된다. 그리고 이처럼 고귀함과 천박함의 경계가 무너지고 가치가 전도되는 불편하고 어색한 순간, 독자들은 웃음을 터뜨리게 된다.

불교의 유명한 신인 관음보살(觀音菩薩) 역시 예외는 아니다. 관음보살은 광세음(光世音), 관세음(觀世音), 관자재(觀自在), 관세자재(觀世自在), 관세음자재(觀世音自在) 등으로 쓰며 줄여서 관음이라고도 한다. 관세음이라는 명칭은 세상의 모든 소리를 살펴본다는 뜻이며, 관자재는 이 세상의 모든 것을 자애롭게 관조하여 보살핀다는 뜻이다. 불교에서

---

20 『西游記』 제26회 : 那呆子跨出門, 瞅着福星, 眼不轉睛的發狠. 福星道, 夯貨, 我那裏惱子你來, 你這等恨我. 八戒道, 不是恨你, 這叫做回頭望福.

21 『西游記』 제26회 : 八戒笑道, 不是不尊重, 這叫做四時吉慶.

보살은 세상과 중생을 이롭게 하는 성자이므로, 보살과 관세음을 합친 관세음보살(觀世音菩薩)은 대자대비의 마음으로 중생을 구제하고 제도하는 신이다. 그런데 본래 자애로운 마음으로 중생을 돌보는 관음보살이 『서유기』 42회에서는 이와는 정반대로 불같은 성격에 의심도 많은 부정적인 성격의 소유자로 희화되어 있다.

> 관음보살은 노한 음성으로 한마디 내뱉더니 손에 들고 있던 보주(寶珠)와 정병(淨甁)을 바다에 풍덩 던져버렸어요…… "저 보살님, 불같은 성질은 여전하시네."[22]

> 손오공이 말했어요. "딱도 하십니다! 보살님께서 이렇게 의심이 많으시다니."[23]

> 손오공이 웃으며 말했어요. "보살님, 참 의심도 많으십니다. 그야말로 '중 얼굴은 보지 않아도 부처님 얼굴을 보아서(不看僧面看佛面)' 제발 저희 사부님의 재난을 한번만 구해주십시오."[24]

> 손오공이 옆에서 보고 있다가 속으로 웃으며 중얼거렸어요. "이 보살은 자기 것을 꽤나 아끼는군. 연화지에 오색 보련대를 놔두고 거기 앉기가 아까워 남의 것을 빌려 쓰는군."[25]

---

22 『西游記』 제42회 : 菩薩聽說, 心中大怒道, 那潑妖敢變我的模樣, 恨了一聲, 將手中寶珠淨瓶往海心里扑的一摜……這菩薩火性不退.

23 『西游記』 제42회 : 行者道, 可憐, 菩薩這等多心.

24 『西游記』 제42회 : 行者笑道, 菩薩, 你去也多疑. 正是不看僧面看佛面, 千萬救師父一難罷.

25 『西游記』 제42회 : 行者在傍暗笑道, 這菩薩省使儉用. 那蓮花池裏有五色寶蓮臺, 舍不得坐將來, 却又問別人去借.

위의 예문에서 보듯이 『서유기』 안에 묘사된 관음보살의 이미지는 존엄한 신성의 이미지와는 거리가 멀다. 오히려 작은 일에도 화를 내고 남을 의심하는 평범한 중생의 모습에 가깝다. 관음보살은 요괴의 입을 통해서 간접적으로 희화되기도 한다.

> 요괴왕은 껄껄 코웃음을 치며 말했지요. "못된 원숭이 녀석, 몇 번 싸우다 안 되니까 웬 똥자루 같은 보살을 데려왔는데, 창에 한번 찔리니까 걸음아 나 살려라 빵소니를 놓는군, 보련대까지 내팽개치고. 어디 내가 앉아볼까?"[26]

위의 문장의 관음보살은 똥자루 같은 펑퍼짐한 몸매를 지닌 겁쟁이로, 더욱 희극적으로 표현되어 있다. 도교 최고의 신인 태상노군(太上老君), 원시천존(元始天尊), 영보도군(靈寶道君) 등도 『서유기』에서는 삼장의 제자들에게 조롱당하고 욕을 먹는 존재일 뿐이다. 아래의 44회의 예를 보자.

> 멍텅구리는 맛있는 공양 냄새에 마음이 급해 높은 단으로 기어 올라가더니, 주둥이로 태상노군을 밀어 떨어뜨리며 말했지요. "노인장, 충분히 오래 앉아 계셨을 테니 이제는 이 몸이 좀 앉겠소." 저팔계는 태상노군으로 변신을 하고, 손오공은 원시천존, 사오정은 영보도군으로 변신했어요. 원래 있던 신상들은 모두 아래로 밀어 버렸지요.[27]

---

26 『西游記』 제42회 : 只見那妖呵呵冷笑道, 潑猴頭幾番家戰我不過, 又去請個甚麼膿包菩薩來, 却被我一槍搠得無形無影去了, 又把個寶蓮臺兒丢了. 且等我上去坐坐.

27 『西游記』 제44회 : 那呆子急了, 聞得那香噴噴供養, 要吃, 爬上高臺, 把老君一嘴拱下去道, 老官兒, 你也坐得够了, 讓我老猪坐坐. 八戒變做太上老君, 行者變做元始天尊. 沙僧變做靈寶道君. 把原像都推下去.

신상들을 밀어버리고 동물과 요괴의 형상을 한 삼장의 제자들이 그 자리를 차지하는 이 장면은 상징적 의미를 함축하고 있다. 이 장면은 사실 고귀하지도 않으면서 허세를 부리는 존재들의 위선을 웃음의 코드를 통해 예리하게 비판하고 있다. 고귀함과 천박함이 도치되면서 신성의 가치가 한순간에 보잘것없는 것으로 추락할 때, 사회의 가치규범과 계급의식은 동요하게 된다. 『서유기』에는 이처럼 고귀한 존재들의 허상을 까발림으로써 그 밑에서 오랜 시간 억눌려온 비천한 존재들의 한을 분출시키는 웃음의 코드가 곳곳에 장치되어 있다. 아래의 예를 계속해서 보자.

> 멍텅구리는 신상을 내팽개치기 전 어깨에 멘 채 중얼중얼 기도를 올렸지요. "상청님들, 상청님들, 제 말씀 좀 들어보시오. 먼 곳에서 예까지 오면서 줄곧 요괴를 물리쳤는데, 제삿밥 좀 먹으려니, 편한 자리가 없는지라. 당신들 자리를 빌려서 잠시 쉬려고 하오. 당신들은 오래 앉아 계셨으니, 잠깐 뒷간이나 다녀오시오. 멍텅구리는 신상을 내팽개치기 전 어깨에 맨 채 중얼중얼 기도를 올렸지요. 당신들은 평소 집에서 끊임없이 잡수시며 맑고 깨끗한 도사 노릇을 해왔지요. 오늘은 어쩔 수 없이 더러운 것을 잡숴야 할 것 같으니 이제 냄새나는 천존 노릇도 해보시구려." 그러고서 신상들을 풍덩 뒷간에 던졌는데, 그만 옷에 똥물이 흠뻑 튀고 말았지요.[28]

위의 예에서 신들의 성스러운 이미지는 뒷간, 악취, 똥물 등의 불결

---

28 『西游記』 제44회 : 那呆子扛在肩上且不丢了去, 口裏嘓嘓噥噥的禱, 三清三清, 我說你廳. 遠方到此, 慣滅妖精. 欲享供養, 無處安寧. 借你坐位, 略略少停. 你等坐久, 也且暫下毛坑. 你平日家受用無窮, 做箇清淨道士. 今日裡不免享些穢物也做箇受臭氣的天尊. 祝罷, 烹的望裏捽, 濽了半衣襟臭水.

하고 더러운 이미지와 겹쳐지면서 추악한 것으로 변질되고 만다. 『서유기』에서는 신들뿐 아니라 국왕이나 상층계급도 예외 없이 조롱과 비판의 대상이 된다. 62회에서는 제새국(祭賽國) 국왕이 등장하는데, 그가 "도를 지니지 못했고", "몽매한 임금이 이치에도 까막눈이다"라고 서술하고 있다. 78회의 비구국(比丘國)의 왕은 도교를 맹목적으로 숭상하고 미색을 탐닉하며 환락을 좇는 어리석은 인물이다. 69회에서 손오공은 주자국(朱紫國)의 몽매하고 허약한 왕을 치료한다는 빌미로 그에게 대담하게도 말 오줌과 솥단지의 검댕을 배합한 '오금단(烏金丹)'이라는 약을 먹인다.

흥미로운 것은 『서유기』에 등장하는 왕들은 대부분 도사들의 술수에 미혹되어 그들의 하수인 노릇을 하는 무능력자이거나 불로장생이라면 사족을 못 쓰는 나약하고 어리석은 성격의 소유자라는 점이다. 『서유기』 속의 왕들은 왕이라는 인물에 대한 우리의 일반적인 기대 즉 성군으로서의 덕성과 품위를 전혀 보여주지 못하고 있다. 이 밖에도 거지국(車遲國) 국왕은 요사스런 도사를 국사(國師)로 모시며 도교에 탐닉하여, 『서유기』에서는 그를 "참으로 몽매해서 이렇게 하자면 이렇게 했고 저렇게 하자면 저렇게 했다"라고 묘사하고 있다. 37회의 오계국(烏鷄國)의 국왕도 요사스런 도사의 꾐에 넘어가 통치권과 가족, 신하들까지 모두 빼앗기고 억울하게 죽임을 당하는 우매한 인물이다.

『서유기』는 역사적으로 존경받아온 실존 인물들도 웃음의 대상으로 만들어버린다. 그들은 어리석고 성격적으로도 미숙한 존재로 표현되는데, 가까운 예로 『서유기』 속의 삼장법사를 들 수 있다. 본래 삼장법사로 불리는 현장(玄奘, 602~664)은 교통 상황이 열악하던 당나라 때에 오로지 불심과 정신력에 의지해서 19년의 긴 여정 끝에 657부의 불경을 가지고 돌아온다. 이러한 현장의 위대한 취경 이야기는 당시 많은 사람들에게 감동을 불러일으켰고, 현장은 당대 이후로 사람들의 존경의 대상이 되었다. 그리고 이 대단한 이야기는 이후 민간에서 전해지다가 점점 상상이 덧붙여져 풍부한 스토리를 갖추게 된다. 특히 원대(元代)의 〈서유기잡극(西游記雜劇)〉으로 가면서 희극적 요소가 인물의 성격과 이야기 구조 속에 섞여 들어가기 시작하는데,[29] 명대 『서유기』의 인물과 구조는 바로 이러한 전시대의 문학작품에서 유래한 것이고, 희극적이고 나약한 성격의 삼장법사도 원대 이후에 만들어진 이미지인 것이다.

그런데 현장이 입적한 뒤에 제자인 혜립(慧立)과 언종(彦悰)이 스승의 이야기를 정리하여 펴낸 『대당대자은사삼장법사전(大唐大慈恩寺三藏法師傳)』[30]을 보면, 현장의 실제 모습은 소설 속 현장의 모습과 판이하다. 『대당대자은사삼장법사전』이 묘사한 현장의 모습은 잘생기고 두뇌가 명석하며 범접하기 어려운 고승의 형상이다.[31] 그는 여행 도중에 나쁜 도적을 만나도 결코 두려워하는 법이 없으며 침착하고 담대하다. 그런데 이처럼 실제 역사 속에서 불심의 힘으로 온갖 고난과 역경을 극복하고 취경에 성공했던 삼장법사는 『서유기』에 오면서 나약하고 소심한 이미지로 변화되었다. 『서유기』 속의 삼장법사는 손오공, 저팔계처럼 별다른 법술도 없어서 요괴의 속임수에 속수무책으로 당한다. 제자들에게 구박과 희롱을 당하면서도 결국에는 도움을 청하는 비굴한 이미

29 희극적 성격의 강조는 『서유기』의 두드러진 특징이라고 할 수 있는데, 그 연원을 살펴보면 〈서유기잡극〉까지 거슬러 올라간다. 유용강, 『『서유기』 즐거운 여행 : 『서유기』 새로운 해석』, 나선희 역, 차이나하우스, 2008, 53쪽.

30 총 10권으로, 혜립이 원본을 쓰고 언종이 편찬했다. 앞의 5권은 현장이 西行한 상황과 19년간의 여행 경력을 썼고, 뒤의 5권은 長安으로 돌아와 죽기 전까지 佛學에서 이룬 공헌을 기록했다. 간단히 『大慈恩寺三藏法師傳』, 『三藏法師傳』으로도 불린다.

31 慧立 · 彦悰, 『大唐大慈恩寺三藏法師傳』, 北京 : 中華書局, 1993, 1쪽.

지이기도 하다. 이러한 삼장에 대한 왜곡된 묘사는 삼장이 표상하는 종교적인 신성과 사회의 특권계층을 비판함으로써 기존 질서를 전복하고 새로운 가치관과 질서를 세우고자 하는 사회적인 요구가 투영되어 있는 것이다. 그러므로 『서유기』의 웃음은 위험하지만 창조적인 에너지를 내포한다.

4. 욕망의 긍정으로부터 오는 웃음

1) 배설의 욕구

사람들은 매일 자신의 몸에서 배설물을 만들어내고 그 오물을 자신의 몸으로부터 분리시키는 과정을 반복함으로써 자신을 끊임없이 정화한다. 이 오물들은 자아의 범주에 속하면서도 끊임없이 타자화되는 자타의 경계가 모호한 존재들이다. 이러한 신체의 경계를 넘어선 존재들인 똥, 오줌, 콧물, 비듬, 피 등은 역사적으로 부정(不淨)한 범주로 분류되어왔다.[32] 『서유기』에서는 이러한 아름답지 않은 주변적 존재들을 미화하지 않고 있는 그대로 묘사한다. 『서유기』는 인간이 계속해서 자신으로부터 분리하고 다른 영역으로 범주화하려는 그로테스크한 경계적인 존재들을 대담하게 표현해냄으로써 인간이 추악함에 대해 느끼는 불편하고 묘한 감정들을 그대로 노출시킨다.

---

32 (육체의) 구멍들로부터 야기된 물질은 모두가 가장자리를 증명한다. 침, 피, 젖, 소변, 대변, 눈물은 육체의 한계를 넘쳐난 것들이며 오염의 범주에 속한다. 줄리아 크리스테바, 『공포의 권력』, 서미원 역, 동문선, 2001, 114쪽.

『서유기』에는 오줌과 똥에 대한 표현이 특히 많다. 손오공이 부처의 손바닥에 감히 오줌을 갈기는 모습이나 저팔계가 삼청(三淸)의 신상(神像)을 똥더미에 던져버리는 장면은 추악함을 은폐하거나 미화하지 않고 정면으로 드러냄으로써 작품 안에 강렬한 저항의식과 공격성을 배가시킨다. 다음의 25회의 예를 보자.

> 손오공이 웃으며 말했어요…… 내 직접 당신이 좋아하는 기름 국이 되려고 했는데 화장실이 좀 급했을 뿐이야. 솥에다 일을 보면 당신의 따끈한 기름 국을 더럽혀서 먹기 좋은 음식이 되지 않을 거 아냐? 이제 일도 깨끗이 봤으니 기꺼이 솥에 들어가지.[33]

음식과 배설물은 전혀 다른 두 영역의 존재이다. 음식은 우리가 체내로 받아들이는 존재인 반면, 배설물은 체외로 배출해야 하는 존재로서, 두 존재 간에는 상호 혼재할 수 없는 암묵적인 경계선이 가로놓여 있다. 즉 오염되지 않은 것과 오염된 불결한 것은 철저히 분리되어야 하며, 이것이 섞일 때 견고한 사회적 질서는 위협받고 인식의 혼란을 초래하게 된다. 그런데 위의 예문에서 보듯이 『서유기』에서는 전혀 다른 두 영역의 존재인 음식과 배설물을 섞어놓음으로써 그로테스크한 느낌을 조성하고 우리의 심리적인 불편함을 야기한다. 그럼에도 불구하고 그 불편함이 심각한 지경에 이르지 않고 유쾌함으로 승화될 수 있는 것은 이것이 '웃음'이라는 코드를 통해 안전하게 발산되고 있어서이다. 아래의 45회에도 다음과 같은 예가 나온다.

---

33 『西游記』 제25회 : 行者笑道……但只是大小便急了, 若在鍋裏開風, 恐怕汚了你的熟油, 不好調菜吃, 如今大小便通干淨了, 才好下鍋.

> (손오공이 말하길) "천기를 누설해서는 안 되니, 너희들은 모두 대전 앞에 나가 있고 문을 닫아라. 그래야 성수를 줄 수 있다." 도사들은 대전의 문을 닫고 일제히 붉은 계단 아래에 꿇어 엎드렸어요. 손오공은 일어나더니 호랑이가죽 치마를 걷어 올리고 꽃병 가득 오줌을 쌌어요. 저팔계는 이를 보더니 좋아하며 말했어요. "형님, 제가 몇 년간 형님을 모시고 있었지만 그런 짓으로 나를 놀린 적은 없었소. 나도 방금 음식을 좀 먹었더니 그 짓이 하고 싶던 참이었소." 그 멍텅구리는 옷을 걷더니 콸콸 여량(呂梁)의 큰물이 다리 널빤지를 쓸어내려가듯 쏴쏴 소리를 내며 대야 가득히 오줌을 누었어요. 사오정도 항아리에 오줌을 누어 반 항아리를 채웠지요…… "후배 신선들은 성수를 가져가거라!" 도사들은 문을 열고 고개를 조아려 절하며 은혜에 감사했어요. 항아리를 들어 내가고 꽃병과 대야도 모두 한 곳에 모아놓고 제자들에게 잔을 가져와 맛을 보도록 했어요. ……양력대선도 한 모금 마시더니 이렇게 말했어요. "약간 돼지 오줌 냄새가 나는군요."[34]

위의 예문에서 손오공, 저팔계, 사오정은 신상이 모셔 있는 대전에서 오줌을 누는 기이한 행동을 서슴없이 자행한다. 저팔계가 "옷을 걷더니 콸콸 여량의 큰물을" 쏟아내니, 오줌이 "다리 널빤지를 쓸어 내려가듯 소리를 내며" 쏟아지는 모습은 인간의 배설에 대한 원초적인 욕구가 적나라하게 드러나 있다. 그리고 오줌을 성수로 속여 신선들에게 마시게 하는 장면은 추악함과 성스러움의 존재가치를 반전시킴으로써 황당하

34 『西游記』 제45회 : (行者道)不可泄了天機, 好留與你些聖水. 衆道一齊跪伏丹墀之下, 掩了殿門. 那行者立將起來, 掀着虎皮裙, 撒了一花瓶臊溺. 猪八戒見了, 歡喜道, 哥啊, 我把你做這年兄弟, 只這些兒不曾弄我. 我才吃了些東西, 道要干這個事兒哩. 那呆揭衣服, 忽喇喇, 就似呂梁洪倒下報來, 沙沙的溺了一砂盆. 沙和尚却也撒了半缸. ……小仙領聖水. 那些道士推開格子, 磕頭禮拜謝恩, 擡出缸去, 將那瓶盆總歸一處, 教徒弟, 取個鍾子來嘗嘗.……羊力大仙道, 等我嘗嘗. 也喝了一口, 道有些猪溺臊氣.

지만 통쾌한 웃음을 자아낸다.

『서유기』에는 똥과 오줌 외에 가끔 피에 관한 이야기도 등장한다. 붉은 피는 인간의 역사에서 살인과 식인의 기억들과 연관되어 있으며, 원초적인 공격성을 상기시킨다. 46회의 예를 보자.

> 그(호력대선)의 목에서는 콸콸 붉은 피가 뿜어져 나왔어요……그는 금방 땅 위에 고꾸라졌는데, 여러 사람이 다가가서 보니 머리가 없는 누런 호랑이였어요.[35]

> 그(제천대성)는 그걸 흐트러뜨리고 혀끝을 깨물어 피 한 모금을 내어 그 위에 뿌렸어요. 그런 다음 "변해랏!" 하고 소리치자 궁의는 지저분하고 낡아빠진 술잔[鐘]으로 변했어요. 손오공은 또 거기에 오줌을 잔뜩 갈겨놓고, 다시 틈새로 빠져나와 삼장법사의 귀로 날아갔어요.[36]

『서유기』에서 배설물과 피에 대한 적나라한 표현은 제자들과 요괴 간의 전투, 성스러운 존재들을 풍자하는 맥락에서 자주 보인다. 『서유기』는 공식 문화가 혐오해 마지않는 오줌, 똥, 살인, 식인 등의 가장 그로테스크한 기표들을 총동원하여, 신성하고 권위적인 공식 문화를 비웃음으로써 독자들의 심리를 불편하게 만든다. 추악함을 통해 터지는 『서유기』의 웃음은 계층 간의 모순과 갈등을 해소하고 경계를 뛰어넘어 하나의 문화적 공감대를 형성하는 에너지의 원천으로 작용한다.

---

35 『西游記』 제46회 : 腔子中骨都都紅光迸出……須臾, 倒在尘埃. 衆人觀看, 乃是一只無頭的黃毛虎.

36 『西游記』 제46회 : 用手拿起來, 抖亂了. 咬破舌尖上一口血, 哨噴將去, 叫聲變, 卽變作一件破爛流丢一口鍾. 臨行, 對散上一泡臊溺, 却還從報縫裏鉆出來, 飛在唐僧耳躲上.

2) 식욕과 정욕에 대한 긍정

명 중엽 이후 왕양명(王陽明)의 심학(心學)이 일어나면서 정통의 이학(理學)에 반대하고 정욕을 발양하는 인성(人性) 해방의 사조가 형성되었다. 이러한 철학 사조는 『서유기』에도 영향을 주어 이학의 금욕주의와 정욕의 충돌이 이야기 속에 반영되어 나타난다.

본래 유불도는 전형적인 금욕주의로 "청심과욕(淸心寡欲)", "이재이색(離才離色)"을 주장해왔고 이학은 여기에서 진일보하여 금욕을 당시의 전제정치와 연관시켜 통치 원리로 이용하였다. 이학가들은 개인의 욕망이 사회에 해가 되므로 "하늘의 이치를 보존하고 개인적인 욕망을 없애야 한다(存天理, 滅人欲)"고 주장했다. 다음의 송대(宋代) 이학가들의 주장을 살펴보자.

> 인심(人心)은 개인적 욕망이므로 위태롭다. 도심(道心)은 하늘의 이치이므로 정미(精微)하다. 개인적 욕망을 없애면 하늘의 이치가 밝아진다.[37]

> 나는 마음을 기르는 데 있어서 욕망을 줄여 마음을 보존하는 데 그치지 말아야 한다고 생각한다. 욕망을 줄여서 완전히 없는 상태에 이르러야 한다.[38]

이학의 금욕주의는 불교와 도교에서 주장하는 금욕주의보다 훨씬 억

---

37 程顥 · 程頤, 『二程集』「二程集書」 卷24 : 人心私欲, 故危殆. 道心天理, 故精微. 滅私欲則天理明矣.

38 周敦頤, 『周元公集』 卷6 「養心亭說」: 予謂養心不止於寡而存耳. 蓋寡焉以至於無.

압적인데, 이학에서는 인욕을 국가의 안정과 대립되는 것으로 간주하기 때문이다.

이러한 이학의 금욕주의에 반대하여 인욕을 긍정하고 개성 해방을 추구하는 명대의 심학은 당시의 문학과 예술 등 문화 전반에 큰 영향을 끼쳤고, 명대 소설인 『서유기』의 내용과 인물의 성격에도 지대한 영향을 미쳤다. 예를 들어 손오공은 『대당삼장취경시화』 단계에서는 요마적 기질이 거의 보이지 않는 긍정적인 원숭이 형상이었지만 원대의 『이랑신쇄제천대성(二郎神鎖齊天大聖)』에 와서 요마적 기질이 강해지고 명대 양경현(楊景賢)의 잡극 『서유기』에 오면 호색과 식인의 기질이 두드러진다.[39]

『서유기』에서는 특히 음식과 성에 대한 저팔계의 욕망을 과장하여 표현함으로써 저팔계를 희극적인 캐릭터로 묘사하고 있다. 사실 극단적인 금욕주의의 이학이 등장하기 이전에는 중국에서 식욕과 성욕을 부정적인 시선으로 보지 않았다. 그것이 넘쳐서 지나치지 않는다면 식욕과 성욕을 정상적 범주의 인간의 욕망으로 인정했다. 일찍이 『맹자』는 식과 색이 인간의 본성이라고 이야기했고,[40] 『예기』에서도 음식과 남녀 즉 식욕과 성욕을 인간의 가장 큰 욕망으로 간주했다.[41] 그러나 선진 유가에서는 최소한도의 욕망은 인정하지만 과욕을 경계했고,[42] 절욕

---

39 홍성초, 「『서유기』의 형성과정 연구」, 고려대학교 대학원 중어중문학과 석사학위논문, 2004, 32~33쪽.

40 『孟子』 「告子」 上 : 食色, 性也.

41 『禮記』 「禮運」 : 飮食男女, 人之大欲存焉.

42 『老子翼』 卷之二上篇 : 겉에 보이는 것은 단순하고 내부적인 마음은 소박하라. 개인적인 사사로운 것을 줄이고 욕망을 적게 가져라(見素抱樸, 少私寡欲).

(節欲),[43] 무욕(無欲)의 상태가 오히려 이상적인 것이라고 보았다.[44] 당대(唐代)의 훈고학, 송대(宋代)의 성리학으로 가면서 인간의 욕망과 개성은 억압해야 할 대상이 되었고, 송말 명초에 이르면 심학의 대두와 함께 다시 한번 사상의 조류에 변화가 일어났다. 송대 육구연(陸九淵)에서부터 시작된 심학의 이론은 명대에 이르러 왕수인(王守仁)에 의해 계승, 발전되고 명 중기 이후로 가면 유교 사상계에서 주도적 위치를 차지하게 된다. 송대 말기 이후로 중국 사회에 불어 닥친 욕망의 긍정과 개성 해방의 사조에 따라 새롭게 등장한 심학은 당시 사상계의 주류였던 이학으로부터 배척되었지만 중국 역사상 어느 시대보다도 명대를 자유와 평등의 가치를 존중하는 특별한 시기로 만들었다. 그리고 이러한 명대의 사회, 사상적 격변들은 고스란히 『서유기』 안에 반영되어, 자유롭고 개성적인 인물과 이야기를 창조해내는 바탕이 되었다.

앞에서 언급했듯이 특히 저팔계는 인간의 여러 욕망들 가운데 성욕과 식욕에 집착하는 모습을 보여준다. 이러한 저팔계의 모습은 인간 내면에 숨겨진 본능적인 욕망을 그대로 노출함으로써 독자로 하여금 당황스러움과 친근함을 동시에 느끼게 한다. 시도 때도 없이 음식을 탐하고 여색에 집착하는 그의 모습은 예의와 도덕으로 자신을 포장하는 신, 왕, 승려, 도사 등의 상층계급의 인물들보다 훨씬 생동감이 넘친다. 다

---

43 『孟子』「盡心」下 : 마음을 수양하는 데 욕망을 줄이는 것보다 좋은 것이 없다. 그 사람됨이 욕망이 적다면, (선한 본성을) 보존하지 못하는 경우가 있다 하더라도 (지극히) 적을 것이다(養心, 莫善於寡欲. 其爲人也寡欲, 雖有不存焉者, 寡矣).

44 『莊子 · 外篇』 9篇 「馬蹄篇」 第2章 : 지덕의 시대에는 짐승들과 함께 살고 무리지어 만물과 평등하게 살았으니 어찌 군자와 소인의 다름을 알았겠는가. 함께 무지하니 그 덕이 떠나지 않았고, 함께 무욕하니 이를 일러 소박이라고 한다. 소박함을 지키면 사람의 본성이 얻어진다(夫至德之世, 同與禽獸居, 族與萬物竝, 惡乎知君子小人哉. 同乎無知, 其德不離, 同乎無欲, 是謂素樸, 素樸而民性得矣).

음의 24회의 예를 보자.

> 세 사형제는 열매 세 개를 하나씩 나눠 저팔계는 밥통도 크고 입도 커서 동자가 먹는 소리를 들었을 때부터 입이 근질근질 했던 터라 열매를 보자마자 집어다가 입을 벌리고 아구 아구 삼켜버리고는, 흰자위를 번득이며 손오공과 사오정에게 생떼를 썼어요.[45]

위의 예문에서 보듯이 『서유기』에는 유독 저팔계의 몸에 대한 묘사가 자주 나온다. 보통의 사람이라면 인내했을 본능적인 식탐 앞에서 저팔계는 온몸으로 자신의 욕망을 솔직하게 표현한다. 그는 입을 크게 벌리고 흰자위를 번득이며 게걸스럽게 음식을 먹어치운다. '식욕' 앞에서 그의 모습은 이름 그대로 돼지 같으며, 매우 희극적이고 천박한 느낌을 준다. 47회의 예에서도 마찬가지이다.

> 삼장법사가 젓가락을 들고 먼저 『게재경』을 외웠어요. 하지만 멍텅구리 저팔계는 빨리 음식을 먹고 싶고 또 배가 고프기도 했어요…… 그놈은 칠기 나무 사발을 집어 들고 흰 쌀밥 한 그릇을 단숨에 입속에 툭 털어 넣었지요.[46]

> 삼장법사가 한권의 경을 다 외기도 전에 저팔계는 벌써 대여섯 사발을 거뜬히 해치웠어요. 그러고서도 다시 젓가락을 들어 사람들과 함께 음식을 먹어댔어요. 멍텅구리는 쌀밥이며 국수, 과일, 간식을 가

---

45 『西游記』 제24회 : 他三人將三個果各各受用. 那八戒食腸大, 口又大, 一則是聽見童子吃時, 便覺饞蟲拱動, 却才見了果子, 拿過來, 張開口, 轂轆的吞咽下肚, 却白着眼胡賴, 向行者, 沙僧道.

46 『西游記』 제47회 : 唐長老擧起箸來, 先念一卷揭齋經. 那呆子一則有些急吞, 二來有些餓了. ……拿過紅漆木碗來, 把一碗白米飯, 扑的丢下口去, 就了了.

리지 않고 닥치는 대로 우걱우걱 쑤셔 넣으면서도 입으로는 연방 외쳐댔지요. "밥 더 가져와! 더 가져오란 말이야!"[47]

이렇게 저팔계는 "잠결에도 맛있는 것을 먹는다는 소리를 들으면 번쩍 눈을 뜨며"[48] "날것이건 익은 것이건 가리지 않고 집어 드는"[49] 식탐의 화신이다. 저팔계보다는 못하지만 손오공과 사오정도 음식에 대한 욕구가 강한데, 이러한 본능적인 욕망을 드러내는 것을 『서유기』의 인물들은 전혀 수치스럽게 생각하지 않는다. 다음의 44회와 46회의 예를 보자.

손오공은 우적우적 복숭아를 한입에 깨끗이 먹어치웠어요. 꼭지까지 몽땅 삼켜버리고……[50]

멍텅구리는 다시 태상노군으로 변장했지요. 셋은 자리에 앉아서 마음껏 먹었어요. 우선 큰 만두를 먹고 나중에 젯밥, 간식, 전병, 떡, 튀김, 찐빵 등을 먹는데……[51]

96회에서 저팔계가 게걸스럽게 음식을 먹어치우는 모습도 독자들의 실소를 자아낸다.

삼장법사가 젓가락을 들고 게재경을 읊자, 저팔계는 허둥지둥 밥과

47 『西游記』 제47회 : 那唐僧一卷經還未完, 他已五六碗過手了. 然後却才同擧箸, 一齊吃齋. 呆子不論米飯面飯, 果品閑食, 只情一攎亂噇, 口里還嚷, 添飯, 添飯.

48 『西游記』 제44회 : 那猪八戒睡夢裏聽見說吃好東西, 就醒了.

49 『西游記』 제44회 : 不論生熟, 拿過燒果來, 張口就啃.

50 『西游記』 제46회 : (行者)將桃子一頓口啃得干干淨淨, 連兩邊腮凹兒都啃淨了…….

51 『西游記』 제44회 : 那呆子還變做老君. 三人坐下, 盡情受用. 先吃了大饅頭, 後吃簇盤, 襯飯, 點心, 拖爐, 餅錠, 油煠, 蒸酥…….

국을 가져다 한입에 한 그릇씩 털어 넣어 대여섯 그릇이나 비웠어요. 그리고 찐빵과 꽃빵, 호떡, 과자를 양 소매에 가득 집어넣고 나서야 삼장법사를 따라 자리에서 일어났어요.[52]

저팔계는 못생긴 돼지의 모습을 했으면서도 여색에 대해 지대한 관심을 갖고 있다. 아이러니하게도 잘생긴 외모의 삼장법사는 색에 도통 무관심한데 오히려 추한 외모의 저팔계는 색욕의 화신이다. 27회에서 저팔계는 아름다운 여인으로 변신한 요괴를 보고 흑심을 품고, 54회에서는 서량녀국(西梁女國) 여왕의 미모에 반해 "자기도 모르게 침이 흐르고 심장이 두근거리며",[53] "순식간에 뼈가 흐물흐물해지고 근육이 뻣뻣해지며, 마치 불꽃으로 달려드는 나방처럼 얼이 빠진다."[54] 27, 54, 72회에서도 저팔계의 성적인 욕망은 희극적으로 표현되어 있다. 특히 72회에서 저팔계가 거미요괴들이 변신한 일곱 명의 미녀들이 목욕하는 것을 발견하고 샘에 뛰어들어 함께 목욕하는 장면은 현대의 성인물의 수위에 버금간다. 다음의 예문을 보자.

저팔계가 그만 웃음을 참지 못하고 말했어요. "보살님들께서 예서 목욕을 하고 계셨군요. 이 중도 함께 씻는 게 어떻겠소?" 요괴들이 그를 보고 벌컥 화를 내며 대꾸했어요. "이 스님, 너무 무례하시군요! 우린 규중 처녀들이요, 그쪽은 출가한 남정네잖아요? 옛날 책에 '남녀칠세부동석(七年男女不同席)'이란 말도 있는데, 세상에! 우리랑 같은

52 『西游記』 제96회 : 長老在上擧箸, 念揭齋經. 八戒慌了, 拿過湯飯來, 一口一碗, 又丢勾了五六碗, 把那饅頭, 卷兒, 餠子, 燒果, 沒好沒대歹的, 滿滿籠了兩袖, 才跟師父起身.

53 『西游記』 제54회 : 忍不住口嘴流涎, 心頭塵撞.

54 『西游記』 제54회 : 一時間骨軟筋麻, 好便似雪獅子向火, 不覺的都化去也.

> 샘에서 목욕을 하겠다니요!" "날씨가 푹푹 찌니, 원 어쩔 수가 없어 그러오. 잠깐 씻게 그냥 좀 봐주시구려. 무슨 옛날 책 타령이나 하며 동석이니 부동석이니 그러지 말고!" 멍텅구리는 다짜고짜 쇠스랑을 내던지고 검은 무명 승복을 훌훌 벗더니 풍덩하고 물속으로 뛰어 들었어요…… 저팔계는 물속에 들어가자 몸을 한번 흔들어 곧 한 마리 메기 정령으로 변했어요…… 그렇게 메기는 미끌미끌 요괴들 다리 사이로 쑤시고 돌아다녔지요.[55]

이탁오(李卓吾)는 이 장면에 대해 재미있고[趣] 오묘하다[妙]고 평하고 있다.[56] 사실 이 부분은 남녀 간의 에로틱한 요소가 다분하지만, 저팔계의 장난스러운 행동으로 인해 묘한 재미가 느껴진다. 저팔계는 그야말로 인간이 가진 식욕과 색욕의 본능적인 욕구를 생동적으로 표현하고 있으며, 독자들은 이러한 저팔계를 통하여 자신의 내면에 숨겨진 욕망을 들여다보게 되고, 저팔계의 모습에 자신을 투영하면서 웃고 공감하게 되는 것이다.

3) 욕설의 자유를 통한 웃음

바흐친은 라블레에 대한 분석을 하면서 카니발의 민중성이 추상적

---

55 『西游記』 제72회 : 八戒忍不住笑道, 女菩薩, 在這裏洗澡哩, 也携帶我和尙洗洗何如, 那怪見了作怒道, 你這和尙, 十分無禮. 我們是在家的女流, 你是個出家的男子. 古書云, 七年男女不同席, 你好和我們同塘洗澡. 八戒道, 天氣炎熱, 沒奈何, 將就容我洗洗兒罷. 那理調甚麼書坦兒, 同席不同席. 呆子不容說, 丢下釘鈀, 脫了皂錦直裰, 扑的跳下水來……不知八戒水勢極熟, 到水裏搖身一變, 變做一個鮎魚精……滑扢虀的, 只在那腿襠裏　鉆.

56 吳承恩 著, 李卓吾 批評, 『西游記』(下), 岳麓書社, 2006, pp.596~597.

인 것이 아니라 공식 문화와의 대화적, 대립적 관계 속에서 가동된다고 보았다. 바흐친은 민중문화의 특징을 일차적으로 '민중의 웃음'에서 찾고 있으며 민중의 웃음이 표현되는 것들은 주로 라틴어나 속어로 구전되고 쓰인 패러디들, 욕설의 다양한 장르들이라고 말한 바 있다.[57] 속어와 욕설은 대부분 민중들의 일상생활에서 많이 사용되므로, 생동적인 표현이 많고 종류도 다양하다. 『서유기』 중에 쓰인 속어와 성어는 200개가 넘고[58] 등장인물들이 수시로 내뱉는 욕설은 셀 수 없이 많다. 물론 『서유기』 속의 속어와 욕설은 모두 문자로 고정되어 있지만 구술적인 대화체의 형식으로 되어 있어서 일반적인 소설에서보다 상호 대화하는 느낌을 준다. 그래서 『서유기』를 읽다 보면 마치 설화인(說話人)과 청중이 존재하고 각 인물들이 눈앞에서 실제로 대화를 하는 듯한 생동적인 느낌을 받게 된다. 월터 J. 옹에 따르면 문자를 통한 쓰기는 생활 경험으로부터 일정 거리를 두고서 지식을 구조화하기 때문에 세련된 분석이 가능하지만, 구술문화는 이러한 세련된 분석의 영역이 결여되어 있다. 대신 구술문화는 인간의 실제 생활에 밀접하게 관련시키는 방식으로 사고를 개념화, 언어화하는 특징이 있다.[59] 그러므로 하나의 집단 안에서 실제로 사용되었거나 유행한 속어와 욕설은 그 집단만의 언어적 특징을 전달할 수 있고 이는 집단 공동체의 강한 소속감을 유도함으로써 일체감을 형성한다. 이러한 속어와 욕설은 대부분 전체 줄거리의 흐름에 영향을 주지는 않지만 그 상황과 절묘하게 부합되면서 독자들의 통쾌한 웃음을 이끌어내는 중요한 작용을 한다. 그런데 이러한 웃음

57 오민석, 「카니발의 민중성과 그 불안 : 바흐찐의 「라블레와 그의 세계」를 중심으로」, 『안과 밖』 No.15, 2003, 45쪽.

58 유용강, 앞의 책, 387쪽.

59 월터 J. 옹, 『구술문화와 문자문화』, 이기우 외 역, 문예출판사, 1995, 2쪽.

의 코드는 '골계'라는 미학적 개념을 통해 이미 오래전부터 중국문학 안에서 우언(寓言), 소화(笑話) 등의 문학 장르로서 구현되어왔다. 중국의 우언은 대부분 성어의 형식으로 되어 있으며, 고대로부터 전래되는 쉽고 재미있는 이야기를 가리킨다. 특히 중국 우언은 양이 방대하고, 내용은 짧아도 예리하게 인생의 교훈을 짚어낸다. 우언 말고도 중국문학에는 과장과 해학으로 중국적인 골계미학을 구현해온 소화라는 장르도 있다. 소화 역시 제한된 편폭 안에 일상생활의 해학과 철학을 농축하여 표현하므로 다른 문학 장르보다 과장과 대비, 아이러니, 쌍관(雙關), 별자(別字), 파구(破句)의 다양한 창작기교를 구사한다.[60] 특히 명 중엽 이후부터는 민간에서 소화가 흥기했고 대량의 우스개 이야기책(笑話書)이 출현했으며, 문인들이 우스갯소리를 주고받던 것이 사회적 기풍으로까지 번졌다. 당시의 소설과 희곡이 이러한 사회적 분위기의 영향을 받았음은 말할 것도 없다.[61]

이러한 우언과 소화의 전통 위에서 『서유기』의 속어와 욕설이 자연스럽게 등장할 수 있었고, 민중들의 생동하는 웃음을 담아낼 수 있었다. 『서유기』에서 특히 저팔계는 인간의 저급하고 추악한 면면들을 온몸으로 표현해내는데, 그에게 있어서 욕설이란 지극히 일상적인 의사소통의 수단이다. 다음 22회의 예를 보자.

> 저 나쁜 놈! 눈은 괜히 달고 다니더냐? 이 어르신께서 물거품을 날리며 오셨는데 네가 감히 뭐? 거칠고 질기니까 저며서 장육으로 담가 주겠다고? 보아하니 네가 날 늙어빠진 고깃덩이로 아는 모양인데, 까

---

60 이제우, 「중국 고대 笑話의 갈래와 비교」, 『中國語文論譯叢刊』 vol.6, 2000, 23쪽.
61 유용강, 앞의 책, 295쪽.

> 불지 마! 네 조상님의 이 쇠스랑 맛이나 봐라.[62]

저팔계는 본래 천상에서 천봉원수(天蓬元帥)라는 신직을 지니고 있었다. 하늘의 군대를 통솔하는 장군이었던 그는 술기운에 여신 항아(嫦娥)를 희롱한 죄로 옥황상제에게 쇠몽둥이로 2천 대를 맞고 아래 세상으로 쫓겨난다. 그리고 신선의 몸을 잃고 머물 태를 찾다가 잘못 길을 들어 어미 돼지의 태에 들어가는 바람에 돼지로 태어난다. 전생의 성스러움과는 대조적인 속된 이미지로 변신한 그는 "이 못된 괴물 놈!", "저런 똥자루 같은 놈" 같은 천박한 욕설들을 거침없이 쏟아낸다. 그의 욕설은 사회적으로 고귀하고 신성한 영역에 대한 공격, 즉 금기에 대한 일종의 위반이므로 매우 위험한 행위이지만, 이를 통해 독자는 내면에 억눌린 분노와 한이 해소되는 카타르시스를 맛본다. 추악함을 직접 건드림으로써 느끼는 웃음이 원초적 웃음이라면, 속어와 성어를 통해 느끼는 웃음은, 속어와 성어의 문장이 그 상황과 절묘하게 맞아떨어지는 묘미에서 유발되는 좀 더 고차원적 웃음이라고 할 수 있다. 『서유기』에서는 사건의 적시적소에 성어와 속어를 배치하여 재미와 웃음을 유도해 낸다.

> 손오공이 웃으며 말했어요. "아가야, '사정을 봐주려거든 손을 쓰지 말고 손을 쓰면 사정을 봐주지 말라(留情不擧手, 擧手不留情)' 고 했듯이 네 할아버지 손이 여간 매섭지 않으니 네가 이 몽둥이질을 견뎌내지 못할까 걱정이구나."[63]

---

62 『西游記』 제22회 : 你這潑物, 全沒一些兒眼力. 我老猪還掐出水沫兒來哩, 你怎敢說我粗糙, 要剁鮓醬, 看起來, 你把我認做個老走硝哩. 休得無禮, 吃你祖宗這一鈀.

63 『西游記』 제21회 : 行者笑道, 兒子阿, 常言道. 留情不擧手, 擧手不留情. 你外公手兒重重的, 只怕你捱不起這一棒.

손오공이 말했어요. "정말 그렇군요. 속담에 이르길 '붉은 주사와 가까이하면 붉어지고 검은 묵과 같이 하면 검어진다(近硃者赤, 近墨者黑)'라고 했듯이 저 녀석이 여기 사니까 분명 이곳 물을 잘 알 겁니다. 그럼 이제 그놈을 잡아 우선 죽이지 말고, 사부님을 모시고 강을 건너게 한 뒤 다시 생각해봐야겠는걸요?"[64]

저팔계가 말했어요. "허튼 소리 말아요! 모두들 마음이 있으면서 이 팔계만 망신을 주다니. '중은 색에 굶주린 아귀(和尚是色中餓鬼)'라는 말도 있듯이 누군들 이렇게 않겠소?[65]

손오공이 웃으며 말했어요. "사람 보는 눈이 없으시군요. 속담에 '오줌통은 크지만 두 근도 안 나가고, 저울추는 작아도 천근이 넘는다(尿泡雖大無斤兩, 秤鉈雖小壓千斤)'는 말이 있소. 걔들은 쓸데없이 겉모습만 클 뿐이오."[66]

위의 예문에서 보듯이 『서유기』에 나오는 다양한 속어들은 내용이 쉽고 해학적이다. 이처럼 민간에서 유행하는 속어가 대량으로 소설 속에서 활용되고, 속어와 성어의 의미가 소설의 맥락과 절묘하게 맞아떨어지는 것을 보면서 독자는 재미와 유쾌함을 느끼게 된다.

---

64 『西游記』 제22회 : 行者道, 正是這等說, 常言道, 近朱者赤, 近墨者黑. 那怪在此, 斷知水性. 我們如今拿住他, 且不要打殺, 只教他送師父過河, 再做理會.

65 『西游記』 제23회 : 那呆子道, 胡說, 胡說, 大家都有此心, 獨拿老猪出醜. 常言都, 和尚是色重餓鬼. 那個不要如此.

66 『西游記』 제31회 : 行者笑道, 你原來沒眼色, 認不得人. 俗語云, 尿泡雖大無斤兩, 秤鉈雖小壓千斤, 他們相貌, 空大無用.

5. 나가는 말

이 글에서는 『서유기』 안의 웃음이 어떤 요인으로부터 발생하고 작품 안에서 어떤 의미를 형성하며 역할을 하는지를 살펴보고자 했다. 『서유기』가 중국문학사에서 희극적이고 재미있는 소설로서 줄곧 언급되어 왔지만 실제로 그 웃음의 실체를 분석한 연구논문은 많지 않다. 이 글은 이러한 연구 상황에 대한 의문으로부터 출발했다.

우선 이 글에서는 『서유기』에 나타난 신체에 대한 파괴와 변신, 재생의 예들을 통해서 웃음의 요인을 찾아보았다. 『서유기』에서 몸은 동식물로 변하기도 하고 크기가 자유자재로 변화하며, 무참히 파괴되었다가도 금방 재생된다. 현실에서 실제로 일어났더라면 매우 잔인했을 이러한 장면들은 독자들에게 황당함을 느끼게 하고 이러한 황당함으로부터 웃음은 발생한다. 그러나 『서유기』 안에 수없이 많은 살인과 파괴에 대한 이야기들이 나와도 독자들이 심리적으로 불쾌하게 느끼지 않고 받아들일 수 있는 것은 이것이 현실이 아닌 환상이라는 전제가 있어서이다.

두 번째로 웃음이 발생하는 순간은 견고한 현실의 계급구조가 『서유기』 안에서 여지없이 무너질 때이다. 그 대표적인 예로 대료천궁을 들 수 있다. 반도연회는 오랜 시간 동안 중국인의 뇌리에서 영원한 이상향으로 여겨져 왔다. 그런데 어느 날 천지의 신들이 모여 하늘의 복숭아를 나눠 먹으면서 우주의 기운을 회복하고 장생불사를 염원하는 이 신들의 잔치가 한낱 원숭이에 의해서 파괴된다. 이처럼 계급이 파괴되고 신성한 예법질서가 무너지는 순간 독자들은 어이없음에 웃음을 터뜨리게 된다. 그리고 『서유기』에는 현실에서 추앙받는 신성들이 권위를 박탈당하고 저급하며 우스꽝스러운 존재로 추락하는 이야기가 많이 나온다. 이때 수성, 복성, 녹성, 관음보살, 각국의 왕들뿐 아니라 『서유기』의 주인공인 삼장법사까지도 모두 조롱의 대상이 된다. 이러한 고귀한 존재들에 대한 왜곡과 풍자는 종교적 신성, 사회적 계급과 가치규범 등 기존질서에 대한 도전과 비판이기도 하다.

세 번째로 이 글에서는 『서유기』의 웃음을 욕망의 긍정으로부터 찾아보았다. 『서유기』에서는 인간의 원초적 욕구 즉 배설에 대한 욕망을 부정하지 않고 배설물과 같은 그로테스크한 것들을 있는 그대로 이야기하고 있다. 추악함을 보고 황당해하며 터뜨리는 웃음은 계급 간의 모순과 갈등을 해소하고 심리적인 공감대를 형성한다. 또한 『서유기』에서는 저팔계의 형상을 통하여 인간의 식욕과 정욕의 본능적인 욕망을 잘 표현하고 있다. 사람들이 일반적으로 감추고 싶어 하는 식욕과 색욕을 저팔계가 스스럼없이 드러내는 희극적인 장면들을 보면서 독자들은 웃고 공감하게 된다.

마지막으로 『서유기』에서 웃음이 발생하는 요소 중 하나는 거침없는 욕설이다. 욕설은 민중들의 일생생활을 그대로 반영하며 가장 속되고 공격적인 말들이다. 특히 저팔계는 천박한 욕설들을 거침없이 쏟아내면서 고귀하고 신성한 영역의 존재들을 공격하여, 일종의 사회적으로 암묵된 금기를 위반함으로써 독자들의 내면의 한을 해소하고 통쾌함을 느끼게 한다.

2장

『서유기』에 나타난 식인(食人)

— 신화 · 종교적 분석을 중심으로

1. 들어가는 말

명대 소설 『서유기』에는 사실 두 개의 이야기 갈래가 존재한다. 우선 우리가 일반적으로 알고 있는 삼장법사와 손오공, 저팔계, 사오정, 용마가 주인공으로 등장하는 거룩한 취경 이야기가 있다. 천축으로의 험난한 수행의 과정을 거치면서 이들은 취경의 목적을 완수할 뿐 아니라 득도의 이상 또한 실현한다. 그런데 이 상식적인 이야기 말고 『서유기』에는 이면의 이야기들이 존재하는데, 우선 삼장법사의 몸을 먹음으로써 영생을 획득하느냐 마느냐가 결정되는 요괴들의 불사를 위한 숙명적인 투쟁의 이야기가 있다. 『서유기』에서 요괴들은 제거되어야 할 방해물로만 보이지만 사실 삼장 일행만큼이나 필수불가결하고 중요한 존재들이다. 또 한 가지 『서유기』에 감춰진 이면의 이야기는 신, 신선, 왕과 같은 신성한 존재들의 어린아이 고기에 대한 집착에 관한 것이다. 요괴들과 신성한 존재들의 인육에 대한 욕망은 『서유기』 전편에 걸쳐 강렬하게 때로는 상징적으로 표현되어 있다. 이 글에서는 우선 『서유기』 속 식인의 주체와 대상물에 대해 살펴보고, 나아가 『서유기』에 나타난 식인을 신화, 종교, 문화의 다양한 각도에서 분석함으로써 내재된 함의들을 찾아보고자 한다.

2. 식인귀의 정체성 : 요괴와 신성

1) 요괴

고대 중국에서 요괴가 출현하는 것은 땅이 만물의 본성을 어길 때로,[1] 이는 곧 비정상적인 경우에 해당된다. 사실 요괴들이 작품 속에서 비정상적이고 이질적인 존재일 수밖에 없는 이유는 이들의 태생적인 몇 가지 불편한 진실 때문이다. 우선 외모에 있어서 이들은 인간과 동물 간의 경계가 모호한 존재이다. 『서유기』의 요괴들은 본래 정체가 거미, 지네, 호랑이, 양, 사슴 등의 동물들이지만 평소에는 인간의 모습으로 위장함으로써 철저히 자신의 본모습을 숨긴다. 이들은 동물과 인간의 외형을 구유하면서 두 경계를 넘나드는 모호한 존재들이다. 이들의 모호한 특징은 반인반수적인 외모뿐 아니라 성격과 삶의 방식에서도 드러난다. 희로애락의 다양한 감정을 말로 표현할 수 있고, 평소에 가정을 이루고 관직 생활을 하는 등 삶의 측면에서 요괴들은 사람과 거의 차이가 없다. 그러나 요괴들은 사람과는 분명히 다른 제어할 수 없는 충동[2]

---

1 『左傳 · 盧宣公十五年』: 地反物爲妖(左丘明, 『春秋左傳1』, 신동준 역, 한길사, 2006, 140쪽).

2 크리스테바에 따르면 식인귀는 "제어할 수 없는 충동이라는 他者"이다. Julia Kristeva, *Etrangers, à nous-mêmes*, Fayard, 1988, p.283(리처드 커니, 『이방인, 신, 괴

과 동물적인 속성을 갖는다. 특히 동물적인 속성 중에서 사람과 확연히 구별되는 요괴의 특징은 사람을 먹는 야만적인 식인의 습성이다. 『서유기』 전편에 걸쳐 요괴는 다른 동물들뿐만 아니라 사람까지 잡아먹는다. 제30회에서 황포(黃袍)요괴가 궁녀들을 닥치는 대로 잡아먹는 잔인한 장면은 공포심을 불러일으키기 충분하다.

> (황포요괴는) 그리고 난폭한 마음이 갑자기 일어나자 키만 한 큰 손으로 비파 타는 여자를 잡아서 머리를 한입에 우두둑 깨물었어요. 깜짝 놀란 열일곱 명의 궁녀들은 앞뒤로 이리저리 죽어라 달아나 숨었어요.

> 궁녀는 두려워하고 미녀는 당황하는구나.
> 궁녀가 두려워하는 모습은
> 밤비가 덮치듯 부용꽃을 때리는 듯하고
> 미녀가 당황해하는 모습은
> 봄바람이 작약꽃을 희롱하는 것 같구나.
> 비파 부수며 목숨을 돌보고
> 거문고 짓밟으며 살려고 도망치네.
> 문밖에 나가매 남북을 가리지 않고
> 궁전을 나서매 동서를 상관하지 않는구나.
> 옥 같은 얼굴 돌에 부딪쳐 상관하지 않는구나.
> 아리따운 얼굴 이리저리 부딪혀 깨지네.
> 모두들 살려고 달아나고
> 남은 목숨 구하려 도망치는구나.[3]

물 : 타자성 개념에 대한 도전적 고찰』, 이지영 역, 개마고원, 2004, 445쪽에서 재인용).

3 『西游記』 第30回 : 陡發凶心, 伸開簸箕大手, 把一個彈琵琶的女子抓將過來, 扢咋的

『서유기』의 요괴들은 대부분 강한 식인의 욕망을 지니며, 그중에서도 삼장의 살에 대한 집착과 탐닉은 매우 강렬하다. 그런데 『서유기』에서 이러한 식인의 욕망은 등장인물들의 희극적인 대사와 행동에 의해 은폐되어 그 잔임함이 잘 드러나지 않는다. 『서유기』 전편에 걸쳐 요괴들의 식인의 욕망은 강렬하지만, 삼장의 고기를 찜, 튀김 등 온갖 요리법으로 요리해 먹겠다는 요괴들의 대화,[4] 사람 고기를 넣어서 인육만두를 만들어 먹는 전갈요괴[5] 등의 예에서 보듯이 대부분 희화되고 그 폭력성은 희석된다. 72회에 나오는 반사동(盤絲洞) 거미요괴의 이야기를 보자.

> 나머지 여인 넷은 부엌으로 가 옷소매를 걷어붙이고 불을 지피고 솥을 닦았어요. 그런데 여러분, 그들이 마련한 음식이 어떤 것들인지 아세요? 다름 아닌 사람의 기름으로 볶고 지지고, 사람의 고기를 찌고 삶은 것들이었어요. 시커먼 수염을 푹 고아 밀기울처럼 만들고, 사람의 골을 저며 두부조각처럼 볶았지요. 그것들을 두 접시에 담아 들고 들어와 돌 탁자 위에 내려놓으며 삼장법사에게 말했어요.
>
> "어서 드세요. 갑작스럽게 만드느라 미처 좋은 음식을 마련하지 못했어요. 우선 드시고 시장기나 면하시면, 차차 음식을 더 내오겠습니다."
>
> 삼장법사가 냄새를 맡아보니 비린내가 물씬 풍기는지라. 감히 먹을

把頭咬下一口. 吓得那十七個宮娥沒命的前後亂跑亂藏. 你看那：宮娥悚懼, 彩女忙驚. 宮娥悚懼, 一似雨打芙蓉籠夜雨; 彩女忙驚, 就如風吹芍葯逗春風. 摔碎琵琶顧命, 跌傷琴瑟逃生. 出門那分南北, 離殿不管西東. 磕損玉面, 撞破娇容. 人人逃命走, 各各奔殘生(이후 『서유기』의 원문은 吳承恩 著, 李卓吾 批評, 『西游記(上,下)』, 岳麓書社, 2006을 참고하였고, 번역은 오승은, 『서유기』, 서울대학교 서유기 번역연구회 역, 솔, 2004를 참고하였다).

4 『西游記』 第72回.

5 『西游記』 第55回.

엄두를 내지 못하고 몸을 굽혀 합장하며 말했어요.

"보살님들, 소승은 날 때부터 소식(素食)만 해왔습니다."

여인들이 웃으며 말했어요.

"스님, 이건 소식이에요!"[6]

인육으로 만든 음식을 보고 거부하는 삼장의 모습이나 인육을 소식이라고 우기는 여인들의 모습, 인육을 가지고 만든 각종 음식들 모두 그 자체로 희극적이다. 전혀 심각하지 않은 그들의 대화와 표정 속에서 잔인한 식인의 행위는 폭력성을 상실한다. 그럼에도 불구하고 『서유기』 텍스트를 자세히 읽어보면, 삼장 무리들의 취경만큼이나 요괴들의 식인과 영생에 대한 바람은 절박하고 그 과정은 사실 잔인하다. 살이 찢기고 피가 튀기는 식인의 장면들은 이야기 속에서 요괴들을 분명 사람과는 다른 이종(異種)의 동물적인 존재로 타자화한다.

인간인 우리가 동종의 인간을 잡아먹는 행동은 인류의 오랜 역사 속에서부터 이미 무의식적으로 금기시되어왔다. 성문화된 법률과 규범들이 만들어지기 이전부터 이것은 인간 사회에서 암묵적으로 금지된 행동이었다. 동종살해(同種殺害)와 식인은 인간 사회에서 집단의 질서를 무너뜨리고 혼란을 가져오는 위험한 행위로 간주되어왔다. 신성한 삼장의 무리, 평범한 인간 그리고 요괴의 세 영역 안에서 요괴는 식인을 통해 종간의 견고한 질서를 교란시키는 위험한 존재들이다. 이처럼 원

6 『西游記』 第72回：那四個到廚中撩衣斂袖, 炊火刷鍋. 你道他安排的是些甚麼東西. 原來是人油炒煉, 人肉煎熬, 熬得黑糊充作面筋樣子, 剜的人腦煎作豆腐块片. 兩盤兒捧到石卓上放下, 對長老道："請了. 倉卒間, 不曾備得好齋, 且將就吃些充腹, 後面還有添換來也." 那長老聞了一聞, 見那腥羶, 不敢開口, 欠身合掌, 道："女菩薩, 貧僧是胎裏素" 衆女子笑道："長老, 此是素的."

초적 금기를 파기하는 『서유기』 속 요괴들의 식인 행위는 우리의 내부에 잠재된 거부감과 혐오를 불러일으킨다.

그런데 아이러니하게도 혐오스러운 요괴들은 각국의 문학 속에서 오래전부터 인기 있는 캐릭터로 사랑을 받아왔다. '인간의 살과 피를 먹는 것'에 대한 혐오는 특히 서구의 공포물에서 공포를 유발하는 주요 심리적인 요인으로 작용해왔다. 예를 들어 흡혈귀를 소재로 한 소설 『흡혈귀 드라큘라』[7]가 오랜 시간 인기를 얻었고, 이후로 여러 차례 영화로 각색되기도 했다. 몇 년 전 세계적으로 흥행몰이를 한 〈Twilight〉 영화 시리즈는, 뱀파이어 이야기를 현대적인 감성에 맞춰 스크린에 재현한 작품으로, 뱀파이어 신드롬을 부활시켰다고 평가받았다. 과학과 이성(理性)으로 무장한 현대인들을 무장 해제시킨 이러한 뱀파이어 열풍은 요괴의 존재들이 지극한 혐오감을 주는 동시에 사람의 마음을 사로잡는 매력적인 존재임을 보여준다. 그렇다면 이들의 낯선 매력은 어디에서부터 나오는 것일까? 우선 식인이라는 사회적으로 암묵된 금기를 과감하게 무너뜨리고 사회의 질서와 규칙을 뒤흔드는 그들의 행동에서부터 찾아볼 수 있다. 줄리아 크리스테바(Julia Kristeva)는 혐오스러운 존재들을 abjection 즉 비체(卑體)라는 용어로 구분한 바 있는데, 그녀가 비체 가운데 가장 기본적이고 원초적인 형태로 지목한 것은 바로 음식물에 대한 혐오이다.[8] 『서유기』에서 요괴가 인간의 살을 음식물로 삼는다는 사실은 인간 내면에 존재하는 금기를 넘어서고픈 무의식을 자극하며, 우리 안에 잠재된 가장 원초적인 공포−인간이 인간을 먹는 것, 식인−를 상

7 아일랜드의 작가 브램 스토커(Bram Stoker, 1847~1912)가 1897년에 쓴 소설로, 흡혈귀인 드라큘라 백작이 주인공이다.

8 줄리아 크리스테바, 『공포의 권력(*The Power of Horror*)』, 서민원 역, 동문선, 2001, 21~33쪽.

기시킨다. 내 안에 감춰진 어두운 욕망의 그림자인 요괴는 그래서 공포이자 매혹의 대상일 수밖에 없는 것이다.

2) 신성

『서유기』에서 올바르지 않은 먹거리를 취함으로써 종(種) 간의 질서를 어지럽히는 위험한 존재는 요괴만이 아니다. 요괴들과는 대조적으로 숭배의 대상인 신, 신선, 왕들 역시 『서유기』에서 식인이라는 기괴한 행태와 밀접하게 연관되어 있다. 지극히 신성한 존재들이 어떻게 야만적이고 폭력적인 식인의 이미지와 연결되어 있는 것일까? 『서유기』에서는 신성한 이들의 권위를 추락시키는 식인의 행태에 대한 직접적인 묘사는 거의 나오지 않는다. 그러나 이들의 위선과 폭력성은 상징의 코드로써 『서유기』 안에 우회적으로 표현되어 있다. 『서유기』 24회에 나오는 인삼과(人參果) 이야기는 이들의 신성함이 사실은 가장된 것일지도 모른다는 혐의를 불러일으킨다. 마치 살아 움직이는 듯한 어린아이 모양의 열매들을 게걸스럽게 따 먹는 신선들의 행동은 이들이 영생의 묘약을 얻기 위해서 공모하는 것 같은 기괴한 느낌을 자아낸다.[9]

또한 『서유기』 안에서 존귀한 신들의 이미지는 뜻밖에도 우스꽝스럽고 저급한 이미지로 왜곡되어 있다. 39회에서 도교의 최고 신성인 노자(老子)는 구두쇠에다 소심하고 쩨쩨한 인물로 등장하고, 26회에서는 도교의 수성(壽星), 복성(福星), 녹성(祿星)이 저팔계에게 농락당하는 어리석은 인물로 희화된다. 불교의 대자대비한 관음보살 역시 42회에 보면 똥자루 같은 펑퍼짐한 몸매에 불같고 의심도 많은 부정적인 이미지로

---

9 자세한 내용은 본장의 4. 3) 희생제의의 사회적 기능에서 살펴보기로 한다.

묘사된다. 44회의 도교의 원시천존(元始天尊), 영보도군(靈寶道君) 등도 삼장의 제자들에게 조롱당하고 욕을 먹는 존재들이다.[10]

그런데 『서유기』에서 추악하게 묘사되는 것은 이들뿐만이 아니다. 왕들 역시 속세에서 존경을 받는 보통의 왕들과는 거리가 먼 어리석고 비열한 이미지를 보여준다. 『서유기』에서 삼장 일행은 천축국(天竺國)으로 가는 중에 여러 나라의 국왕들과 만나는데, 국가의 지도자인 그들은 정작 정치에는 관심이 없고 불로장생의 도에 심취해 있거나, 우매하여 요괴들의 꼭두각시 노릇을 한다. 존귀해야 할 그들은 심지어 식인귀의 특성까지 보인다. 『서유기』에서 유일하게 위엄을 갖춘 왕다운 왕으로 등장하는 것은 당태종(唐太宗)이다. 9회에서 11회까지 등장하는 당태종의 모습을 보면 덕치(德治)를 베풀어 백성들의 신임을 한 몸에 받는 인자한 군주의 모습을 하고 있다.

> 위대한 당나라 태종 황제께서 크나큰 은덕 베푸시니
> 요순보다 훌륭한 치도(治道)에 만백성이 풍요롭네.
> 사형수 사백 명이 모두 감옥을 떠났고
> 노처녀 삼천 명은 궁궐에서 풀려나왔네.
> 세상의 많은 벼슬아치들 주상의 장수를 칭송하고
> 조정의 여러 재상들 원룡을 축하했네.
> 오롯한 선심에 하늘이 응하여 도와주니
> 복된 음덕(陰德)이 십칠 대 후손까지 전해지리라.[11]

---

10 자세한 내용은 본서의 1부 1장을 참고.

11 『西游記』 第11回 : 大國唐王恩德洪, 道過堯舜萬民豐. 死囚四百皆離獄, 怨女三千放出宮. 天下多官稱上壽, 朝中衆宰賀元龍. 善心一念天應佑, 福蔭應傳十七宗.

그러나 위와 같은 성군(聖君)의 모습은 지극히 예외적인 경우이고 『서유기』에 나타난 군주들의 모습은 하나같이 어리석고 탐욕스러우며 인육을 욕망한다. 예를 들면 비구국(比丘國)의 왕은 사악한 도사의 꾐에 빠져서 영생을 얻고자 1,111명의 어린아이의 심장을 달여 불사약을 만든다. 나중에는 도사가 삼장의 심장을 먹으면 더 큰 효험이 있다고 하자 비구국 국왕은 삼장의 고기를 먹으려고 혈안이 된다. 제78회의 예를 보자.

> 장인은 이렇게 말했어요. "동녘 땅에서 경전을 가지고 오라고 파견한 그 중은 몸이 깨끗하고 용모가 단정한 것이, 제가 볼 때 열 세상을 돌며 수행을 쌓은 참된 몸[眞體]입니다. 즉 어려서 중이 되어 원양을 흘린 적이 없습니다. 아이들에 비하면 만 배나 낫지요. 국왕께서 만일 그의 심장을 달여 제 선약과 함께 복용하시면 만 년 사는 것쯤은 문제가 없습니다."[12]

위의 예문에서 장인(丈人)이란 본래 사람의 모양을 한 요괴로, 비구국 국왕에게 양기(陽氣)를 간직한 삼장의 고기를 먹으면 불로장생할 수 있다고 유혹한다. 무지한 국왕은 불사의 욕망에 사로잡혀 삼장을 살해하고 그 고기를 먹으려고 계략을 세운다. 제47회의 통천하(通天河)의 영감대왕(靈感大王)도 마을을 다스리는 신령한 존재인데, 어린아이 고기 먹는 것을 좋아하여 해마다 마을의 평화를 빌미로 사람들에게 어린 남자아이와 여자아이를 희생으로 바치도록 강요한다.[13]

---

12 『西游記』 第78回 : 國丈才說 : "那東土差去取經的和尙, 我觀他器宇淸淨, 容顏齊整, 乃是個十世修行的眞體, 自幼爲僧, 元陽未泄, 比那小兒更强萬倍. 若得他的心肝煎湯, 服我的仙藥, 足保萬年之壽."

13 『西游記』 第47回 : 雖則恩多還有怨, 總然慈惠却傷人. 只因好吃童男女, 不是昭彰正

『서유기』 74회에서도 사타국(獅駝國)의 셋째 대왕이 문무대신들, 남녀노소들을 모두 잡아먹어 그 나라에 요괴만 남게 된 이야기가 나온다.[14] 이처럼 인간세상에서 존경의 대상인 신, 신선, 왕 등은 더이상 『서유기』에서 신성한 존재가 아니다. 그들은 어리석고, 우스꽝스럽고, 저급하며 심지어 사람의 고기를 탐식하는 추악한 존재인 것이다. 『서유기』에 당시 신성들과 집정자들에 대한 대담한 비판이 나올 수 있었던 배경은 『서유기』의 저작 시기인 명말의 사회적인 분위기와 연관되어 있다. 주지하다시피 『서유기』의 저작 당시인 명말은 자유로운 개성 해방과 다양한 문화가 유행했던 시대였다. 명초의 홍무제(洪武帝)가 수십여 건의 문자옥(文字獄)을 일으켜 가혹한 사상통제의 문화정책을 펼쳤던 것에 비해 명대 중후기로 가면 문화는 상대적으로 이완되고 방만해진다. 명대 중후기의 문화정책이 이완되었다는 것이 사실 어떤 진보와 혁명이 가져온 개방은 아니었으며, 오히려 왕조 말기의 정치적 몰락에서 오는 퇴락의 분위기였다고 말하는 편이 맞을 것이다. 실제로 명대 중후기 정덕(正德, 1506~1521)부터 만력(萬曆, 1573~1619) 연간에 이르는 네 명의 황제 가운데 무종(武宗)은 부패와 방탕으로 악명이 높았다. 세종(世宗)은 초기에는 정치에 관심을 갖다가 점차 궁궐에 은둔하며 도교에 심취했고[15] 목종(穆宗)은 재위기간은 길지 않았지만 풍류를 즐기고 낭비를 일삼았다. 신종(神宗)도 재위기간 대부분의 시간 동안 정치에 태만하였다.[16] 그

直神.

14 『西游記』 第74回.

15 무종은 불교에 심취하여 궁내에 절을 대거 건립하여 경전을 口誦하였고 스스로 法號를 만들었다. 세종은 불교뿐 아니라 方術에 심취하여 방사들을 궁내에 많이 불러들였다. 陶希聖 等, 『明代宗教』, 臺灣學生書局, 1968, 248~251쪽.

16 유용강, 『『서유기』 즐거운 여행 : 『서유기』 새로운 해석』, 나선희 역, 차이나하우스,

런데 아이러니하게 당시 군주들의 정치적인 무관심 덕분에 명대 중후기의 문화적인 분위기는 대체로 자유로울 수 있었다. 명이 쇠락의 길로 접어들던 시기에 저작된 『서유기』에는 당시의 무능한 군주들과 부패한 관리들, 방종한 귀족들에 대한 민중의 분노가 반영되어 있다.

3. 식인의 대상물 : 어린아이와 삼장법사

1) 어린아이

『서유기』에는 식인의 행위를 하는 주체로서 식인귀가 나오고 식인귀에 의해 희생되는 대상으로서 어린아이와 삼장법사가 나온다. 사람을 먹는다는 사실을 놓고 봤을 때, 식인의 행위를 하는 주체 자체가 물론 기이한 존재이지만, 먹히는 대상도 비정상적인 범주에 속한다. 왜냐하면 정상적인 사회에서 누군가에게 먹힌다는 것은 있을 수 없는 일이고 만약 식인의 대상일 수밖에 없다면 그건 그들이 그런 처지일 수밖에 없는 필연적인 원인을 스스로 잠재하고 있어서이다. 이런 맥락에서 『서유기』 속 어린아이는 우리가 현실에서 쉽게 접할 수 있는 어린아이의 평범한 이미지를 넘어서는 이질적 특성을 잠재하고 있다. 우선 『서유기』 속에서 식인의 대상물인 '어린아이'는 두 가지 상반된 이미지로 나타난다. 우선 동자승과 같은 신성한 어린아이의 이미지가 있고, 불로장생의 욕망을 위해 약용으로 바쳐지는 학대받는 희생양으로서의 이미지가 있다. 천진난만한 어린아이의 모습은 『서유기』에서 귀엽고 신비로운 선동

2008, 93쪽.

(仙童)으로 나타난다. 아래의 구체적인 예를 참고하자.

그렇게 잠시 놀고 있노라니, 끼익 하는 소리와 함께 마을 대문이 열리더니 안에서 한 선동이 달려 나왔어요. 그런데 그 모습이 정말 예쁘고 씩씩한데다 얼굴표정도 무척 맑아서, 속세의 보통 아이들과는 달랐어요. 그 모습은 마치 이 노래와 같았지요.

봉긋한 두 개의 상투 나란히 비단 실로 묶었고
널따란 도포 두 소매가 바람에 펄럭이네.
용모와 신체는 자연히 특별한 분위기를 풍기고
마음과 관상에는 모두 '공'의 깨달음이 깃들어 있네.
세상 밖의 불로장생하는 나그네와
산중의 늙지 않은 아이
티끌 하나도 전혀 물들지 않았기에
세월도 마음대로 뛰어넘었네.[17]

『서유기』에는 이처럼 아름답고 신비로운 선경(仙境)을 배경으로 하여 살아가는 선동의 모습이 종종 출현하는데, 이때 어린아이의 모습이란 순수 그 자체이다. 그런데 『서유기』에는 평화로운 선동의 이미지만 등장하는 것은 아니다. 이와는 대조적으로 요괴와 어른들에게 잔인하게 희생되는 희생양으로서의 어린이도 나온다. 이들도 본래 선동과 마찬가지로 순진무구한 어린아이이지만 불사약의 원료로서 살해되고 희생제물로 바쳐지며, 거위우리에 갇혀 학대받기도 한다. 『서유기』에는

---

17 『西游記』 第1回 : 少頃間, 只聽得呀的一聲, 洞門開處, 裏面走出一個仙童, 眞個豐姿英偉, 像貌淸奇, 比尋常俗子不同, 但見他 : 髽髻雙絲綰, 寬袍兩袖風, 貌和身自別心與相俱空, 物外長牢客, 山中永壽童, 一塵全不染, 甲子任翻登.

선동의 이미지보다 오히려 학대받는 어린아이의 이미지가 더 빈번하게 출현한다. 『서유기』의 어린아이의 이미지에는 살해와 심지어 식인의 그로테스크한 욕망의 그림자가 겹쳐서 나타난다. 그렇다면 『서유기』 안에는 왜 어린아이에 대해 이처럼 모순적인 두 개의 심리가 공존하는 것일까?

이와 같은 모순적인 시각을 이해하기 위해서는 우선 어린아이에 대한 중국의 전통적인 인식을 살펴볼 필요가 있다. 고대 중국의 전적에서 어린아이는 도(道)의 개념, 태초의 순진무구한 상태를 상징적으로 표현할 때 자주 쓰였으며 도교 신선의 원형을 설명할 때도 자주 인용되었다. 예컨대 노자의 『도덕경』의 제10장 '능위(能爲)'에서는 도를 체득하여 올바르게 행동하는 방법을 논하고 있는데 다음과 같은 내용이 나온다.

> 혼백을 잘 간수하고 순일한 정신을 지니어, 여기로부터 떠나는 일이 없어야만 한다. 정기를 오로지 하여 유연한 마음을 이룩하여, 어린아이와 같아야 한다.[18]

노자는 득도에 이르기 위해서는 정기를 어린아이 같은 상태로 만들어야 한다고 말한다. 비슷한 시기에 출현한 장자(莊子)도 선표(單豹)가 물만 마시고 수행한 결과 70세에도 어린아이의 모습을 유지했다고 말한다.[19] 위진남북조(魏晉南北朝) 시기에 저작되었을 것으로 추정되는 도교 전적인 『한무내전(漢武內傳)』[20]에서도 한무제의 스승으로 등장하는 선인

---

18 『老子(上)·道經』 章十'能爲': 載營魄抱一, 能無離乎. 專氣致柔, 能嬰兒乎(金學主 譯解, 『老子』, 明文堂, 2002, 81쪽).

19 『莊子·外篇·達生』: 單豹行年七十, 而猶有嬰兒之色.

20 『漢武內傳』은 『漢武帝內傳』으로도 불린다. 도교의 道士에 의해 저작되었을 것으로

(仙人)인 진청동소군(眞靑童小君)은 어린아이 모습을 하고 있다. 그는 어린아이의 외모에 성스럽고 오묘하며 재주도 매우 뛰어나다.[21] 이러한 예들에서 볼 수 있듯이 도교에서는 가장 궁극적인 진리, 완전함을 이야기할 때 바로 어린아이의 이미지를 원용했음을 알 수 있다.[22] 이와 같은 어린아이에 대한 관념은 『서유기』가 저작되었던 명대에도 나타난다. 명대의 급진적인 태주좌파(泰州左派)의 사상 해방가였던 이지(李贄) 역시 동심설(童心說)을 이야기한 바 있다. 동심설이란 어린아이와 같은 맑고 순수한 마음을 가장 가치 있는 것으로 간주하고 예의나 도덕규범에 의해서 개성을 억압해서는 안 된다는 철학적인 논리를 바탕으로 한다. 즉 시대를 초월하여 중국에서 어린아이가 표상하는 이미지는 신성함, 완전함 혹은 궁극적인 도와 진리였다.

그런데 이처럼 어린아이가 신성한 이미지로 이상화된 것은 도교의 경전이나 철학자들의 진리를 담은 공식적인 텍스트에서이다. 이러한 공적 담론을 벗어나 문학과 민속으로 넘어가면 어린아이의 이미지는 훨씬 다양해진다. 중국에서 가장 오래된 신화서로 이야기되는 『산해경』을 살펴보면 어린아이는 기괴하게도 식인의 이미지와 겹쳐져 나타난다. 『산해경』에는 심심치 않게 식인동물들이 등장하는데, 이들 중 많은 수가 어린아이의 목소리를 낸다. 끔찍한 식인동물들이 아이러니하게도

추측될 만큼 도교적 성분을 농후하게 지녔으며 심지어 도교 의례의 口述的 상관물로 말해지기도 한다.

21 김경아, 「『漢武內傳』 試論 및 譯註」, 이화여자대학교 대학원 중어중문학과 석사학위논문, 1998, 94쪽.

22 정재서 교수는 嬰兒 이미지는 역사적으로 자연적 본성의 수호자, 운명 비판자의 의미에서 기층문화, 비제도권을 통하여 구현되었으며 이와 관련된 문화로 도교를 꼽을 수 있다고 말하였다. 정재서, 『사라진 신들과의 교신을 위하여』, 문학동네, 2007, 54쪽.

가장 나약한 어린아이의 목소리를 낸다는 사실은 읽는 이로 하여금 식인과 어린아이 사이에 숨겨진 모종의 연관성을 가늠케 한다.[23] 가까운 일본의 예를 보아도 이러한 식인동물의 존재가 실제로 어린아이 유기와 무관하지 않음을 알 수 있다.

일본에서 오늘날까지 사람들에게 많은 사랑을 받고 있는 일본 고유의 요괴로는 갓파(河童)가 있다. 갓파는 초록색 몸에 머리에는 접시를 이고 있는 물의 요괴이다. 오이를 즐겨 먹고 아이들과 어울려 씨름을 하며 잘 놀지만 물속에 잠수하고 있다가 지나가는 어린아이들을 낚아채 잡아먹기도 한다. 갓파는 오늘날 특히 어린아이들에게 인기가 많아서 애니메이션의 주인공으로도 자주 출현한다.[24] 그런데 일본의 역사 기록들을 모아보면 사실 이 요괴가 에도(江戶) 시대 혹은 그 이전부터 암암리에 자행되어온 어린아이 유기와 밀접한 관련을 갖는다는 사실을 발견할 수 있다. 에도 시대에는 전쟁이 끊이지 않았고, 당시 사람들은 전쟁으로 인한 기근 때문에 어쩔 수 없이 어린아이를 유기할 수밖에 없었다. 그리고 아이를 물에 빠뜨려 죽이면서 "갓파가 아이를 잡아갔다"고 주위 사람들에게 이야기하면서 아이의 죽음을 갓파라는 요괴의 소행으로 전가함으로써 심리적인 죄책감을 덜고자 했다.[25] 이러한 인간의 악행에 대한 은폐 과정을 통해 그 사회에서 갓파는 점차 어린아이를 잡아먹는 식인귀의 역할을 떠맡게 되었다. 이처럼 갓파의 출현에는 어린아

23 유강하 역시 『산해경』의 식인동물들의 공통점이 어린아이 소리를 낸다는 점을 지적한 바 있다. 유강하, 「幼兒犧牲神話硏究」, 연세대학교 대학원 중어중문학과 석사학위논문, 2001, 3쪽.

24 〈갓파쿠와 여름방학을(河童のクゥと夏休み : Summer Days With Coo)〉, 2008.6.26 개봉.

25 折口信夫, 『古代研究II』, 中公クラシックス, 2003, pp.223~252.

이 살해와 유기라는 당시의 잔인하고 슬픈 역사가 감춰져 있는 것이다.

그런데 어린아이는 고대 중국의 전적에서 소인 즉 난쟁이와 혼동되어 나타나기도 한다. 위진대의 지괴서사로 추정되는 『신이경(神異經)』을 보면, 키가 7치밖에 안 되는 곡국 사람들은 나는 듯이 걸어 다녔고 장수를 한다. 이들은 작은 키로 인해 종종 고니들에게 잡아먹혔는데 뱃속에 들어가서도 죽지 않았고 오히려 곡국 사람들을 잡아먹은 고니는 삼백 년을 살 수 있었다.[26] 비정상적으로 작은 키의 곡국 사람들은 특이한 외모만큼이나 비범한 장수의 능력을 가졌다고 믿어졌다. 그런데 우리가 주목할 부분은 서진(西晉)의 장화(張華)가 『신이경』의 이 대목에 대해 주를 달면서 "진장(陳章)과 제환공(齊桓公)은 소아(小兒)에 대해 논하였다"[27]라고 했고, 대만(臺灣)의 왕국량(王國良)은 "『설부(說郛)』 권65에서는 '소아(小兒) 2자가 소위소인(所謂小人)으로 되어 있다'"[28]고 주를 단 것이다. 이러한 예들로부터 우리는 고대 중국에서는 소아와 소인이 종종 혼용되었다는 사실을 알 수 있다. 소아와 소인의 혼용의 근거는 소인에 대한 사전적인 의미를 찾아보아도 쉽게 알 수 있다. 『한어대사전』에 따르면 소인은 단지 키 작은 난쟁이를 지칭하는 것이 아니라 어린아이를 가리키기도 한다.[29]

여기서 한 가지 더 우리가 주목해야 할 점은 고대 중국의 전적에서 소

---

26 『神異經 · 西荒經』: 西海之外有鵠國焉, 男女皆長七寸. 爲人自然有禮, 好經論拜跪. 其人皆壽三百歲. 其行如飛, 日行千里. 百物不敢犯之, 唯畏海鵠. 鵠遇輒呑之, 亦壽三百歲. 此人在鵠腹中不死, 而鵠一擧千里(이후 『신이경』에 대한 번역은 郭璞 注, 東方朔 著, 송정화 · 김지선 譯註, 『穆天子傳 · 神異經』, 살림, 1997을 참고로 한다).

27 華曰: 陳章與齊桓公論小兒也.

28 郭璞 注, 東方朔 著, 『穆天子傳 · 神異經』, p.296.

29 漢語大詞典編輯委員會, 『漢語大詞典』, 漢語大詞典出版社, 1994, p.1586.

인은 범상치 않은 외모로 인해 능력도 특별하다고 여겨졌고, 특별한 효험이 있는 약용의 대상으로 묘사되었다는 것이다. 고대 중국의 많은 이야기들에서 소인은 하나의 인격체로 비쳐지는 것이 아니라 물질로서 인식되어 인간의 불로장생에 도움이 될 수 있는 약재처럼 언급되곤 하였다. 이들의 작고 기이한 몸에는 식인에 대한 인간의 원초적 폭력성이 투영되어 나타난다. 다음의 예를 보자.

> 서북쪽의 변경 가운데에 사는 어떤 소인은 키가 1치이고 배 둘레는 키와 같다. 남자들은 붉은 옷에 검은 관을 쓰고 수레를 끌고 다니는데 거동은 위엄스럽기까지 하다. 사람이 (이 소인이 탄) 수레와 마주쳤을 때 잡아먹으면 맛이 매워 먹기에 고통스럽지만, 죽을 때까지 충치에 물리지 않고 만물의 이름을 알게 되며 또 뱃속의 삼충을 없앨 수 있다.[삼충은 죽으면 바로 선약으로 만들어 먹을 수 있다][30]

> 산속을 가다가 소인이 수레를 타고 가는 것을 보면 키는 칠 팔촌인데 잡아서 그를 먹으면 신선이 될 수 있다.[31]

특별한 외모를 가진 소인들을 식용했을 때 여러 가지 효험을 볼 수 있고 나아가 신선도 될 수 있다는 생각은 고대인들의 공감주술적인 사고를 반영한 것이다. 소인에게 드리워져 있는 식인의 욕망은 같은 범주로 동일시되는 소아에도 동시에 투영된다. 그리고 이들은 모두 신성함, 특별함, 기이함의 항목들로서 범주화되면서 타자화되었다. 한 사회에서

---

30 『神異經 · 西北荒經』: 西北荒中有小人焉, 長一寸, 圍如長. 其君朱衣玄冠, 乘輅車導引, 爲威儀. 人遇其乘車, 抓而食之, 其味辛楚, 終年不爲蟲豸所咋, 并識萬物名字, 又殺腹中三蟲.[三蟲死, 便可食僊藥也]

31 『抱朴子 · 仙藥』: 行山中見小人乘車馬, 長七八寸, 捉取腹之, 卽仙矣.

신성함으로써 추앙되는 존재들은 그 이면에 대부분 폭력적인 희생양의 슬픈 그림자를 안고 있다. 『서유기』에서 어린아이들이 식인의 대상으로 등장하는 많은 예들은 바로 이러한 고대 중국의 역사에서 소아=소인=신성함=희생양의 모순적인 논리에 의해 이해되어야 할 것이다.

2) 삼장법사

『서유기』에는 식인의 또 다른 대상물로서 삼장법사가 등장한다. 실제 역사 속에서 온갖 고난과 역경을 이겨내면서 천축으로부터 경전을 가져오는 데 성공한 삼장법사는 그야말로 당시 신성(神聖)과 존엄의 화신이었다. 특히 고귀한 그의 외모는 보는 이의 감탄을 자아낼 정도였다. 『서유기』 12회에서는 다음과 같이 삼장법사를 묘사하고 있다.

> 늠름하다, 위엄 있는 얼굴 얼마나 고상하고 수려한지!
> 가사가 재단하여 맞춘 듯 몸에 맞는구나.
> 햇살은 아름답게 온 천지를 가득 채우고
> 장식 등롱들 무수하게 하늘을 뒤덮고 있네.
> 반짝반짝 구슬들 위아래로 달려 있고
> 층층이 금실 앞뒤로 이어졌네.
> 사면에 아름다운 비단으로 테를 둘렀고
> 갖가지 진귀하고 고운 비단을 깔았네.
> 팔보 꽃 장식이 단추 끈에 달렸고
> 옷깃 여민 금고리가 융모 단추 위로 붙어 있네.
> 불국의 식구들 아래위로 늘어서 있고
> 높고 낮은 별자리 좌우로 나뉘어 있네.
> 현장법사는 크나큰 인연이 있어

지금 이 물건을 받을 수 있다네.
꼭 십팔 아라한 같고
서방의 진각수보다 뛰어나네.
석장은 딸랑딸랑 아홉 고리 부딪히고
비로모는 또 얼마나 두툼하고 훌륭한지!
실로 부처의 제자란 말 헛되지 않고
보리보다 낫단 말도 하나 그르지 않네.[32]

14회에서는 삼장법사의 얼굴을 "맑고 수려하다"[33]고 묘사하고 있고, 24회의 동자승인 청풍과 명월도 삼장이 "정말 서천의 성자가 속세에 나신 것이고, 참된 정기가 흐려지지 않았다"[34]고 말한다. 54회에서 서량녀국(西梁女國)의 여왕은 삼장의 멋진 모습에 반해 삼장을 배우자로 삼고 싶어 하면서 다음과 같이 삼장을 묘사하고 있다.

훤칠하고 빼어난 풍채에
위풍당당한 모습
이는 은처럼 희고 가지런하고
붉은 입술은 반듯하네.
평평한 정수리 넓은 이마에 천창도 불룩하고

32 『西游記』 第12回：凜凜威顔多雅秀, 佛衣可體如裁就. 暉光艶艶滿乾坤, 結綵紛紛凝宇宙. 郎郎明珠上下排, 層層金線穿前後. 兜羅四面錦沿邊, 萬樣希奇鋪綺繡. 八寶粧花縛鈕絲, 金環束領攀絨扣. 佛天大小列高低, 星象尊卑分左右. 玄藏法師大有緣, 現前此物堪承受. 渾如十八阿羅漢, 賽過西方眞覺秀. 錫獎叮噹鬪九環, 毘盧帽映多豐厚. 誠爲佛子不虛傳, 勝似菩提無詐謬.

33 『西游記』 第14回：老者擡頭見了三藏的面貌淸奇, 方才立定.

34 『西游記』 第24回：那明月, 淸風, 暗自夸稱不盡道："好和尙! 眞個是西方愛聖臨凡, 眞元不昧."

맑은 눈동자 시원한 눈썹에 턱도 길구나.
바퀴처럼 큼직한 두 귀는 진정 호걸의 모습이요
온몸에 속된 기운 없으니 뛰어난 남편감일세.
멋지구나! 젊고 잘생긴 풍류남아여!
서량녀국 정숙한 여왕의 짝이 될 만하네.[35]

위의 예문들에서 보듯이 삼장법사는 『서유기』에서 훌륭한 외모에 신성함까지 갖춘 완벽하고 이상적인 남성이다. 그런데 아이러니하게도 이렇게 수려한 외모의 삼장은 『서유기』에서 늘 요괴가 욕망하는 식인의 대상이 된다. 삼장의 몸은 요괴들에게 장수와 불사를 가져다주는 어느 약보다도 효력이 강한 즉효약이다. 『서유기』에서 요괴들은 하나같이 삼장법사에 대해 이렇게 이야기한다.

당나라 삼장법사는 열 세상을 돌며 수행한 훌륭한 사람이라, 그의 고기를 한 점만 먹어도 수명을 늘려 장수할 수 있다더구나.[36]

애들아, 탁자를 날라 오고 날랜 칼을 갈아오너라. 이 중의 배를 갈라 심장을 꺼내고 껍질을 벗기고 살을 발라내라. 악기도 연주해라. 내 현명한 여동생과 함께 그걸 먹어 수명을 늘리고 장수를 누리리라.[37]

---

35 『西游記』 第54回 : 豐姿英偉, 相貌軒昂. 齒白如銀砌, 脣紅口四方. 頂平額闊天倉滿, 目秀眉淸地閣長. 兩耳有輪眞傑士, 一身不俗是才郎. 好箇妙齡聰俊風流子, 堪配西梁窈窕娘.

36 『西游記』 第48回 : 唐三藏乃十世修行好人, 但得吃他一塊肉, 延壽長生.

37 『西游記』 第48回 : 小的們, 擡過案卓, 磨快刀來, 把這和尙剖腹剜心, 剝皮剮肉, 一壁厢響動樂器, 與賢妹共而食之, 延壽長生也.

이 중은 열 세상을 돌며 수행한 훌륭한 사람이니, 그의 고기를 한 점만 먹어도 영원히 늙지 않고 살 수 있지. 내 저 중을 잡으려고 한참을 기다렸는데 오늘에야 뜻을 이루었구나.[38]

어쨌든 붉은 빛 속에는 정말 요괴가 있었어요. 그놈은 몇 년 전에 누군가가 하는 얘기를 들었는데, 그 말에 따르면 서천으로 경전을 가지러 가는 동녘 땅 당나라 중은 바로 금선장로가 환생한 것인데, 그는 열 세상을 돌며 수행한 훌륭한 사람이라 누구라도 그의 고기를 한 점만 먹어도 불로장생하여 천지와 수명을 같이 할 수 있다는 것이었지요.[39]

위의 예문 외에도 『서유기』에는 삼장의 고기를 불로장생의 효력을 지닌 영약(靈藥)으로 서술한 내용이 거의 매회 나온다. 이러한 삼장에 대한 『서유기』의 입장은 기존의 역사와는 판이하다. 『서유기』에서는 삼장법사가 평범하다 못해 요괴들의 먹잇감으로까지 그 위상이 추락하고, 특별히 언급할 만한 역할도 없다. 특히 손오공, 저팔계의 제자들이 능수능란하게 법술을 부리며 눈부신 활약을 하고 개성적인 캐릭터를 저마다 구현할 때, 삼장은 자신만의 독특한 개성을 보여주지 못한다. 그는 리더로서의 역할도 제대로 수행하지 못한다. 소설 속에 나타난 그의 이미지는 역사 속에서 전해져온 신성한 고승의 이미지를 철저하게 비웃고 부정한다. 위대한 취경의 전설을 이루어낸 당나라의 삼장법사는

---

38 『西游記』 第43回 : 這和尙乃十世修行的好人, 但得吃他一塊, 便做長生不老人. 我爲他也等彀多時, 今朝却不負我志.

39 『西游記』 第40回 : 却說紅光裏, 眞是個妖精. 他數年前聞得人講 : 東土唐僧往西天取經, 內是金蟬長老轉生, 十世修行的好人. 有人吃他一塊肉, 延生長壽, 與天地同休.

명대의 소설 속에서 이렇게 우스운 꼴로 왜곡되고 추락한다.

4. 식인 욕망의 의미구조

이미 언급했듯이 『서유기』는 삼장과 제자들의 취경이라는 고귀한 메시지를 전면에 내세우고 있지만 실제 내용을 들여다보면 식인의 욕망으로 가득한 '식인의 이야기'로 볼 수 있다. 그래서 누군가를 잡아먹으려는 존재들과 반대로 잡아먹히는 존재들이 등장하고 그들 간의 쫓고 쫓기는 치열한 갈등과 투쟁이 계속된다. 그렇다면 『서유기』 속에 가득한 식인의 욕망은 어디에서부터 근원하는 것일까? 여기서는 그 욕망의 실체를 탐구해보고자 한다.

1) 영생에 대한 추구

『서유기』에는 수많은 요괴들이 등장하는데 이들의 하나같은 염원은 지금의 요괴의 신분으로부터 벗어나는 것이다. 『서유기』에서 요괴라는 신분은 신과는 달라서 영원히 살 수 없고 신과 인간의 세계에서 완벽하게 배제되는 영원한 타자들이다. 『서유기』의 내용에 따르면 이들이 타자의 범주에서 벗어날 수 있는 방법은 두 가지인데, 그중 하나는 수행을 거듭하는 것이고, 또 다른 하나는 삼장의 고기를 먹는 것이다. 수행을 하는 방법은 위험을 감수하지 않아도 되지만 오랜 시간 동안 인내하면서 공을 들여야 하므로 평범한 요괴들은 이 방법으로 신분 상승의 목적을 달성하기가 거의 불가능하다. 요괴들이 수행을 시작했다고 해도 중도에 정체가 밝혀져 비참하게 죽는 등 불행한 말로를 맞는 것이 대부분이다.[40] 『서유기』에도 예외적으로 요괴가 수행을 통해 득도의 경지에 이른 경우가 없는 것은 아니다. 49회에서 삼장법사를 납치한 통천하(通天河)의 잉어요괴는 수행을 통해 득도한 요괴이다. 관음보살의 말에 따르면 이 요괴는 본래 관음보살의 연화지(蓮花池) 안에서 키우던 금붕어인데, 매일 경전 읽는 소리를 듣더니 저절로 수행하게 되어 재주를 닦게 되었다.[41] 이 요괴는 연봉오리를 무기로 만드는 등 법술을 부릴 수 있고 외모도 대왕의 위세를 지녔다. 이러한 금붕어 요괴의 예는 요괴도 수행을 열심히 하면 득도의 경지에 오를 수 있음을 보여준다. 그러나 『서유기』에서 인간이나 신선이 되기 위한 수행의 가능성은 모든 생물에게 열려 있지만, 실제로 성공한 요괴들은 거의 없다. 55회에 나오는 독전갈도 인간의 도를 수행하면서 인간이 되려고 노력하지만 결국 정체를 들키고 천적인 닭의 정령인 묘일성관(昴日星官)에게 제압되어 죽고 만다.[42] 그래서 요괴들이 가장 선호하는 방법은 고결한 삼장의 고기를 먹음으로써 삼장의 높은 공력을 온몸으로 흡수하고 곧바로 영생을 얻는 것이다. 『서유기』 32회에서 요괴들은 이렇게 말한다.

"사람이 먹고 싶으면 어딜 가건 몇 놈이야 잡지 못하겠어요? 그깟 중이야 어디로 가건 내버려둬요."[43]

"모르는 소리! 내가 하늘나라를 떠나올 때 사람들이 하는 얘길 들은 적 있어. 당나라 중은 금선장로가 아래 세상으로 내려간 자인데, 열

40 『西游記』 第55回 : 毒蝎枉修人道行, 還原反本見眞形.

41 『西游記』 第49回 : 他本是我蓮花池裏養大的金魚. 每日浮頭聽景, 修成手段.

42 『西游記』 第55回.

43 『西游記』 第32回 : 我們要吃人, 那里不撈幾個. 這和尙到得那里, 讓他去罷.

세상[十世]을 돌며 수행한 훌륭한 사람이라 원양이 조금도 새지 않았다는 거야. 그래서 그의 고기를 먹으면 불로장생할 수 있다더군."[44]

"그놈 고기를 먹기만 하면 불로장생할 수 있다니. 그럼 무슨 좌선이니, 입공이니, 용과 범을 단련한다느니, 자웅을 짝 지운다느니 할 필요도 없는 거잖아요? 그렇다면 당연히 잡아먹어야지. 나가서 잡아오리다!"[45]

삼장의 성스러운 살과 피는 요괴들이 신분을 상승하여 인간이나 신이 될 수 있는 즉효약이므로 『서유기』에 등장하는 요괴들은 예외 없이 삼장을 보면 식인의 욕망을 주체하지 못한다. 그런데 이러한 식인의 욕망은 비단 추악한 요괴들에게만 해당되는 것은 아니다. 앞에서도 언급했듯이 불교와 도교의 신과 신선들 역시 『서유기』에서 자신들의 강한 식인의 본성을 지니고 있다. 이러한 요괴들과 신성들의 식인의 욕망은 모두 영생을 얻고자 하는 인간의 원초적 욕망에서 비롯된다.

그런데 고대 중국의 전적들을 보면 역사상 식인이 실제로 자행되었다는 기록들이 적지 않게 나온다. 사람이 사람을 먹었다는 기이한 행태의 원인은 크게 네 가지로 정리해볼 수 있다. 우선 병든 노모나 아픈 아버지를 구하기 위한 효심에서 발원한 것이 있고, 임금이나 윗사람에게 충성심을 보이기 위한 것이 있으며, 또 한 가지는 회춘을 위해서, 나머지 하나는 미식가의 높은 입맛을 맞추기 위해서이다. 이 네 가지 원인들

---

44 『西游記』 第32回 : 你不曉得. 我當年出天界, 嘗聞得人言, 唐僧乃金蟬長老臨凡, 十世修行的好人, 一點元陽未泄, 有人吃他肉, 延壽長生哩.

45 『西游記』 第32回 : 若是吃了他肉就可以延壽長生, 我們打甚麽坐, 立甚麽功, 煉甚麽龍與虎, 配甚麽雌與雄. 只該吃他了. 等我去拿他來.

중에서 식인은 특히 충과 효라는 미명에 의해 자행되었고, 인육(人肉)을 즐겨먹는 애호가 집단이 형성되면서 '식인문화'로서 본격화되기도 한다. 인육요리나 인육애호가에 대한 기록은 송원(宋元)대의 전적에서부터 보이는데, 특히 송대 말 도종의(陶宗儀)가 쓴 『철경록(輟耕錄)』에는 인육으로 만든 요리들을 자세히 소개하고 있다. 다음의 『철경록』의 예문을 보자.

> 천하가 모두 전란의 도가니가 되어 있는 지금, 화하 상류지방의 군인들은 인육을 즐겨 먹는다. 어린이의 고기를 상품으로 치고, 여성의 고기는 그 다음으로 치며, 남성의 고기는 그 아래다.[46]

특히 어린아이의 고기는 중국 고대로부터 최상품의 고기로 인식되어 미식가들을 유혹했다. 오대(五代)의 좌금오위상장군(左金吾衛上將軍)인 장종간(萇從簡)과 조사관(趙思綰),[47] 송의 농지고(儂智高)의 어머니 아농(阿儂)은 모두 어린아이 고기를 좋아한 미식가들이었다.[48] 『서유기』가 소설의 형태로 정착된 명대에는 특히 약용으로서 식인을 하는 식인문화가 유행하여 이탈리아 예수회 선교사인 마르틴 마르티니(Martin Martini, 1614~1661)는 『중국사』에서 숭정(崇禎) 15년(1642)의 개봉(開封)의

---

46 『輟耕錄』 卷之九 「想肉」: 天下兵甲方殷, 而淮右之軍嗜食人, 以小兒爲上, 婦女次之, 男子又次之(陶宗儀 撰, 『輟耕錄』, 遼寧教育出版社, 1988, p.112).

47 『輟耕錄』 卷之九 「想肉」: 萇從簡家世屠羊, 從簡仕至左金吾衛上將軍, 嘗歷河陽, 忠武, 武寧諸鎭, 好食人肉, 所至多潛捕民間小兒以食之. 趙思綰好食人肝, 及長安城中食盡, 取婦女幼稚爲軍糧. 每犒軍, 輒屠數百人.

48 『宋史』 卷495 「列傳第二百五十四 · 蠻夷三 · 廣源州」: 智高母阿儂有計謀, 智高攻城陷邑多用其策. 僭號皇太后, 性慘毒, 嗜小兒肉, 每食必殺小兒(『宋史』(影印本), 景仁文化社, 1979, p.581).

모습을 묘사하면서 죽은 사람의 고기를 돼지고기처럼 공공연히 시장에서 판매하고 있다고 기록했다.[49] 명대 3백 년간 식인의 풍습이 쇠퇴하지 않고 오히려 정착하자 급기야 청대(清代) 순치(順治) 9년(1652)에는 정부에서 금지령을 내리기도 했다.[50] 그러므로 『서유기』에 보이는 수많은 식인 모티프들은 중국 역사에서 오랜 시간 지속되어온 식인 풍습의 연장선에서 이해할 수 있을 것이다.

그런데 중국에서는 식인을 통한 치병과 영생의 추구라는 유토피아적인 상상이 도교의 종교적인 원리를 통해 실현 가능한 것으로 믿어졌다. 도교는 현세에서도 인간이 수행과 복약을 통해 꾸준히 노력한다면 얼마든지 득도하여 영생에 이를 수 있다고 주장했고, 영생의 구현을 신선이라는 불사의 존재로서 형상화해냈다. 도교는 종교적인 측면에서 중국인에게 깊은 영향을 끼쳤지만 그보다 문학과 예술의 방면에서 무궁무진한 상상력의 원천으로서 중요한 역할을 해왔다. 유불도가 공존하는 명대에 완성되어 신마소설로 분류되는 『서유기』에는 특히 도교적인 성분이 농후하며 영생에 대한 욕망이 강렬하게 표출되고 있다.

『서유기』의 등장인물들은 대부분 불사에 대한 강한 의지를 내비치는데, 손오공도 예외는 아니다. 『서유기』 제1회에서 원숭이들의 왕으로 등장하는 손오공은 불로장생의 비법을 배우기 위해서 길을 떠나면서 다음과 같이 말한다.

> "나는 내일 당장 너희들을 떠나 산을 내려가서, 먼 바다의 구석까지 구름처럼 돌아다니고, 멀리 하늘 가장자리까지 찾아가겠다. 반드시 이 세 곳을 방문하여 불로장생의 비법을 배우리라. 그리고 영원히 염

---

49 황문웅, 『중국의 식인문화』, 장진한 역, 교문사, 1992, 74쪽.

50 위의 책, 71쪽.

라대왕이 몰고 올 재난을 피하리라!"[51]

위의 예문은 『서유기』의 취경 여행이 본래 불사라는 인간의 원초적 욕망에서 비롯되었음을 보여준다. 원숭이 왕의 신분을 버리고 훌연히 길을 떠난 손오공은 2회에서 사월삼성동(斜月三星洞)의 수보리조사(須菩提祖師)를 만나 가르침을 받기로 하고 본격적인 수련 과정에 들어간다. 그런데 수보리조사가 수련에 대해 소개하는 과정에서 손오공은 그것이 과연 장생불사를 가져오는지를 계속해서 질문한다. "그렇게 하면 장생불사할 수 있습니까?"[52] "그렇게 해서 장생불사할 수 있나요?"[53] "그런 것으로 장생불사할 수 있습니까?"[54] 이처럼 손오공은 장생불사를 간절히 원했고, 수보리조사로부터 혹독한 훈련을 받았으며, 결국 3회에서는 도를 터득하여 불사의 경지에 이르게 된다. 이와 같이 『서유기』는 첫머리에서부터 이 책의 내용이 불로장생에 대한 열망과 밀접하게 관련되어 있음을 암시한다.

또한 『서유기』에는 영생을 얻기 위한 구체적인 방법들로서 수행과 복약에 대한 다양한 기술들이 나온다. 예컨대 정문(靜門)의 도라고 하는 수련법에서는 곡기를 끊고 깨끗하고 고요하게 자연 그대로 지내며 가부좌를 틀어 참선하고 말을 삼가고 재를 올리며, 누워서 수공을 쓰거나 서서하는 입공, 입정좌관을 행한다. 그리고 동문(動門)의 도에는 음을 취해 양을 보충하고[채음보양(採陰補陽)] 활을 당기고 쇠뇌를 쏘며 배

51 『西游記』 第1回 : 我明日就辭汝等下山, 雲游海角, 遠涉天涯, 條必訪此三者, 學一個不老長生, 常躲過閻君之難.

52 『西游記』 第1回 : "似這般可得長生麽."

53 『西游記』 第1回 : "這般也能長生麽."

54 『西游記』 第1回 : "似這等也得長生麽."

꼽을 문질러 기를 통하게 하고 비방(秘方)을 써 약을 만들고, 불을 때서 단약을 만들 솥을 달구고, 여자의 생리혈을 넣거나 남자의 오줌을 달여 약을 정련하고 여인의 젖을 먹는 것 등이 포함된다. 그리고 정문의 도와 동문의 도를 수행하면 결국에는 불사의 경지에 이를 수 있다는 것이다.[55] 이 밖에도 『서유기』에는 다양한 불사의 수행법들이 나온다. 그러나 이러한 수행은 지난한 인고의 과정이므로 비범한 인간이라도 완수해내기 힘들다. 간사하고 조급한 요괴들은 금방 지치고 포기하기 마련이어서 이보다 수월하고 빠른 불사의 방법을 찾는다. 그래서 삼장의 신령한 몸을 먹음으로써 요괴는 신들의 영역 안으로 들어가기를 바라며, 어린아이의 몸을 탐식함으로써 신성들은 진정한 도와 순결무구의 상태로 회귀하기를 갈망한다. 이처럼 『서유기』에서 식인은 영생의 염원에 대한 추구이고, 이때 살인과 식인은 아이러니하게도 병을 치유하고 다시 태어나기 위한 생명의 준비단계이기도 하다.

2) 성욕의 폭력적 표현

인간의 역사에서 음식과 성은 은유적으로 겹쳐져왔다. 식욕과 성욕, 음식을 먹는 것과 성적 관계는 인간의 언어, 비유, 상징에서 동일한 범주로 묶여 인식되어왔다. 이러한 음식과 성의 관계는 특히 정신분석학자들에 의해 연구되었는데, 프로이트(Freud)는 어린아이가 어머니의 젖을 빠는 행위가 최초의 식욕을 채우는 즐거움일 뿐 아니라 이후 성적 쾌감의 기초가 된다고 말한 바 있다.[56] 또한 음식과 성을 통한

---

55 『西游記』 第1回.

56 지그문트 프로이트, 『프로이트 성애론』, 정성호 편역, 문학세계사, 1997, 22쪽.

쾌락은 언어에서부터 종종 동일한 어휘로 표현된다. 예를 들면 영어의 'orgiastic'은 음식과 성의 두 종류의 쾌락을 동시에 나타내며, 불어의 'jouissance'도 음식과 성관계를 통해 얻는 육체적 만족감을 의미한다.[57] 레비스트로스(Claude Levi Strauss)는 『야생의 사고』에서 'consommer'라는 불어 동사가 결혼과 식사에 동시에 적용된다고 하면서, 불어 안에 성행위와 식사를 같은 단어로 표현하는 언어들이 많다는 것을 지적하기도 했다.[58] 이러한 예는 우리말에서도 찾아볼 수 있는데, '먹는다'는 말은 종종 남녀 간의 애정관계를 가리키는 비속어로 사용되기도 한다. 남녀가 만나서 서로를 알고 애정을 만들어가기 위해서는 우선 함께 식사를 하는 것이 필수적이다. 맛있는 음식을 함께 한다는 것에는 상대방에 대한 호감과 애정의 의미가 숨겨져 있다.

『서유기』에서도 탐식의 메타포는 성과 밀접한 관계에 있다. 『서유기』에서 저팔계는 식욕과 성에 대한 강한 호기심과 욕망을 보인다. 닥치는 대로 음식을 먹어치우는 저팔계의 강박적인 식욕은 자주 성에 대한 강렬한 욕망과 겹쳐 나타난다. 이러한 탐식과 성욕의 관점에서 식인문화를 파악한다면 식인문화 역시 성욕과 깊은 관련이 있음을 알 수 있다. 음식을 먹고 성적인 관계를 맺는 행위는 모두 원초적인 인간의 욕망으로부터 나오는 것이고, 다른 매개나 도구 없이도 이룰 수 있는 일차원적인 행위이다. 그리고 이들 행위를 통해서 인간은 타자와 교감하고 타자를 파악하게 된다.

그런데 식인은 단순히 음식을 먹는 것이 아니라 사람이 사람의 고기

---

57 리언 래퍼포드, 『음식의 심리학』, 김용환 역, 인북스, 2006, 66~67쪽.

58 심하은, 「페로 동화의 식인귀 연구 : 교훈을 덧붙인 옛이야기를 중심으로」, 서울대학교 대학원 불어불문학과 석사학위논문, 2004, 15쪽.

를 먹는 것이다. 식인에서는, 본래 음식의 범주에 속하지 않는 인간의 육체가 물질적인 음식으로 퇴행하는 비정상적인 행위가 일어나게 되고, 이는 인간이 정해 놓은 음식의 범주와 사회 질서를 무너뜨리는 야만적이고 위험한 행위로 간주되어 역사 속에서 터부시되어왔다. 또한 식인은 종종 남녀 간의 에로티시즘과 연결되었고, 양자는 모두 폭력적 충동과 잔인한 공격성을 띠는 동시에 신성하고 경건하기도 했다.

그런데 이러한 에로티시즘과 공격성이 교차하는 식인의 욕망이 중국의 고전소설인 『서유기』에서도 보인다. 55회에서는 삼장의 몸을 노리고 접근하는 여자 전갈요괴와 손오공의 다툼을 묘사하면서 이렇게 쓰고 있다.

> 여자 요괴는 위풍이 대단하고
> 원숭이 왕은 기개가 넘치네.
> 천봉원수는 공로를 다투느라
> 쇠스랑 마구 휘두르며 능력을 발휘하는구나.
> 저쪽은 여러 손으로 쇠갈퀴를 꼭 잡고 연기와 불 내뿜고
> 이쪽 둘은 성질 급하게 병기 휘두르니 안개 솟구치네.
> 여자 요괴는 배우자를 구하고 있었으나
> 남자 스님이 어찌 원정을 주려 하겠는가?
> 음과 양이 맞지 않아 서로 싸우며
> 각자 뛰어난 재주 드러내며 힘들게 싸우는구나.
> 음은 양생하려는 생각에 정욕이 무성히 일어나는데
> 양은 숨 고르며 냉정하게 사랑을 뿌리치네.
> 양편은 화해할 수 없어
> 쇠갈퀴와 쇠스랑, 여의봉이 승부를 가리네.
> 이쪽 여의봉은 기운 넘치고
> 쇠스랑도 더욱 능력을 발휘하니

여자 요괴의 쇠갈퀴는 이리저리 상대하네.
독적산 앞에서 셋이 양보하지 않고
비파동 밖에서 양편이 사정을 봐주지 않는구나.
저쪽은 배우자로 삼을 당나라 중 얻고 기뻐하는데
이쪽 둘은 반드시 삼장법사 모시고 경전을 가지러 가야 하네.
천지를 놀라게 하며 서로 싸우니
이 싸움으로 해와 달도 빛을 잃고 별은 말할 것도 없네.[59]

손오공의 공격에도 전갈요괴는 삼장에 대한 구애를 계속하는데, 고승인 삼장은 자신의 순결을 지키기 위해서 고군분투하며 괴로워한다. 여자 전갈요괴와 삼장 간의 갈등과 무언의 다툼 속에는 식인의 강렬한 욕망과 에로티시즘이 교차한다. 55회에서는 운문의 형식으로 두 사람 간에 흐르는 긴장과 욕망의 분위기를 묘사하고 있다.

눈으로는 사악한 여색 쳐다보지 않고
귀로는 음란한 소리 듣지도 않네.
그는 아름답고 교태 떠는 얼굴을 똥같이 여기고
금구슬 같은 아름다운 외모 먼지처럼 여긴다네.
평생 참선하기만 좋아하여
부처님 계신 곳에서 반 발자국도 떠난 적 없다네.
어디 여인을 아끼고 사랑할 줄 알리오?

---

59 『西游記』 第55回 : 女怪威風長, 猴王氣概興. 天蓬元帥爭功績, 亂擧釘鈀要顯能. 那一個手多叉緊烟光繞, 這兩個性急兵强霧氣騰. 女怪只因求配偶, 男僧怎肯泄元精! 陰陽不對相持斗, 各逞雄才恨苦爭. 陰靜養榮思動動, 陽收息衛爱淸淸. 致令兩處無和睦, 叉鈀鐵棒賭輸贏. 這個棒有力, 鈀更能, 女怪鋼叉丁對丁. 毒敵山前三不讓, 琵琶洞外兩無情. 那一個喜得唐僧諧鳳侶, 這兩個必隨長老取眞經. 驚天動地來相戰, 只殺得日月無光星斗更.

다만 진성을 수양할 줄만 안다네.
저 여자 요괴는
생기발랄하며
욕정이 끝이 없구나.
이 스님은
죽은 듯 꿈쩍 않고
참선하려는 마음만 가지고 있네.
한 명은 부드러운 옥, 따스한 향 같고
한명은 사그라진 재, 말라버린 나무 같구나.
저쪽은 원앙 이불 펴고
음란한 마음 가득한데
이쪽은 가사 졸라매며
경건한 마음 충만하네.
저쪽은 가슴을 비비고 다리 감으며 난새와 봉황같이 어울리려 하지만
이쪽은 산에 가서 달마 만나고 벽 보며 참선하려고 하네.
여자 요괴가 옷 벗고
그녀의 향기롭고 매끄러운 피부 드러내자
삼장법사는 옷깃 여미며
거칠고 갈라진 피부 꼭꼭 숨기네.[60]

불쌍한 여자 전갈요괴는 온갖 교태를 떨면서 삼장의 양기를 흡수하기 위해 노력하지만 결국 실패하고 전갈의 천적인 닭의 정령인 묘일성관

60 『西游記』 第55回 : 目不視惡色, 耳不聽淫聲. 他把這錦繡嬌容如糞土, 金珠美貌若灰塵. 一生只愛參禪, 半步不離他地. 那里會惜玉憐香, 只曉得修眞養性. 那女怪, 活潑潑春意無邊; 這長老, 死丁丁禪機有在. 一個似軟玉溫香, 一個如死灰槁木. 那一個, 展鴛衾淫興濃濃; 這一個, 束褊衫丹心耿耿. 那個要貼胸交股和鸞鳳, 這個要面壁歸山訪達摩. 女怪解衣, 賣弄他肌香膚膩; 唐僧斂衽, 緊藏了糙肉粗皮.

(昴日星官)에게 죽임을 당한다. 『서유기』에서 요괴들은 삼장법사를 먹기 위해 여자로 변신하여 접근하고 유혹한다. 제27회에서도 요괴는 "몸을 한번 흔들어 달 같은 자태에 꽃 같은 얼굴의 여자로 변신하여"[61] 삼장에게 접근하며, 제72회에서는 반사동의 여자 거미요괴들이 삼장을 납치한다. 거미가 잡은 먹이를 거미줄에 묶어 놓듯이 여자 거미요괴들도 삼장을 밧줄로 대들보에 묶어둔다. "여인들은 그를 단단히 매달고 나자 곧바로 옷을 훌훌 벗어젖히는데"[62] 이들은 모두 배꼽에서 오리 알만 한 굵기의 명주 끈을 뽑아낸다. 특히 식인 거미요괴에 대한 묘사는 매우 적나라하고 강렬한 에로티시즘적인 분위기를 자아낸다.

단추를 끌러 열고
비단 허리띠 매듭 풀어헤치네.
부드러운 가슴 은처럼 희고
옥 같은 몸 마치 눈과 같구나.
팔뚝은 얼음이 깔린 듯 매끄럽고
향기로운 어깨는 분칠한 듯 희네.
배는 보드랍고 솜처럼 말랑말랑
등은 윤기 나고 깨끗하네.
무릎과 팔은 반 뼘 남짓
조그만 발은 세 치밖에 안 되어라.
아랫도리 중간에
풍류혈이 드러나네.[63]

---

61 『西游記』 第27回 : 搖身一變, 變做個月貌花容的女兒.

62 『西游記』 第72回 : 那些女子把他吊得停當, 便去脫剝衣服.

63 『西游記』 第72回 : 褪放紐扣兒, 解開羅帶結. 酥胸白似銀, 玉體渾如雪. 肘膊賽冰鋪, 香肩欺粉貼. 肚皮軟又綿, 脊背光還潔. 膝腕半圍團, 金蓮三寸窄. 中間一段淸, 露出

여자요괴와 삼장 일행 간의 치열한 다툼은 남녀 간의 정사의 강렬함과 식인의 욕망이 섞이면서 독특하고 기괴한 분위기를 형성한다. 이 외에 81회에서도 아리따운 여인으로 변신한 쥐요괴가 등장하며, 64회의 "천태산 선녀처럼 아름답고 요염하며 한창 때의 달기보다 예쁜"[64] 살구나무 요괴도 당삼장을 유혹하여 혼인하기를 갈망하다가 결국 저팔계의 쇠스랑에 찍혀 죽고 만다. 이처럼 『서유기』에 나타난 식인은 비정상적인 음식을 먹음으로써 금기를 위반하는 것이므로, 남녀 간의 사랑 역시 폭력적이다.

3) 희생제의의 사회적 기능

타자를 먹는 행위는 종교적 관점에서 보면 공동체의 합일을 위한 일종의 희생제의적인 의미를 갖는다. 인류의 역사를 보면 하나의 공동체를 유지하고 새로운 질서를 세우기 위한 명목으로 수많은 희생제의가 이루어져왔다. 이러한 희생제의의 행위는 폭력을 잠재우고 사회 질서를 통합하기 위해 시대마다 늘 있어왔는데 고대 사회의 경우에는 종교적인 신앙에서 비롯된 신성한 의식인 경우가 많았다.

세계 각지의 신화는 이러한 원시인류의 사고와 철학을 반영하고 있는데 그중에서도 창조신화는 가장 이른 시기의 원형적인 의미를 갖는다. 무정형, 혼돈의 이미지를 가진 거인 혹은 여성적 이미지의 신들을 살해하면서 정형, 질서, 남성적 이미지의 신들이 중심적인 권력으로 부상하는 세계의 창조신화들은 '최초의 희생'의 상징적인 의미를 보여준다. 그

風流穴.

64 『西游記』 第64回 : 妖嬈嬌似天台女, 不亞當年俏妲己.

리스 창조신화에서 제우스에 의해 희생된 티폰(Typhon), 바빌론 창조신화에서 마르둑(Marduk)에 의해 살해된 티아맛(Tiamat), 북유럽 창조신화에서 오딘(Odin)에 의해 죽임을 당하는 이미르(Ymir)는 모두 새로운 질서를 세우고 그 사회를 유지하기 위해 희생된 최초의 희생양이었다. 이들 희생양들은 하나같이 매우 잔인하게 살해되고 갈기갈기 찢겨서 그 시체는 천지창조를 위한 최초의 질료로 쓰인다. 그런데 창조신화 속의 최초의 살해는 각 민족과 국가의 특성에 따라서 각기 다르게 표현되었다.

중국의 창조신화를 보면 위에서 언급한 서구의 창조신화와는 달리 최초의 살해가 부드럽고 세련된 방식으로 나타난다. 즉 최초의 거인은 인위적인 살해의 방식이 아닌 자연사하는 것으로 나온다. 서구 창조신화 속의 최초의 희생이 대부분 잔인한 살해의 방식으로 진행된 것과 비교하면 중국의 창조신화는 죽음을 적나라하게 드러내지 않는다. 그러나 이러한 거인의 자연스러운 죽음도 실제로는 폭력성이 은폐되어 표현된 것으로 볼 수 있다.

『오운역년기(五運歷年記)』의 기록을 보면 반고(盤古)가 죽은 후, 그의 사지오체(四肢五體)는 우주와 산천(山川)의 각 부분으로 화생한다.[65] 중국의 또 다른 창조신화에서는 혼돈이 동료들에 의해서 살해당하고 우주가 창조되는데 그 과정에는 어떠한 폭력적인 행위도 보이지 않는다. 혼돈의 동료인 숙(儵)과 홀(忽)이 눈, 코, 귀, 입이 없는 혼돈을 불쌍하게 생각하여 그에게 구멍을 뚫어줌으로써 은혜를 갚으려 한다. 그런데 아이러니하게도 그들의 호의에 의해 혼돈은 죽음에 이르게 된다.[66] 혼돈

65 『五運歷年記』: 首生盤古, 垂死化身, 氣成風雲, 聲爲雷霆, 左眼爲日, 右眼爲月, 四肢五體爲四極五嶽, 血液爲江河, 筋骨爲地理, 肌肉爲田土, 髮髭爲星辰, 皮毛爲草木. 齒骨爲金玉, 精髓爲珠石, 汗流爲雨澤, 身之諸蟲, 因風所感, 化爲黎民.

66 『莊子 · 應帝王』: 남해의 임금을 숙이라 하고 북해의 임금을 홀이라 하며 중앙의

의 죽음을 통한 우주의 탄생 신화에서도 우리는 순화된 표현 이면에 은폐된, 숙과 홀의 혼돈에 대한 살의를 짐작할 수 있다.

이러한 폭력성에 대한 은폐와 미화는 신화 이후 역사의 기록 속에서도 동일하게 나타난다. 고대신화에서처럼 종교적인 믿음이나 우주창조에 대한 원초적인 호기심은 사라졌지만 여전히 인간은 역사 속에서 집단의 질서 유지라는 명목으로 폭력을 행사해왔고 그것은 이제 '효'나 '충'이라는 대의명분으로서 정당화되었다. 인간의 가장 원초적인 불로장생의 욕망을 실현하기 위해서 사람들은 어린아이를 암암리에 희생양으로 삼아왔고 이것을 부모에 대한 효심이나 윗사람에 대한 충성으로 미화시켰다. 효나 충이라는 미명으로 포장할 수 없을 경우에는 자신의 책임을 전가할 상상의 존재를 따로 만들어냈다. 갓파와 같은 상상의 요괴들이 고대에 유아 희생과 밀접하게 관련되어 있는 것은 이러한 사실을 잘 보여준다. 인간의 폭력성을 감추고 집단의 질서와 평화를 유지하기 위한 은밀한 음모 속에서 요괴들이 출현하였고, 그 과정에서 많은 나약한 존재들은 조용하게 사라져갔다. 그러나 은폐된 폭력의 역사는 신화와 각종 텍스트 속에 기록의 편린으로 남게 된다. 우리는 앞서 간단히 살펴본 『산해경』에서 많은 기이한 동물들이 어린아이의 목소리를 내는 것을 다시 주목해볼 필요가 있다.

임금을 혼돈이라 한다. 숙과 홀이 늘 혼돈의 땅에서 서로 만났는데 혼돈이 그들을 아주 잘 대접하였다. 숙과 홀은 혼돈의 은혜에 보답하고자 의논하기를 "사람은 누구나 (눈, 코, 귀, 입의) 일곱 구멍이 있어 보고 듣고 먹고 숨을 쉬는데 유독 혼돈에게만 없으니 우리가 시험 삼아 그에게 구멍을 뚫어주자."고 하였다. 날마다 하나씩 구멍을 뚫었는데 칠일이 지나자 혼돈이 죽고 말았다(南海之帝爲儵, 北海之帝爲忽, 中央之帝爲混沌. 儵與忽時相與遇於混沌之地, 混沌待之甚善. 儵與忽謀報混沌之德, 曰人皆有七竅以視聽食息., 此獨無有, 嘗試鑿之. 日鑿一竅, 七日而混沌死).

다시 북쪽으로 350리를 가면 구오산이라는 곳인데 산 위에서는 옥이, 기슭에서는 구리가 많이 난다. 이곳의 어떤 짐승은 그 생김새가 양의 몸에 사람의 얼굴을 하고 눈은 겨드랑이 아래에 붙어 있으며 호랑이 이빨에 사람의 손톱을 하였는데 그 소리는 어린아이와 같다. 이름을 포효라고 하며 사람을 잡아먹는다.[67]

다시 북쪽으로 200리를 가면 소함산이라는 곳인데 초목은 자라지 않으나 푸른 옥돌이 많이 난다. 이곳의 어떤 짐승은 생김새가 소 같은데 몸빛이 붉고 사람의 얼굴에 말의 발을 하고 있다. 이름을 알류라고 하며, 그 소리는 어린아이 같고 사람을 잡아먹는다. 돈수가 여기에서 나와 동쪽으로 안문수에 흘러드는데, 그 곳에는 패패어가 많고 이것을 먹으면 사람을 죽이게 된다.[68]

다시 남쪽으로 500리를 가면 부려산이라는 곳인데 산 위에서는 금과 옥이, 기슭에서는 잠석이 많이 난다. 이곳의 어떤 짐승은 생김새가 여우 같은데 아홉 개의 꼬리와 아홉 개의 머리에 호랑이 발톱을 하고 있다. 이름을 농질이라고 하며 그 소리는 어린아이 같은데 사람을 잡아먹는다.[69]

위의 예문에서 보듯이 『산해경』에 등장하는 식인동물들 중 많은 수는 어린아이의 소리를 내는데, 이러한 기이한 현상은 식인과 영아살해 간

67 『山海經 · 北山經』: 又北三百五十里, 曰鉤吾之山, 其上多玉, 其下多銅. 有獸焉, 其狀如羊身人面, 其目在腋下, 虎齒人爪, 其音如嬰兒, 名曰狍鴞, 是食人.

68 『山海經 · 北山經』: 又北二百里, 曰少咸之山, 無草木, 多青碧. 有獸焉, 其狀如牛, 而赤身, 人面, 馬足, 名曰窫窳, 其音如嬰兒, 是食人. 敦水出焉, 東流注于鴈門之水, 其中多䰳䰳之魚, 食之殺人.

69 『山海經 · 東山經』: 又南五百里, 曰鳧麗之山, 其上多金玉, 其下多箴石. 有獸焉, 其狀如狐, 而九尾, 九首, 虎爪, 名曰蠪姪, 其音如嬰兒, 是食人.

에 오래된 모종의 연관성이 내재되어 있음을 보여준다. 우리는 여러 나라와 민족의 문화 안에서 희생제의가 주로 세련되고 부드러운 형식으로 표현되어 있지만 은유와 상징들에 대한 해석을 통해 은폐된 살해의 폭력성을 찾아볼 수 있다.

중국의 장구한 역사 속에서 은폐되어온 이러한 식인에 잠재된 희생제의의 의미는 『서유기』의 인삼과 이야기 안에서도 찾아볼 수 있다. 『서유기』는 거의 매회가 하나의 에피소드로 구성된다. 그러나 예외적으로 24회에서 26회라는 상당히 긴 지면을 인삼과 이야기 하나에 할애하고 있는 것을 볼 수 있다. 이 인삼과 이야기는 『서유기』의 다른 이야기들과 비교해보면 성격과 분위기 면에서 이질적이다. 이 3회에 걸친 내용은 삼장의 무리와 요괴들 간의 투쟁이라는 상투적인 스토리를 벗어나서 오장관(五庄觀)이라는 선계(仙界)에서 인삼과를 따 먹고 죽은 인삼과 나무를 되살리는 이야기를 담았다.

24회부터 26회에 나오는 인삼과는 초환단(草還丹)이라고 불리며, 삼천 년에 한 번 꽃이 피고, 삼천 년에 한 번 열매를 맺으며, 또 삼천 년이 지나야 비로소 열매가 익고, 적어도 만 년이 지나야 먹을 수가 있는데, 이만 년 동안 열매는 서른 개만 열린다. 이 열매는 그 냄새만 맡아도 삼백 육십 년을 살 수 있고, 하나만 먹어도 사만 칠천 년을 살 수 있어서 그야말로 불사의 열매라고 할 수 있다. 그런데 공교롭게도 이 인삼과의 모양은 "사흘도 안 된 어린 아기와 비슷하여, 손발에 눈, 코, 입까지 다 달려 있다."[70] 손오공의 눈으로 본 인삼과는 "정말 어린아이와 다를 바가 없었다. 꽁무니 위쪽이 꼭지인데, 가지에 달려서 손발을 마구 움직

---

70 『西游記』 第24回 : 果子的模樣, 就如三朝未滿的小孩相似, 四肢俱全, 五官咸備.

이고 머리도 마구 흔들고 바람이 불면 무슨 소리를 내는 듯했다."[71] 그래서 인삼과를 지키는 선동인 명월과 청풍이 인삼과를 따서 대접하자 삼장법사는 벌벌 떨면서 이렇게 말한다.

> "세상에! 세상에! 올해는 풍작으로 마침 수확철인데, 어찌 이 도관에서는 흉년처럼 사람을 먹소? 이건 사흘도 안 된 아기인데, 어찌 나에게 주어 목을 축이라 하시오?"[72]

> "헛소리야, 헛소리! 이것들이 부모 뱃속에서 얼마나 고초를 겪고 나서야 이 세상에 나온 것인지 몰라. 그런데 사흘도 되지 않은 이들을 어떻게 열매라고 내놓을 수 있나!"[73]

> "되지도 않은 소리! 나무에 사람도 열린단 말인가? 가져가게. 잔인한 사람들 같으니!"[74]

마치 어린아이가 달려 있는 듯한 인삼과를 먹는 것을 보고 삼장법사는 몹시 놀라면서 강한 거부반응을 보인다. 인삼과에 대한 묘사와 삼장과 선동들과의 대화 속에서 우리는 인삼과 이야기에 은폐된 영아살해와 식인의 어두운 그림자를 감지할 수 있다. 인삼과 이야기의 마지막인 26회에서는 관음보살, 수성, 복성, 녹성, 삼장법사, 손오공, 진원대사(鎭

---

71 『西游記』 第24回：眞個像孩兒一般. 原來尾間上是個扢蒂, 看他丁在枝頭, 手脚亂動, 點頭幌腦, 風過處似乎有聲.

72 『西游記』 第24回：善哉, 善哉. 今歲倒也年豐時穗, 怎麼這觀裏作荒吃人. 這個是三朝未滿的孩童, 如何與我解渴.

73 『西游記』 第24回：胡說, 胡說. 他那父母懷胎, 不知受了多少苦楚, 方生下. 未及三日, 怎麼就把他拿來當果子.

74 『西游記』 第24回：亂談, 亂談, 樹上又會結出人來. 拿過去, 不當人子.

元大師), 오장관의 신선들이 모두 인삼과 파티를 열고 즐겁게 인삼과를 나눠 먹는다. 그런데 26회의 인삼과 파티의 장면은 언뜻 보면 신선들의 일상적인 연회 같지만 자세히 살펴보면 『서유기』의 다른 이야기들과는 다른 기묘하고 그로테스크한 분위기를 자아낸다. 신선들이 탁자와 의자를 배치하고 단약을 담는 쟁반을 늘어놓은 다음, 관음보살을 가운데 앉히고 왼편에는 세 명의 신선을, 오른편에는 삼장법사를 앉혀놓고 맞은편에는 진원대선을 질서 있게 앉힌 뒤, 인삼과를 하나씩 나눠 먹는 장면은 마치 고대 농경사회에서 풍작을 기원하며 행했던 희생제의를 연상시킨다.

고대 사회에서는 공동체 사회에서 인신공희(人身供犧)를 올리고 희생제물을 함께 먹으면서 풍작과 공동체의 안녕을 기원했던 예들이 수없이 많다. 예를 들면 중국 운남(雲南)성의 노족(怒族)은 예로부터 살인제사를 행해왔다. 그들은 봄에 경작하기 전에 적대관계에 있는 부족의 구성원의 머리를 잘라 와서 제사를 지냈다. 수장은 그들이 가져온 머리를 들고서 "부락의 안전을 수호하고 작물의 풍성한 수확을 보우하소서"라고 말하고, 재를 뿌린 머리를 선혈과 함께 땅에 뿌렸다. 그리고 가구마다 그것을 나눠주고 파종할 때 함께 뿌리도록 했다.[75]

『서유기』의 인삼과 이야기는 공동체에서 희생의 미명으로 살인이 자행되어왔고, 그 이면에는 폭력의 욕망이 은폐되어왔음을 상기시킨다. 다음의 『서유기』의 표현을 보자.

> 만수산 속 오래된 신선 마을에는
> 인삼과가 구천 년에 한번 익는다네.

---

75 澤田瑞穗, 『中國の民間信仰』, 工作舍, 1982, pp.332~346.

신령한 뿌리 드러나고 싹과 가지 상했지만
감로수 적셔 살려내니 과일도 잎도 온전해졌다네.
세 신선 기꺼이 만나니 모두 오랜 벗들이요
네 승려 운 좋게 만나니 전생의 인연 때문이라.
이제부터 모여 인삼과를 먹으니
모두가 불로장생하는 신선이라네.[76]

『서유기』에 보이는 가장 강렬한 욕망은 불로장생이다. 요괴뿐 아니라 존귀한 존재로서 숭배받는 신선들도 이 원초적인 욕망에 있어서는 마찬가지였다. 이들도 예외 없이 어린아이의 고기를 먹으면서까지 불로장생의 욕망을 충족하고자 하였고, 이는 고대 사회에서 풍요제의라는 미명으로 정당화되었다. 그리고 그 과정에서 가장 신성한 존재였던 어린아이는 희생양이 되었다. 같은 맥락에서 요괴에 의해 끊임없이 욕망되는 삼장법사도 신성하지만 희생되어야만 하는 모순적인 희생양의 이미지를 보여준다.

『서유기』에서는 매회마다 요괴와 신성들에 의해 희생제의가 모의되고, 이를 통해 『서유기』 안의 공동체는 무수한 갈등을 잠재우며 질서를 유지할 수 있게 된다.[77] 이렇게 볼 때 『서유기』는 표면적으로 잘 드러나지는 않지만, 이야기 전편에 걸쳐 식인의 주제를 통해서 인간의 영생

76 『西游記』 第26回 : 萬壽山中古洞天, 人蔘一熟九千年. 靈根現出芽枝損, 甘露滋生果葉全. 三老喜逢皆舊契, 四僧皆果大前緣. 自今會服人蔘果, 盡是長生不老仙.

77 지라르는 욕망의 본질이 폭력이고 이것이 일반화되었을 때 "폭력을 모방하지 말라/모방하라"의 두 상반된 명령으로 나타난다고 한다. 이때 '폭력의 모방의 금지'는 금기로, '자발적인 만장일치적 폭력의 모방'은 제의로 현실에서 나타난다. 지라르에 따르면, 금기와 제의는 문화질서를 구축하는 핵심적인 두 축이 된다. 르네 지라르, 『폭력과 성스러움』, 김진식 · 박무호 역, 민음사, 1997, 151~221쪽.

과 성에 대한 욕망, 그리고 희생제의를 통한 공동체 유지라는 다층적인 욕망을 보여주고 있다.

5. 나가는 말

이 글은 『서유기』에 나타난 식인의 의미를 신화, 종교, 역사, 심리, 철학의 다양한 각도에서 살펴보고자 했다. 『서유기』는 일반적으로 삼장법사와 4명의 제자들이 취경을 위해 여행을 떠나는 여행기로 알려져 있지만, 이 글에서는 지금까지 드러나지 않은 『서유기』 안에 감춰진 '식인'의 원초적인 욕망에 주목해 그 의미를 살펴보고자 했다.

이를 위해서 우선 『서유기』에 등장하는 식인귀의 정체성을 요괴와 신성으로 나누어 살펴보았다. 신마 소설인 『서유기』에는 다양한 요괴들이 등장하는데 이들은 모두 삼장의 고기를 먹음으로써 불사의 경지에 이르고자 한다. 이들은 식인을 통해 종 간의 견고한 경계를 무너뜨리는 위험한 존재이다. 그런데 『서유기』에서는 요괴뿐 아니라 신, 신선, 왕들과 같은 신성들도 사람을 잡아먹는다. 그로테스크한 이들의 행태를 보여주면서 『서유기』는 당시 부패하고 무능력한 종교인들과 정치인들을 풍자한다. 『서유기』에서 요괴와 신성의 식인의 대상이 되는 것은 어린아이와 삼장법사이다.

고대 중국에서 어린아이는 두 개의 상반된 이미지로 나타나는데, 우선 신성한 존재로서의 이미지가 있다. 우리는 중국 고전 텍스트에서 궁극적인 진리와 도의 상징으로서 어린아이의 이미지가 차용된 예들을 종종 찾아볼 수 있다. 또 한 가지는 희생양으로서 어린아이의 이미지이다. 중국 고대에 어린아이는, 작은 체구로 인해 특별한 능력의 소유자로 인식되었던 난장이와 동일한 범주에서 인식되었고, 그래서 그들의 몸은 영약으로 여겨졌다.

『서유기』에는 또 하나의 식인의 대상물로 삼장법사가 나온다. 실제 역사 속에서 오랜 시간의 역경을 딛고 취경의 지난한 임무를 완수해낸 그는 『서유기』 속에서 나약하고 소심한 인물로 변화되어 있다. 심지어 『서유기』에서 그의 몸은 괴물들이 호시탐탐 노리는 먹잇감으로 저락되어 있다.

다음으로 이 글에서는 『서유기』에 나타난 식인의 의미를 3가지 층차로 분류하여 분석해보았다. 그 결과 『서유기』의 식인은 불로장생이라는 인간의 염원에서 비롯되었고, 인간의 또 다른 원초적인 욕망인 성욕과도 밀접하게 연관되어 있으며, 마지막으로 사회 공동체의 결속을 다지는 희생제의의 의미도 내재되어 있음을 알 수 있었다.

중국의 역사를 살펴보면, 식인의 역사가 줄곧 이어져왔고, 인간이 인간을 먹는다는 이 기이한 행위는 충, 효 등의 미명으로 은폐되어왔으며, 이는 『서유기』에서도 마찬가지였다. 이 글에서는, 삼장법사와 제자들의 모험 이야기라는 일반적인 『서유기』에 대한 선입견을 깨고 '식인'이라는 다른 각도에서 『서유기』를 읽었을 때, 이 책이 좀 더 복잡하고 역동적인 인간 욕망의 서사임을 보여주고자 했다.

3장

『서유기』의 인삼과(人參果) 이야기에 대한 종교 · 문화적인 탐구

1. 들어가는 말

『서유기』는 장회체(章回體) 소설이고 대부분 한 회마다 하나의 에피소드를 이야기하는데, 인삼과 이야기는 24회부터 26회까지 총 3회에 걸쳐 길게 서술되어 있다. 『서유기』에서 이처럼 몇 회에 걸쳐 이야기가 전개되는 경우는 많지 않아서 인삼과 고사는 다른 에피소드들보다 작품 안에서 비중 있게 다루어졌다고 볼 수 있고, 작자가 인삼과 고사를 통해서 모종의 의미를 전달하고자 했을 가능성도 짐작해볼 수 있다. 이 글은 『서유기』에서 많은 지면을 차지한 인삼과 이야기가 과연 어떻게 구성되었고, 독자에게 무엇을 전달하려고 했는지에 대한 필자의 호기심으로부터 구상되었다.

『서유기』의 인삼과 이야기의 특징은 어린아이 모양의 인삼과 열매를 따 먹는다는 이야기 속에서 인간의 장생에 대한 욕망과 식인의 오랜 역사를 읽어낼 수 있다는 데 있다. 이러한 특이한 내용 때문에 기존에 중국과 홍콩에서 『서유기』를 현대적으로 각색할 때에 이 인삼과 이야기를 따로 뽑아서 영화로 제작하기도 하였다.

그러나 인기 있는 소재였던 것에 비해 정작 인삼과 고사에 대한 심도 있는 연구 논문은 찾아보기 힘들다. 일본의 『서유기』 연구자인 나카노 미요코(中野美代子),[1] 중국의 환상문학 전문가인 샤오빙(蕭兵)[2]만이 『서유기』의 인삼과 고사에 대해 각각 한편씩 논문을 썼을 뿐 다른 논문은 부재하다. 나카노 미요코의 논문은 처음으로 『서유기』의 인삼과 고사에 대해 주목했고 인삼과 고사를 페르시아, 아라비아에서 유래했다는 관점을 제기했다는 점에서 주목할 만하다. 다만 인삼과의 유래를 압불려(押不蘆), 와쿠와쿠나무에서 찾으면서 와쿠와쿠섬이 고대의 일본이라고 주장하는 등 연구 경향에 있어서 다소 민족주의적인 한계를 보인다. 샤오빙의 논문은 인삼과의 유래를 신화적인 측면에서 탐구하고 있으며 인삼과를 고대 제사의례에서 쓰던 크리스마스 트리로까지 연결하여 해석하였다. 그의 글은 다양한 자료를 제시하고 있지만 동시에 잡다한 신화 자료를 끌어와 견강부회하는 듯한 느낌을 주기도 한다. 그러나 두 논문 모두 참고할 만한 가치가 충분하며 『서유기』 인삼과 고사 연구에 대해 많은 시사점을 준다고 생각한다.

다만 이 글에서는 『서유기』 인삼과 고사 자체의 유래와 형성 과정에 천착하여 당시의 종교, 문화적인 배경과 연결함으로써 좀 더 역사적인 흐름 속에서의 탐구를 시도하고자 했다.

---

1 中野美代子, 「人参果考－西游記成立史の一斷面」, 『北海道大學人文科學論集』, vol.16, 北海道：北海道大學教養部人文科學論集編輯委員會, 1979.

2 蕭兵, 「人參果的文化考析－兼論其與肉芝, 人參, 小人國及生命樹, 搖錢樹, 聖誕樹的關系」, 『民族藝術』, 南寧：廣西民族文化藝術研究院, 2002.

2. 『서유기』의 인삼과 이야기

인삼과 고사는 구성과 내용 면에서 『서유기』의 다른 이야기들과는 상당히 이질적이다. 우선 구성 면에서 『서유기』의 매 회의 이야기들은 삼장법사의 무리들과 이들을 방해하는 요마의 무리들이 서로 싸우다가 삼장의 무리들이 결국 요마들을 제압하고 사건을 마무리한 뒤에 다음 여정으로 나아가는 식으로 전개된다. 그러나 인삼과 이야기에서는 갈등을 유발하는 것이 요마가 아닌 삼장의 무리들이다. 인삼과를 멋대로 따 먹고 결국 인삼과나무를 죽이는 것은 바로 손오공, 저팔계, 사오정이고, 이들과 대결 구도에 있는 것은 진원대선(鎮元大仙)과 여러 신성들이다.

내용 면에서도 인삼과 이야기는 기존의 다른 책에서는 볼 수 없었던 주제를 다루고 있다. 손오공이 불사의 열매를 따 먹고 소동을 벌인다는 내용은 언뜻 보면 『서유기』의 대료천궁(大鬧天宮)의 이야기와 비슷해 보이지만 자세히 읽어보면 전혀 다른 내용이다. 무엇보다 장생불사를 가져다준다는 인삼과라는 상상의 열매는 기존의 소설에서는 볼 수 없었던 독특한 소재이다. 이러한 점에서 인삼과 이야기는 일반적인 『서유기』 에피소드의 내용과는 다른 이질적인 내용이라고 말할 수 있다. 우선 이 장의 논의에 대한 이해를 돕고자 『서유기』의 인삼과 이야기를 간단히 살펴보도록 하겠다.

> 삼장과 제자들은 서천취경의 여행을 계속하던 중 우연히 만수산(萬壽山)의 오장관(五庄觀)이라는 도교의 도관에 도착하게 된다. 이 도관에는 도호(道號)가 진원자(鎮元子)이고 별명은 여세동군(與世同君)이라는 고명한 진원대선(鎮元大仙)이 초환단(草還丹) 혹은 인삼과라고

불리는 신령한 나무를 맡아 기르고 있었다. 이 인삼과나무는 우주의 혼돈이 처음 나뉘고 천지가 아직 열리지 않았을 때에 그 뿌리가 생기기 시작해서 3천 년에 한 번 꽃이 피고, 3천 년에 한 번 열매를 맺으며, 또 3천 년이 지나면 비로소 열매가 익고, 만 년이 지나면 그 열매를 먹을 수 있는 신비의 나무였다. 인삼과나무의 열매 모양은 어린 아기와 비슷했고 손발에 눈, 코, 입까지 달려 있으며, 그 냄새만 맡아도 360년을 살고, 하나만 먹어도 4만 7천 년을 살 수 있었다.

그런데 삼장 일행이 오장관에 도착한 바로 그날, 진원대선은 원시천존의 부탁을 받고 상청천(上淸天)의 미라궁(彌羅宮)으로 설법을 하러 떠났으며, 청풍(淸風)과 명월(明月)이라는 두 동자만이 오장관을 지키고 있었다. 진원대선은 떠나기 전에 동자들에게 삼장에게만 인삼과 두 개를 주고, 삼장의 제자들을 경계하라고 당부한다. 청풍과 명월은 스승 진원대선의 분부대로 삼장에게 인삼과 두 개를 주지만 삼장은 어린애처럼 생긴 인삼과를 거부한다.

두 동자가 인삼과를 먹는 것을 보고 손오공과 저팔계는 호기심에 몰래 인삼과를 따다가 사오정과 나눠 먹는다. 인삼과가 사라진 것을 발견한 청풍과 명월은 삼장의 소행인 것으로 오해하고, 삼장은 추궁 끝에 손오공이 저지른 것임을 알게 된다. 손오공은 결국 인삼과나무를 죽이게 되고 삼장 일행은 몰래 길을 떠난다.

오장관으로 돌아온 진원대선은 자신의 보배인 인삼과나무가 죽은 것을 보고 대노하여 삼장 일행을 붙잡아 죽이려 하고, 손오공은 인삼과나무를 재생시킬 방법을 찾으러 길을 떠난다. 손오공은 봉래산(蓬萊山)의 삼선(三仙)인 수성(壽星), 복성(福星), 녹성(祿星), 방장산(方丈山)의 동화대제군(東華大帝君), 영주산(瀛洲山)의 아홉 신선, 낙가산(落伽山)의 관음보살을 차례로 만나 도움을 청하고, 결국 관음보살의 정병(淨甁)에 담긴 감로수(甘露水)로 죽은 인삼과를 되살린다. 인삼과나무는 예전처럼 잎이 무성해지고 스물세 개의 인삼과가 달렸으며, 진원대선은 기뻐하며 인삼과 열 개를 따서 인삼과 연회를 연다. 관음보살, 삼선, 진원대선, 세 명의 제자들과 여러 신선들은 밤늦도록 놀았고, 진원대선은 손오공과 형제의 의를 맺게 된다.

이상의 내용이 『서유기』의 제24부터 26회에 나오는 인삼과 이야기를 간단히 정리한 것이다. 앞에서도 언급했듯이 필자가 『서유기』의 인삼과 이야기를 주목하는 이유는 이 이야기가 기존의 중국 신화와 전설, 지괴(志怪)소설 등에서 보이지 않는 새로운 내용의 것이며, 『서유기』의 다른 회의 이야기와도 전혀 다른 구성과 내용을 보여주고 있기 때문이다. 이 글에서는 이와 같이 이질적인 인삼과 이야기의 원류와 형성 과정을 살펴보고, 이야기 저변에 숨겨진 의미들을 종교, 문화적인 각도에서 탐구해보고자 한다.

3. 인삼과 이야기의 추형, 『대당삼장취경시화』의 반도(蟠桃) 이야기

『서유기』는 명대에 소설의 형태로 지어지기 전부터 이미 시화(詩話), 변문(變文), 잡극 등의 다양한 형태로 읽히고 연행(演行)되었다. 일반적으로 소설 『서유기』가 나오기 이전의 텍스트들을 『서유기』의 고판본이라고 이야기하는데 이와 같은 『서유기』의 고판본들[3] 중에서 소설 『서유

3 소설 『西游記』의 근간이 된 『西游記』와 관련한 기존의 텍스트들을 말한다. 학계에서는 일반적으로 100回本 이전에 출현한 초기 판본을 古版本이라고 부르며, 宋代 『大唐三藏取經詩話』, 金院本 『唐三藏』, 元代 吳昌齡의 雜劇 『唐三藏西天取經』, 楊景賢의 雜劇 『西游記』 등이 여기에 들어간다. 玄奘, 辯機의 『大唐西域記』, 慧立과 彦悰의 『大慈恩寺三藏法師傳』은 古版本에 포함시키지 않는다(小川環樹, 「西游記的原本及其改作」, 胡天民 譯, 『明淸小說硏究』, 第2集, 北京 : 中國文聯出版公司,

기』에 가장 영향을 준 것은 송대에 지어진 것으로 추정되는 『대당삼장취경시화(大唐三藏取經詩話)』[4]이다. 당나라의 승려 현장(玄奘)이 19년간 천축으로의 긴 여행 끝에 불교경전을 가지고 돌아왔다는 허구와도 같은 역사적 사실은, 당시 사람들의 호기심과 흥미를 불러일으키기에 충분했다.

현장이 서천취경한 사실은 현장이 직접 집필한 『대당서역기(大唐西域記)』와 현장 사후에 제자들이 기록한 『대자은사삼장법사전(大慈恩寺三藏法師傳)』에도 기록되어 있지만, 허구적인 서사로서의 출발은 송대의 『대당삼장취경시화』로 본다. 『대당삼장취경시화』에서부터 손오공의 원형인 후행자(猴行者)가 처음으로 등장하고[5] 환상적인 에피소드들이 삽입되기 시작한다. 『대당삼장취경시화』의 '입왕모지지처십일(入王母池之處十一)'에는 『서유기』의 인삼과 이야기의 추형으로 볼 수 있는 다음과 같은 환상적인 복숭아 이야기가 나온다.

> 삼장법사와 후행자는 어느 날 서왕모의 연못에 도착하는데 그곳에는 만 길이나 되는 높은 석벽과 너비가 4, 5리나 되는 반석(盤石)이 있고 사방이 수십 리나 되는 연못이 출렁거리고 있었다. 석벽에는 짙푸른 복숭아나무가 자라고 있었는데 그 뿌리는 연목 속에 잠겨 있었다. 후행자는 예전에 800살이었을 때 이곳의 복숭아를 몰래 훔쳐 먹다가

1985, p.161).

4 『大唐三藏取經詩話』는 『大唐三藏法師取經記』라고도 말하며 說經話本이고 작자는 未詳이다. 전체가 3卷으로 되어 있고 17段으로 되어 있다. 宋代에 나왔다고 여겨지지만 魯迅은 작자가 元代 사람일 가능성을 제기한 바 있다(노신, 『中國小說史略』, 조관희 역, 서울 : 살림출판사, 1998, 272쪽).

5 『大唐三藏取經詩話』에는 沙悟淨의 雛形인 深沙神도 등장하지만 三藏의 제자로서 등장하는 것은 아니다.

들켜 서왕모에게 갈비뼈를 맞고 혼났던 기억이 있어서 이곳의 복숭아를 다시 훔치지 못한다. 법사는 이런 후행자에게 복숭아를 훔치라고 자꾸 부추기는데, 때마침 잘 익은 복숭아 세 개가 연못 속으로 굴러 떨어졌다. 후행자가 금환장(金環杖)으로 연못의 반석을 세 번 두드리자, 아이 하나가 나타나 자신이 3천 살이라고 얘기하고, 뒤이어 5천 살인 아이가 또 나타났다가 사라지고, 결국 7천 살된 아이가 나타나자 후행자는 그 아이를 손 안에서 빙빙 돌려 작은 대추로 만들어 삼켜 버린다. 후행자가 나중에 당나라로 돌아와 서천(西天) 지역에서 그 씨를 뱉으니 이것이 인삼의 기원이라고 한다.[6]

위의 예문은 『대당삼장취경시화』의 '입왕모지지처십일'의 내용을 간단히 정리한 것이다. 마지막 부분에서 어린아이 모양의 복숭아씨가 인삼의 기원이 된다는 부분으로부터 우리는 『대당삼장취경시화』의 복숭아가 『서유기』의 인삼과의 추형임을 짐작해볼 수 있다. 위의 예문에서 볼 수 있듯이 『대당삼장취경시화』의 어린아이 모양의 복숭아 이야기는 『서유기』의 인삼과 고사보다 내용이 소략하다. 그러나 복숭아는 인삼과와 마찬가지로 장수의 영약이고 인삼의 기원으로서 등장하고 있으며, 무엇보다 기존의 서왕모의 반도(蟠桃) 고사에는 보이지 않던 어린아이의 이미지가 『대당삼장취경시화』에 처음 등장하므로 『대당삼장취경시화』의 복숭아를 『서유기』의 인삼과의 추형으로 보는 것이 충분히 설득력 있다.

그런데 지금 우리가 살펴봤듯이 『대당삼장취경시화』의 '입왕모지지처십일'의 복숭아 이야기는 『서유기』의 인삼과 이야기와 완전히 일치하지는 않는다. 『대당삼장취경시화』에서 『서유기』로 변화하는 과정 속에

6 李時人, 蔡鏡浩 校注, 『大唐三藏取經詩話校注』, 北京：中華書局, 1997, pp.31~33.

서 다양한 소재들이 첨가되고 이야기성이 풍부해지면서 오늘날 『서유기』의 인삼과 이야기가 완성된 것으로 보인다.

앞으로의 논의에서는 우선 『서유기』 인삼과에 대한 탐구의 연장선에서 『서유기』의 추형인 『대당삼장취경시화』의 복숭아 이야기의 형성 과정을 살펴보고, 『서유기』 인삼과 이야기가 형성된 문화적인 배경과 의미를 탐구해보고자 한다.

1) 아라비아 이야기의 유입 : 『술이기(述異記)』의 아수(兒樹) 이야기

그렇다면 『서유기』의 인삼과 이야기의 추형인 송대의 『대당삼장취경시화』 속의 어린아이 모양의 복숭아 이야기는 어떻게 형성된 것일까? 사실 중국문학에서 복숭아와 관련된 신화와 전설을 발견하기란 그다지 어려운 일이 아니다. 복숭아는 일찍부터 문학 안에서는 벽사(辟邪)와 장생의 의미를 지닌 상징물로서 등장하다가 『한무제내전(漢武帝內傳)』, 『한무고사(漢武故事)』와 같은 위진남북조(魏晋南北朝) 시기의 지괴(志怪) 소설로 가면 불사의 여신인 서왕모(西王母)와 결합하면서 장생의 아이콘으로서 독보적인 위상을 누리게 된다. 그러나 중국문학에서 복숭아가 어린아이의 이미지와 결합된 예를 『서유기』 이전에는 찾아보기는 힘들다. 유일하게 당송(唐宋)대의 『술이기』[7]에는 어린아이 모양의 열매가

7 일반적으로 『述異記』는 南朝 시기 梁나라의 任昉이 撰한 것으로 알려져 있으며 중국의 魏晋南北朝 시기 소설 전문가인 李劍國은 『술이기』의 일부 내용이 隋, 唐代에 첨가된 것은 사실이나 梁나라 때의 任昉이 주로 撰한 것이 맞다고 보았다(이화영, 「『述異記』 試論 및 譯註」, 이화여자대학교 대학원 중어중문학과 석사학위논문, 2004, 3~7쪽). 그러나 魯迅은 『中國小說史略』에서 『술이기』를 唐宋代의 저작으로 보았으며, 中野美代子 역시 『술이기』에 大食國이 언급된 것을 지적하면서, 大食國이라는 명칭은 唐代부터 쓰였으므로 『술이기』를 唐나라 때의 저작으로 보는 것이

달리는 '아수(兒樹)' 이야기가 나오는데 『대당삼장취경시화』에 직접적인 영향을 주었을 것으로 생각될 만큼 내용이 비슷하다. 아래의 『술이기』의 기록을 보자.

> 서해에 있는 대식국(大食國)에는 한 네모난 돌이 있는데 돌 위에 나무가 많이 자라고 있다. 이 나무는 가지는 붉고 잎은 푸른데 가지 위에는 항상 어린 아이가 자란다. 키는 6~7촌쯤 되는데 사람을 보면 모두 웃으며 그 손과 발을 움직인다. 머리가 나뭇가지에 붙어 있는데 가지를 꺾으면 어린아이는 곧 죽어버린다.[8]

위의 『술이기』의 '아수' 이야기는 『서유기』의 인삼과 이야기나 『대당삼장취경시화』의 복숭아 이야기에 비하면 간단하지만, 전체적으로 이미지는 상당히 닮아 있다. 돌 위에 나무가 많이 자란다든지 어린아이 모양의 열매가 달린다는 내용은 『대당삼장취경시화』의 복숭아 이야기와 동일하고, 열매가 손발을 움직이는 어린아이 모양이라든지, 가지를 꺾으면 어린아이가 곧 죽어버린다는 상상은 『서유기』의 인삼과와 비슷하다.

그런데 흥미로운 점은 『술이기』와 비슷한 시기의 기록인 『유양잡조

맞다고 주장한다(中野美代子, 앞의 논문, 83쪽). 일반적으로 오늘날 중국에서는 魯迅, 中野美代子의 의견과 마찬가지로 大食을 중국 唐宋 시기의 아랍인, 아랍 제국, 넓게는 이란어 지역의 무슬림을 두루 칭하는 것으로 보고 있다. 그러므로 이 글에서는 大食國을 기록한 『술이기』가 唐代에 주로 쓰였으나 일부 내용은 宋代의 기록일 가능성도 염두에 두고자 한다.

8 『述異記 · 兒樹』: 大食王國在西海中, 有一方石, 石上多樹, 幹赤葉青, 枝上總生小兒, 長六七寸, 見人皆笑, 動其手足, 頭着樹枝, 使摘一枝, 小兒便死(이화영, 앞의 논문, 87쪽).

(酉陽雜俎)』,[9] 『북호록(北戶錄)』,[10] 『구당서(舊唐書)』,[11] 『신당서(新唐書)』[12] 등의 전적들에도 어린아이 혹은 사람 모양의 열매가 달리는 기이한 나무들에 대한 이야기가 집중적으로 기록되어 있다는 것이다. 아래의 구체적인 예들을 보자.

> 대식(大食)의 서남쪽으로 2천 리를 가면 나라가 있고 산의 계곡 사이의 나뭇가지 위에는 꽃처럼 생긴 사람의 머리가 자라는데 말을 못하고 사람이 물으면 웃기만 한다.[13]

> 대식국은 서쪽으로 큰 바다와 접하고 있어 사람을 배에 태워 보냈는데 8년이 지나도 서쪽 끝에 이르질 못했다. 거기에는 네모난 돌이 있고 돌 위에는 나무가 있는데 줄기는 붉고 잎은 푸른빛이다. 나무에는 어린아이가 자라는데 크기는 6, 7촌이며 사람을 보면 웃고 손과 발을 움직였다. 나무에 매달려 있어서 그 가지를 꺾으면 어린아이는 곧바로 죽어버린다.[14]

> 대식국은 서쪽으로 큰 바다와 접하고 있어 사람을 배에 태워 보냈

9 唐나라 段成式이 撰했으며 총30編, 20卷이다.

10 唐나라 段公路가 펴냈다.

11 五代 後晉 시기(945)에 완성된 唐나라에 대한 正史로, 24史 중 하나이며, 唐高祖 건국부터 唐 멸망까지 당나라 역사를 기록했다.

12 北宋 仁宗이 『舊唐書』의 내용이 충실하지 못하다고 판단하여 歐陽修, 宋祁 등에게 명해 1044~1060년에 걸쳐 완성한 당나라의 역사를 기록한 책이다.

13 『酉陽雜俎』: 大食西南二千里有國, 山谷間樹枝上, 化生人首如花, 不解語, 人借問, 笑而已.

14 『北戶錄』: 大食國西鄰大海, 嘗遣人乘船, 經八年未極西岸, 中有一方石. 石上有樹, 幹赤葉靑, 樹生小兒, 長六七寸, 見人皆笑, 動其手脚, 若著樹枝. 其使摘取一枝, 小兒卽死.

는데 8년이 지나도 서쪽 끝에 이르질 못했다. 거기에는 네모난 돌이 있고 돌 위에는 나무가 있는데 줄기는 붉고 잎은 푸른빛이다. 나무에는 어린아이가 자라는데 크기는 6,7촌이며 사람을 보면 웃고 손과 발을 움직였다. 나무에 매달려 있어서 그 가지를 꺾으면 어린아이는 곧바로 죽어버린다. 대식의 왕궁에 보관중이다.[15]

전설에 따르면 그 나라(대식국)의 서남쪽으로 2천리를 가면 산기슭 사이에 사람 머리같이 생긴 꽃이 피어 있다. 말을 걸면 항상 웃다가 떨어진다.[16]

위의 기록들은 각기 다른 책에서 인용된 것이지만 내용은 크게 다르지 않다. 다만 나무에 달리는 것이 열매도 있고 꽃도 있어서 조금씩 차이가 있고 나무가 자란다는 지역들도 완전히 일치하지는 않는다. 즉 앞에서 본 『술이기』에서는 아수가 있는 곳이 대식국이었는데, 『유양잡조』와 『북호록』, 『구당서』에서는 대식국에서 서남쪽으로 떨어진 나라 혹은 대식국에서 서쪽으로 배를 타고 나간 지역 등으로 얘기하고 있어서 그 지역들을 종합적으로 정리해보면 대략 대식국 혹은 대식국에서 서쪽 방향으로 좀 더 간 지역이라고 말할 수 있다. 그러므로 위의 기록들을 통해 『술이기』가 쓰인 당송대에는[17] 대식국 혹은 그 부근 지역과의 교류가 활발했으며 기이한 나무에 관한 이야기들이 중국에 전래되어 상당히 유행했음을 추정해볼 수 있다.

---

15 『舊唐書 · 大食傳』: 大食國西鄰大海, 嘗遣人乘船, 經八年未極西岸, 中有一方石. 石上有樹, 幹赤葉青, 樹生小兒, 長六七寸, 見人皆笑, 動其手脚, 若著樹枝. 其使摘取一枝, 小兒即死, 收在大食王宮.

16 『新唐書 · 西域傳』: 傳言其國西南二千里山谷間, 生花如人首, 與語, 輒笑則落.

17 『述異記』의 저작 시기에 대해서는 주 7)을 참고한다.

그렇다면 고대의 대식국 즉 아라비아와 중국의 문화적인 교류는 언제부터 시작된 것일까? 대식(1632~1258)은 당시 페르시아어로 tuzi, taziks라고 발음했고 이것을 음역하여 고대 중국에서는 대석(大石), 대식(大寔)으로 썼으며, 당송 시기에는 아랍인, 아랍 제국에 대한 명칭이자 아랍, 이란 무슬림에 대한 범칭이기도 했다. 당대 이래 중국 역사서 예컨대 『통전(通典)』, 『구당서』, 『신당서』, 『당회요(唐會要)』, 『송사(宋史)』, 『요사(遼史)』, 『자치통감(資治通鑑)』 등은 모두 아랍 제국을 대식국이라고 불렀다. 이에 비해 서유럽에서는 아랍 제국을 사라센 제국이라고 불렀다.[18]

아라비아 문화가 고대 중국으로 유입되기 시작한 것은 651년 대식국의 세 번째 칼리파인 오스만이 정식으로 사신을 파견해 당 고종(高宗)을 만나면서부터이다. 이후 대식국은 당 고종 용휘(永徽) 2년(651)부터 정원(貞元) 14년(798)의 147년간 당으로 39번 사신을 파견한다.[19] 당시 당나라는 아라비아 즉 대식을 포함한 여러 국가들을 모두 서역(西域)으로 통칭했고, 서역과의 교역을 본격적으로 시작하였다. 당시에 수도 장안(長安)과 양주(揚州), 낙양(洛陽) 등의 도시에서는 각국에서 모여든 다양한 인종들이 활발한 교역 활동을 벌였고, 이 과정에서 본국의 종교와 풍습, 설화들을 자연스럽게 전파하면서 새로운 문화 교류의 장을 만들어갔다. 당시 서역과의 교역은 장안과 양주, 낙양뿐만 아니라 광주(廣州), 돈황(敦煌)에 이르기까지 점차 광범위한 지역에 걸쳐 이루어졌고, 당나라

18 百度百科 참고.

19 大食은 宋代에 오면 開寶 元年(968)부터 南宋 乾道 4년(1168)의 200년간 宋에 49차례 사신을 파견한다(麻小兵, 「論大食與唐宋的商貿交往及其興盛原因」, 『湖北第二師範學院學報』, 武漢 : 湖北第二師範學院, 第27卷 第1期, 2010.1, p.63).

는 서역인들에 대해 책봉과 기미(羈縻)정책[20]을 통해 포용적이면서도 강력한 대외정책을 폈다.[21]

당시 서역인이라고 하면 구체적으로 아라비아인, 돌궐인, 페르시아인, 소그드인, 쿠차인, 회흘인(回紇人) 등을 가리켰는데, 이들은 당나라가 정해준 외국인 거주지에서 살면서 이슬람교, 조로아스터교, 마니교, 네스토리우스교[경교(景敎)] 등 자신들의 종교 활동을 지속했고 고유의 문화와 풍습을 유지했다.[22] 이들은 산술과 언변에 뛰어나 주로 무역과 상업에 종사했으며, 그중에는 장사 수완이 뛰어나서 막대한 부를 이뤄 당나라의 정치, 경제에도 영향력을 행사하는 이들도 있었다. 당시 서역인들의 주요 고객은 대상인들과 고관대작들이었으나 기루나 주점으로 가득 찬 상업도시 양주의 면모를 볼 때, 고급 사치품의 저변이 생각보다 상당히 확산되었을 가능성이 높다. 보석과 향료 등 고급 사치품을 주로 취급했던 페르시아와 아라비아 출신의 호상(胡商)들은 점차 고정적인 고객을 확보하면서 상당한 재부(財富)를 축적할 수 있었다. 그래서 당시에 양주의 지방관들은 예산을 넘어서는 공무나 기타 중요한 사

20 기미정책이란 중국의 秦나라부터 宋元 시기까지 유지되었던 중국의 전통적인 소수민족에 대한 통치정책이다. 중국은 주변의 소수민족들을 효율적으로 지배하고 동시에 중앙집권을 유지하기 위해서 소수민족의 영역 안에 특수한 행정단위를 설치했다. 그래서 소수민족들의 지도자의 정치적인 권한을 인정하면서 중앙의 지방관리로 임명하여, 지방분권과 중앙집권을 동시에 추진했다. 隋代부터 唐代에 이르면서 기미는 제도로 발전하여 정식으로 시행된다.

21 邱樹森, 「唐代蕃坊與治外法權」, 『寧夏社會科學』, 銀川 : 寧夏社會科學院, 2001.9, pp.31~37; 宗建亮, 「唐代的經濟繁榮與對外開放」, 『貴州文史叢刊』, 貴陽 : 貴州省文史研究館, 2001年 第3期, pp.6~8.

22 이상범, 「唐代 후반기 揚州의 발전과 외국인사회」, 『中國史研究』 제48집, 大邱 : 中國史學會, 2007, 115쪽.

안이 발생했을 때 부유한 호상들에게 수시로 협조를 요청하곤 했다.[23]

처음에는 이질적으로 느껴졌던 서역의 문화는 점차 당나라 사람들의 삶에 녹아 들어갔고, 오히려 이들의 막대한 부와 정치적인 영향력에 힘입어 크게 유행하게 되었다. 이러한 호풍열(胡風熱)은 주지하다시피 당과 오대(五代)의 문인들의 시, 소설 등의 문학작품을 통해서도 볼 수 있는데, 특히 소설에서는 서역에서 온 호인(胡人), 호희(胡姬)들이 자주 등장하게 되었다.[24]

그런데 지금까지 살펴본 바와 같이 당시에 중원(中原)과 아라비아 간의 문화적인 교류가 물론 아라비아인들이 중원으로 이주하고 그들의 문화가 자연스럽게 유입되면서 활성화된 것은 맞지만, 이와는 또 다른 경로로도 이루어졌다.

당나라 사람인 두환(杜環)이 대식국 지역을 실제로 다녀오고 나서 견문을 기록한 책인 『경행기(經行記)』가 나오면서 당시 아라비아 문화에 대한 새로운 관심이 생겨나기 시작한 것이다. 두환은 호북(湖北) 양양(襄陽) 사람으로 생졸연대는 미상이며, 당나라 천보(天寶) 연간에 안서도호부(安西都護府)의 군관(軍官)으로 있다가 당나라와 대식국 간의 전쟁에서 포로로 잡혀 서아시아와 북아프리카의 나라들을 유랑하게 된다. 그는 보응(寶應) 초에 배를 타고 당나라로 귀환한 뒤에 『경행기』라는 여행기를 남겼는데 오늘날 원본은 일실되었고 두우의 『통전』에 15,000여 자가 인용되어 전해지고 있다.[25] 두환은 대식국에 간 최초의 중국인이었고 『경행기』는 그가 10년간 유력하며 경험한 대식국의 정치, 경제, 지

---

23 李延先, 『唐代揚州史考』, 南京：江蘇古籍出版社, 2002, p.400.

24 蔡靜波 · 楊東宇, 「試論唐五代筆記小說中的胡商形象」, 『西域研究』, 烏魯木齊：新疆社會科學院, 2006年 第3期, p.93.

25 魯保羅, 『西域的歷史與文明』, 烏魯木齊：新疆人民出版社, 2006, p.107.

리, 풍습 등을 자세하게 다루고 있을 뿐 아니라 지중해 남쪽 지역의 대추야자, 메소포타미아에서 생산되는 향유, 아몬드, 투르크메니스탄에서 생산되는 사탕무, 회향(茴香), 팔각(八角) 등의 이국 문물에 대해서도 기록하고 있어서 사료적인 가치가 매우 높다.[26] 당시 두환의 『경행기』가 보여준 대식국을 포함한 서역에 대한 새로운 지식들은 낯선 이역에 대한 상상을 불러일으켰고, 새로운 이야기의 소재가 되었다. 우리는 『술이기』를 인용한 두우의 『통전』에서 다음과 같은 대식국과 관련된 기록을 볼 수 있다.

> 대식국의 왕은 언제나 의복이나 식량을 가득 실은 배에 부하를 태워 바다로 파견했는데, 8년이 지나 서쪽 끝에 아직 못 미쳤을 때, 바다 한가운데서 사각형의 돌 하나를 발견했다. 돌 위에 나무가 있었는데, 가지는 붉고 잎은 푸르렀으며 나무에는 늘 어린아이가 자라고 있었다. 6, 7촌의 길이이며 사람을 보면 말을 하지 않고 웃기만 하며 손과 발을 움직였다. 머리가 나뭇가지에 붙어 있었는데 사람이 따서 손에 쥐면 금방 말라 검게 변해버렸다. 왕의 사자가 손에 넣은 나뭇가지 하나는 지금 대식왕이 가지고 있다.[27]

위의 내용은 앞에서 본 『술이기』 속 아수 이야기보다 조금 길지만 내용은 상당히 비슷하다. 이와 같이 두우의 『통전』의 기록의 일부가 『술

26 張瑩, 「唐代旅行家杜環遊歷考證」, 『蘭臺世界』, 沈陽 : 遼寧省社會科學院, 2014, p.99.

27 『通典』 卷193 「邊防」 9 : 其王常遣人乘船將衣糧入海, 經涉八年, 未極西岸, 於海中見一方石, 石上有樹, 枝赤葉青, 樹上總生小兒, 長六七寸, 見人不語而皆能笑, 動其手脚, 頭著樹枝, 人摘取入手卽乾黑, 其使得一枝還, 今在大食王處(杜佑, 『通典』, 『國學基本叢書』, 臺北 : 新興書局, 1996, p.1044).

이기』와 대동소이한 현상에 대해 나카노 미요코는 두환과 두우가 특별한 친족관계였음에 주목한다.[28] 당시 대식국을 비롯한 이역에서 10년이라는 긴 시간을 유랑하다가 당으로 귀환한 두환은 『경행기』를 써서 최초로 아라비아의 세계를 당나라 사람들에게 소개했으며 당시 그 반향은 상당히 컸을 것이다. 그리고 친척인 두우는 두환의 이야기를 집안에서부터 자주 들어왔을 것이고 이중 흥미로운 내용들을 자신의 『통전』에 인용했을 가능성이 높다.

그러므로 『술이기』뿐 아니라 비슷한 시기의 전적들에서 어린아이 모양의 열매가 달린 나무 이야기가 보이는 것은, 당시에 서역과의 교류가 활발했을 뿐 아니라, 두환의 『경행기』가 당나라 때에 완성되면서 아라비아의 이야기들이 유행하기 시작한 것으로 볼 수 있다.

2) 송대 도시문화와 설화인의 등장

지금까지는 『대당삼장취경시화』의 '입왕모지지처십일'의 복숭아 이야기의 원형으로 생각되는 대식국의 어린아이가 달리는 나무 이야기가 어떻게 『술이기』와 동시기의 여러 전적들에 기록될 수 있었는지를 역사, 문화적인 각도에서 살펴보았다. 다음으로는 『술이기』의 아수 이야기가 이후에 어떤 과정을 통해 송대의 『대당삼장취경시화』에 기록될 수 있었는지를 살펴보고자 한다.

사실 『술이기』의 아수 이야기가 『대당삼장취경시화』에 수용된 정확한 정황을 보여주는 기록이나 연구는 부재하다. 이러한 이유는 우선 『대당삼장취경시화』에 대한 전문적인 연구가 부족하고 서역 특히 대식국과

---

28 中野美代子, 앞의 논문, 82쪽.

중국 간의 문화교류에 대한 연구도 많지 않기 때문이다. 게다가 백화(白話)소설이 한창 일어나던 송대에는 명청대처럼 전문적인 작가군이 형성된 것도 아니었고, 이야기의 수용과 전파가 문자기록보다는 구전에 의존했으므로 정확한 기록이 남아 있지 않다. 그러므로 이 글에서는 송대 사회에서 서역 문화가 지녔던 비중과 의미를 알아보고 시화와 그것이 연행되던 공간의 특징, 작가층과 수용자층의 성격 등을 전반적으로 살펴봄으로써 대식국의 이야기가 『대당삼장취경시화』에 유입될 수 있었던 상황을 최대한 추정해보고자 한다.

그렇다면 『대당삼장취경시화』가 지어졌던 송대 역시 당대와 마찬가지로 외국의 문물에 대해서 포용적이고 개방적이었을까? 흔히 당나라가 주변국에 대해 개방적인 대외정책을 폈고 송은 그렇지 않았다고 알고 있지만, 사실 송대에는 당대보다 교역의 판도가 훨씬 커졌다. 우선 당대까지는 비단길 위주의 교류였다면 송대부터는 교역의 범주가 해상무역으로까지 확대된다. 즉 서역과의 교류에 국한되었던 당대에 비해 송대의 무역은 바닷길을 통한 아시아 각국과의 교류로 그 판도가 더 넓어지는 것이다. 이에 따라 송의 남부에는 광동(廣東)과 같이 해상무역을 위한 도시들이 생겨났고, 무역상들은 해상 무역로를 따라 일본과 동아프리카에까지 활동무대를 넓히게 된다.

당시의 번성했던 해상무역은 송말 원초에 주밀(周密)이 쓴 『무림구사(武林舊事)』 10권, 『제동야어(濟東野語)』 20권, 『계신잡지(癸辛雜識)』 등을 통해 살펴볼 수 있다. 이들 책에서 주밀은 남송의 수도였던 임안(臨安)의 번화한 도시 풍경을 묘사했고, 특히 『계신잡지』에서는 회회국(回回國) 즉 아라비아를 중심으로 한 이슬람권의 풍물에 대해 기록하고 있다. 나카노 미요코에 따르면 송원대의 지식인들은 주로 오늘날 복건(福建)성에 위치한 대무역항인 천주(泉州)를 통해서 서역으로부터 들어온 온갖 풍물을 접했다고 한다.[29] 당시 천주에는 아라비아어로 Abu의 음을 한자로 음역한 포성(蒲姓)의 아라비아인들이 회회인들의 전용 거주지인 번방(蕃坊)에서 집단 거주하고 있었다. 당시 이들은 주로 보석, 유리, 자수와 무늬가 있는 견직물, 카펫 등을 팔아 막대한 부를 쌓았다. 송대 주거비(周去非)가 찬한 지리서인 『영외대답(嶺外代答)』에서는 서역의 나라들 중 대식국이 가장 부유하며 보화를 많이 보유했다고 기록하고 있다.[30] 특히 아라비아 상인인 포수경(蒲壽庚)은 천주항의 향료무역을 거의 30년간 독점했으며, 포씨(蒲氏) 가족이 먼 항해에서 비적들에게 뺏긴 화물선이 한번에 400함에 이를 정도였다고 하니 당시 아라비아 상인들의 엄청난 부의 정도를 추측할 수 있다. 당시 아랍의 바그다드는 세계 무역의 중심지라고 할 수 있을 정도로 중국뿐 아니라 유럽의 베니스, 플로렌스, 바르셀로나의 상인들까지 드나드는 중요한 무역도시였고 아랍 상권은 지중해, 페르시아만 연안을 아우르는 방대한 상업 무역권을 하고 있었다.[31]

이와 같이 송대에는 적극적인 대외무역을 통해 개방적인 도시문화가 형성되었고 도시 곳곳에는 아라비아의 풍물과 이야기들이 넘쳐났으며, 이러한 이국적인 소재들은 당시 문인과 예술가들의 중요한 소재가 되었다. 송대 주밀이 지은 『계신잡지』 속집에도 『대당삼장취경시화』의 어린아이 모양의 나무와 『서유기』의 인삼과를 연상케 하는 기이한 압불려(押不蘆)에 대한 기록이 보인다.

---

29 위의 논문, 90쪽.

30 『嶺外代答』 卷3 「大食諸國」: 諸番國之富剩多寶貨者, 莫如大食國.

31 沈光耀, 『中國古代對外貿易史』, 廣州 : 廣東人民出版社, 1985, p.186.

> 회회국의 서쪽으로 수천 리를 간 땅에는 매우 독성이 있는 것이 자란다. 전체적으로 사람의 형태를 하고 있으며 인삼의 모습과도 비슷하다. 그곳의 우두머리는 그것을 압불려라고 불렀다. 땅속 수십 길 깊이까지 자라고 사람이 잘못해서 그것을 건드리면 그 독 기운 때문에 반드시 죽게 된다.[32]

회회라고 하면 당나라 때에 이슬람교를 믿는 사람들을 광범위하게 일컫는 말이었고, 회회교라고 하면 610년 아라비아에서 마호메트가 창시한 이슬람교를 말했다. 당대와 마찬가지로 송대에도 아라비아 지역의 신기한 사물들에 대한 이야기가 지속적으로 유입되었고, 이것이중국인들에게 중요한 상상의 원천이 되었음을 알 수 있다.

그렇다면 이와 같은 기이한 나무 이야기들이 송대 민간에서 유행할 수 있었던 당시 사회, 문화적인 배경에 대해 살펴보자. 앞서 언급했듯이 송대에는 해상무역이 활발했고 천주(泉州)와 같은 부유한 해안도시를 중심으로 복합적인 문화가 발달했으며, 이에 따라 도시민들의 취향을 만족시켜줄 만한 전문적인 민간 예인이 등장하기 시작했다. 당시의 민간 예인 집단은 여러 종류의 노래에 익숙한 전문가들로 구성되어 있었고, 이들이 구사하는 민간 기예로는 북으로 반주하면서 시가를 노래하는 고자사(鼓子詞), 산문과 운문이 교차하는 운산(韻散) 결합의 제궁조(諸宮調)가 있었으며, 이 밖에도 인형극인 괴뢰희(傀儡戲), 그림자극인 영희(影戲), 무언극(無言劇), 가무희(歌舞戲), 만담(漫談) 같은 것들이 있었다.[33]

---

32 『癸辛雜識續集 · 押不蘆』 : 回回國之西數千里地, 產一物極毒, 全類人形, 若人參之狀, 其酋名之曰押不蘆. 生土中深數丈, 人或誤觸之, 著其毒氣必死.

33 김진곤 편역, 『이야기, 소설, novel』, 서울 : 예문서원, 2001, 365쪽.

송대의 민간 문예인들 중 설화인(說話人)으로 불렸던 이야기 구연자들은 자신이 새로운 문화를 창조한다는 자부심을 가진 전문화된 예술가들이었다. 물론 당대에도 구연자 집단이 있었지만 이들은 민간에서 전해지던 소재들을 활용하기보다 고전문학이나 불경 등 서면문학에 기반을 둔 이야기들을 가져와 청중에게 구연하는 방식을 선호했다. 그래서 당대의 설화인들의 구연 방식은 설서(說書), 연의(演義)라고 불렸고, 이것은 중국의 전통적인 민간 문학과는 달랐다. 즉 당시의 설화인들의 역할은 이미 공인된 문학작품들을 대중들이 쉽게 이해할 수 있도록 설명하고 해석하는 것에 아직 머무는 수준이었다. 이에 비해 송대의 설화인들은 보다 전문적인 민간기예인의 성격을 띤다고 볼 수 있다. 우선 이들은 도시의 저잣거리 한가운데 있는 와자(瓦子)에서 공연을 했고, 때로는 자신들의 공연을 위한 전문적인 장소인 구란(句欄)을 이용하기도 했다. 설화인들은 소란스러운 저잣거리에서 다른 기예인들과 경쟁하면서 지나가는 행인들의 이목을 사로잡아야 했으므로 이들의 이야기는 쉽고 재미있고 독특해야 했다. 흥미로운 이야깃거리를 창작하고 발굴하는 것이 당시 설화인들에게는 무엇보다 중요했으므로, 이역의 기이하고 신비로운 이야기들은 설화인들에게 더없이 좋은 소재가 되었을 것이다.

당시 설화인들이 이야기하는 설화의 종류는 설화사가(說話四家)의 네 부류로 나뉘었는데, 시정(市井)의 이야기를 짧게 구연하는 소설, 역사적 사실을 연대기처럼 구연하는 강사(講史), 불경을 해설하는 장편의 강경(講經), 불교인물의 종교적 이야기를 다루는 설참청(說參請)이 그것이다.[34] 『대당삼장취경시화』는 이중 종교서사인 강경에 해당하며, 형식은

---

34 위의 책, 365~372쪽.

운산이 결합된 시화(詩話)의 형태였다.

그런데 중국에서 일반적으로 시화라고 하면 시가나 시인, 시의 유파, 시인의 의론이나 사적을 기록한 저작을 비평, 논의하는 문학형식을 말하며, 최초의 시화 작품으로는 송대 구양수(歐陽修)의 『육일시화(六一詩話)』를 이야기한다. 송대에는 특히 시화가 많이 지어져 지금까지 42종이 남아 있고, 사라진 것까지 합하면 138종에 이른다. 그런데 이와는 무관하게, 시화라는 명칭은 고대 중국의 설창예술을 가리킬 때도 쓰였다. 시화는 운문으로 된 창(唱)과 산문(散文)으로 된 설(說)이 어우러진 운산 결합의 형식을 하고 있고, 이때 운문은 대체로 쉽고 통속적인 7언시로 구성되었다.

『대당삼장취경시화』는 이러한 설창예술인 시화를 일컫는 작품들 중 가장 이른 시기의 작품으로 볼 수 있는데, 흥미로운 점은 단지 형식 면에서 운산 결합의 형식일 뿐 시에 대한 논의는 전혀 나오지 않으므로, 명칭은 시화이지만 오히려 통속적인 민간예술에 속한다는 것이다. 그렇다면 책의 내용에 시에 대한 논의가 없으면서 시화라는 제목을 단 것은 왜일까? 이러한 현상은 송대 저잣거리에서 전문 설화인들이 재미있게 이야기를 꾸며 구연하던 내용이 나중에 문자로 고정되는 과정에서, 당시 사대부 문인들이 새롭게 써내던 고상하고 지적인 시화의 명칭을 민간문예에서도 차용한 것으로 생각된다.

『대당삼장취경시화』의 어린아이 모양의 복숭아 이야기는, 이와 같이 송대의 다양한 인종들이 혼거하는 개방적인 도시문화 안에서 전문적인 민간 설화인들이 등장하고 이들이 서역으로부터 전래된 온갖 이국적인 이야기들을 자신들의 이야기의 소재로 활용하는 과정에서 당시 유행하던 고급 문인들의 '시화'의 명칭을 빌려 굳어진 것으로 보인다. 당대부터 이미 이국적인 서역의 세계를 꿈꾸고 상상하게 했던 『술이기』 속 대식국의 이야기는 송대에 설화인들을 만나면서 더욱 이야기성이 풍부해지고 신비로운 색채를 띠면서 『대당삼장취경시화』 속의 복숭아 이야기로 고정된 것이다.

4. 『서유기』의 인삼과 이야기의 형성과 의미

1) 어린아이에 대한 위험한 상상 : 인삼과 어린아이

지금까지 살펴본 바에 따르면 『서유기』의 인삼과 이야기의 추형은 송대의 『대당삼장취경시화』 속의 복숭아 이야기였고, 이 복숭아 이야기는 시대를 소급해 당송대의 『술이기』에서부터 추형을 찾아볼 수 있었다. 그런데 『술이기』, 『유양잡조』, 『북호록』 등에 기록된 대식국의 어린아이가 달리는 나무 이야기에서는 인삼이라는 명칭은 물론이고 인삼과와 관련된 내용은 전혀 보이지 않는다. 다만 『대당삼장취경시화』의 '입왕모지지처십일'의 마지막 부분에 인삼에 대한 언급이 잠깐 나올 뿐이다.

그렇다면 『서유기』의 인삼과 이야기는 앞서 살펴보았듯이 서역과의 교류로 인한 기이한 나무 이야기가 『술이기』, 『대당삼장취경시화』에 수용되고, 『서유기』가 다시 이들 이야기로부터 영향을 받은 것 외에, 별도로 인삼 이야기가 함께 수용된 것으로 보인다. 왜냐하면 『서유기』의 24회부터 26회의 이야기에서는 이제 복숭아(蟠桃)가 아닌 인삼과에 대한 이야기가 나오기 때문이다. 『서유기』의 인삼과 이야기는 기존의 어린아이 모양의 열매가 달리는 기이한 나무이야기들과는 분명히 다르다.

인삼은 중국을 포함한 동아시아에서 예로부터 장수의 영약(靈藥)으로 불렸고 중국 은나라 때의 갑골문에서부터 삼(參)의 기록이 보일 정도로 그 역사가 유구하다. 갑골문에 따르면, 인삼은 본래 '삼'으로 쓰이다가 그 모양이 사람과 비슷해서 나중에 인(人)자가 첨가되었다고 한다. 고대 중국인들은 인삼을 황정(黃精), 지정(地精), 신초(神草)로 불렀고 '모든 풀들 중 왕(百草之王)'으로 칭했다. 이시진(李時珍)은 『본초강목』에서 인삼의 약효를 예찬하면서 "남녀의 모든 허증(虛症)을 치유한다"[35]라고 기록하고 있다.

인삼은 명칭에서부터 유추할 수 있듯이 사람과 비슷한 형태일수록 약효가 뛰어난 것으로 분류되며 높은 가격으로 팔린다. 그래서 흥미롭게도 중국의 고대 전적에는 인삼이 사람으로 변신한다든지, 밤중에 사람인줄 알고 봤더니 사람 모양의 인삼이었다는 등의 인삼과 사람을 혼동해 이야기하는 기록이 많이 보인다. 더욱 주목할 만한 점은 이러한 기록들에서 인삼을 복용하는 것이 종종 어린아이를 먹는 것과 동일시되고 있다는 점이다.[36]

> 어린아이를 삶아서 먹은 결과 천 년 된 인삼이었다.[37]
>
> 어린아이와 강아지를 삶아서 먹었는데 천년된 인삼과 구기자였다.[38]
>
> 어린아이 같은 것을 삶아서 먹었는데 소나무 뿌리 아래의 인삼이었다.[39]

---

35 『本草綱目』: 人參治男婦一切虛症.

36 蕭兵, 앞의 논문, pp.75~76.

37 『神仙感遇傳 · 維楊十友』: 蒸一童兒乃千歲人參.

38 『稽神錄 · 陳師』: 蒸嬰兒及犬子乃千歲人參枸杞.

39 『夷堅丙志』 卷4 「青城老澤」: 蒸一物如小兒乃松根下人參.

네 명의 손님이 어린아이를 쪄 먹었는데 지정이었다.[40]

위의 예문에서 볼 수 있듯이 인삼을 먹는 행위는 아이러니하게도 어린아이를 잡아먹는 식인의 행위와 연결되어 있다. 이러한 어린아이에 대한 그로테스크한 상상은 앞에서 언급한 인삼 자체의 외양에서 유추된 것도 있지만, 오랜 시간 동안 중국의 도가철학과 도교의 방술에서 보이는 어린아이에 대한 독특한 인식과도 관련이 있다. 이 글에서는 우선 노자(老子)의 '영아설(嬰兒說)'에 주목해보고자 한다.

노자의 도가철학의 핵심 사상을 한마디로 축약한다면 '자연'으로 이야기할 수 있을 것이다. 노자는 당시 주류 사조였던 유가철학에 대하여 원시적이고 자유로운 '자연'의 텅 빈 상태로 돌아가야 한다고 주장하면서 천진(天眞)한 자연의 상태를 '영아(嬰兒)', 해(孩), 적자(赤子) 등의 어린아이의 이미지로써 표현하고 있다.

기(氣)를 전일(專一)하게 하고 지극히 부드럽게 하면 어린아이와 같아질 수 있는가?[41]

수컷을 알고 암컷을 지키면 천하의 골짜기가 되니 천하의 골짜기에는 영원한 덕이 떠나지 않으며 어린아이처럼 되돌아간다.[42]

성인(聖人)은 천하에 있어서 검약하고 욕심이 없으니 천하가 그 마

---

40 『六合內外瑣言』 卷6 「出入袖中」 : 四客饌各蒸一嬰兒, 乃地精.

41 『老子』 : 轉氣致柔, 能如嬰兒乎(王弼 주, 『왕필의 老子』, 임채우 역, 서울 : 예문서원, 2001, 69쪽). 이후 『老子』에 대한 번역은 이 책을 따른다.

42 『老子』 : 知其雄, 守其雌, 爲天下谿. 爲天下谿, 常德不離, 復歸于嬰兒(위의 책, 126쪽).

음을 함께 하나니 성인은 모두 어린아이로 대한다.[43]

> 후덕한 덕을 품은 것은 어린아이에 비유되니 (어린아이는) 독충이 쏘지 않고 맹수도 덮치지 않고 독수리도 움켜쥐지 않는다. 뼈는 약하고 근육은 부드러우나 쥐는 것은 단단하고, 암수의 교합에 대해서 알지 못하나 온전히 자라는 것은 정(精)이 지극하기 때문이요, 종일토록 울어대도 목이 쉬지 않음은 화(和)가 지극하기 때문이다.[44]

노자는 인간이 수신양성(修身養性)하여 깊은 도를 깨달음으로써 순진유화(純眞柔和)한 영아의 상태로 돌아가야 하며 이러한 상태에 도달했을 때 자유와 행복을 느낄 수 있다고 주장한다. 이러한 도가의 어린아이에 대한 철학적인 비유는 이후 도교의 종교적인 이론 안에 흡수되면서 어린아이의 상태를 유지하는 것이 자연의 상태를 유지하는 것이며, 이는 곧 장생에 이르는 길로 생각되었다. 이러한 어린아이에 대한 인식은 도교의 벽곡술(辟穀術), 수일술(守一術), 존상술(存想術), 행기술(行氣術), 도인술(導引術), 방중술(房中術) 등의 방술들 가운데 특히 복약(服藥)과 복단(服丹)을 수행하는 복이술(服餌術)에서 구체화되었다. 그리고 당대 이후로 활발하게 일어난 내단 수련의 원리에서도 신체 내에서 합성되는 단(丹)을 언급할 때, 어린아이의 이미지를 차용해 원영(元嬰), 선태(仙胎)로 쓰기도 한다.[45] 도가철학에서 자연의 상태를 의미하는 어린아

---

43 『老子』: 聖人在天下歙歙, 爲天下渾其心, 聖人皆孩之(위의 책, 186쪽).

44 『老子』: 含德之厚者, 比於赤子, 含德之厚者, 比於赤子. 蜂蠆虺蛇弗螫, 攫鳥猛獸弗搏. 骨弱筋柔, 而握固. 未知牝牡之會, 而朘怒, 精之至也. 終日號, 而不嗄, 和之至也(위의 책, 202~203쪽).

45 黃于玲, 「西游記長生術讀解」, 『西華師範大學學報』(哲學社會科學版), 四川南充 : 西華師範大學, 2005, p.27.

이의 이미지는 이후 내단 수련에서 신체 내부에서 합성되는 단을 의미하는 원영과 선태로 표현되면서, 어린아이는 장생불사의 이미지와 겹쳐지게 된다. 그런데 도교에서의 어린아이에 대한 인식은 어린아이의 존재의미 자체나 중요성을 언급한 것은 드물고, 약재나 단과 같은 물질적인 대상으로서 파악하는 경향이 컸다. 『서유기』에서 인삼과가 어린아이로 표현될 수 있었던 것은 이와 같은 어린아이에 대한 중국인들의 철학, 종교적인 인식과 관련이 깊다고 볼 수 있다.

2) 명대의 영생에 대한 열망과 식인 풍습

그런데 『서유기』가 소설로 완성되던 명대에 이르면, 어린아이에 대한 시각은 극단적인 양 갈래로 나뉜다. 우선 명대 이지(李贄)의 동심설(童心說)에 볼 수 있듯이 철학적인 원리에서는, 어린아이를 순박한 마음이자 자아의 본성의 표현으로 보고 있어서 기존 도가철학에서의 어린아이에 대한 시각을 계승하고 있지만, 같은 시기의 민간에서는 어린아이를 생명 연장의 선약(仙藥)으로 취급하여 식용하기도 했다.[46] 이와 같이 동시기에 어린아이에 대해 극단적인 두 시각이 공존할 수 있었다는 것은 흥미로운 사실이다. 우선 이지의 동심설을 통해 당시 철학 안에서 어린아이를 어떻게 인식했는지 살펴보자.

> 어린아이는 사람의 처음이다. 동심(童心)이란 사람의 마음의 처음

---

46 이탈리아 예수회 선교사인 마르틴 마르티니(Martin Martini, 1614~1661)는 『중국사』에서 崇禎 15년(1642)의 開封의 모습을 묘사하면서 사람 고기를 공공연히 시장에서 판매하고 있다고 기록했다(황문웅, 『중국의 식인문화』, 장진한 역, 서울 : 교문사, 1992, 74쪽).

이다. 마음의 처음이 어찌하여 사라졌는가! 동심이 어찌하여 사라졌는가! 무릇 처음에는 듣고 보는 것이 귀와 눈으로부터 들어오는데 그것이 마음속에서 주가 되면 동심은 사라지게 된다.[47]

만약에 동심을 잃으면 진심을 잃는 것이요, 진심을 잃으면 진인(眞人)을 잃는 것이다. 사람이 진실하지 않으면 아예 처음을 회복할 수가 없다.[48]

이지의 동심설은 앞에서 살펴본 노자의 영아설로부터 영향을 받았으며, 어린아이를 규율에 얽매이지 않는 자연과 순박한 인간의 본성의 상징으로 보고 있다.

그런데 이지의 동심설과는 대조적으로 명대의 현실은 어린아이에 대한 전혀 다른 시각을 보여준다. 명대에는 황실을 중심으로 도교가 열렬히 신봉되었고 이러한 도교의 열풍은 점차 민간으로 확대되었으며 부록(符籙)과 단약 복용 등 왜곡된 방술들이 출현하게 된다. 주목할 만한 것은 『서유기』의 시대적인 배경이 되는 성화(成化), 홍치(弘治), 정덕(正德) 연간부터 가정(嘉靖) 연간에 이르는 명대 중후기에는 왕들이 도교의 방술을 광적으로 신봉하여 방사(方士)들을 관직에 마구 등용하고 정사를 외면했다는 사실이다. 특히 헌종(憲宗) 때의 이자성(李孜省)은 방술을 가지고 임금을 현혹해 관직에 발탁된 사람으로, 효종(孝宗) 때까지 악명이 높아서 『효종실록』에는 그에 대한 다음과 같은 기록이 보인다.

---

47 『李贄文集』: 童子者, 人之初也, 童心者, 心之初也. 夫心之初曷可失也. 然童心胡然而遽失也. 蓋方其始也, 有聞見從耳目而入, 而以爲主於其內而童心失(李贄, 『李贄文集』 卷1, 北京 : 社會科學文獻出版社, 2000, p.92).

48 『李贄文集』: 若失卻童心, 便失卻眞心, 失卻眞心, 便失卻眞人. 人而非眞, 全不複有初矣(위의 책, p.92).

이자성은 매일 부록과 책들을 모아다 바쳐서 신임을 얻어 매일 권세가 높아졌고 8년 동안 관직이 예부좌시랑(禮部左侍郎), 장통정사사(掌通政司事)에 이르렀는데, 임금의 총애를 믿고 교만, 방자했으며 자신을 거스르는 자는 반드시 해쳤다.[49]

헌종은 이자성과 같은 방사와 번승(番僧)을 총애했으며 이들은 임금에게 미약(媚藥)과 음술(淫術)과 같은 방중술의 방책들을 바쳐서 환심을 샀다. 헌종은 여색을 탐하여 사이비 방술들과 단약 복용에 더욱 탐닉했으며 정사를 점점 방치하게 된다.[50] 효종 때인 홍치(弘治) 연간에 이르면 도관을 더 많이 건설하고 재초의식(再醮儀式)을 성대하게 거행하여 백성들의 삶은 더욱 궁핍해졌다.

각 사원과 도관에서는 재초의례를 지내고 서천창(西天廠)의 송경(誦經) 의식에서는 재물을 준비하는 것이 매우 사치스러워서 그 비용과 재물 때문에 백성들은 피해를 입으니 절제하고 중지하실 것을 촉구합니다.[51]

위의 글은 효종 때에 신하인 왕서(王恕) 등이 상소를 올린 내용으로, 당시 효종이 도교를 맹신하고 방술에 집착하여 도교의례가 과도하게 거행되었고 그 행사 비용 때문에 백성들의 삶은 반대로 궁핍해져갔음

---

49 『孝宗實錄』 卷8：孜省又日采取符籙諸書以獻, 寵信日隆, 八年間官至禮部左侍郎, 掌通政司事, 恃恩驕恣, 有忤己者必害之(『孝宗實錄』 卷8, 成化二十三年十二月辛卯(廿六日), p.178).

50 楊啓樵, 『明清皇室與方術』, 上海：上海書店出版社, 2004, pp.59~61.

51 『孝宗實錄』 卷46：各寺觀齋醮, 西天廠誦經供應太侈, 費財害民, 乞裁減停止(『孝宗實錄』 卷46, 弘治三年十二月壬戌(十五日), p.927).

을 잘 보여준다. 또한 가정 연간에는 어린 여성들의 생리혈을 가지고 장생의 약을 제조하거나 아이들을 선발해서 단약을 제조해 복용했다는 엽기적인 사건들도 자주 보인다.

> 오늘날 방사의 사술(邪術)은 어리석은 사람들을 우롱하여 어린 여성의 첫 월경수를 구해 마시게 하는데, 이것을 선천홍연(先天紅鉛)이라고 한다.[52]

> 의원들은 홍연의 법을 취할 때에 13, 14세의 어린 여자아이 중 단정한 아이를 골랐다. 병이 있거나, 장애가 있거나, 목소리가 크거나, 머리카락이 거칠거나, 석녀(石女)여서 생리가 없는 여자는 모두 쓸 수 없다.[53]

위의 예문들은 『서유기』가 저술된 명말로 넘어가는 시기에 장생불사를 추구하는 도교적인 신앙이 비정상적인 방향으로 흘러갔고, 왜곡된 형태의 방술들도 많았음을 보여준다. 그리고 그중에서도 어린아이를 달여 만든 단약은 최고의 상약으로 간주되었다.

> 가정 중엽에 임금은 단약을 먹고 효과가 있자 임자(壬子, 가정 31년) 겨울에는 임금이 수도의 안 밖에서 8세에서 14세까지의 여자아이 300명을 선발하여 입궁시키도록 명했다. 을묘(乙卯, 가정 34년) 9월에는 또 10세 이하의 (여자아이를) 160명 선발하였으니 도중문(陶仲文)

---

52 『本草綱目』 卷52 婦人月水 : 今有方士邪術, 鼓弄愚人, 以法取童女初行經水服食, 謂之先天紅鉛(李時珍, 『本草綱目』 卷52 婦人月水條).

53 『五雜俎』 卷11 物部三 : 醫家有取紅鉛之法, 擇十三四歲童女美麗端正者, 一切病患, 殘疾, 聲雄, 髮粗及實女無經者, 俱不用.

의 말에 따라 모두 약용으로 달여진 것 같다.[54]

이처럼 국가의 최고 지도자인 군주가 주도적으로 여자아이를 단약으로 만들어 복용했다는 기록은 당시 명대 중후기의 사회가 얼마나 비뚤어진 형태로 영생의 욕망을 추구했는지를 잘 보여준다. 이와 비슷한 예로 명대 태감(太監) 고채(高寀)의 사건도 있었다. 고채는 방사들에게 현혹되어 아이들의 뇌 천여 개를 먹었는데, 기운이 예전처럼 되살아나자 여기저기서 아이들을 사와 몰래 죽였고 시간이 오래 흐르면서 이 사건이 알려지자 민간에서는 아이들을 팔려고 하지 않았다. 그러자 고채는 사람을 보내 아이를 훔쳐서라도 보내게 했다. 이 밖에도 『만력야획편(萬曆野獲編)』에는 어린아이를 마치 장생을 가져다주는 비방의 약재처럼 복용하는 당시의 집권계층의 기이한 행태를 기록한 예들이 다수 보인다.[55]

이성적인 통제력을 상실한 듯한 당시의 사회 분위기는 『서유기』에도 반영되어 있다. 78회에는 비구국(比丘國)이라는 상상의 나라가 나오는데 이 나라의 임금은 도사를 신임하여 그에게 국정을 맡기고 자신은 도사가 바친 여인에게 빠져서 지낸다. 심신이 극도로 약해진 국왕은 정력을 회복하기 위해 어린아이를 거위우리에 가둬 키우고 심장을 달여 마신다.[56] 이러한 『서유기』 78회의 엽기적인 이야기는 영생에 대한 광적인

54 『萬曆野獲編』補遺 卷一 宮詞 : 嘉靖中葉, 上餌丹藥有驗, 至壬子(嘉靖三十一年)冬, 帝命京師內外選女八至十四歲者三百人入宮. 乙卯(三十四年)九月, 又選十歲以下者一百六十人, 蓋從陶仲文言, 供煉藥用也.

55 黃宇玲, 앞의 논문, p.29.

56 『西游記』 제78회의 내용을 간단히 살펴보면 다음과 같다. 小子城이라고도 불리는 比丘國에서는 3년 전 道士 차림의 한 노인이 나타나 젊은 여인을 왕에게 바친다.

집착이 식인의 기이한 형태로 나타났던 명대의 실제 사회 현실을 반영한 것으로 볼 수 있다.

이상의 기록들을 살펴봤을 때, 어린아이는 중국 철학에서는 노자의 영아설로부터 명대의 동심설에 이르기까지 무위자연(無爲自然)과 순수한 인간의 본성의 상징으로 표현되었고, 도교의 측면에서는 내단수련법(內丹修鍊法)에서 궁극적으로 신체 내에서 합성되는 단을 의미하기도 했다. 그러나 『서유기』가 창작된 명말에 이르면 도교에 대한 신앙이 장생에 대한 극단적인 추구로 변질되면서 민간에서 어린아이를 장생의 영약으로 취급해 살해하고 그 고기를 복용하거나 약으로 달여 먹기도 했다.

그리고 이러한 명대의 어린아이에 대한 왜곡된 시각은 『서유기』의 비구국 이야기와 인삼과 이야기를 통해 상징적으로 표현되고 있었다. 특히 인삼과 이야기의 마지막 부분에서 당시에 가장 신성한 존재로 추앙받던 삼장법사, 관음보살, 진원대선, 삼선(三仙) 등이 살아 움직이는 어린아이 모양의 인삼과를 따 먹으며 즐거워하는 그로테스크한 장면은 당시에 실제로 어린아이를 복용했던 권력자들에 대한 은밀하고도 준엄한 비판이기도 하다. 또한 『서유기』 속의 어린아이 모양의 인삼과를 따 먹는 기이한 이야기는 중국의 유아 살해와 식인의 관습이 장구한 역사 속에서 끊임없이 자행되어왔으며 이것이 비록 이성적이고 권위적인 역

이 여인은 열여섯에 아름다웠다. 왕은 그녀의 미모에 빠져 총애했고 급기야 정력이 쇠퇴해져 목숨까지 위태로운 지경에 이르렀다. 이 여인을 바친 도사는 높은 관직을 받았고 國丈으로 불렸다. 국장은 왕에게 어린아이 1111명의 심장을 달여 만든 약을 불로장생의 약과 같이 마시면 불사의 효험을 가져온다고 주장했고 이후 이 나라에서는 집마다 거위 우리 안에 아이들을 가둬 키우게 된다. 나라 이름이 小子城인 것은 이러한 연유에서이다(오승은, 『西游記』 卷8, 서울대학교 서유기 번역연구회 역, 서울 : 솔, 2004, 212~239쪽).

사에서는 은폐되었을지라도 감성과 무의식의 문학에서는 사라지지 않고 계속해서 이야기되었음을 보여준다.

5. 나가는 말

이 글에서는 『서유기』의 제 24회부터 26회에 나오는 인삼과 고사가 『서유기』의 이야기들과는 다른 이질적인 구성과 내용을 보여준다는 점에 주목하여 인삼과 고사의 유래와 형성 과정을 종교, 문화적인 각도에서 살펴보았다. 『서유기』의 인삼과 고사의 가장 이른 형태는 당대부터 송대에 걸쳐 완성되었다고 추정되는 『술이기』에 가장 유사한 이야기가 보인다. 『술이기』에 나오는 대식국의 어린아이 모양의 복숭아는 비슷한 시기에 저작된 『유양잡조』, 『북호록』 등에도 보이는데 당시에는 대식국을 포함한 서역과의 교류가 활발했고 서역의 호풍이 유행하고 있었으므로 아라비아의 이야기들이 전래되어 유행했던 것으로 보인다. 송대에 와서는 해상무역이 발달하고 화려한 도시문화가 형성되면서 도시민들이 즐길 만한 민간기예가 일어나게 된다. 도시문화에서 중요한 소비의 축을 담당하던 호인들뿐 아니라 이제 호풍을 즐기게 된 도시민들을 만족시키기 위해 설화인들은 이국적인 소재들을 수집하고 개발하는 데에 노력을 아끼지 않았다. 이러한 배경에서 대식국의 어린아이 모양의 복숭아 이야기는 송대의 민간으로 들어와 유행하게 되었고, 『대당삼장취경시화』에도 전해지게 된 것으로 생각된다.

『대당삼장취경시화』의 복숭아는 『서유기』에 이르면 이제 사람 모양의 인삼과로 변화하게 된다. 인삼은 중국에서 오랜 역사 동안 만병통치약으로 중시되어왔는데 이러한 인삼에는 사실 어린아이에 대한 식인의 이미지가 들어가 있다. 이 글에서는 이러한 인삼에 대한 중국인들의 독특한 인식을 중국 도가철학 속의 영아설, 도교의 내단수련에서 수용된 어린아이의 이미지로부터 찾아보았다. 또한 명대에 이르면 어린아이의 이미지가 동심설에서 보듯이 여전히 청정무구한 자연상태를 상징하기도 하지만 불사를 가져다주는 약재로도 인식되었음을 밝혔다. 그러므로 『서유기』의 인삼과 이야기는 명대 중후기에 도교에 대한 광적인 집착으로 말미암아 어린아이를 장생의 약으로 취급하여 먹었던 집권계층의 추악한 행태에 대한 비판이 문학적으로 표현된 것으로 볼 수 있다.

『서유기』는 명대에 소설의 형태로 고정되어 오늘날까지 전해지고 있지만 사실 『서유기』의 서천취경 이야기는 당 현장의 실제 역사 사건을 기반으로 하고 있으며 당나라 때부터 변문, 설화인의 대본, 잡극 등의 형태로 전해지고 있었다. 서천취경 고사는 그야말로 장구한 역사의 시간을 초월해 중국인이 가장 사랑하는 콘텐츠라고 이야기할 수 있을 것이다. 이러한 『서유기』만의 특징 때문에 『서유기』 속의 다양한 스토리들은 역사 속에서 저마다 다른 이력을 갖고 있다. 그중에서도 『서유기』의 인삼과 고사는 당시 서역과의 문화적인 교류 속에서 새로운 이야기들이 중원으로 유입되고 이것이 다시 중원의 이야기와 섞이면서 소재가 확장되고 이야기성이 풍부해지는 것을 잘 보여준다.

『서유기』는 예로부터 사대기서(四大奇書)라는 권위와 인기를 가지고 있어서 중국적인 이야기들로만 구성되었을 것으로 생각하기 쉽지만, 『서유기』의 원류를 탐구하다 보면 그 내용은 우리의 생각보다 훨씬 이질적이고 다양하다. 이역에 대한 상상과 영생에 대한 인간의 원초적인 욕망 그리고 지배계층의 탐욕에 대한 비판이 복잡하게 얽혀 있는 이야기, 이것이 바로 『서유기』의 진면목이다.

4장
『서유기』 삽입시의 도교적 특징과 문학적 기능

1. 들어가는 말

『서유기』는 총 700여 수의 운문이 매회마다 많게는 10개 이상, 적게는 3~4개씩 삽입되어 있는, 운문과 산문이 결합된 소위 운산(韻散) 결합의 형식을 갖추고 있다. 중국의 소설작품에 시가 한두 수씩 나오는 것은 일반적인 현상이지만 필자의 경험에 따르면 『서유기』에는 시가 너무 자주 등장한다. 심지어 삽입된 시 때문에 이야기의 맥이 끊기는 듯한 느낌을 받을 정도였다. 왜 이렇게 『서유기』에는 시가 많이 삽입되어 있는 것일까?

빅터 메이어(Victor H. Mair)에 따르면 운산 결합의 형식은 당나라 때 변문(變文)의 영향이 크다. 변문이 흥기한 시기인 7~10세기에 중국에서는 불교가 절정기에 있었으므로 문학 또한 불교의 '이야기 서술(story telling)'의 영향을 받았다. 그래서 불교 교리를 효과적으로 전달하기 위해 구어체적인 이야기 서술의 형식을 따랐고 운문과 그림도 삽입했으며 피영희(皮影戲)를 중간에 잠깐씩 보여주기도 했다.[1] 즉 운산 결합 형식은 종교의 교리를 대중들에게 효과적으로 포교하기 위한 목적으로 강구된 새로운 이야기 전달 형식이었다. 그렇다면 『서유기』 역시 어떤 종교적인 의도에서 시가 삽입된 것이 아닐까?

『서유기』 삽입시를 내용상 분류해보면 크게 세 가지로 분류가 가능하다. 첫째 도교적인 내용, 둘째로 사건 전개 중 가장 흥미로운 사건을 집중 묘사한 것, 셋째 주변경관과 등장인물에 대한 묘사가 그것이다. 기존의 『서유기』의 고판본[2]에서는 둘째와 셋째의 삽입시들이 대부분이었는데, 명대 소설 『서유기』에 와서는 첫 번째의 도교적인 성격의 삽입시가 크게 증가한다. 즉 삽입시의 측면에서 보았을 때, 소설 『서유기』는 도교와 연관성이 깊은 작품일 가능성이 높다.

『서유기』 삽입시에는 신과 신선들, 음양오행(陰陽五行), 연단술(煉丹術)과 관련된 용어들, 도교 방술의 원리와 비기(秘技)들이 등장할 뿐 아니라 고대 신화로부터 이어진 산악 숭배와 선경(仙境)에 대한 희구가 잘 나타나 있다. 또한 마단양(馬丹陽), 장백단(張伯端) 등 도사들의 시를 직접 인용한 것도 많은데 예를 들면 『점오집(漸悟集)』, 『오진편(悟眞篇)』, 『명학여음(鳴鶴餘音)』, 『성명규지(性名圭旨)』 등이 그것이다. 이러한 『서유기』의 도교와의 연관성은 최근까지 류춘런(柳存仁),[3] 리안강(李安綱), 궈젠(郭健) 등의 학자들에 의해서 꾸준히 제기되어왔고[4] 관련 연구 업적

---

1 김진곤 편역, 『이야기, 소설, novel－서양학자의 눈으로 본 중국소설』, 예문서원, 2001, 104쪽.

2 본서 97쪽의 주를 참고한다.

3 柳存仁, 「全眞教和小說西游記」, 『和風堂文集』, 上海古籍出版社, 1991; 余國藩, 『余國藩西游記論集』(聯經出版事業公司, 1989, pp.207~208.

4 竺洪波는 신시기 『西游記』의 주제연구 중 주목할 만한 것으로 李安綱의 金丹大道

도 적지 않다. 그러나 삽입시에 주목하여 『서유기』를 연구한 업적은 드물다. 이러한 맥락에서 이 글에서는 『서유기』의 삽입시를 분석함으로써 『서유기』의 고유한 도교적인 특징을 알아보고 삽입시가 『서유기』 안에서 어떻게 도교적인 상상력을 극대화하고 문학적인 기능을 하고 있는지를 논의해보고자 한다.

2. 『서유기』 삽입시의 연원

1) 운산 결합의 유래

소설 『서유기』는 당대 이후로 현장의 취경 여행기가 역사기록, 시화(詩話), 희곡 잡극 등의 형태로 전해지다가 명대에 와서 소설로 고정된 소위 세대누적형(世代累積型)의 창작물이다.[5] 오랜 시간 동안 다양한 장르로 전해지다 보니 그 형식도 여러 가지인데, 주목할 점은 시가 줄곧 삽입된 형태였다는 것이다. 명대 소설 『서유기』 역시 소설 안에 시가 삽

說을 애기하고 있다. 그는 종교문화 연구의 각도에서 『西游記』를 분석하여 『西游記』 연구 논단에 충격을 주었으며 이후 張乘健, 陳金寬, 孫國中, 荀波, 郭健 등의 연구자들이 관련 연구 업적을 잇따라 내놓게 된다(竺洪波, 『四百年西游記學術史』, 復旦大學出版社, 2006, pp.296~297). 그러나 李安綱의 연구는 참신한 시각이 돋보이지만 道教에만 치중하여 소설의 내용을 견강부회하여 해석한 부분이 있어 그 한계를 지적받기도 한다.

5 世代累積型 소설이란 史書기록, 民間藝人들의 이야기가 오랜 세월을 거치면서 한 문인에 의해 개편되고 고정된 작품을 말한다. 일반적으로 『三國志演義』, 『水滸傳』, 『西游記』 등의 작품을 가리킨다. 이에 대해서는 『小說考信編』에 실린 「中國古代早期長篇小說的綜合考察」, 「中國古代個人創作的長篇小說的興起」 등의 논문을 참고한다(徐朔方, 『小說考信編』, 上海古籍出版社, 1997).

입된 운산 결합의 형태를 보인다.

일반적으로 학자들은 『서유기』에 시가 본격적으로 삽입된 시기를 송대 『대당삼장취경시화』에서부터 보는데, 이는 『대당삼장취경시화』의 원본이 오늘날까지 남아 있어서 삽입시의 존재를 정확히 알 수 있기 때문이다. 그런데 일부 학자들은 송대에 『대당삼장취경시화』가 나오기 이전인 당오대(唐五代) 시기에 이미 『대당삼장취경변문(大唐三藏取經變文)』이 존재했을 것으로 추측하기도 한다.[6] 당나라 때 현장(602~664)이 취경여행을 성공리에 마치고 장안(長安)에 입성하자 그의 영웅담은 인구에 회자되면서 큰 인기를 끌었고[7] 그의 이야기는 『대당서역기(大唐西域記)』와 『대자은사삼장법사전(大慈恩寺三藏法師傳)』과 같은 텍스트로 기록된다. 당시 불교사원에서는 속강승(俗講僧)들이 일반인을 대상으로 하여 불경을 쉽게 풀어 이야기하는 속강이 유행하고 있었다. 변문(變文)은 그 저본으로, 처음에는 불경의 내용을 위주로 이야기하다가 점차 역사, 민간전설 등으로 내용을 확대해가면서 이야기 성분이 더욱 풍부해졌으며 대부분 운문과 산문이 결합된 형식이었다. 이처럼 당시에 불교사원에서 시작된 변문이 문학의 한 형태로서 민간에까지 영향을 주기 시작했고, 전설적인 삼장법사의 이야기도 이 과정에서 변문의 형태로 만들어졌을 가능성이 상당이 높다는 것이다.

송대 구양수(歐陽修)의 『우역지(于役志)』에 따르면 당시 수녕사(壽寧寺)의 벽화에는 후주(後周)의 세종(651~660)이 양주(揚州)에 입성해 행궁할

6 曹炳建, 『西游記版本源流考』, 人民出版社, 2012, p.20.

7 『三藏法師傳』의 기록에 따르면 玄奘은 取經하고 長安으로 돌아와서 장안 백성들의 성대한 환영을 받았다. 그리고 당나라 사람인 劉肅의 『大唐新語』에 보면 玄奘이 취경해 장안으로 돌아오자 경성의 선비와 여자들이 그를 맞으러 나와 성곽을 메우고 막았다(京城士女迎之, 填城隘郭)고 한다(曹炳建, 위의 책, p.24).

때 그린 〈현장취경도(玄奘取經圖)〉가 있었고[8] 현존하는 돈황(敦煌)의 벽화 중에도 6폭의 〈당승취경도(唐僧取經圖)〉가 남아 있다고 한다.[9] 이러한 근거들로 미루어본다면 당나라 때 현장의 취경 이야기가 민간에서 매우 유행했고, 이를 불교 포교를 목적으로 활용한 『대당삼장취경변문』이 실존했을 가능성이 높다. 그러나 오늘날까지 텍스트가 실제로 발견된 것은 아니므로 변문의 실존 여부는 심증에 머물 뿐이어서 삽입시의 연원을 여전히 송대의 『대당삼장취경시화』로 잡는 것이 정확하다고 판단된다.

『대당삼장취경시화』는 송대에 유행했던 설화사가(說話四家)인 소설, 강사(講史), 설경(說經), 합생(合生) 중 설경에 속한다. 시화는 글자 그대로 시도 있고 말도 있는 형식이다. 시화에서 '화' 부분은 줄거리를 서술하는 데 쓰이고 '시'는 각 절의 말미에서 절의 내용을 총결하는 역할을 한다. 물론 이야기 중간에 시가 삽입되기도 하지만 명대 소설 『서유기』와 비교했을 때 송대의 『대당삼장취경시화』에서 삽입시의 비중은 매우 미미하다.

『대당삼장취경시화』 속의 삽입시를 살펴보면 변문의 소위 '시로써 이야기를 대신한다[以詩代話]' 즉 자유자재로 시를 원용해 이야기를 전개하는 형식과는 차이가 있다. 『대당삼장취경시화』의 시는 대부분 매절의 마지막에 위치할 뿐이어서 삽입시의 운용이 제한적이다. 『대당삼장취경시화』는 모두 17개의 절로 구성되어 있고 이중 14개의 절의 마지막에

---

8 歐陽修, 『于役志』: (景祐三年丙子七日)甲申, 與君玉飮壽寧寺……寺甚宏壯, 畵壁尤妙……惟經藏院畵玄奘取經一壁獨在, 尤爲絶筆, 歎息久之(『四庫全書 · 集部 · 別集類 · 文忠集』 卷125, 臺灣商務印書館, 1983).

9 王靜如, 「敦煌莫高窟和安西榆林窟中的西夏壁畵」, 『文物』 第9期, 文物雜誌編輯部, 1980.

시로써 그 내용을 총결한다. 14절 가운데 제10과 17절인 '경과여인국처제십(經過女人國處第十)'과 '도섬서왕장자처살아처제십칠(到陝西王長者妻殺兒處第十七)'의 2개의 절에서만 절의 마지막뿐 아니라 중간에도 모두 시가 쓰였다.[10]

이에 비해 명대 소설인 『서유기』는 앞에서도 언급했듯이 삽입시의 수가 700수를 넘는다.[11] 100회본을 기준으로 했을 때 대략 매회에 7수가 평균적으로 삽입되어 있는 셈이다. 시의 종류도 5언, 7언, 부(賦), 게(偈), 송(頌) 등으로 다양하고 내용상으로도 사물, 인물, 산수의 아름다움을 집중적으로 묘사하거나 싸움과 심리적 갈등을 표현하기도 하며, 금단의 비기와 인물들 간의 관계를 음양의 알레고리로 풀어가기도 한다. 그리고 매회의 마지막은 그 회의 내용을 총결하는 시로 마무리하는 것이 일반적이다. 이렇게 볼 때 『서유기』의 삽입시는 심증적으로는 당나라 때의 『서유기』 변문에서 유래했고, 확실하게는 송대의 『대당삼장취경시화』에서부터 유래했다고 볼 수 있는데, 무엇보다 분명한 것은 이전의 『서유기』 텍스트와 비교했을 때 삽입시의 종류와 내용, 수적인 측면에서 비교할 수 없을 만큼 다양해지고 많아졌다는 점이다.

2) 도교시의 인용

기존의 소위 『서유기』의 고판본들과 비교했을 때 『서유기』 삽입시의

10 曹炳建, 앞의 책, p.39.

11 紀德君, 「西游記中的民間說唱遺存」, 『廣州大學學報』(社會科學版) 第6卷 第1期, 廣州大學, 2007, p.82.

특징이라고 하면 바로 도교의 연단술과 교리를 이야기하는 종교 색채가 농후한 시가 많아졌다는 점이다. 이 시들은 『서유기』의 작자가 직접 창작했다고 추정되는 것들도 있지만 도사들이 지은 도교 시집에서 그대로 인용되었거나 일부를 변용한 것들도 있다. 『오진편(悟眞篇)』, 『명학여음(鳴鶴餘音)』, 『점오집(漸悟集)』, 『성명규지(性名圭旨)』, 『옥청금사청화비문금보내련단결(玉淸金笥靑華秘文金寶內鍊丹訣)』 등이 바로 이러한 도교 시집들이다. 이 때문에 청대의 몇몇 학자들은 『서유기』가 도교의 교리를 전하기 위해 지어진 증도서(證道書)이며 작자는 도교와 관련이 깊은 사람일 것으로 추측했다. 청대 학자인 왕상욱(汪象旭), 황주성(黃周星)의 『서유증도서(西游證道書)』, 진사빈(陳士斌)의 『서유진전(西游眞詮)』, 유일명(劉一明)의 『서유원지(西游原旨)』 등에서는 『서유기』의 작자가 도교에 조예가 깊은 도교신도나 도사일 것이라고 주장했으며 구체적으로 『서유기』의 작자로 구처기(丘處機)를 지목하기도 했다. 유일명은 "『서유기』는 원초의 구진군(丘眞君)의 저작이며, 이 책은 삼교일가(三敎一家)의 이치를 밝히고 성명쌍수(性命雙修)의 도를 전한다"[12]라고 언급했고 진사빈은 『서유기』를 "후대인들은 선가(仙家)의 대도(大道)를 몰라 불교소설로 여겼다"[13]고 말했다.

그러나 청대 학자들이 『서유기』를 증도서로 봤던 기존의 견해들은 근대에 오면서 호적(胡適)과 노신(魯迅)에 의해 정면으로 비판을 받는다.[14] 청이라는 구왕조가 무너지고 새로운 근대국가가 성립되는 혼란기에 호적은 '실사구시, 경세치용(實事求是, 經世致用)'의 관점에서 도가 사상이나

---

12 劉一明, 「西游原旨序」, 『古本小說集成』 第5集, 上海古籍出版社, 1995.

13 『西游眞詮』 第100回 批語.

14 郭健, 「西游記爲證道書之說再認識」, 『江漢論壇』, 湖北省社會科學院, 2009, p.98.

도교와 같은 전통문화를 더이상 쓸모없는 구시대의 유물로 치부했다. 그리고 『서유기』의 창작의도 역시 어떤 심오한 사상이나 철학이 아닌 단순히 '유희(遊戲)'에 의해 쓰였다고 주장했다.

> 『서유기』 소설의 작자는 "시와 술을 자유롭게 즐기고 해학을 즐기는" 대문호가 지은 것이며, 우리는 그의 시를 보면 그가 "귀신을 제거하는" 청아한 흥취를 지닌 것은 틀림없으나 결코 '금단'의 도심道心은 없다는 것을 알 수 있다. 이 『서유기』는 그저 취미적인 골계소설, 신화소설일 뿐이며, 그는 결코 어떤 미묘한 의미를 가졌던 것은 아니다. 그는 기껏해야 남을 꾸짖기 좋아하는 완세주의(玩世主義)를 지녔을 뿐이다.[15]

노신 역시 『서유기』의 "작자는 비록 유생이긴 하지만, 이 책은 실제로는 유희적인 데서 나온 것으로, 도를 말한 것은 아니었다"라고 얘기하면서 그 이유로 "책 전반에 오행상극(五行相剋)의 상투어가 가끔 보일 뿐이고 특히 불교 방면에 대해서는 공부하지 않은 것 같다"[16]라고 말했다. 또한 소설 속의 불교와 도교의 신들, 요괴들은 모두 현실의 우의일 뿐이고 유불도 삼가의 도와는 무관하다고 보았다.[17] 호적과 노신의 『서유기』에 대한 견해는 기존의 청대 학자들의 의견과는 상당히 거리가 있는 것이었다. 그러나 근대의 대문호이자 학자였던 이들의 견해는 학계에

---

15 『西游記考證』: 西游記小說的作者是一位"放浪詩酒, 復善諧謔"的大文豪做的, 我們看他的詩, 曉得他確有"斬鬼"的清興, 而決無"金丹"的道心, 指出這部西游記至多不過是一部很有趣味的滑稽小說, 神話小說, 他并沒有什麽微妙的意思, 他至多不過有一點愛罵人的玩世主義(李義華, 『胡適學術文集』, 中華書局, 1998, 991쪽).

16 魯迅, 『中國小說史略』, 조관희 역, 살림, 1998, 386쪽.

17 竺洪波, 『四百年西游記學術史』, 復旦大學出版社, 2006, pp.132~133.

큰 반향을 불러일으켰고 이후 중국의 연구자들은 『서유기』를 특정 사상이나 종교와 관련해 해석하는 것에 매우 조심스러운 태도를 보였다.[18]

그런데 필자가 『서유기』의 삽입시를 집중적으로 살펴본 결과, 『서유기』를 단순히 '유희'에 목적을 두고 지어진 책으로 보는 것이 옳은 것일까 하는 의구심이 들었다. 『서유기』의 삽입시들 대부분은 명대 이전의 고판본에서는 찾아볼 수 없는 시들이어서 작자가 직접 창작했거나 의도적으로 시들을 선별해 자신의 작품에 삽입했을 가능성이 높기 때문이다.[19] 또한 유희로 보기에는 무리가 있을 만큼 전진교(全眞教) 금단학(金丹學)의 도교 시집에서 인용된 시들이 많이 나오기 때문이다. 이러한 사실에 비춰봤을 때 이전의 청대(清代) 학자들의 『서유기』에 대한 시각이 결코 근거 없는 것이 아니며 오히려 근대 이후 『서유기』에 대한 선입견이 근대라는 시기와 맞물려 성급하게 형성된 것이 아닌지 재검토되어야 한다는 생각이다.[20] 우선 『서유기』 삽입시의 출처가 되는 주요 원전들을 살펴보도록 하겠다.

---

18 郭健, 「胡適西游記考證的失誤及其影響」, 『西南民族大學學報』(人文社科版) 第206期, 西南民族大學, 2008, p.166.

19 韓洪波에 따르면 『西游記』에는 『黃庭』, 『北斗經』, 『南斗經』, 『受生經』, 『消灾忏』, 『道德經』, 『黃庭道德眞經』, 『三官經』, 『消灾經』, 『素問』, 『難經』, 『本草』, 『脉訣』의 총 9종의 도교경전이 인용되었고 『太上升玄消灾護命妙經』, 『鳴鶴餘音』, 『悟眞篇』, 『漸悟集』, 『洞玄金玉集』 등의 도교 전적이 인용되었다고 한다(韓洪波, 「西游記中所見中國古代典籍考」, 『明清小說研究』, 江苏省社会科学院 文学研究所, 2012年 第2期, pp.51~55).

20 물론 魯迅과 胡適은 『西游記』 연구에 있어서 상당한 업적을 이뤘다. 魯迅은 『西游記』를 현실을 기탁한 神魔小說로 새롭게 정의했고 『西游記』를 世代累積型 문학거작으로 규정하고 중국문학사에 있어서 그 지위를 제고했으며 阮葵生, 丁晏, 吳玉搢 등의 주장을 근거로 고증을 통해 『西游記』의 작자가 吳承恩일 가능성을 다시금 제기했다(竺洪波, 앞의 책, pp.130~142).

① 『오진편(悟眞篇)』

북송 시기 도사였던 장백단(張伯端)이 희녕(熙寧) 8년(1075)에 지은 『오진편』은 한대(漢代) 위백양(魏伯陽)의 『참동계(參同契)』 이후로 도교 내단의 도와 방술을 논한 중요한 단경(丹經)으로 알려져 있으며 명대에 이르러 『도장(道藏)』 안에 정리된다. 『자양진인오진편주소(紫陽眞人悟眞篇注疏)』 8권, 『자양진인오진편삼주(紫陽眞人悟眞篇三注)』 5권, 『자양진인오진편직지상설삼승비요(紫陽眞人悟眞篇直指詳說三乘秘要)』 1권, 『자양진인오진편습유(紫陽眞人悟眞篇拾遺)』 1권, 『오진편주석(悟眞篇注釋)』 3권, 『자양진인오진편강의(紫陽眞人悟眞篇講義)』 7권, 『수진십서(修眞十書)』 권26에 수록된 『오진편』 5권의 7종이 『도장』에 수록되어 있다. 『오진편』은 운문의 체재로 쓰였는데 7언 16수, 5언 1수, 절구 64수, 「서강월(西江月)」 12수가 포함되어 있다. 내용을 보면, 북송 이래의 내단 방술의 도를 집대성했으며 종리권(鍾離權), 여동빈(呂洞賓)의 성명쌍수(性命雙修)의 학설을 계승하고 있다. 『서유기』 29회에 삽입된 「서강월 · 망상불복강멸(妄想不復强滅)」, 14회의 「즉심즉불송(卽心卽佛頌)」, 36회의 「전현지후후현전(前弦之後後弦前)」, 53회의 「서강월 · 덕행수유팔백(德行修逾八百)」, 96회의 「서강월 · 법법법원무법(法法法元無法)」, 99회의 「구구귀진도행난(九九歸眞道行難)」 등은 바로 장백단의 『오진편』에서 인용되었다.

② 『명학여음(鳴鶴餘音)』

『명학여음』은 원대 도사인 팽치중(彭致中)이 편집했으며 당, 송, 금, 원대의 도사들이 지은 사(詞) 총집으로, 모두 9권이다. 사 외에도 가(歌), 부(賦), 문(文), 찬(贊), 방(榜), 발(跋)로 구성되어 있고, 수록된 작품들은 모두 363수에 이른다. 작자는 여순양(呂純陽), 구장춘(丘長春), 풍존사(馮尊師), 마단양(馬丹陽) 등의 38명의 도사들이다. 『서유기』 제8회와 87회에는 『명학여음』 권9와 권2에 수록된 풍존사의 「소무만(蘇武慢)·시문선관(試問禪關)」, 「소무만·대도유심(大道幽深)」 등이 인용되어 있으며, 78회의 삼우진인(三于眞人)의 「심지부(心地賦)」와 송 인종(仁宗)의 「존도부(尊道賦)」 역시 『명학여음』에서 가져온 것이다.

③ 『성명규지(性名圭旨)』

『성명규지』는 제목에서 윤진인(尹眞人)의 제자가 찬했다고 밝히고 있으나[21] 그가 누구인지는 정확히 알 수 없다. 『성명규지』의 가장 이른 간본은 명 만력(萬曆) 을묘년(乙卯年, 1615)에 오사명(吳思鳴)과 풍간거사(豊干居士)가 각한 것이다. 이 책의 성서 연대는 가정(嘉靖) 말 만력 초로 추정된다. 지금은 『도장정화록(道藏精華錄)』 제7집에 수록되어 있다.

『성명규지』는 원(元), 형(亨), 이(利), 정(貞)의 4집으로 나뉘어 있고 그림을 함께 배치하여 내단학의 연단 이론과 공법을 알기 쉽게 설명하고 있다. 책에서는 노자, 석가, 공자를 그려 넣은 〈삼성도(三聖圖)〉를 맨 앞에 내세워 삼교합일(三敎合一)의 사상을 명시하고 있지만 결론은 도교의 논리로 매듭짓고 있다. 『서유기』 제64회의 삽입시는 『성명규지』에서 인용된 것이다.[22]

④ 『점오집(漸悟集)』

『점오집』은 금나라 때 전진도(全眞道)의 지파인 우선파(遇仙派)의 도사 마단양(馬丹陽)이 지은 책이다. 마단양은 산동(山東) 영해(寧海) 사람으로

---

21 明 神宗 萬曆 43년(1615)에 「刻性名圭旨緣起」라는 글에 보인다.

22 『西游記』 제64회 : 必須覺中覺了悟中悟, 一點靈光全保護. 放開烈焰照娑婆, 法界縱橫獨顯露. 『西游記』 제64회 : 佛在靈山莫遠求, 靈山只在汝心頭. 人人有座靈山塔, 好向靈山塔下修.

대대로 지방의 명문 귀족이었다. 금나라 대정(大定) 7년(1167)에 왕중양(王重陽)이 산동의 영해로 와서 전진도를 전파하자 마단양은 거액의 재산을 포기하고 도교에 귀의해 수련에 매진했다. 왕중양으로부터 전진도의 비결을 전수받으면서 단양은 왕중양 사후 전진도 사업의 직접적인 계승자가 된다. 도교를 신봉했던 원대에 이르자 마단양은 원 세조(世祖) 6년(1269) '단양포일무위진인(丹陽抱一無爲眞人)'의 호를 하사받았고, 무종(武宗) 때에는 '단양포일무위보화진군(丹陽抱一無爲普化眞君)'으로 다시 봉해진다. 『점오집』은 지금 『정통도장(正統道藏)·태평부(太平部)』에 들어가 있다. 『서유기』 제50회의 「남가자(南柯子)·심지빈빈소(心地頻頻掃)」, 91회의 「서자고(瑞鷓鴣)·증중도계(贈衆道契)」는 마단양의 『점오집』에서 인용된 것이다.

⑤ 『태상승현소재호명묘경(太上升玄消災護命妙經)』

『태상승현소재호명묘경』은 작자가 장군방(張君房)이라고 전해지지만 불확실하며, 대략 남북조(南北朝) 말기 혹은 수당(隋唐) 시기의 저작으로 알려져 있다. 돈황(敦煌)에서 당초본(唐抄本)으로 『태상승현호명경(太上升玄護命經)』 두 권이 발굴되었으며 『운급칠첨(雲笈七籤)』 권119에도 『태상영보승현소재호명경(太上靈寶升玄消災護命經)』이라는 제목으로 들어가 있다. 경전의 글자 수는 300여 자밖에 되지 않고 원시천존(元始天尊)이 중생들을 위해 한 말들로, 주로 유무(有無)와 색공(色空)의 이치를 선양하고 있다. 지금은 『도장(道藏)·동진부(洞眞部)·본문류(本文類)』에 들어가 있다. 『서유기』 58회에서 석가여래는 유무와 색공에 대해 논하고 있는데[23] 언뜻 보면 불교의 내용 같지만 실은 『태상승현소재호명묘

---

23 『西游記』 제58회 : 不有中有, 不無中無. 不色中色, 不空中空. 非有爲有, 非無爲無

경』에서 인용한 것이다.[24] 이 밖에도 『서유기』 제64회의 「재선암삼장담시(才仙庵三藏談詩)」는 풍존사의 「승당문(升堂文)」의 일부와 「성명쌍수만신규지묘유주천구결(性命雙修萬神圭旨卯酉周天口訣)」 중의 일부를 수정해 인용했다.

이상으로 살펴본 바와 같이 『서유기』 중 도교적인 시들은 작가가 직접 창작한 것도 있고 출처가 분명한 것도 있는데, 이르게는 남북조 말기부터 명대에 이르는 시기에 저작된 『오진편』, 『명학여음』, 『성명규지』, 『점오집』, 『태상승현소재호명묘경』 등의 도교 시집에서 인용되었다. 이러한 삽입시의 출처는 『서유기』의 작자가 도교적인 방면에 해박한 지식을 지녔고 도교원전들을 두루 섭렵한 사람이라는 것을 말해주며, 『서유기』가 기존의 고판본들에 비해서 도교적인 색채가 강해졌음을 보여준다.

3. 『서유기』 삽입시의 음양오행과 연금술의 알레고리

노신은 『서유기』 안에 "오행(五行)에 대한 상투어가 가끔 보인다"고 했으나 『서유기』를 탐독한 사람이라면 그의 의견에 쉽게 수긍하기 어렵다. 『서유기』의 작자는 도교의 음양오행의 원리와 금단학에 능통하여 소설 속 인물들의 성격, 관계의 메커니즘과 이야기 전개의 필연성을 도교적인 원리로써 능수능란하게 설명하고 있기 때문이다. 오행과 금

非色爲色, 非空爲空. 空卽是空, 色卽是色. 色無定色, 色卽是空. 空無定空, 空卽是色. 知空不空, 知色不色. 名爲照了, 始達妙音.

24 다만 원문의 "或能"의 두 글자가 삭제되고 "卽色是空, 卽空是色"은 "色卽是空, 空卽是色"으로 바뀌어 있다.

단학의 원리는 『서유기』의 의미를 두텁게 만드는 역할을 수행하고 있을 뿐 아니라, 작자는 수시로 도교적 삽입시를 통해 자신의 현학적 취미와 종교적인 취향을 드러내고 있다. 다음으로 『서유기』의 구체적인 내용을 예로 들면서 『서유기』 삽입시의 특징과 기능을 살펴보고자 한다.

1) 등장인물과 음양오행의 알레고리

이 세계의 우주 만물이 음양과 오행의 조합에 의해 운행되고 변화한다는 음양오행설은 중국 역사상 가장 강력하고 광범위한 영향력을 가진 철학원리라고 말할 수 있다. 음양오행의 원리는 한(漢)나라의 추연(鄒衍)에 의해 처음 체계를 갖추게 되고 이후 도가철학과 도교의 종교이론에서 핵심적인 이론이 된다.

음양오행의 원리를 간단히 정리해본다면 음양은 음과 양이고 오행은 화(火), 수(水), 목(木), 금(金), 토(土)를 가리킨다. 오행의 각 요소는 서로 살리기도 하고 억제하기도 하는 관계에 있으며 이것을 상생(相生)과 상극(相剋)이라고 말한다. 상생은 목→화→토→금→수→목의 순서로 순환하며 '木'은 '火'를(木生火), '火'는 '土'를(火生土), '土'는 '金'을(土生金), '金'은 '水'를(金生水), '水'는 '木'을 낳고 만드는(水生木) 상생의 관계에 있다. 반대로 상극이란 서로 어울리지 않아 억제하는 관계로 木→土→水→火→金→木의 순서로 순환한다. '木'은 '土'를(木剋土), '土'는 '水'를(土剋水), '火'는 '金'을(火剋金), '金'은 '木'을(金剋木) 누르는 상극의 관계에 있다. 음양오행설은 이와 같은 오행의 상생과 상극의 결합으로 인해 우주만물이 생성, 소멸, 변화한다는 원리이다.

『서유기』에는 이러한 음양오행의 알레고리를 통해 삼장 일행의 관계를 은유한 시들이 다수 보인다. 『서유기』에서는 어떤 이야기를 따로 빼서 강조하고자 할 때 '시'라는 문학적인 장치를 자주 이용한다. 즉 '산'에서는 삼장 일행과 관련된 사건, 사고들을 평이하게 서술하다가, 삽입시에서는 운문의 특징을 십분 발휘하여 사건 내면의 필연성과 상징 의미를 독자들에게 강한 메시지로 전달하는 것이다. 그런데 이러한 삽입시들은 난해한 은유들로 되어 있어서 읽는 이가 음양오행의 원리와 도교적인 상징들을 이미 알고 있거나 그 유래가 되는 시들에 익숙하지 않으면 함의를 읽어내기가 어렵다. 아래의 삽입시를 예로 들어보자.

> 쇠[金]는 강해서 능히 나무[木]를 이기니
> 마음잡은 원숭이가 나무용에게 항복을 받았다.
> 쇠와 나무가 길들여져 모두 하나가 되니
> 나무의 연정과 쇠의 어짊이 모두 발휘되네.
> 한 번 주인이 되고 한번 손님이 되어 틈새가 사라지고
> 셋이 만나고 셋이 합하니 거기서 신묘함이 생기는구나.
> 성정(性情)이 모두 즐거워지고 정(貞)과 원(元)이 모이니
> 둘이 함께 서쪽 땅에 갈 것이라는 말이 틀리지 않네.[25]

19회는 손오공이 저팔계를 굴복시키고 스승인 삼장법사의 제자로 받아들이는 내용이다. 삽입시에서는 저팔계가 손오공에게 패하고 삼장의 제자가 될 수밖에 없는 필연성을 설명하고 있다. 흥미로운 것은 삽입시에서 손오공, 저팔계의 등장인물들의 이름이 겉으로 드러나지 않고 오행의 코드로만 상징적으로 표현되고 있다는 점이다. 이 시에서 '쇠'와

---

25 『西游記』 제19회 : 金性剛强能克木, 心猿降得木龍歸. 金從木順皆爲一, 木戀金仁總發揮. 一主一賓無間隔, 三交三令有玄微, 性情并喜貞元聚, 同譜証西方話不違. 이하 『西游記』의 원문은 吳承恩, 『西游記』, 上海古籍出版社, 2004를 참고하였고, 번역은 오승은, 『西游記』, 서울대학교 서유기 번역연구회 역, 솔, 2007을 참고하였다.

'마음 잡은 원숭이'는 손오공을, '나무'와 '나무용'은 저팔계를 가리키니, 손오공이 저팔계를 제압할 수밖에 없는 상황을 오행의 '金克木'의 원리로써 은유적으로 전달하고 있는 것이다. 또한 연금술에서는 납과 수은을 주인과 손님 혹은 그 반대인 손님과 주인의 관계로 상징적으로 표현한다. 그래서 이 납과 수은이 잘 결합하고 음과 양, 하늘의 삼합(三合)이 잘 이뤄지면 정(貞)과 원(元)이 모여 상극이 조화를 이루게 되면서[26] 궁극에는 단약을 합성할 수 있다. 위의 삽입시에서 말하는 쇠와 나무는 납과 수은, 정과 원의 관계와 마찬가지로 상극의 두 성질체의 카테고리로써 하나의 범주 안에 묶이는데 이는 『서유기』에서는 손오공과 저팔계라는 두 상극의 인물로 나타나는 것이다.

이와 같이 음양오행의 알레고리를 가지고 소설의 이야기 전개의 필연적인 정황을 설명하는 『서유기』의 소통 방식은 독자로 하여금 표층에 숨겨진 진의를 찾아가는 묘미를 느끼게 한다. 이러한 삽입시의 특징은 『서유기』에서 자주 보이며 아래의 예도 같은 맥락에서 분석해볼 수 있다.

> 항요장 빙글빙글 돌리면, 쇠스랑으로 내리찍고
> 말이 통하지 않으니 같은 편이 아니로다.
> 오직 목모(木母)만이 도규(刀圭)를 감당할 수 있기에
> 명을 받아 둘이서 싸움이 붙었네.
> 이기고 지는 쪽도 없이 엎치락뒤치락

26 『周易』〈乾卦〉에서는 "元亨利貞"이라고 하는데, 元은 처음이고 貞은 끝이라서 이 둘의 속성은 본래 서로 충돌한다(오승은, 『西游記』, 서울대학교 서유기 번역연구회 역, 솔, 2007, 267쪽).

파도를 뒤집고 튕기며 으르렁거리네.……[27]

22회는 사오정이 저팔계에게 패하고 결국 삼장의 제자가 되는 내용이다. 여기에서도 마찬가지로 저팔계와 사오정의 이름은 표면상 드러나지 않으며 목모, 도규라는 도교 연단술의 기호를 통해 은유적으로 표현되고 있다. 목모는 앞서 언급했듯이 저팔계를 가리키고 도규는 원래 고대에 약을 재던 기구였는데 여기서는 사오정의 별명으로 쓰인다.[28] 사오정은 『서유기』에서 황파(黃婆)로 불리기도 하며 '土'의 성질을 지닌 것으로 나온다. 그리고 도규(刀圭)의 '圭'자를 보면 '土'를 아래위로 포개 놓은 형태를 하고 있다. 그러므로 여기에서 도규라는 것은 연단술의 기구라기보다 토의 성질을 가진 사오정을 말한 것으로 보는 게 더 정확하다.[29] 그런데 오행의 원리에 따르면 이 토를 이기는 것은 목이므로(木剋土), 삽입시에서는 저팔계[木母]만이 사오정[刀圭]을 감당할 수 있다고 말한 것이다. 이와 같이 음양오행의 알레고리를 가지고 인물 간의 관계를 풀어가는 방식은 『서유기』 삽입시의 고유한 특징이라고 말할 수 있다.

아래의 삽입시도 산(散)에서 충분히 얘기하지 못한 인물들간의 관계를 운(韻)에서 오행의 원리를 가지고 설명하고 있다.

오행의 짝이 하늘의 섭리에 맞아떨어져

---

27 『西游記』 제22회 : 寶杖輪, 釘鈀築, 言語不通非眷屬. 只因木母剋刀圭, 致令兩下相戰觸.……

28 오승은, 『西游記』, 서울대학교 서유기 번역연구회 역, 솔, 2007, 181쪽.

29 中野美代子는 사오정이 『西游記』에서 二土 혹은 刀圭라고 불리며 납과 아연 즉 손오공과 저팔계를 중재하는 역할을 한다고 보았다(中野美代子, 『西游記的秘密 : 道教與煉丹術的象徵』, 劉俊民 · 王秀文 譯, 中華書局, 2002, p.97).

옛 주인을 알아보네.
수련은 이미 기초가 섰으니 절묘한 쓰임새 있고
옳은 것과 그른 것 구별하여 원인을 알아내네.
이제 본성을 회복하여 같은 부류에게 돌아가고
본래 성정 애써 구하여 타락에서 돌아왔네.
이토(二土)는 공덕을 온전히 하여 적막을 이루고
물[水]과 불[火]을 조화롭게 하니 티끌 한 점 없도다.[30]

22회에서 저팔계는 사오정을 굴복시키고 그를 삼장의 제자로 만들기 위해 노력하는데 혼자의 힘으로는 불가능하자 관음보살의 제자인 목차존자(木叉尊者) 혜안에게 도움을 청한다. 이 삽입시는 사오정이 원래 자신의 스승이었던 관음보살의 제자인 목차를 알아보고 그의 명을 받들어 삼장 일행이 유사하(流沙河)를 무사히 건너게 한 뒤에 삼장의 제자가 되는 과정을 이야기하고 있다. 즉 시에서 옛 주인은 관음보살을 가리키며 본성을 회복했다는 것은 사오정이 원래 요괴가 아니라 하계에 귀양 온 권렴대장(捲簾大將)임을 의미한다.[31]

그리고 앞서의 도규(刀圭)와 마찬가지로 이토(二土)는 토(土)가 두 개 있는 것으로, 오행 중 토의 성질을 지닌 사오정을 말한다. 또한 물[水]과 불[火]은 『서유기』에서 각각 저팔계와 손오공을 가리키며, 저팔계와 물

---

30 『西游記』 제22회 : 五行匹配合天眞, 認得從前舊主人. 煉已立基爲妙用, 辨明邪正見原因. 今來歸性還同類, 求去求情共復淪. 二土全功成寂寞, 調和水火沒纖塵.

31 이러한 사실은 제22회에서 손오공이 삼장에게 대답하는 장면에서 잘 드러나 있다. "제가 보살님을 뵙고 그간 생긴 일을 다 고했더니 보살님께서 말씀하시길, 이 유사하의 요괴가 바로 하계에 귀양 온 권렴대장인데, 하늘에서 큰 지를 지어 이 강으로 떨어져 제 모습을 잊고 요괴가 된 것이라고 했습니다. 그 놈도 일찍이 보살님의 교화를 입어 사부님께 귀의하여 서천으로 가겠노라고 자원했답니다."(오승은, 『西游記』 권 3, 서울대학교 서유기 번역연구회 역, 솔, 2007, 77쪽)

의 친연성은 『서유기』 도처에서 찾아볼 수 있다. 작품 속에서 저팔계는 목모(木母)라고도 불리는데 오행의 원리에 따르면 목(木)은 수(水)에서 나오므로(水生木) 수의 성질도 공유한다. 이에 비해 손오공은 『서유기』에서 본래 금(金) 혹은 화(火)의 성질을 지니는 것으로 나온다. 그러므로 위의 삽입시에서 이토(二土)가 물과 불을 조화롭게 했다는 것은 사오정이 손오공과 저팔계 즉 불과 물을 중재하는 입장에 있음을 의미한다. 사오정은 불같이 용감무쌍한 손오공과 물처럼 우유부단한 저팔계를 유일하게 조화시키는 그런 토와 같은 존재인 것이다.

이상으로 살펴보았듯이 『서유기』의 삽입시는 산(散)에서는 충분히 설명하지 못한 등장 인물들간의 갈등과 관계맺음을 음양오행의 원리로써 흥미롭게 설명하고 있다. 『서유기』의 삽입시의 내용을 정리해보면, 손오공은 화(火)와 금(金), 저팔계는 수(水)와 목(木), 사오정은 토(土)와 황파(黃婆), 도규(刀圭)의 성질을 지닌다. 그러므로 저팔계는 손오공을 낳고(木生火), 손오공은 사오정을 낳으며(火生土), 사오정은 손오공을 낳는(土生金) 상생관계에 있다. 반대로 저팔계는 사오정을 누르고(木剋土), 사오정 역시 저팔계를 누르며(土剋水), 손오공은 저팔계를 누르는(金剋木) 상극관계에 있다. 그리고 삽입시 중의 이러한 인물들 간의 오행의 관계는 실제로 소설의 이야기와도 합치된다. 이렇게 볼 때 『서유기』 삽입시에 나오는 음양오행의 원리는 소설의 이야기를 더욱 흥미롭게 구성하고 철학적인 깊이를 더해주는 문학적인 장치로서의 역할을 하고 있다고 볼 수 있다.

2) 연금술의 은유와 도교적 상상

『서유기』에서 금단학과 관련된 삽입시는 200여 수로 작자가 직접 창작했거나 도교 시집에서 인용한 시들이다. 여기에는 작자의 금단학의 사상과 심성학(心性學)의 체계가 자연스럽게 드러나 『서유기』가 전진도의 금단학으로부터 깊은 영향을 받았음을 보여준다.

금단이라고 하면 도교의 도사들이 수련하는 단을 말하며 내단(內丹)과 외단(外丹)을 아우르는 말이다. 내단이란 자신의 몸의 기운과 정신을 수련하여 이루는 것이고 외단은 금석(金石)과 단사(丹砂) 등을 가열하여 단(丹)을 합성해 신선이 되는 것을 말하는데, 이러한 내단과 외단을 한꺼번에 금단(金丹)으로 지칭한다.[32] 『서유기』의 삽입시가 특히 도교의 금단학과 관련되었다고 볼 수 있는 점은 이 책이 전진도(全眞道)가 유행한 명대에 완성된 것과 관련이 깊다.

우선 전진도에 대해 간단히 살펴보면, 전진도는 본래 금나라 때 왕중양(王重陽)이 주창한 도교의 한 종파로, 삼교합일(三教合一), '금정(金精), 전기(全氣), 전신(全神)'과 '고기이인(苦己利人)'을 종지로 삼는다. 전진도의 창건자인 왕중양은 한종리(漢鍾離)와 여동빈(呂洞賓)으로부터 금단의 구결을 전수받았다고 전해진다. 그의 제자로는 마옥(馬鈺), 담처단(譚處端), 유처현(劉處玄), 구처기(丘處機), 왕처일(王處一), 학대통(郝大通), 손불이(孫不二)의 전진칠자(全眞七子)가 있다.

원대에는 전진교의 장백단(張伯端)파가 창립한 내단수련을 위주로 한 금단파(金丹派)를 남종(南宗)이라 하고, 왕중양파가 전한 것을 북종(北宗)이라고 불렀다. 두 파는 공통된 내단이론의 연원을 지녔고, 원 혜종(惠宗) 시기에 이르면 하나로 합쳐져 이후로도 계속해서 전진도라고 불렸다. 전진도는 명대에도 꾸준히 교세를 유지하다가 명말 이후로 전진용문파(全眞龍門派)를 제외한 다른 교파들은 점차 쇠락한다.

---

32 『道教大辭典』, 浙江古籍出版社, 1990, p.614.

『서유기』는 오랜 시간 동안 민간에서 꾸준히 신앙되던 이러한 전진도의 금단학으로부터 자연스럽게 영향을 받은 것으로 보인다. 『서유기』의 삽입시에는 전진도 본연의 정과 욕을 제거하고 심성의 깨달음을 추구하는 금단의 가르침이 잘 나타나 있기 때문이다. 아래의 예를 통해 『서유기』의 삽입시 중에 구체적으로 연단의 원리와 과정이 어떻게 표현되어 있는지 살펴보도록 하겠다.

> ……그게 다 도를 배우려 세상 끝까지 헤매고
> 스승을 찾으러 땅 구석구석을 다닌 거라네.
> 언제나 의발을 삼가 몸에 지니고
> 날마다 마음을 놓지 않고 수련했지.
> 세상 방방곡곡 수십 번 유랑했고
> 천하 곳곳을 백여 차례는 떠돌았네.
> 그 덕분에 비로소 진인(眞人)을 만나
> 위대한 도 활짝 열어주니 금빛 찬란하더라.
> 먼저 어린아이[嬰兒]와 젊은 여자[姹女]를 거두고
> 다시 수은[木母]과 납[金公]을 내놓네.
> 명당(明堂)에 있는 신장의 물은 혀 밑[華池]으로 들어가고
> 중루(重樓)에 있는 간의 불은 심장으로 향하네.……[33]

위의 삽입시는 저팔계가 사오정을 해치려 하자 사오정이 방어하면서 자신을 소개하는 대목이다. 자신의 경지가, 납과 수은을 자유자재로 다루고 신체수련을 수행할 수 있는 높은 경지에 있음을 연단의 능력에 비

---

33 『西游記』 제22회 : ……皆因學道蕩天涯, 只爲尋師遊地曠. 常年衣鉢謹隨身, 每日心神不可放. 沿地雲遊數十遭, 到處閑行百餘盪. 因此才得遇眞人, 引開大道金光亮. 先將嬰兒姹女收, 後把木母金公放. 明堂腎水入華池, 重樓肝火投心藏…….

유한 것이 흥미롭다. 여기에서 진인(眞人), 영아(嬰兒), 차녀(奼女), 목모(木母), 금공(金公), 명당(明堂), 중루(重樓) 등은 모두 도교 용어들이다. 영아, 차녀, 목모, 금공은 연단술에서 단사를 합성하기 위한 가장 기본적인 재료인 납과 수은을 가리킨다. 연단술에서는 납과 수은의 화합을 중시하는데 납과 수은의 화합의 과정은 바로 금단학에서 성명쌍수(性命雙修)의 경지를 가리키는 것이다. 삽입시에 보이는 명당은 양미간 사이인 천문(天門)에서 아래로 한 치 되는 곳이고, 중루란 목구멍을 가리킨다. 오행의 원리에 따르면 인간의 몸에서 오장(五臟) 중의 간장(肝臟), 심장(心臟), 폐장(肺臟), 신장(腎臟)은 각각 목(木), 화(火), 금(金), 수(水)에 대응되고 비장(脾臟)은 중앙의 토(土)에 대응된다.

이처럼 도교에서는 사람의 신체 각 부위가 오행의 기운을 지니며 대우주에 상응하는 소우주가 된다고 생각했다. 그래서 우주의 도를 깨우치기 위해서는 신체수련법을 통해 먼저 소우주인 몸을 수련하는 것이 중요하다고 여겼다. 예컨대 신체수련법 중 존사(存思)와 수일(守一)의 명상활동도 소우주인 신체의 각 부위와 그에 대응하는 장소들, 신격들을 상상하면서 대우주로 나아가는 정신적인 유력 행위이다. 금단학의 원리에서도 금단의 합성은 바로 인간의 몸 안에 있으며, 깊이 깨닫고 해탈하려면 신체에 대한 수련을 게을리 하지 말 것을 강조한다. 이러한 성명쌍수의 원리는 『서유기』 삽입시에서 자주 보인다.[34]

> ……구전대환단(九轉大還丹)을 얻고
> 밤낮으로 수련하여 그칠 때가 없었어.
> 위로는 정수리의 이환궁(泥丸宮)에 이르고

34 李安綱, 『文化載道論 : 李安綱揭秘西游記』, 人民出版社, 2010, p.281.

아래로는 발바닥의 용천혈(涌泉穴)에 이르렀지.
신장의 물 두루 흘려 입 속의 화지(華池)로 들어가게 하고
단전(丹田)에 따뜻한 온기를 보충할 수 있었지.
어린 아이[嬰兒]와 젊은 여자[姹女]는 음과 양에 부합하고
납과 수은은 해와 달로 나누어지지.
이룡(離龍)과 감호(坎虎)는 조화를 이루는 데 쓰고
신묘한 거북과 삼족오의 정기 흡수했지.
세 송이 꽃 정수리에 모여 근본으로 돌아갈 수 있었고
다섯 기운이 머리를 비추니 조화를 이룰 수 있었어.
공력의 운행 원만하여 날아오를 수 있게 되니
하늘의 신선들이 쌍쌍이 나를 맞아주었지.……[35]

위의 삽입시는 손오공의 공격을 받은 저팔계가 자신의 일생을 늘어놓으면서 자신의 고상한 수련의 경지를 자랑하는 내용이다. 위의 '구전대환단(九轉大還丹)'은 도교에서 말하는 9번을 달여 완성한 귀한 단약이다.[36] 그리고 위의 이환궁(泥丸宮)과 용천혈(涌泉穴)은 실제로 궁전이나 동굴을 가리키는 게 아니라 도교에서 사람 머리에 있다는 9개의 궁궐 중에서 가운데인 이환궁[37]과 발바닥 중앙에 위치하는 혈인 용천혈을 가리킨다. 그러므로 위의 삽입시는 머리에서 발끝까지 온몸을 수련을 통

---

35 『西游記』 제19회 : 得傳九轉大還丹, 工夫晝夜無時輟. 上至頂門泥丸宮, 下至脚板涌泉穴. 周流腎水入華池, 丹田補得溫溫熱. 嬰兒姹女配陰陽, 鉛汞相投分日月. 離龍坎虎用調和, 靈龜吸盡金烏血. 三花聚頂得歸根, 五氣朝元通透徹. 功圓行滿卻飛昇, 天仙對對來迎接.

36 葛洪의 『抱朴子』 「金丹」에서는 '구전대환단'에 대해 "아홉 번 달인 단약은 복용한 후 십일 안에 신선이 될 수 있다(九轉之丹服之十日得仙)"고 말한다(『道教大辭典』, 浙江古籍出版社, 1990, p.45).

37 위의 책, p.410.

해 단련했다는 뜻이다. 위의 화지(華池) 역시 연못이 아니라, 내단학에서 혀 아래쪽의 침샘을 말한다. “신장의 물 두루 흘려 입 속의 하지로 들어가게 한다”는 것은 오행 가운데 물에 해당하는 신장에서 정화된 기운이 입속의 하지로 흐르며 온몸을 순환한다는 것을 의미하며, 이렇게 했을 때 바로 “단전에 따뜻한 온기를 보충할 수 있게” 된다. 그리고 위의 “어린아이와 젊은 여자”도 앞에서 언급했듯이, “어린아이”는 연단술에서 납과 신장의 기운을 의미하며 “젊은 여자”는 수은 혹은 심장의 기운을 의미한다. 그러므로 이 시에서 “어린아이와 젊은 여자는 음과 양에 부합하고”라고 한 것은 납과 수은이 음과 양, 해와 달, 용과 호, 현무와 주작의 한 쌍과 마찬가지로 대극을 이루니, 이러한 대극의 조화로운 합일이야말로 연단을 합성하는 가장 중요한 과정임을 말하고 있다. 나아가 저팔계는 이 시를 통해 자신이 바로 이러한 대극의 합일을 이룰 수 있는 영험한 능력의 소유자임을 과시하고 있는 것이다. 그리고 이룡(離龍)과 감호(坎虎)의 용과 호랑이는 연단술에서 음과 양, 납과 수은을 의미하고 이(離)와 감(坎)은 『주역(周易)』의 팔괘(八卦) 중 각각 불과 물을 의미하니 이 둘의 조화 역시 대극 합일의 경지를 말한다. 마찬가지로 거북과 삼족오(三足烏)도 중국 신화와 도교에서 일반적으로 달과 해, 음과 양을 상징하므로 이 시의 내용이 저팔계 자신이 양극의 정기를 흡수한 완벽한 존재라고 자화자찬하는 내용임을 알 수 있다. 다음 삽입시에서는 원대 장백단(張伯端)의 소위 남아결태(男兒結胎)의 도교 원리를 설명하고 있다.

> 참된 납을 단련하려면 참된 물이 있어야 하니
> 참된 물과 조화를 이루어야 참된 수은을 제대로 얻을 수 있네.
> 참된 수은과 참된 납에 그것을 낳아준 기운이 없어지면

신비한 단사와 약이 나오니, 그것이 바로 선단(仙丹)이로다.
삼장[嬰兒]이 잘못해서 태 안에 임신을 하게 되고
손오공[土母]은 공력을 펼치며 어려움을 마다하지 않네.
이단을 무너뜨려 정종을 따르고
득의양양 웃음 띤 얼굴로 돌아오네.[38]

53회에서는 삼장 일행이 여자국(女子國)인 서량녀국(西梁女國)을 지나다가 삼장과 저팔계가 그곳의 자모하(子母河)의 물을 마시고 임신을 하게 된다. 손오공은 수소문 끝에 그곳의 파아동(破兒洞)이라는 동굴 속의 낙태천(落胎泉)의 샘물을 마셔야 뱃속의 아이를 지울 수 있다는 사실을 알게 되고, 낙태천을 지키는 여의진선과 싸워 이겨 낙태천의 물을 구해다가 임신한 삼장과 저팔계를 구한다. 53회에서 참된 물이란 바로 낙태천의 물을 가리키며 임신한 삼장과 저팔계는 손오공이 구해온 낙태천의 물을 마시고서야 뱃속을 깨끗이 비우고 원래 상태로 돌아가게 된다.

53회의 이야기는 다른 회의 에피소드와 비교했을 때, 매우 이질적인 느낌을 준다. 일반적인 『서유기』의 에피소드는 삼장 일행과 요괴 간의 다툼, 고난의 극복이 대부분인데 여기서는 삼장과 저팔계라는 남성적 존재들이 뜬금없이 임신을 하게 되고 배가 불러와 고통스러워하는 황당한 사건을 다루고 있기 때문이다. 게다가 산(散) 부분에서는 이 기이한 에피소드를 그냥 서술하고 있을 뿐이어서 독자들은 그 함의가 무엇인지 정확히 알 수가 없다. 그러나 삽입시에 나오는 연단의 원리에 따라 삽입시를 하나하나 해석하다 보면 '산'에서는 알 수 없었던 숨겨진 의미들을 새롭게 읽어낼 수가 있다.

---

38 『西游記』 제53회 : 眞鉛若錬須眞水, 眞水調和眞汞乾. 眞汞眞鉛無母氣, 靈砂靈藥是仙丹. 嬰兒枉結成胎像, 土母施功不費難. 推倒傍門宗正教, 心君得意笑容還.

즉 삽입시에서는 애초에 삼장과 저팔계가 여자들만 마시는 자모하의 물을 마셔 임신한 것은 정종이 아니라 잘못된 방법 즉 이단을 통한 연단의 방법이었음을 이야기한다. 장백단의 『오진편』에 보면 남자가 임신을 한다는 의미의 남아유잉(男兒有孕)[39]이 나오는데, 이것은 원래 남자는 임신을 할 수 없는데 진정한 도를 얻게 되면 남자도 몸속에 어린아이와 같은 단도(丹道)를 얻게 된다는 뜻이다.[40] 이러한 맥락에서 『서유기』의 내용을 이해한다면 삼장과 저팔계가 자모하의 물을 마시고 태 속에 아이를 임신한 것은 도교의 올바른 수련에 의해 단을 얻은 것이 아니므로 임신한 아이는 진정한 깨달음이 아니라 속된 욕망이 되는 것이다. 그리고 오행의 원리에 따르면 화생토(火生土)이므로 토(土)를 낳는 어머니는 화(火)이고, 삽입시의 토모(土母)란 곧 화(火)의 기운을 지닌 손오공을 가리킨다. 즉 "토모(土母)가 공력을 펼치며 어려움을 마다하지 않은 것"은 손오공이 삼장과 저팔계를 잘못된 임신에서 구하기 위해 여의진선과 격렬하게 싸워 결국 낙태천의 물을 얻는 것을 가리키는 것이다. 이처럼 53회의 삽입시는 도교의 내단이론으로써 삼장과 저팔계의 임신, 낙태가 갖는 함의, 도교의 이단과 정종의 의미를 설명하고 있다.

이상으로 살펴보았듯이 『서유기』의 삽입시는 도교에 대해 상당히 깊이 있는 지식과 조예를 갖춘 지식인이나 도교도에 의해 쓰였을 가능성이 크다. 또한 『서유기』의 작자는 삽입시를 통해 당시 민간에서 신앙되던 전진도의 금단학의 원리를 독자들에게 함축적으로 설명함으로써 소설의 함의를 더 풍부하게 하고 작품 속에서 도교적인 상상의 미학을 자

39 「西江月」: 本性愛金順義, 金情戀木慈仁. 相呑相啗却相親, 始覺男兒有孕(張繼禹 主編, 「紫陽眞人悟眞篇註疏」 卷7, 『中華道藏』 第19册, 華夏出版社, 2004, p.337).

40 薛道光 註, 徐立先 參訂, 『悟眞篇三注』, 江東書局, 1912.

연스럽게 구현해내고 있다.

3) 선경(仙境)에 대한 묘사와 입정(入靜)의 기능

『서유기』 삽입시의 내용을 살펴보면, 크게 세 가지로 나누어 볼 수 있는데 우선 도교적인 성격의 것이 있고, 둘째로 사건 전개 중 가장 재미있는 사건을 집중적으로 묘사하거나, 셋째 주변 경관과 등장인물에 대한 묘사가 그것이다. 첫 번째의 도교적인 성격의 삽입시들은 앞에서도 살펴보았듯이 작자가 직접 창작했거나 도사들의 작품을 인용한 것들로 작품의 수준이 높다. 이 삽입시들은 음양오행의 원리로써 인물 간의 관계와 내면의 원리를 함축적으로 보여주거나, 도교 금단학의 비기를 은밀하게 전파한다.

그런데 사실 『서유기』에서 더 자주 보이는 삽입시는 주변 경관과 등장인물을 그림 그리듯이 묘사하는 시로, 아래와 같은 것이다.

수만의 골짜기마다 물길 다투어 흐르고
수천의 절벽들 저마다 아름다운 자태를 뽐내네.
새 우짖어도 사람은 뵈지 않고
꽃 떨어져도 나무 외려 향기롭네.
비 지나가니 하늘에 맞닿은 푸른 절벽 윤기가 흐르고
바람이 소나무 가지를 말아 올리며 비취빛 병풍을 펼치네.
들풀이 자라고 야생화가 핀 깎아지른 벼랑 가파른 산봉우리
담쟁이덩굴 자라고 아름다운 나무, 험준한 고개와 평평한 언덕들
은자도 만나지 못하고
어디 가 나무꾼을 찾는단 말인가?
시냇가엔 학 한 쌍이 물을 마시고

바위에선 돌 원숭이가 미친 듯 날뛰네.
소라처럼 감돌아 솟은 봉우리들 검푸른 색을 펼쳐놓은 듯
비취빛 품은 높은 산들 산 빛을 희롱하네.[41]

『서유기』는 여행 이야기이므로 100회마다 새로운 에피소드가 다른 공간에서 펼쳐진다. 그리고 매회마다 삽입시에서 시각, 청각, 후각의 감각적인 이미지를 동원하여 주변 경관의 아름다움과 신비를 마치 영화의 한 장면을 보듯이 생생하게 독자에게 전달한다. 이러한 대상에 대한 조용한 관찰과 응시는 소설의 산(散) 부분보다 운(韻) 즉 삽입시에서 집중적으로 이루어진다.

그런데 이러한 지리적 풍광을 묘사한 삽입시는 『삼국지연의(三國志演義)』나 『금병매(金瓶梅)』 등과 같은 동시대의 소설에서는 자주 보이지 않는다. 예컨대 『삼국지연의』에도 205수의 시가 삽입되어 있지만 대부분 사건이나 등장인물에 대한 논평, 전투 장면을 묘사하는 데에 치중되어 있다.[42] 이에 비해 『서유기』에서는 그 지역의 지리적인 풍광 특히 산악과 유토피아적인 선경에 대한 묘사가 많이 등장한다. 아래의 예를 보자.

구름과 골짜기 첩첩 이어지고
샘물은 굽이굽이 흐르네.
등나무는 깎아지른 벼랑에 걸렸고

41 『西游記』 제17회 : 萬壑爭流, 千崖競秀. 鳥啼人不見, 花落樹猶香. 雨過天連青壁潤, 風來松捲翠屏張. 山草發, 野花開, 懸崖峭嶂. 薜蘿生, 佳木麗, 峻嶺平崗. 不遇幽人, 那尋樵子. 澗邊雙鶴飲, 石上野猿狂. 矗矗堆螺排黛色, 巍巍擁翠弄嵐光.

42 정철생, 『三國志 시가감상』, 정원지 역, 현암사, 2007, 6쪽.

소나무, 잣나무는 하늘로 솟은 바위에 섰네.
학은 새벽안개 속에서 울고
기러기는 새벽 구름 사이에서 끼룩거리네.
우뚝 솟은 봉우리는 창을 벌여놓은 듯
울퉁불퉁 바위는 뒤얽혀 쌓여 있네.
산꼭대기는 만 길 높이이고
산줄기는 천 굽이 돌아가네.
들꽃과 어여쁜 나무들 봄을 알아 피고
두견새와 꾀꼬리는 아름다운 경치에 어울리네.
정말 높고 웅장하며
실로 험준하니
괴상망측하게 험하고 고생스럽네.
한참을 멈춰 노닐어도 아는 이 없고
호랑이와 표범의 표효만 들려오네.
사향노루, 흰 사슴 지나다니고
옥토끼와 푸른 이리 왔다 갔다 하네.
깊은 계곡물은 천리만리 흐르고
급한 여울은 돌에 부딪쳐 졸졸 울리네.[43]

위의 시는 삼장 일행이 여행 도중에 맞닥뜨리게 된 산의 형상을 묘사했는데, 표현이 생동적이고 자세하다. 등나무, 소나무, 잣나무가 우거지고 학, 기러기, 두견새, 꾀꼬리가 노래하며 호랑이, 표범, 사향노루, 흰 사슴, 옥토끼, 푸른 이리 등 온갖 신수(神獸)들이 어우러져 노니는 아

43 『西游記』 제91회 : 重重丘壑, 曲曲源泉. 藤蘿懸削壁, 松柏挺虛岩. 鶴鳴晨霧裏, 雁唳曉雲間. 峨峨矗矗峰排戟, 突突磷磷石砌磐. 頂巔高萬仞, 峻嶺迭千灣. 野花佳木知春發, 杜宇黃鶯應景妍. 能巍奕, 實𡶶岩, 古怪崎嶇險又艱. 停玩多時人不語, 只聽虎豹有聲鼾. 香獐白鹿隨來往, 玉兔青狼去複還. 深澗水流千萬裏, 回湍激石響潺潺.

름다운 풍경은 도교에서 지향하는 선경을 연상케 한다. 『서유기』에서는 이러한 신령한 산의 경치를 묘사한 삽입시가 자주 반복해서 등장한다.

> 영취산(靈鷲山) 봉우리에 오색 노을 서려 있고
> 극락세계에 상서로운 구름 모여 있네.
> 금빛 용 편안히 누워 있고
> 옥빛 호랑이 태평하구나.
> 까마귀와 토끼 제멋대로 오가고
> 거북이와 뱀들 마음대로 돌아다니네.
> 붉은 봉황 푸른 난새 즐겁게 날아다니고
> 검은 원숭이 흰 사슴 신나게 뛰어다니네.
> 제철마다 아름다운 꽃 피고
> 철마다 신선의 과일 열리네.
> 우람한 소나무와 수려한 대나무
> 오색의 매화 철따라 꽃 피우고 열매 맺고
> 만년 된 복숭아 세월 따라 익고 또 새로 열리네.
> 온갖 과일과 꽃들 아름다움 다투고
> 종일 상서로운 기운 가득하네.[44]

위의 삽입시에서도 삼장 일행의 마지막 행선지인 영취산이 아름답고 신비롭게 묘사되어 있다. 중국에서는 원시도교에서부터 높고 웅장한 산악에 대한 숭배가 줄곧 이어져왔는데 이는 원시도교의 원류가 되는 『산해경(山海經)』, 『목천자전(穆天子傳)』과 같은 고대 신화서에서부터 찾

---

44 『西游記』 제100회 : 靈鷲峰頭聚霞彩, 極樂世界集祥雲. 金龍穩臥, 玉虎安然. 烏兔任隨來往, 龜蛇憑汝盤旋. 丹鳳青鸞情爽爽, 玄猿白鹿意怡怡. 八節奇花, 四時仙果. 喬松古檜, 翠柏修篁. 五色梅時開時結, 萬年桃時熟時新. 千果千花爭秀, 一天瑞靄紛紜.

아볼 수 있다. 『산해경』의 「산경(山經)」에서는 447군데의 산에 대해 기술하고 있고[45] 『목천자전』은 주목왕(周穆王)이 서쪽으로 서왕모(西王母)를 만나러 가면서 지나는 지역의 산천초목(山川草木)을 자세히 기록하고 있다.

도교적인 성격이 농후한 『서유기』도 삽입시 중에 산악과 선경에 대한 묘사가 많이 보이는데, 이러한 현상 역시 중국 신화와 도교에 보이는 산악 숭배와 선경에 대한 관습적인 묘사의 전통 속에서 살펴볼 필요가 있다.

또한 『서유기』의 삽입시들은 소설 속에서 복잡한 이야기를 진행하다가 잠시 경치를 응시하면서 쉬어가는 소위 입정(入靜)의 역할을 한다. 입정이란 본래 "고요히 앉아서 잡념을 제거하는 것"[46]이다. 도교에서는 이러한 입정의 경지를 도교의 방술로 확장하여 명상을 통한 정신수련법을 제시하는데 소위 존사(存思), 존상(存想) 혹은 수일(守一)이 그것이다. 이것은 도교의 정신수련법으로, 차분하게 앉아서 참선하면서 고요함에 깃들다가 정신을 하나로 오롯이 통일하여 집중하는 것을 말한다. 그리고 이때 정신을 집중하는 대상은 외부의 산, 물, 궁궐 등의 사물들이며 간혹 신체 내부를 상징화한 신이나 인물이 되기도 한다. 즉 위와 같은 삽입시는 사물에 대한 조망, 응시, 집중을 통해 번잡한 소설의 전개 속에서 잠시 정신을 집중하고 비워서 쉬어가게 하는 역할을 한다. 상대적으로 산만하고 번잡한 산(散)의 스토리 전개에 비해 삽입시에 의해서 조성되는 조용한 엑스터시의 상태는 상당히 대조적이다.

중국 소설에서 '산' 부분은 어떤 사건이나 인물에 대한 설명과 묘사를

45 정재서 역주, 『山海經』, 민음사, 2001, 21쪽.

46 『道敎大辭典』, 浙江古籍出版社, 1990, p.96.

담당하므로 이야기를 전개해나가는 주축이 된다. 이에 비해 운(韻)은 압축된 언어로 대상을 이미지화하므로 독자의 시각, 청각, 후각, 촉각 등의 다양한 감각들을 자극함으로써 상상을 극대화하는 역할을 한다. 복잡하고 산만한 전개를 보이는 '산'과 감각적이고 압축된 속도감을 느끼게 하는 '운'은 『서유기』 안에서 끊임없이 교차하면서 자칫 지루해질 수 있는 소설 전반에 읽는 재미와 생기를 부여한다.

그런데 시의 절제된 언어와 운율에 따른 일정한 리듬감이 독자로 하여금 상상을 극대화하여 머릿속에 이미지를 연상하게 하고 초월적인 엑스터시를 경험하게 하는 예는 비단 『서유기』에만 나타나는 것은 아니다. 중국에서는 도교의 전적에서 난해한 교리를 쉽게 설명하고 포교하기 위하여 '운'의 형식을 이용한 예들을 쉽게 찾아볼 수 있다. 전진도의 교조인 왕중양은 시사가결(詩詞歌訣)을 가지고 교도들에게 교리를 설명했고, 금단시사(金丹詩詞)를 전문적으로 창작하여 소위 금단시파(金丹詩派)라고도 불렸다. 왕중양의 『전진집(全眞集)』, 『교화집(敎化集)』, 『분리십화집(分梨十化集)』 그리고 그의 제자인 구처기(丘處機)의 『반계집(磻溪集)』, 담처단(譚處端)의 『수운집(水雲集)』, 학대통(郝大通)의 『태고집(太古集)』, 우처현(劉處玄)의 『선락집(仙樂集)』, 마단양(馬丹陽)의 『점오집(漸悟集)』, 백운자(白雲子)의 『초당집(草堂集)』 등은 모두 유명한 도교 시가집이다.[47]

예컨대 『오진편(悟眞篇)』, 『보허사(步虛詞)』, 『황정경(黃庭經)』의 7언시도 도교의 교리를 효과적으로 전달하기 위해 만들어진 시들이다. 『오진편』은 앞에서도 언급했듯이 북송 시기의 도사 장백단(張伯端)이 지은 내단서로, 모두 운문의 형식으로 쓰여 있다. 『보허사』는 "도가의 곡으로

47 李安綱, 『文化載體論 : 李安綱揭秘西游記』, 人民出版社, 2010, p.276.

신선들의 몽롱하고 경쾌한 움직임의 아름다움을 자세하게 노래한" 작품으로 문체는 5언, 4구, 8구, 12구 등으로 쓰여 있다. 『보허사』는 본래 도사가 재초의례를 행할 때 음송하는 곡조로, 그 선율이 신선들이 허공을 밟고 서있는 것 같다고 하여 보허(步虛)라고 불린다. 이는 도교 명상에서 잡념을 제거하고 릴렉스하는 입정과 본질상 상통하며, 머릿속에서 어떤 이미지를 연상케 하여 무의식 상태에서 휴식을 취하도록 유도하는 방식이다.[48] 『보허사』 중 일부를 예로 들어보자.

> 오묘한 명상은 심오한 깨달음을 밝히고
> 자주 돌아다니니 정신은 아득히 노니네.
> 하늘에는 꽃향기 흩어지고
> 쓸쓸히 신비로운 바람 일어나네.
> 높다란 천보대
> 밝은 빛 해를 비추네.
> 아득히 높은 누대를 우러러 보고 자줏빛 구름을 굽어보네.
> 향기로운 꽃이 눈처럼 흩날리고 노을은 아득히 짙구나.
> 신비로운 바람이 아름다운 꽃들에게 불어오고
> 맑은 향기가 옷깃에 흩어지네.[49]

위의 시는 보허사 중 「공동보허장(空洞步虛章)」이라는 작품으로, 소재와 시의 분위기에서 『서유기』의 삽입시와 비슷하다. 물론 『보허사』는 도교의 수련을 위한 목적에서 만들어진 시이므로 『서유기』의 삽입시보

---

48 詹石窗, 『道教文學史』, 上海文藝出版社, 1992, pp.109~110.

49 『空洞步虛章』 : 妙想明玄覺, 詵詵巡虛遊. 諸天散香花, 蕭然靈風起. 岧岧天寶臺, 光明焰流日. 仰觀劫仞臺, 俯眄紫雲羅. 香花若飛雪, 氛靄茂玄深. 靈風扇奇花, 淸香散人衿(詹石窗, 앞의 책, p.110에서 재인용함).

다 훨씬 신비롭고 몽롱하다. 그러나 꽃, 바람, 누대, 구름, 노을 등의 자연물을 응시하면서 읽는 이의 정신을 안정시키고 집중하게 하여 입정의 단계에 이르게 한다는 점에서 양자는 심리적으로 유사한 기능을 수행한다고 볼 수 있다.

시대를 거슬러 올라가서 전국(戰國) 시대의 무가(巫歌)인 『초사(楚辭)』 중의 「구가(九歌)」, 「천문(天問)」 등의 작품도 시를 통해 종교적인 황홀경의 경지를 체험하게 한다. 시와 종교의 상관성은 비단 중국에만 국한된 것은 아니다. 고대의 여러 민족들의 신화는 시의 형태로 쓰인 것이 많다. 바빌로니아의 신화인 『에누마엘리쉬』, 그리스 로마 신화의 『일리아드』, 『오디세이』, 인도 신화의 『푸라나』, 북유럽 신화 『에다』 등도 시의 형식을 갖추고 있는데, 이는 이미지를 통해 집중, 상상하게 하여 초월적인 엑스터시 상태에 이르게 하는 시의 심리, 종교적인 기능을 문학적으로 전유한 것으로 볼 수 있다. 『서유기』의 삽입시도 이러한 맥락에서 그 기능을 살펴볼 수 있는 것이다.

4) 탈신성화와 해소의 기능

도교에서는 종교의례와 방술(方術)을 함부로 누설하지 말 것을 강조한다. 도(道)라는 것이 본래 말로써 다 표현될 수 없는 오묘한 것이기도 하고, 특히 연단(煉丹)의 구체적인 과정과 비법은 도교 교리의 핵심이어서 일부의 도교 신자만이 공유할 수 있는 비밀스러운 기술이었기 때문이다. 『서유기』에서도 오묘한 도와 불로불사의 금단의 비결을 함부로 발설하지 말 것을 여러 차례 경고하고 있다. 다음의 삽입시를 예로 들어보자.

어렵도다! 어렵도다! 어렵도다!
도가 가장 오묘한 것이니
불로불사의 약 금단(金丹)을 등한시하지 마라.
지인(至人)을 만나 비결을 전하는 게 아니라면
괜히 입 아프고 혀에 침만 마를 뿐이지.[50]

현밀 두루 통달함이 참된 비결이니
생명을 아끼고 수련하는데 다른 비법은 없도다.
모든 것의 결론은 정(精)과 기(氣)와 신(神)이니
이것을 삼가 마음속에 굳게 간직하여 누설하지 말라.
누설치 말고 몸 안에 지니면
내가 전한 도를 받아 스스로 창성하리라.
구결을 기억해두면 여러 가지로 유익하니.……[51]

위의 시를 보면 도는 오묘한 것이니 지극한 도를 지닌 지인(至人)이 아니면 전하지 말고, 비결을 마음속에 간직하되 전해야 할 때는 글보다는 구결(口訣)로 전하는 것이 낫다고 말한다. 앞에서도 언급했지만 중국에서는 도교의 교리를 전하는 텍스트들이 시의 형식으로 된 것들이 많다. 시는 리드미컬한 압축된 시어로 구성되어 있어서 입으로 암송하기 쉽고, 길고 복잡한 서사체의 형식보다 상대적으로 전달하기도 편하다. 또한 종교적인 원리를 시의 상징과 은유로써 표현할 때, 원래의 의미보다 더 풍부한 함의를 읽는 이에게 전달할 수 있어서 특히 비밀스러운

50 『西游記』 제2회 : 難, 難, 難, 道最玄, 莫把金丹作等閒, 不遇至人傳妙訣, 空言口困舌頭乾.

51 『西游記』 제2회 : 顯密圓通眞妙訣, 惜修性命無他說. 都來總是精炁神, 謹固牢藏休漏泄. 休漏泄, 體中藏, 汝受吾傳道自昌. 口訣記来多有益.……

원리나 기술을 전달하는 데에는 시만큼 적절한 형식이 없을 것이다. 그런데 아이러니하게도 『서유기』를 읽어보면 종교적인 비기를 발설하지 말 것을 경계하면서도 실제로는 금단학의 구체적인 비기들을 도처에서 폭로하고 있다.

> 상현(上弦)의 다음, 하현(下弦) 전에 만든 약은
> 약 맛이 고르고 그 기상은 온전하다네.
> 약초 캐어 돌아와 화로에서 정련하고
> 공리에 마음을 두면 곧 서천(西天)이로세.[52]

위의 시에서 상현이란 음력 7, 8일을 말하고 하현은 음력 22일을 말하며 이 기간 사이에 불사약을 합성해야 약맛이 고르고 기운이 온전하다는 연단의 비결을 밝히고 있다. 삽입시 마지막의 "채득귀래노중련(採得歸來爐中煉)"의 련(煉)이 『중화도장(中華道藏)』에서 단(煅)으로 되어 있고 "지심공과즉서천(志心功果卽西天)"이 "연성온양사팽선(鍊成溫養似烹鮮)"으로 되어 있는 것을 제외하면 위의 시는 장백단의 『오진편』과 똑같다.[53] 『서유기』에서는 이처럼 도교의 비기를 노출할 때 의도적으로 도사들이 지어놓은 도교시들을 그대로 인용하거나 몇 글자만 살짝 바꿔 패러디하기도 한다. 이러한 도교경전에 대한 자의적인 인용과 패러디는, 작품 속에서 난해한 도교경전을 인용함으로써 발생할 수 있는 현학적이고 고상한 취미의 층차와 도교경전을 패러디함에서 발생하는 희극적

---

52 『西游記』 제36회 : 前弦之後後弦前, 藥味平平氣象全. 採得歸來爐中煉, 志心功果卽西天.

53 張繼禹 主編, 「紫陽眞人悟眞篇註疏」 卷5, 『中華道藏』 第19册, 華夏出版社, 2004, p.327.

인 취미의 층차 간의 거리를 무너뜨리고 『서유기』를 누구나 즐길 수 있는 다양한 언어가 공존하는 열린 공간으로 재창조한다. 다음의 예를 보자.

> 여든한 개의 고난을 거쳐 참된 도로 귀의하는 길 정말 험하지만
> 돈독한 뜻 단단히 지켜 오묘한 관문을 들어섰네.
> 힘겹게 단련해야 사악한 마귀 물리칠 수 있나니
> 경전의 내용 쉽게 여기지 말지니
> 삼장법사가 얼마나 많은 고난을 겪고 얻은 것인가!
> 예로부터 연단술과 역경, 황로사상의 뜻을 하나로 합쳤으니
> 조금이라도 달라지면 득도할 수 없다네.[54]

위의 삽입시의 마지막 구인 "조금이라도 달라지면 득도할 수 없다네(毫髮差殊不結丹)"는 장백단의 『오진편』에서 가져온 것이다.[55] 시의 마지막 부분인 "예로부터 연단술과 역경(易經), 황로(黃老)사상의 뜻을 하나로 합쳤으니……"는 동한(東漢)의 방사인 위백양(魏伯陽)이 『참동계(參同契)』를 지어 『주역』의 효상론(爻象論)을 통해 연단하여 신선을 이루는 법을 설명하면서 연단술과 주역, 황로사상을 합쳐 하나로 만들었던 것을 얘기하고 있다.[56]

이처럼 『서유기』에서는 도사들의 시를 자유자재로 인용함으로써 자칫 통속적이고 경박함으로 흐르기 쉬운 소설에 무게감과 깊이를 부여

---

54 『西游記』 제99회 : 九九歸眞道行難, 堅持篤志立玄關. 必須苦煉邪魔退, 定要修持正法還. 莫把經章當容易, 聖僧難過許多般. 古來妙合參同契, 毫髮差殊不結丹.

55 張繼禹 主編, 「紫陽眞人悟眞篇註疏」 卷4, 앞의 책, p.319.

56 오승은, 『西游記』, 서울대학교 서유기 번역연구회 역, 솔, 2007, 304쪽.

하고 있으며 동시에 독자들로 하여금 난삽한 도교경전의 내용을 자연스럽게 수용할 수 있게 만든다. 이러한 예는 『서유기』의 도처에서 찾아볼 수 있다.

> 마음 바닥을 자주 쓸고
> 감정에 묻은 먼지를 완전히 제거해야
> 승려들이 구덩이에 빠지지 않는다네.
> 육신을 항상 깨끗이 하여야
> 비로소 도를 논할 수 있는 법.
> 성품의 촛불을 반드시 돋우고
> 조계에서 부처님의 말씀 마음껏 호흡하여
> 마음이 방종해지지 않도록 해야 하네.
> 주야로 끊임없이 다스려야
> 비로소 이 일을 이룰 수 있다네.[57]

위의 시에서도 승려들, 부처님 등의 불교적인 시어가 등장하므로 이 시를 불교적인 시로 착각하기 쉽지만, 사실 이 시는 전진칠자(全眞七子)인 마단양의 「남가자(南柯子) · 증중도우(贈衆道友)」의 일부를 수정해서 인용한 것이다.[58] 도(道)를 논하기 위해서는 먼저 마음과 육신을 깨끗이 하고 부처님의 말씀을 잘 듣고 부지런히 실행해야 함을 지적하고 있다. 이러한 삽입시의 내용은 삼교가 합일하고 심성을 잘 닦아 신체 내부에

57 『西游記』 제50회 : 心地頻頻掃, 塵情細細除. 莫教坑塹陷毘盧. 本體常清淨, 方可論元初. 性燭須挑剔, 曹溪任吸呼. 勿令猿馬氣聲粗. 晝夜綿綿息, 方顯是功夫.

58 「南柯子 · 贈衆道友」 : 心地頻頻掃, 塵情細細除. 莫教坑塹陷毘盧, 常靜常淸方可論元初. 性燭頻挑剔, 曹溪任吸呼. 勿令喘息氣聲麤. 晝夜綿綿端的好功夫. 『漸悟集』, 『中華道藏』 第26册, 華夏出版社, 2004, p.508.

서 무형의 단(丹)을 얻으면 영생을 얻을 수 있다(金丹性命)는 전진교의 교리를 보여주고 있다.[59] 『서유기』의 삽입시는 이처럼 성스러운 금단학의 교리를 가장 통속적인 소설 속에 삽입하여 한데 섞어버림으로써 경전이 가진 권위를 전복하는 데서 오는 통쾌함을 독자들에게 전달한다.

이상으로 살펴보았듯이 『서유기』의 삽입시는 단지 설창(說唱) 문학에서 습관적으로 삽입되던 시의 기능이 굳어져 클리셰(cliché)로 남게 된 것이 아니라 의도적으로 삽입된 것이며, 도교 교리를 쉽고 재미있게 전달하고, 경전의 탈신성화를 통해 민중에게 지적 충족감과 전복의 희열을 동시에 충족시키는 역할을 하고 있다. 또한 『서유기』에서 삽입시는 성스러운 종교와 세속적인 세계 간의 단절이 아닌 연속성이 가능함을 보여주고 있으며, 음양오행의 과학적 논리가 예술적인 영감을 불러일으킬 수 있고 이로써 논리적인 공간이 다의적인 상상의 공간과 교차될 때 작품의 의미가 훨씬 두터워질 수 있음을 보여주고 있다.

4. 나가는 말

이상으로 이 글에서는 『서유기』의 삽입시의 연원을 살펴보고 삽입시의 도교적인 특징과 기능에 대하여 탐구하였다. 『서유기』에 시가 삽입되기 시작한 시기는 분명치 않지만 송대의 『대당삼장취경시화』에서부터 보는 것이 일반적이다. 『대당삼장취경시화』에서부터 명대 소설 『서유기』로 완성될 때까지 줄곧 시가 삽입되었는데 소설 『서유기』에 이르면 삽입시의 수와 내용이 훨씬 많아지고 특히 도교적인 내용이 증가한

59 李安綱, 앞의 책, p.273.

다. 『서유기』 삽입시 중 도교적인 성격의 시는 작자가 창작한 것도 있고 도사들의 시집에서 인용한 것들도 있는데, 『오진편』, 『명학여음』, 『점오집』, 『성명규지』, 『옥청금사청화비문금보내련단결』 등이 바로 그것이다. 다음으로 이 글에서는 『서유기』 삽입시의 도교적인 특징과 기능을 알아보았다. 우선 『서유기』 삽입시에서는 '산'의 부분에서 충분히 설명하지 못한 등장인물의 성격과 관계를 음양오행의 원리로써 설명하고 있었다. 그리고 삽입시는 당시 전진교의 금단학의 영향하에 연단술의 용어와 상징들을 차용하여 소설 속에 숨겨진 의미들을 재미있게 해석해주는 역할을 하고 있었다. 또한 복잡하고 산만한 '산'의 이야기와는 대조적으로 '운'에서는 유토피아적인 선경에 대해 묘사함으로써 선경을 응시하고 쉬어가는 입정의 기능을 하고 있었다. 마지막으로 『서유기』의 삽입시는 통속적인 소설 속에 현학적이고 고상한 도교의 경전들을 인용하고 패러디함으로써 신성함을 전복하고 다양한 언어가 공존하는 해소의 장을 창조하고 있음을 알 수 있었다.

5장

『서유기』, 재구성된 이역(異域)

1. 들어가는 말

오늘날 일반적으로 소설 『서유기』라고 말하는 것은 명대 만력(萬曆) 연간 임진(壬辰)년 여름(1592)에 남경(南京) 소재의 서점인 세덕당(世德堂)에서 간행된 100회본 『서유기』를 가리킨다.[1] '만력'은 명의 제13대 황제인 주익균(朱翊鈞) 신종(神宗)의 연호이며 1572년부터 1620년에 해당하는 시기로, 전체 명의 존립 기간인 1368~1644년 중 말기에 해당된다. 만력 연간은 정치적인 쇠퇴기에 접어든 시기였고 이러한 사회적 분위기는 이미 정덕(正德) 연간부터 시작되었다. 9대 홍치제(弘治帝) 효종(孝宗, 1470~1505)의 중흥기를 기점으로, 명의 정세는 정덕제(正德帝) 무종(武宗, 1505~1521), 가정제(嘉靖帝) 세종(世宗, 1521~1567), 융경제(隆慶帝) 목종(穆宗, 1567~1572)을 거치면서 차츰 기울어졌고 『서유기』가 지어지던 만

1 유용강, 『『서유기』 즐거운 여행 : 『서유기』 새로운 해설』, 나선희 역, 차이나하우스, 2008, 107~108쪽 참조.

력 연간에 이르면 신종(神宗)의 태정(怠政)으로 말미암아 정국은 극도로 혼란해졌다.[2] 이 시기 동안 명은 사상적으로 기존의 정주이학(程朱理學)이 쇠퇴하고 양명학(陽明學)이 발흥하면서 자유롭고 방만한 사회 분위기가 형성되었고 정치적으로는 쇠퇴기에 접어들었다. 내부적으로는 환관(宦官) 세력이 득세했고, 이른바 만력삼정(萬曆三征)[3]에 대규모로 군사를 파견하면서 명의 재정은 크게 흔들리게 되었다. 결국 명은 계속되는 농민반란과 후금(後金)의 침략에 시달리다가 1644년에 멸망하고 만다. 이처럼 만력 연간은 대내외적으로 위기에 봉착한 명의 국운이 급속도로 추락하기 시작한 시기였다.

이러한 사회배경에서 저작된 『서유기』는 이전의 고판본들[4]의 내용과는 상당한 차이를 보인다. 차이점을 정리하면 크게 네 가지로 정리할 수 있다. 우선 『서유기』는 '소설'이라는 장르적인 특징으로 인해 환상성과 이야기성이 훨씬 풍부해진다. 둘째, 종교 특히 도교적인 성격의 이야기가 많이 삽입되며, 도교뿐 아니라 불교에 대한 비판적 성향이 강해진다. 셋째, 삼장 일행이 서천취경을 위해 지나가는 이역의 숫자가 증가하고, 이역을 부정적으로 묘사한다. 넷째, 현실을 비판하고 풍자하는 내용이 많아졌다는 점이다.

필자는 이러한 특징들 가운데 중원 밖의 이역에 대한 소설 『서유기』의 시각에 주목하여 이역 서사가 기록될 수 있었던 당시의 사회적 배경

---

2 신종은 초기에는 張居正을 등용해 '一條鞭法'을 시행하는 등 개혁을 추진해 소위 '萬曆中興'의 전성기를 가져왔다. 그러나 近臣 張居正 사후에 親政을 하면서 국사를 돌보지 않아 명의 멸망을 자초한다.

3 1592년에 寧夏에서 일어난 哱拜의 난과 1594년 四川, 貴州에서 일어난 楊應龍의 난, 1592년 朝鮮에서 일어난 壬辰倭亂을 말한다.

4 본서 97쪽의 주를 참고한다.

과 정치적인 의도를 문화적인 각도에서 살펴보고, 명대 당시에 『서유기』의 이역 서사가 어떤 역할을 수행했고 그 의미는 무엇인지를 분석해 보고자 한다.

2. 이역 : 타자화된 공간

소위 신마(神魔)소설인 『서유기』는 무한한 상상력을 바탕으로 한 환상적인 스토리를 담고 있어서 공간도 초현실적으로 구성되어 있다. 『서유기』에서 지리적인 공간은 천상, 지상, 지하의 세 범주로 나뉘며, 신성(神聖)과 인간 그리고 요괴들이 이 공간에 거주하고 있다. 특히 지상의 공간에서 벌어지는 스토리에는 신성, 인간, 요괴들이 모두 등장한다. 삼장 일행이 간혹 천상과 지하 세계를 유력하는 경우도 있지만 지상에서 여행하는 내용이 훨씬 많다. 삼장 일행은 당(唐)의 수도 장안(長安)에서 출발해 서쪽으로 계속 이동하면서 신성, 인간, 요괴들로 가득한 낯선 이역에서 온갖 모험을 겪는다. 이 글에서는 『서유기』의 세 공간들 중, 지상의 공간을 중심으로 벌어지는 스토리에서 이역이 어떤 방식으로 타자화되고 있고, 그 의미는 무엇인지를 살펴보고자 한다.

『서유기』에 나오는 이역을 보면 대부분 모국(某國), 모부(某府), 모군(某郡), 모동(某洞) 등과 같이 국가와 마을의 범주이거나, 구체적인 산천지리, 도관(道觀), 사찰 등의 명칭으로 불리기도 한다. 그중 대표적인 것을 예로 들면, 29회의 보상국(寶象國), 39회의 오계국(烏雞國), 43회의 흑수하(黑水河), 44회의 거지국(車遲國), 47회 통천하(通天河), 62회의 제새국(祭賽國), 63회의 서량녀국(西梁女國), 67회의 희시동(稀柿衕), 72회의 반사동(盤絲洞), 73회의 황화관(黃花觀), 74회의 사타국(獅駝國), 78회의 비구국(比丘國), 80회의 진해선림사(鎭海禪林寺), 84회의 멸법국(滅法國), 87회의 천축국(天竺國) 봉선군(鳳仙郡), 88회 천축국 옥화현(玉華縣), 91회의 금평부(金平府), 93회의 사위국(舍衛國), 96회의 동대부(銅臺府) 지령현(地靈縣) 등이 있다. 『서유기』에 등장하는 이역들은 작자가 새롭게 창작해낸 것이 대부분이지만, 그중에는 중국 고전에서부터 이미 오랜 연원을 갖는 지명도 있다. 예를 들면 63회의 서량녀국은 전국(戰國) 시기의 『산해경』에서부터 이미 여자국(女子國)의 형태로 존재하다가 이후 역사서와 소설, 필기류에서 이야기가 변형되고 덧붙여져 지금의 소설 『서유기』에 이르게 되었다.

『서유기』에 묘사된 이역들은 당나라 때의 공간으로 설정되어 있지만 대부분 작자의 상상에 의해 만들어진 공간이며 오히려 명대의 도시문화적인 분위기가 농후하다. 그곳에 거주하는 존재들은 사람인 경우도 있고 요괴인 경우도 있으며 요괴와 사람이 혼거하는 경우도 있다. 즉 이전의 『대당서역기(大唐西域記)』, 『대당삼장취경시화(大唐三藏取經詩話)』와 비교했을 때 『서유기』의 이역은 훨씬 풍부한 상상을 바탕으로 하고 있다. 또한 『서유기』에서 바라본 이역의 공간들은 이교(異教)적인 성격이 강하고 중원의 문명의 세례를 받지 못한 비문명의 땅이며 동물과 파충류가 들끓는 야만의 공간이다. 이 절에서는 『서유기』에 묘사된 이역이 식인(食人)과 색욕(色欲)의 습속을 지녔고 곤충과 동물의 외모를 하고 있으며 거친 황복(荒服)의 땅으로 왜곡된 것에 주목하여, 그 의미를 정치, 문화적인 각도에서 살펴보고자 한다.

1) 야만의 습속 : 식인과 색욕

『서유기』에서 삼장의 무리는 천축 즉 오늘날의 인도로 가는 길에 많은 이역의 공간들을 지나가게 된다. 그리고 그 과정에서 문명의 세례를 받지 못한 낯설고 이질적인 이역의 주민들을 만난다. 『서유기』에서 이역인들은 크게 세 부류로 나뉘는데, 요괴의 정체를 지닌 왕, 도사, 신성(神聖) 등의 고귀한 신분의 집권계층들과 그들의 폭정에 시달리는 평범한 주민들 그리고 기이한 습속을 지닌 이역의 주민들이 그것이다. 이역에 거주하는 주민들이 아무 문제없이 평화롭고 행복한 생활을 하는 경우는 거의 없다. 그들은 스스로의 힘으로는 해결할 수 없는 난제들로 신음하고 있거나, 국가의 야만적인 습속 때문에 문명화되지 못하고 낙후된 상태에 놓여 있다. 그들이 안고 있는 문제들이란 대부분 국왕의 무능함과 이단의 도사들의 횡포에서 비롯된 경우가 많고 또 스스로 요괴의 정체를 지녔기 때문에 식인과 색욕 그리고 살인의 위험한 행태를 보이는 경우도 있다. 이역의 공간에는 거의 빠짐없이 요괴들이 출현하는데 이들은 자신의 영역에 들어온 삼장의 무리들을 보면 여성의 모습으로 변신해 유혹하기도 하고, 삼장법사를 죽이거나 산 채로 먹음으로써 생명을 연장하려는 식인의 욕망을 보이기도 한다. 이렇게 위험이 도사리고 있는 이역의 공간에서 삼장의 무리들은 온갖 문제들을 통쾌하게 해결하고 주민들을 위기에서 구해준 뒤 다시 서쪽으로 이동한다.

① 식인

『서유기』에서 이역에 거주하며 기존 인간 사회의 질서를 교란시키고 무너뜨리는 행위를 일삼는 존재들은 요괴로 형상화된다. 『서유기』에서 낯설고 신비한 이역의 공간은 요괴라는 위험한 존재들과 늘 겹쳐져 나타난다.

특히 요괴들의 중요한 특징으로 규정되는 것은 '식인'의 습성이다. 고대 중국에서도 식인 행위는 오랜 시간 동안 자행되었으며 그 목적과 동기는 의외로 다양했다. 고대의 전적에서 식인이 행해진 원인을 살펴보면 대략 네 가지로 정리할 수 있다. 병든 부모를 구하기 위한 자구책으로 자신의 넓적다리를 먹이는 등 효도의 왜곡된 방식으로 행해지기도 했고, 임금이나 윗사람에게 자신의 충성심을 표현하기 위해서, 회춘하고 생명을 연장하기 위해, 또 미식가를 위한 특별한 식재료를 확보하기 위해 식인을 행했다.[5] 소설 『서유기』가 저작된 명대에도 인육을 사고파는 문화가 있었다. 이탈리아에서 온 예수회 선교사 마르틴 마르티니(Martin Martini, 1614~1661)는 『중국사』에서 명대 개봉(開封)의 도시 풍경을 묘사하면서 저잣거리에서 인육을 버젓이 판매한다고 기록했다.[6] 이처럼 당시 중화문명의 중심지였던 수도 개봉에서도 식인풍속은 여전히 존재했지만, 『서유기』에서 식인은 이역의 고유한 문화인 것으로 재현된다. 즉 『서유기』에서 요괴들이 보여주는 식인의 행태는 이역의 공간이 비문명화된 곳이고, 그래서 중원의 문명적인 세례가 얼마나 필요한지를 설명하기 위한 문학적인 장치인 것이다.

『서유기』 78회의 비구국(比丘國) 이야기는 위대한 당에서 온 삼장의 무리들이 식인귀를 처치함으로써 야만의 공간을 중화의 문명으로 교화하는 과정을 보여주고 있다. 『서유기』의 이국들이 대부분 그러하듯이 비구국의 국왕은 정사에는 전혀 관심이 없고 서역에서 온 도사를 깊이 신임하고 의지한다. 게다가 무능한 국왕은 도사가 데려온 미녀에게 빠져서 갈수록 기력이 쇠해진다. 생명을 연장하는 방법을 모색하던 국왕은 어린아이 1,111명의 심장을 달여 먹으면 불사의 경지에 이를 수 있다는 도사의 말을 듣고 아이들을 정기적으로 바치게 한다. 이러한 이유

5 본서의 1부 2장을 참고.

6 황문웅, 『중국의 식인문화』, 장진한 역, 교문사, 1992, 74쪽.

로 인해 지금은 비구국이 아닌 소자성(小子城)으로 불린다는 소설의 언급처럼 비구국은 집집마다 거위우리에서 아이들을 사육한다. 보호받아야 할 나약한 존재인 어린아이들이 장생불사의 약으로 달여지는 잔인하고 기이한 행태가 이 이역의 공간에서 자행되고 있는 것이다. 이는 분명 위대한 중화문명의 힘으로 훈도해야 할 야만의 습속이며, 중화의 영웅 손오공과 저팔계는 무도한 도사를 처치하고 고통 받는 주민들을 구해준다.

72회의 반사동(盤絲洞)에서는 아름다운 여성의 외모를 한 거미요괴들이 삼장 일행에게 음식을 대접한다. 그들은 사람 기름으로 볶은 음식과 삶고 찐 사람 고기, 시커먼 수염을 고아 밀기울처럼 만든 음식, 사람의 골을 저며 두부 조각처럼 볶은 음식 등을 삼장에게 내놓는다. 인육요리는 인간의 문명사회에서는 암묵적으로 금지된 요리이며 이역의 야만성을 보여준다. 문명의 땅에서 온 삼장은 비린내에 질려하며 먹을 엄두도 내지 못한다.

30회에서 보상국(寶象國)의 셋째 공주의 부마인 황포요괴는 인간의 모습을 하고 있지만 사실 식인의 습성을 지닌 요괴이다. 황포요괴가 만취해 궁녀들을 산 채로 잡아먹는 장면은 상당히 잔인하다.

> 그 황포요괴는……난폭한 마음이 갑자기 일어나자 키만 한 큰손으로 비파 타는 여자를 잡아서 머리를 한 입에 우두둑 깨물었어요. 깜짝 놀란 열일곱 명의 궁녀들은 앞뒤로 이리저리 죽어라 달아나 숨었어요.……그 황포요괴는 상좌에 앉아서 스스로 술을 따라가며 한잔 마시고는 궁녀를 잡아당겨 피를 뚝뚝 흘리며 두 입 뜯어먹었어요.[7]

---

7 『西游記』 第30回 : 那怪物……陡發凶心, 伸開簸箕大手, 把一個彈琵琶的女子, 抓將過來, 扢咋的把頭咬了一口. 嚇得那十七個宮娥, 沒命的前後亂跑亂藏.……却說那

이 밖에도 『서유기』에는 요괴들이 영생을 얻기 위해 삼장의 고기를 끊임없이 먹고자 하는 예들이 빈번하게 나온다. 『서유기』는 일반적으로 삼장 일행의 서천취경의 여행기로 알려져 있지만, 사실 그 이면에는 야만적인 식인의 습속을 지닌 요괴들을 문명화된 중화와 극단적으로 대비시킴으로써 비문명화된 이역을 재현하고자 하는 정치적인 의도가 잠재되어 있다.

② 색욕

『서유기』에서 이역은 색(色)의 유혹이 늘 도사리고 있는 공간이기도 하다. 역사적으로 중국에서 변경이란 오랑캐들이 침입해 전쟁의 화염이 끊이지 않는 위험한 곳이고 열악한 교통 상황으로 인해 정확히 파악할 수 없는 미지의 세계였다. 그래서 변경은 문학과 지리지 속에서 아름답고 신비로운 유토피아로 묘사되거나 음험한 기운이 짙게 깔린 위험한 공간으로 묘사되어왔다. 특히 이역에 거주하는 여성들은 중원의 여성과는 차별적인, 동물적 속성과 이국적 신비로움을 지닌 요괴로 자주 표현되었다. 중원에서 바라볼 때 이역은 야만의 공간이었고, 그 안에서 여성은 남성보다 더욱 이질적인 존재로 인식되었다. 『서유기』 27회, 55회, 72회 등에서는 여성의 모습으로 변신한 요괴들이 삼장 일행을 유혹하는 장면이 나오는데, 이때 여성 요괴들은 대부분 신비롭고 아름답게 묘사되어 있다.

옥에 비하자니 그보다 더 향기롭고

怪物坐在上面, 自斟自酌. 喝一盞, 扳過人來, 血淋淋的啃上兩口(이후 『서유기』의 번역은 오승은, 『서유기』, 서울대학교 서유기 번역연구회 역, 솔, 2004를 참고한다).

꽃과 같지만 사람의 말을 잘하는구나.
버들눈썹, 먼 산등성이처럼 걸려 있고
향긋한 입, 앵두 같은 입술을 벌리네.
비녀 끝엔 비취 새가 날아오르고
작은 발이 담황색 치마 새로 살짝 어른거리네.
달의 항아가 아래 세상(下界)에 내려온 듯
선녀가 속세에 떨어진 듯하구나.[8]

고혹적이고 신비로운 외모는 『서유기』에서 이역 여성들을 묘사할 때 상투적으로 쓰이는 레토릭이다. 이역의 여성은 삼장을 유혹하는 위치에 있으며 성적으로도 상당히 개방적인 것으로 묘사된다. 이에 비해 고귀한 승려인 삼장은 이역 여성들과 결합하는 색계(色戒)를 결코 범하지 않으며 순결을 지킨다.

『서유기』 54회에는 여자들만 사는 서량녀국(西梁女國)이라는 이국도 나온다. 고대 중국의 문헌과 역사 속에서 여인국에 대한 기록은 그 연원이 이미 오래되었다. 『산해경(山海經) · 해외서경(海外西經)』과 『산해경 · 대황서경(大荒西經)』에서부터 역사서로서는 『삼국지 · 위지(魏志) · 동이전(東夷傳)』, 『후한서(後漢書) · 동이전』, 『양서(梁書) · 제이전(諸夷傳)』, 『남사(南史) · 이맥전(夷貊傳)』과 박물지류인 『박물지(博物志)』, 『두양잡편(杜陽雜編)』, 『태평어람(太平御覽)』, 『책부원귀(册府元龜)』, 『사림광기(事林廣記)』 등에 여인국에 대한 기록이 들어가 있다. 이밖에도 당대에 당삼장이 직접 쓴 『대당서역기(大唐西域記)』, 송대 지리지인 『영외대답(嶺外代答)』, 『제번지(諸蕃志)』, 명대의 『이역지(異域志)』에도 여인국의

8 『西游記』 第72回 : 比玉香尤勝, 如花語更眞. 柳眉横遠岫, 檀口破櫻唇. 釵頭翹翡翠, 金蓮閃絳裙. 却似嫦娥臨, 仙子落凡塵.

기록은 빠지지 않고 등장한다.[9] 그리고 이러한 기존의 단편적인 기록들의 토대 위에서 여인국을 더욱 현실감 있고 풍부한 스토리로 풀어낸 것이 바로 명대 소설 『서유기』의 서량녀국 이야기이다. 서량녀국의 고혹적인 여왕도 삼장과 결합하기 위해 노력하지만 삼장은 그녀의 청혼을 단호히 거부하고 길을 떠난다.

'문명'에는 사회, 계층, 문화, 인종 등의 위계질서의 개념이 반드시 수반되며, 문명의 반대편에는 이런 위계질서에 위반되는 비문명의 미개인이 상정되어 있다. '문명'이 있다는 것은 동시에 비문명도 존재하고 비문명에 대한 차이와 차별이 존재할 수 있음을 의미한다. 『서유기』에서 여인국은 이질적인 변방에 위치하고, 비정상적으로 여성만으로 구성되어 있으며, 그녀들은 남성과의 결합을 갈망하는 왜곡된 에로티즘의 소유자로 표현되어 있다. 오랜 시간 동안 불교 교리를 수련해 신성함과 고결함을 유지한 삼장은 끝까지 여인국 여왕의 비정상적인 결혼 요구를 거절하고 순결을 유지한다. 삼장의 무리들은 여기에서도 품위와 교양을 갖춘 것으로 이미지화되어 있고 반대로 서량녀국의 여성들은 과잉된 성적 에너지를 지닌 위험한 존재로 묘사되어 있다.

이처럼 『서유기』에서는 이역을 색욕의 땅으로 재현하고 남성인 삼장의 무리들과 여성인 이역의 요괴들의 결합을 허용하지 않는다. 이것은 중화 문명이 야만의 이역을 계도하고 교화할 수는 있으나 양자는 결코 완전히 융화될 수는 없고 엄연한 차이가 존재함을 상징적으로 표현하는 것이다.

---

9 여인국에 대한 자세한 내용은 강종임, 「고대중국의 여인국 서사와 의미지향」, 『중어중문학』 제65집, 2016을 참고한다.

2) 요(妖) : 나충(臝蟲)의 이미지

고대 중국의 전적에서는 오랜 시간 동안 중원 바깥쪽의 오랑캐들을 견융(犬戎), 견양(犬羊) 등 금수로 지칭해왔다. 명대에 이르면 이미 이역의 공간에 대한 지식이 축적되었고 정화(鄭和)의 원정과 같은 실제적인 탐험과 여행의 경험들이 풍부해지면서 이역의 범위는 더 확장되었다.[10] 그러나 명대에 실제 지리에 대한 지식이 예전보다 훨씬 많아졌음에도 불구하고 여전히 사람들의 보편적인 인식은 고대 전적에 나오는 상상의 지리 관념을 넘지 못했다. 그리고 이역의 공간에 사는 이민족들도 여전히 동물의 이미지에서 벗어나지 못했다.

명대에는 생활에 여유가 있는 남방의 귀족들을 중심으로 여행을 가는 것이 일종의 부귀함을 과시하는 여가 활동 중 하나였다. 직접 여행을 다녀와서는 견문을 기록해 책으로 내는 것이 유행처럼 일어나서 당시 지리지의 숫자는 폭발적으로 증가했다.[11] 명대의 지리지에는 직접 보고 들은 것을 기록한 것과 그렇지 않고 기존의 고전 기록을 기반으로 한 상상의 지리지가 있으며, 마지막으로 실제와 상상을 섞은 지리지의 세 종류가 모두 존재했다. 명말 만력 연간에 이탈리아의 선교사인 마테오

---

10 鄭和는 일곱 차례 항해하면서 30여 나라를 방문했다. 현대인들이 南洋이라고 부르는 곳을 명나라 때에는 東西洋으로 불렀다. 서양은 말레이반도, 인도차이나, 수마트라, 자바, 보르네오 주 해안의 나라들을 가리켰고, 동양은 말라카 군도, 필리핀 열도, 보르네오 주 북쪽의 文萊國을 지칭했다. 정화가 일곱 번 항해해 간 곳은 모두 서양이었고, 그 목적은 "萬國을 朝貢하게" 하려는 황제의 허영심을 만족시키기 위한 것이었다. 範文瀾, 『中國通史(下)』, 박종일 역, 인간사랑, 2009, 444~446쪽.

11 명대에 지식인들이 변경에 대해 구체적인 인식을 하게 된 중요한 배경들 중 하나는 당시 여행의 유행이다. 최수경, 「명 제국의 邊境 기록에 재현된 시간과 타자 : 『廣地繹』을 중심으로」, 『중국어문논총』 제77집, 2016, 280쪽.

리치(Matteo Ricci, 1552~1610)가 당시로서는 가장 실측에 근거한 정확한 지리를 기록한 지도 〈곤여만국전도(坤與萬國全圖)〉[12]를 제작했고 이것을 기점으로 명대의 지리관념은 크게 충격을 받고 변화하기 시작했다. 특히 마테오 리치를 도와서 함께 〈곤여만국전도〉를 제작했던 이지조(李之藻, 1564~1630) 등은 자신의 책에서 더 이상 중국이 세계의 중심이자 가장 큰 강역을 차지하지 않는다는 사실을 밝혔고 이것은 당시 엘리트 사회에서 큰 반향을 일으켰다.[13] 이러한 인식은 사실 이미 송말부터 시작되었는데, 명말에 이르러 중원과 세계의 구도와 크기를 구체적으로 형상화한 지도가 나오면서 그 충격이 표면화된 것이었다.

이후로 서구의 발달된 측량기술과 지도제작술을 인정하고 새로운 중국의 강역을 수용하려는 지식인들의 움직임은 이어졌다. 그러나 그 변화는 지금까지 이어져온 이역에 대한 부정적인 인식을 대번에 전복할 만한 세력으로 성장하지는 못했다. 변화의 흐름은 매우 느렸고 여전히 미약한 수준이었다.

그래서 명대에는 여전히 이역을 동물의 이미지로 기술한 지리지들이 출판되었고 시중에서 유포되어 널리 읽혔다. 그중에서도 당시의 이역에 대한 인식을 잘 보여주는 책은 『이역지(異域志)』 즉 『나충록(臝蟲錄)』이다. 『나충록』은 명초부터 시작해 명조 일대 동안 줄곧 유행했던 책이고 후에 여러 번 중간(重刊)되는 과정에서 『이역지』, 『이역도지(異域圖

---

12 〈山海輿地全圖〉라고도 한다. 이 지도가 갖는 의미는 중국 최초의 세계지도라는 점뿐 아니라 이것이 중국인이 생각하는 세계의 모습을 바꾸어놓았다는 점에 있다. 이 지도에서 실제 세계는 더 이상 평면이 아니라 원형이었고, 중국은 세계의 중심에 있지 않고 다른 나라들처럼 원형의 세계 속에 한 부분으로 위치한다.

13 거자오광, 『중국사상사2 : 7세기에서 19세기까지 중국의 지식과 사상, 그리고 신앙세계』, 이등연 외 역, 일빛, 2015, 616쪽.

志)』 등의 이름으로 등장하기도 했다. 『나충록』은 『사유구록(使琉球錄)』에 처음 등장하는데 『사유구록』은 진간(陳侃)이 가정(嘉靖) 12년(1536)에 사신으로 유구(琉球)에 갔다가 보고 경험한 내용을 기록한 책이다. 이 책에서는 모두 일곱 종의 책을 언급하고 있는데 『대명일통지(大明一統志)』, 『나충록』, 『성사승람(星槎勝覽)』, 『집사연해(集事淵海)』, 『두씨통전(杜氏通典)』, 『사직요무(使職要務)』, 『대명회전(大明會典)』이 그것이다. 『나충록』과 함께 수록된 『대명일통지』나 『대명회전』과 같은 책들은 소위 관방의 권위 있는 문헌이므로 『나충록』이 당시에 상당히 중시되었음을 알 수 있다.[14] 그러나 『나충록』은 이미 사라져 지금은 여러 문헌들에 인용된 기록들을 통하여 그 면모를 추측할 수밖에 없는 상황이다. 다만 낭영(郎瑛, 1487~1566)이 가정(嘉靖) 26년(1550)에 지은 『칠수류고(七修類稿)』에서 인용한 내용에 근거해볼 때, 『나충록』의 내용이 원국이인(遠國異人)의 대한 기록들로 구성되어 있음을 알 수 있다.[15] 『나충록』은 조선에도 전해질 만큼 널리 읽혔으니 조선의 허목(許穆, 1595~1682)의 『범해록(泛海錄)』에는 이러한 기록이 나온다.

> 그곳의 사람은 배를 집으로 삼는다. 바다 속에 잠수해 굴을 잡는 것을 잘한다. 남루한 옷을 입고 매우 가난하다. 그들은 『나충록』의 소위 연만(蜒蠻)이다. 성격은 변덕스럽고 잘 속인다.……그 남쪽은 즉 해외의 여러 만이(蠻夷)들이다. 그 지역들을 추측해보면 우민(羽民), 사수

---

14 鹿憶鹿 「遠國異人在明代：從『異域圖志』談起」, 『東華漢學』 2011年 夏季特刊, 東華大學中國語文學系 華文文學系, 2011.7, p.233.

15 『七修類稿』：贏蟲集中所載, 老撾國人, 鼻飮水漿, 頭飛食魚(黃阿明에 따르면 福建建安坊刻本 『七修類稿』의 刻印 시기는 약 嘉靖 26년으로 추정된다. 黃阿明 「明代學者郎瑛生平與學術述略」, 蘇州科技學院學報(社會科學版) 第26卷 第1期, 蘇州科技學院人文學院, 2009.2, p.101).

(沙董), 조와(爪蛙), 유구(琉球), 마라노(麽羅奴)와 같은 지역이다. 『외이지(外夷誌)』에서는 모두 바다 한가운데 있고 천하의 동남쪽에 있는 것으로 나온다.[16]

『나충록』은 당시 진간, 낭영, 엄종간(嚴從簡), 풍몽룡(馮夢龍), 허목 등의 저작 중에 인용되었고, 가정, 만력 연간에 보편적으로 읽혔음을 알 수 있다.

이역의 오랑캐들을 금수와 벌레의 이름으로 부른 것은 이미 명대 이전인 송대의 텍스트에도 보인다. 송대의 우사간(右司諫) 손하(孫何)의 「상진종론어융화일이해(上眞宗論禦戎畫一利害)」를 예로 들어보자.

신이 듣기에 중국에 견융(犬戎)이 우환이 된 것은 오래되었습니다. ……틈을 보아 변경에 침입하고 틈새에 편승하여 변방을 범합니다. (그들은) 벌과 전갈 같이 독이 있어 이민(吏民)을 죽이고 약탈합니다. 승냥이와 이리처럼 욕심이 끝이 없어 보루를 집어 삼켜버립니다. 전대의 분(憤)이 이러한데다 역시 일찍이 노여워서 칼을 잡고 장수에게 출정을 명하면 혹은 10만이 횡행하기도 하고 혹은 5천이 깊이 들어오기도 하였습니다. 그런데 견양(犬羊)의 무리는 부락이 번성하고 문서의 말로 타일러도 듣지 않고 달아나고 숨는 것을 부끄럽게 여기지 않으며 큰 사막에서 벌떼처럼 주둔하거나 새처럼 궁벽한 황무지에 흩어져 있으니, 유리하면 오고 얻을 것이 없으면 갑니다. 중국은 그 땅을 빼앗아도 경작하거나 개간하기에 부족하고 그 사람들을 사로잡아도 훈련하여 쓰기에 어려우니 헛되이 군대를 수고롭게 하고 재물을 낭비

16 『泛海錄』: 其人以舟爲室. 善沒海取蠔. 鶉衣而極貧. 此贏蟲誌所謂蜒變. 其性變譎.……其南則海外諸蠻夷. 測其方. 如羽民, 沙董, 瓜蛙, 琉球, 麻羅奴. 外夷誌, 皆在海中, 天下之東南. 許穆『(眉叟)記言』, 原集 67卷, 別集 26卷, 「記言」(鹿憶鹿, 앞의 논문, p.234 재인용).

할 뿐이며 끝내 손해만 있고 이익이 없을 것입니다. 또한 거란은 비리고 누린내 나는 작은 토번이요, 뱀과 멧돼지 같은 이류(異類)이니 그 토지를 헤아리고 그 인민을 계산해도 진실로 중원(中原)의 여러 군(郡)에 대적할 수 없습니다. 불의(不義)를 많이 행하고 숨김없이 끝없이 욕심 부리기를 마음대로 하니 죄가 많은 것을 미워하여 하늘이 마땅히 완전히 제거할 것입니다.[17]

위의 예문에서 견융은 거란을 가리키며, 송대에 이미 거란과 같은 이역의 나라를 금수와 벌레로 비유했음을 알 수 있다. 물론 이적을 금수로 비유한 화이 관념은 이미 춘추전국시대부터 시작되었다. 동한(東漢) 시대에는 반고(班固)의 소위 '이적금수론(夷狄禽獸論)'이 나올 만큼 이역의 세력들은 중화의 예를 갖추지 못한 금수와 같은 무리들로 전적들에 기록되었다.[18] 그리고 명대에 이르면 『나충록』이라는 책이 유행할 정도로 이역을 동물의 이미지로 상상하는 것은 보편화되었다. 이러한 현상은 국초부터 기강이 위태로웠던 명이 국가의 위신을 바로 세우고자 했던 것과 밀접하게 관련이 있다.

명초의 대내외 정세를 보면, 이전 왕조인 원의 남은 무리들이 명의 영토 안에서 지속적으로 반명(反明) 운동을 벌였고, 연해지역에서는 해구와 왜구의 습격이 계속되어 해방(海防) 정책을 실시했다.[19] 명의 약세는

17 趙汝愚 『宋朝諸臣奏議』 卷130 「邊防門 · 遼夏2」, 北京大學 中國中古史研究中心校點整理本, 上海古籍出版社, 1999(박지훈, 「北宋代 禦戎論과 華夷論」, 『역사문화연구』 제30집, 2008, 320쪽 재인용).

18 홍승현, 「漢代 華夷觀의 전개와 성격」, 『동북아역사논총』 31호, 2011, 217~222쪽.

19 『明史』와 『明實錄』에 따르면 洪武 원년(1368)부터 홍무 7년(1374)까지의 기간 동안 왜구가 중국 연안을 습격한 것은 23회 이상이었다. 이러한 왜구의 침략은 명초의 국가 안정에 심각한 문제가 되었다. 홍무 4년(1371)에는 연해의 거주민이 바다에

말기인 가정, 만력 연간까지 계속되었다. 세종(世宗), 목종(穆宗), 신종(神宗)은 도교방술(道教方術)에 심취해 방사(方士)들을 궁으로 불러들여 장생불사의 약을 제조하는 등 폐해가 끊이지 않았고 극도로 궁핍해진 농민들은 각지에서 봉기를 일으키면서 정국은 쇠망의 길을 걷게 되었다. 그리고 명은 거대한 원 제국을 멸망시키고 건립된 국가였지만, 원의 방대한 영토의 많은 부분을 회복하지 못했다. 비록 명을 계기로 한족이 다시 일어섰지만 명은 원에 비하면 규모와 국력 면에서 비교할 수 없을 정도로 약했다. 그래서 실추된 한족의 자존심을 다시 세워야 했고 중화주의를 다시금 전방에 내세울 필요가 있었던 것이다.

이렇게 명을 강한 나라로 이미지화해야 하는 시기에 저술된 『서유기』는 이전의 고판본들보다 이역에 대한 묘사가 풍부하고 상대적으로 더 부정적일 수밖에 없었다. 그리고 이역에 사는 이민족들은 동물뿐 아니라 파리, 전갈, 거미 등의 곤충으로도 묘사되었다. 예를 들어 『서유기』 72회에서 삼장 일행은 서역으로 가는 길에 반사동에 들르는데 그곳에서 일곱 명의 아름다운 여인들을 만난다. 여인들은 사실 거미요괴였고 각자 아들을 하나씩 두고 있다. 아들들의 이름은 밀(蜜), 마(螞), 노(蠦), 반(班), 맹(蜢), 사(蜡), 청(蜻)인데, 그 의미를 해석해보면 밀(蜜)은 꿀벌, 마(螞)는 나나니벌, 노(蠦)는 검은 벌, 반(班)은 가뢰, 맹(蜢)은 등에, 사(蜡)는 초파리, 청(蜻)은 왕잠자리를 가리켰다. 즉 모두 나충의 무리들인 셈이다. 저팔계는 벌레들에게 쇠스랑을 휘둘렀고 벌레들은 순식간에 만 마리로 늘어나 삼장의 무리들을 공격한다. 결국 나충의 무리들은 손오공이 자신의 털로 만든 매에 의해서 제압된다. 이렇게 『서유기』에서

사적으로 나가는 것을 막는 禁令을 내렸다. 윤성익, 『명대 왜구의 연구』, 경인문화사, 2007, 105쪽.

이역을 곤충의 이미지로 묘사한 것은 당시에 유행했던 『나충록』의 이역에 대한 인식과 무관하지 않다. 『학해군옥(學海群玉)』에 실린 「나충록서(臝蟲錄序)」를 살펴보자.

> 인충(鱗蟲) 360개 중에 용(龍)이 으뜸이다. 우충(羽蟲) 360개 중 봉황이 으뜸이다. 모충(毛蟲) 360개 중 기린이 으뜸이다. 개충(介蟲) 360개 가운데 거북이가 으뜸이다. 나충(臝蟲) 360개 중 사람이 으뜸이다. 나충은 사방(四方)의 중화 밖에 있는 오랑캐들이 그들이다. 어째서 사람이 나충의 으뜸인가? …… 중국에 살기 때문에 천지의 정기를 받은 자는 사람이고, 중화 밖에 살며 천지의 정기를 얻지 못한 자는 금(禽)과 수(獸)이다. 그러므로 나충이라고 부른다. 공자(孔子)는 이적(夷狄)을 다스리기를 금수와 같이 해야 한다고 했는데 그 설이 여기에서부터 나왔다. 원래 그들은 윤리와 강상(綱常)이 없고 전투를 숭상하며, 생명을 가벼이 여기고 죽음을 좋아하니, 호랑이와 승냥이의 성질을 지녔다. 재물과 이익을 탐하고 음탕하고 편벽된 것을 좋아하니 암사슴의 행동이다. 그러므로 사람의 성정과는 실제로 서로 멀다.[20]

위의 문장에서도 알 수 있듯이 명대에는 천지의 정기가 미치지 못하는 화외(化外)에 사는 사람들을 금수로 여겼고 나충으로 명명했다. 중화 밖의 이적(夷狄)들은 싸움과 죽음을 좋아하고 재물과 이익을 탐하며 음

---

20 『學海群玉』「臝蟲錄序」: 鱗蟲三百六十, 而龍爲之長. 羽蟲三百六十, 而鳳爲之長. 毛蟲三百六十, 而麟爲之長. 介蟲三百六十而龜爲之長. 臝蟲三百六十而人爲之長. 臝蟲者, 四方化外之夷是也. 何則以人爲臝蟲之長.……生居中國, 故得天地之正氣者爲人, 生居化外, 不得天地之正氣者爲禽爲獸. 故曰臝蟲. 孔子曰, 治夷狄如治禽獸, 其說有自矣. 原其無倫理綱常, 尙戰鬪輕生樂死, 虎狼之性也. 貪貨利, 好淫僻, 麀鹿之行也, 故與人之性情, 實相遙矣. 鹿憶鹿「『臝蟲錄』在明代的流傳－兼論『異域志』相關問題」, 『國文學報』第58期, 臺北: 國立臺灣師範大學國文學系, 2015, p.130 재인용.

탕하고 편벽된 성질을 지녀서 사람보다는 동물의 성정에 가깝다고 여겨졌다.

또한 당대의 『대당서역기』, 송대의 『대당삼장취경시화』만 보더라도 서역을 신비롭게 묘사하고 신성시하는 태도가 보이지만, 명대의 『서유기』에 오면 삼장이 서천취경을 위해 지나가는 서역은 만이의 공간과 동일시된다. 사실 명대에는 서역이 몽골과 투루판에 의해 지배되고 있었으므로 더이상 구도를 위한 신비의 땅이 아니라 거친 야만의 땅으로 인식되었다. 『서유기』에서 이역을 동물과 곤충들이 사는 공간으로 묘사한 것은 이처럼 중원에서 서역을 더 이상 유토피아적인 환상의 땅이 아니라 만이의 공간으로 바라보기 시작한 인식의 변화와도 관련이 있다.

3) 황복(荒服)의 땅

중국에서는 전통적으로 중국의 밖을 변강(邊疆)이라고 불렀다. 역사상 변강으로 불린 곳은 중국의 일부라기보다 중국 밖의 별개의 역사 공동체들을 가리켰다. 이들 변강은 문화적 특성이나 역사적인 경험에서 볼 때 중국과는 차별화되는 지역이었고, 중원중심적인 시각에서 바라볼 때 이적의 공간이었다. 이는 종족적인 차별이라기보다는 문화에 기준을 둔 분류였다. 이적이란 중화의 세례를 받지 못한 문명의 황무지였고 앞으로 한화(漢化)되어야 할 공간이었으므로 사서와 지리지에서는 이적을 줄곧 '황복(荒服)'으로 불렀다.

그러나 이런 이적, 황복의 개념은 사실 중원에서 파악하는 중원 밖의 공간에 대한 인식이었을 뿐, 실제로 최근의 고고학적인 발굴에 따르면 중화문명이라는 것은 가상으로 만들어진 것이고, 고대 동아시아의 문화는 중원에서 변강으로 일방적인 문화의 세례가 있었던 것이 아니라 다양한 지역문화의 접촉과 융합 안에서 이루어졌다고 보는 것이 일반적이다.[21] 그럼에도 불구하고 고대로부터 다양한 사서와 기록들을 통해 야만의 이역을 교화하는 중화상방(中華上邦)이자 천조대국(天朝大國)인 중화는 줄곧 건재해왔다.

동아시아에서 중국 중심의 국제질서에 실제적인 변화가 일어나기 시작한 것은 송나라 때부터였다. 송나라는 비록 통일국가를 완성했지만 연운(燕雲) 16주(州)는 요(遼)나라에 의해 점령당했고 서북방으로는 서하(西夏)와 대치 국면에 있었다. 요와 서하는 스스로 황제를 칭하고 송나라와 대등한 위치에 서려고 했다. 송은 요에 매년 현금을 헌납했고 서하와는 경쟁적인 관계에 있었다. 송대에 이르면 이전에는 실제적인 효력을 발휘했던 화이 관념과 조공(朝貢) 체제가 가상의 중화제국을 유지하기 위한 상상의 장치들로 변질되었다. 대외적으로 송은 천조대국의 오만한 태도를 버리고 외국과 현실적이고도 대등한 외교를 펼 수밖에 없는 상황에 놓였기 때문이다. 송대에는 이렇게 실제적인 국제정세와 전통적으로 지식인들을 지배해온 상상의 세계질서 사이에 커다란 간극이 생겼다.[22] 또한 송대에는 요(遼), 하(夏), 금(金), 원(元)의 압박 아래 국경선에 대한 실제 조사가 이뤄졌고, 해외무역 체제를 규정하기 위한 시박사(市舶使) 제도가 시행되었으며, 자신과 외국 간의 재산적 한계에 대한 분명한 인식이 생겨났고, 전쟁과 외교 등으로 인해 국가 주권에 대한 의식이 일어나게 되었다. 송대 이래 수립된 역사 전통과 관념 형태, 문화적인 공동체 관념 등에 의해서 한족(漢族)의 중국은 자아 정체성을

---

21 김한규, 『天下國家 : 전통시대 동아시아 세계질서』, 소나무, 2005, 10~11쪽.

22 거자오광, 『이 중국에 거하라 : 중국은 무엇인가에 대한 새로운 탐구』, 이원석 역, 글항아리, 2012, 59~60쪽.

확립했고 민족주의적인 의식 형태를 분명히 할 수 있었다.[23] 이러한 상황은 명대까지 이어졌다. 명대 가정 연간(1522~1566) 위환(魏煥)이 지은 『황명구변고(皇明九邊考)』 권1 「진융통고(鎮戎通考)」를 보면 명대에도 여전히 변경의 이민족의 침략으로부터 자유롭지 못했고 이민족 방어가 국가의 대사였음을 알 수 있다.

> 변경의 방어에 성벽보다 중요한 것은 없다. 생각건대 오랑캐들은 목축으로 생계를 유지하고 말타고 활쏘는 것에 능하며, 수시로 변경을 침입하는데 대거 침입해 올 때는 그 수가 수만에 이른다. 지금까지 병사를 주둔시켜 지켜왔으나 그 수가 적어 오랑캐가 집단을 형성하면 그 세력은 항상 우리 편보다 많았고 우리 편은 다수의 병사를 모으는 것이 어려워서 늘 열세에 놓였다. 열세였기 때문에 화의를 맺고 재물을 주는 일을 수치스럽게 생각하지 않았으며 심한 경우에는 영토를 침략당해 견양(犬羊)에게 신속(臣屬)이 되기도 했다.[24]

명은 이전의 몽고족의 통치를 마감하고, 당 이후로 6백여 년 만에 건립된 한족의 통일국가였다. 주원장(朱元璋)이 강력한 몽고를 몰아내고 중국을 통일할 수 있었던 것은 물론 군사전략이 성공한 것도 있지만 그가 무엇보다 민족적인 감성에 호소했기 때문이다. 지정(至正) 27년 주원장은 몽고를 몰아내기 위해 북벌을 준비하면서 중원의 백성들에게 다음과 같이 격문을 보냈다.

> 자고로 중국은 안에 있으면서 이적을 굴복시켜왔고 이적은 밖에 있

---

23 위의 책, 39~40쪽.

24 사카쿠라 아츠히데(阪倉篤秀), 『長城의 中國史』, 유재춘 · 남의현 역, 강원대학교 출판부, 2008, 133~134쪽.

> 으면서 중국을 받들어왔으니, 이적이 중국을 차지하고 천하를 다스리는 도리는 있을 수 없다. 옛 사람들이 말하기를, 이적은 백 년의 운수를 타고날 수가 없다고 했는데 오늘 보건대 절대로 틀린 말이 아니다. 하늘이 성인을 내려줘 호로(胡虜)를 쫓아내 중화를 회복하고 기강을 세워 인민을 구제하게 하셨다. 나의 북벌군은 기율이 엄정하여 추호도 인민을 해침이 없을 것이니, 너희들은 의심하거나 두려워하여 가족을 데리고 달아나는 일이 없도록 하라.

이 격문은 긍정적인 결과를 초래했다. 몽고인들은 한족의 민병 작전에 의존해 명군과 맞서려고 했지만, 민족적인 감성에 호소한 격문을 본 의병들은 자진 해산하거나 성문을 열고 명에 귀순했다.[25] 이후로도 명은 정권 안정을 위해 "오랑캐를 쫓아내고 중화를 회복한다(驅逐胡盧, 恢復中國)"라는 슬로건을 내걸고 원의 대도(大都)를 침공해 원 지배하의 영토를 탈취하고자 했다. 결국 홍무제(洪武帝) 8년에 대도를 평정했지만, 산서(山西)와 섬서(陝西)에 잔존한 원나라 세력을 완전히 소탕하지는 못했다.

이러한 명의 정치적인 의도는 소설 『서유기』에서도 잘 드러난다. 삼장의 일행이 이역에 도착했을 때 스스로를 소개하는 말을 보면 거의 비슷하게 반복되는 구절이 있는데, 자신들이 위대한 당에서 온 고승 삼장 일행이라는 것이다. 그리고 이역의 주민들은 삼장 일행을 '상방인물(上邦人物)'이라고 하면서 늘 칭송한다. 제29회에서도 삼장이 보상국(寶象國) 국왕을 알현하는 장면이 나오는데, 삼장법사가 금으로 된 계단 앞으로 인도받아, 손을 휘저으며 발을 구르고 만세를 세 번 부르는 무도산호(舞蹈山呼)의 예를 한다. 그러자 양쪽으로 늘어선 문무백관들이 모두

---

25 範文瀾, 앞의 책, 337~338쪽.

"큰 나라에서 오신 분이라 이처럼 온화하고 점잖게 예악을 행하시는구나!"[26]라고 외친다. 그러면서 보상국의 신하들은 삼장이 큰 나라의 성승이고 도가 높아 용과 호랑이도 굴복시키고, 덕이 커서 귀신도 공경하는 분이라 틀림없이 황포요괴를 항복시킬 술법을 지녔을 것이라고 기대한다.[27]

『서유기』 87회에서는 삼장 일행이 천축국의 변방인 봉선군(鳳仙郡)에 가서 비를 내려주고 몇 년간 계속된 가뭄을 해결하는 내용이 나온다. 봉선군의 사람들은 삼장 일행의 공덕을 이렇게 찬양한다.

> 오랫동안 가물었던 논고랑에 단비가 쏟아지고
> 장사치들을 실어 나르는 물길 곳곳으로 통하네.
> 고맙게도 神僧께서 봉선군에 오시고
> 제천대성은 하늘에 올라 힘써 주셨네.[28]

작자 역시 이 회를 마감하면서 이렇게 산장시(散場詩)를 쓴다.

> 큰 덕 베푼 삼장법사 널리 백성을 구제하고
> 제천대성은 널리 은혜를 베풀었구나.[29]

---

26 『西游記』 第29回 : 把三藏宣至金階, 舞蹈山呼禮畢. 兩邊文武多官, 無不嘆道. 上邦人物, 禮樂雍容如此.

27 『西游記』 第29回 : 想東土取經者, 乃上邦聖僧. 這和尚道高龍虎伏, 德重鬼神欽, 必有降妖之術.

28 『西游記』 第87回 : 田疇久旱逢甘雨, 河道經商處處通. 深感神僧來郡界, 多蒙大聖上天宮.

29 『西游記』 第87回 : 碩德神僧留善濟, 齊天大聖廣施恩.

이처럼 『서유기』 곳곳에서는 중화상방에서 온 삼장 일행이 이역의 온갖 문제들을 해결해주고 적폐를 청산하는 영웅으로 묘사되어 있다. 중화의 높은 나라라는 의미의 '중화상방'과 하늘의 큰 나라라는 뜻의 '천조대국'은 『서유기』에서 당을 언급할 때 자주 쓰인다. 『서유기』는 실제 당삼장의 서천취경의 역사를 바탕으로 하고 있어서 당이 시대적인 배경으로 나온다. 그러나 『서유기』를 자세히 읽어보면 중화상방과 천조대국이 가리키는 것은 '당'이 아니라, 소설이 저작되었던 명을 의미한다. 몽고족에 대해 한족 중심의 정체성을 세우고자 했던 명에게 당나라는 제국으로서 전범(典範)과도 같은 존재였다. 실제로 명 홍무(洪武) 원년에는 당나라의 제도를 따라 의관을 복구했고, 이 개혁 조치는 민족감정을 고취시키는 긍정적인 영향을 미쳤다.[30]

명은 당을 본받아 통일된 국가체제를 갖추지 못한 나라들을 기미위소(羈縻衛所)[31] 체제 안에 복속시키고, 또 변강의 독립국가 체제를 갖춘 나라들에 대해서는 책봉과 조공의 체제를 활용하여 중국 중심의 이원적인 세계질서를 확립하고자 했다. 이로 인해 중국 밖의 이역의 국가들은 기미위소 시스템 안에서 중국으로부터 관직을 하사받음으로써 자신들이 마치 중국의 일부인 것처럼 인식했다. 『명사(明史)』 90 「직관지(職官志)」에 따르면 홍무 초에는 서번(西番) 혹은 토번(吐蕃)으로 불리던 티베트 지역으로 사람을 보내어 그곳 인재들을 초빙하는 한편 원대에 관직에 있던 사람들을 각 족에서 천거하도록 하여 그들을 경사(京師)로 불

30 範文瀾, 앞의 책, 338쪽.

31 『明史』 90 「兵志」에 따르면 "기미위소는 洪武 永樂 연간에 변경 밖에서 歸附해온 자들의 우두머리에게 관직을 주어 都督이나 都指揮, 指揮, 千戶, 百戶, 鎭撫 등으로 삼고 勅書와 印記를 주어, 都司와 衛所를 설치한 것이었다." 김한규, 앞의 책, 266쪽.

러들여서 국사(國師)와 도지휘(都指揮), 선위사(宣慰使), 원수(元帥), 초토(招討) 등의 관직을 주고 그 지역의 습속에 따라 다스리게 했다. 그리고 티베트 지역에 기미위소와 토사(土司)뿐 아니라 승관(僧官)도 설치해 본토의 습속에 따라 자치가 이뤄지도록 했고, 정교(政敎) 일치를 강력하게 실행하기 위해 지방 정권을 3법왕(法王)과 5왕으로 책봉했으며, 기타 여러 승속(僧屬) 수령들을 서천불자(西天佛子), 대국사(大國使), 국사(國師), 선사(禪師), 도강(都綱), 라마(喇嘛) 등으로 책봉했다.[32]

『서유기』 78회의 비구국의 이야기에서 이역의 요괴들이 국사나 번승(番僧)의 모습으로 등장하는 경우가 많은데, 이는 명이 변경 세력을 제압하고 국가를 안정시키기 위해 책봉과 정교일치 정책을 사용한 실제 현실이 반영된 것으로 볼 수 있다.

앞에서 언급했듯이 『서유기』에서 삼장 일행은 가는 곳마다 환영을 받는다. 29회의 보상국에서 국왕과 군신들은 삼장의 사도들을 보면서 경탄하고 복종하는 자세를 취한다. 39회의 오계국(烏鷄國)에서도 당은 존귀한 중화상방이며 그곳에서 온 삼장 일행은 국왕으로부터 극진한 대접을 받는다. 72회의 반사동에서는 여인들이 바느질하던 것도 팽개치고 공도 내던지고 생글생글 웃으며 삼장 일행을 맞이한다.

그런데 『서유기』에서 현지인들이 여행자에게 보여주는 이와 같은 일관된 환대의 태도는 다소 비현실적이다. 『서유기』는 역사서나 지리지가 아니고 이와 같은 이성적이기보다 다분히 감성적인 서사이며, 사물에 대한 자의적인 해석이 가능하다. 『서유기』에서 현지인들이 삼장 일행에게 보이는 환대의 태도와 그 과정에서 얻어지는 호혜적인 교류는 소설이 만들어낸 상상의 산물이다. 그러나 소설이 만들어낸 상상의 이

---

32 위의 책, 273~274쪽.

역 이미지는 이것이 문자로 기록되는 과정에서 권위를 얻게 되고 현실에서의 이역을 왜곡된 이미지로 다시 고정시킨다. 즉 상상된 이미지가 오히려 실제의 이미지를 은폐하고 대체하게 되는 것이다.

실제의 역사를 보면 명은 몽고족의 원을 중원에서 몰아내는 데는 일단 성공했지만 기존의 원의 영역을 모두 회복한 것은 아니었고, 명의 실질적인 통치력이 미친 공간은 원대 강역의 일부 범주에 국한되었다. 서쪽으로도 명의 힘은 서역의 초입인 합밀(哈密) 정도에 그쳤고 그마저도 불안정했다. 그리고 합밀의 북쪽 천산(天山) 이북으로는 몽골이 여전히 강한 세력을 유지하고 있었으며 그 서쪽으로는 투루판 세력도 만만치 않았다. 명은 이들로부터 지속적으로 침입을 받았고, 특히 천산 이북을 지배하던 오이라트 몽고는 명에게 가장 위협적인 세력이었다.[33]

『서유기』 세덕당본(世德堂本)이 출간된 만력제 때에 오면 특히 변강 지역의 반란과 이민족의 침입으로 대외 정세가 매우 불안해졌다. 앞서 언급했듯이 1592년에는 영하(寧夏)에서 발배(哱拜)의 난이 일어났고 1594년에는 사천(四川)과 귀주(貴州)에서 양응룡(楊應龍)의 난이 일어났으며, 1592년에는 조선에서 발발한 임진왜란에 대규모로 군사를 파견한 소위 '만력삼정(萬曆三征)' 때문에 명은 대내외적으로 큰 위기를 맞았다. 그러므로 『서유기』의 이역인들이 삼장 일행에게 보이는 일관된 환대의 태도는 실제 역사적인 사실과는 차이가 있고, 이는 명과 이역의 긴장관계 나아가 반란과 전쟁의 어두운 역사적인 기억들을 무화시켜버린다. 이처럼 『서유기』는 오래된 허구 즉 중국은 위대한 문명국이며 야만의 사이(四夷)에게 둘러싸여 있고, 이역의 나라들은 줄곧 중화상방과

33 위의 책, 618쪽.

천조대국을 환대하고 섬겨왔다는 상상의 질서를 이야기하고 있다.

역사적으로 중화의 제국들은 이역의 침입으로부터 자신의 강역을 지키고 문화적인 우월감을 유지하기 위해서 기미위소, 토사, 책봉, 조공 정책과 같은 실제적인 장치들을 고안해냈을 뿐 아니라, 민중에게 상상의 질서를 끊임없이 실제적인 것으로 믿게 하는 다양한 방책을 시행해왔다. 특히 원과 청이라는 거대 제국 사이에서 존립했던 명은 강대한 외세로부터 스스로를 지키기 위해 중화상방, 천조대국의 상상의 국가를 강조할 필요가 있었고, 이렇게 만들어진 신화는 『서유기』와 같은 재미있는 이야기를 통하여 민간으로 퍼지고 널리 읽히게 되었다. 강하고 문명화된 제국이라는 명의 이미지는, 현실에서는 정교한 여러 정치적인 장치들에 의해서 구현되었지만, 이와는 별도로 가상의 제국에 대한 공동체적인 믿음과 이를 담은 스토리들에 의해서도 지속적으로 만들어지고 있었다.

3. 이역 서사의 의미

『서유기』는 『대당서역기(大唐西域記)』나 『대자은사삼장법사전(大慈恩寺三藏法師傳)』처럼 실제 역사적 사실을 다루고 있지 않으며 순전한 허구이다. 『서유기』에서 실제 사실을 꼽으라면 당삼장이 서천취경한 사건뿐이다. 물론 명대 독자들도 『서유기』가 허구적인 내용임을 이미 알고 있었을 것이다. 그러나 독자들은 실존했던 인물인 당삼장으로 인해 독서의 과정에서 허구와 실제의 경계가 모호해지고 양자가 혼동되는 경험을 하게 되며, 그 과정에서 『서유기』에 재현된 이역의 이미지도 자연스럽게 수용하게 된다. 텍스트를 통해 만들어진 가상의 이미지는 마치 실제인 것처럼 독자들에게 믿어지게 되고 다시 반복적으로 읽히고 학습되면서 집단적인 상상이 되었다.

고대 사회에서 집단적인 상상을 형성하는데 있어서 글쓰기와 인쇄매체는 중요한 역할을 해왔다. 우리는 비슷한 예로 고대의 신화를 언급할 수 있다. 오늘날 중국인들은 염제(炎黃)의 자손이라고 자칭하며 자신들의 뿌리를 중국 신화 속의 영웅신에게 연결시킨다. 이러한 믿음은 근거도 미약하고 매우 추상적인 것이지만 오랜 시간을 두고 다양한 물질적인 세계와 연관되면서 단단해졌고 집단적인 믿음 속에서 객관적인 실제처럼 인식되었다. 상상된 이역 이미지 역시 역사기록, 문학, 지리지, 지도 등과 같은 물질적인 매체들을 통해서 공동체 안에서 자연스럽게 유포되었고, 객관적인 사실로서 고정되었다.

명대 만력 12년(1584)에 마테오 리치가 중국 최초의 서양식 세계지도였던 〈곤여만국전도(坤與萬國全圖)〉를 제작했고, 서구의 과학적인 지도제작 기술과 천문학이 수입되면서 상상했던 것처럼 중국이 세계의 중심이 아니라는 것을 깨닫게 되지만, 명은 그 이후로도 오랜 시간을 '상상의 지리학'에서 좀처럼 빠져나오지 못했다. 이미 가상의 질서가 명대 사회의 모든 물질세계에 깊게 뿌리를 내리고 복잡하게 얽혀 있었기 때문이다. 『서유기』 텍스트 역시 명대에 그러한 역할을 수행했다. 『서유기』에 재현된 이역의 다양한 이미지들은 명제국의 이역에 대한 제국주의적인 욕망의 또 다른 표현이었다.

1) 현실비판과 풍자

『서유기』는 사실 서쪽으로의 여행기가 아니다. 당대의 『대당서역기』나 『대자은사삼장법사전』과 비교했을 때 실제 서역에 대한 내용은 거의 나오지 않기 때문이다. 『대당서역기』에는 삼장이 실제로 천축국으로 갈 때 경유한 나라들에 대한 기록들이 보이고, 『대자은사삼장법사전』에도 현장이 온갖 고난을 헤치고 사막을 건너가는 이야기가 나온다. 그러나 『서유기』에는 여기에 해당하는 서역에 대한 실제 기록들이 보이지 않는다. 『서유기』에 묘사된 이역의 자연환경과 생활풍습을 자세히 들여다보면 서역이 아니라 오히려 중원의 특징이 나타난다.[34] 그리고 『서유기』의 이역은 『서유기』가 저작된 명대의 상품경제와 도시문화를 많은 부분 반영하고 있다. 주지하다시피 명대는 도시를 중심으로 상업이 활발하게 이뤄지고 시민계층이 급속도로 성장하는 시기이다. 도시경제는 상인계층을 형성했고 자본을 축적한 부유한 상인들은 과거제도를 통해 사회적인 명성도 성취할 수 있었다. 바야흐로 전통적인 사농공상의 계층이 무너지고 사(士)가 오히려 빈곤해지고 부를 축적한 상인들은 유상(儒商)이 되어 시민문화를 선도해나갔다.

『서유기』는 이러한 명대의 시대적인 특징을 반영하고 있다. 특히 명대에는 남경(南京)과 북경(北京)을 중심으로 도시들이 발달했으며 온갖 점포들이 늘어서고 그 사이로 인파가 북적였다. 이러한 당시의 도시 분위기를 우리는 『서유기』에서 찾아볼 수 있다. 예를 들어 68회에서는 서방의 주자국(朱紫國)을 묘사하면서 "큰길마다 들어선 시장에는 물건들이 넘쳐나고 집집마다 장사가 한창이네(六街三市貨資多, 萬戶千家生意盛)"라고 쓰고 있다. 이러한 분위기는 당대에 삼장이 실제로 경유했던 이역의 이미지와는 상당히 다르며, 오히려 명대의 도시문화를 연상케 한다. 78회에서 비구국(比丘國)의 거리 풍경을 묘사한 시를 보자.

---

34 유용강, 앞의 책, 38쪽.

술집과 기생집은 이야기 소리로 왁자지껄
비단 상점 찻집은 간판을 높게 걸었네.
집집마다 장사가 잘 되어
여기저기 상점마다 없는 것이 없다네.
금 사고 비단 파는 사람들 개미처럼 바글바글
오직 돈 때문에 이익과 명예를 다투네.
백성은 예절 바르고 나라 안 풍경 아름답고
온 나라가 두루 평안하니 태평성대로세.[35]

『서유기』는 당나라를 배경으로 하고 있지만 위의 시는 상인계층을 중심으로 도시문화가 번성했던 명의 도시 풍경을 묘사한 것으로 보인다. 작자는 사람들로 넘쳐나고 가게들이 즐비하며 돈을 위해 이익과 명예를 다투는 사회를 태평성대라고 말한다.

또한 88회에서 삼장 일행은 천축국의 한 현인 옥화현(玉華縣)을 지나가게 되는데 그곳 역시 인가가 몰려 있고 물건을 사고파는 사람들로 북적인다. 번화한 도시 풍경을 보면서 삼장법사는 속으로 서역도 우리 당나라와 다를 게 없고 극락세계라고 여기고 기뻐한다.[36] 이러한 거리에 대한 감회는 속세의 이익과 욕망을 버리고 탈속(脫俗)을 지향하는 불교의 세계관과는 맞지 않는다. 그리고 오곡이 풍성한 농업 위주의 사회를 가장 이상적인 사회로 여겼던 명대 이전의 시각과도 다르다. 중국에서는 전통적으로 농업을 중시했고 '농업을 국가의 근본(農爲國本)'으로 여

---

35 『西游記』 第78回 : 酒樓歌館語聲喧, 採鋪茶房高掛簾, 萬戶千門生意好, 六街三市廣財源, 買金販錦人如蟻, 奪利爭名只爲錢. 禮貌莊嚴風景盛, 河淸海晏太平年.

36 『西游記』 第88回 : 又見那大街上酒樓歌館, 熱鬧繁華. 果然是神州都邑.……三藏心中暗喜道, 人言西域諸番, 更不曾到此. 細觀此景, 與我大唐何異. 所謂極樂世界, 誠此之謂也.

겼다. 상업과 농업은 공생 관계에 있었지만 상업에 대한 중국인의 기본 인식은 속임수 혹은 불로소득에 가까웠으므로 줄곧 억상(抑商), 천상(賤商)을 강조해왔다. 그러나 명 중엽부터 상품경제가 발달하고 상공업이 일어나면서 도시가 형성되었으며, 사농공상의 엄격한 신분 관념은 이전보다 훨씬 완화되었다. 명대에는 겉으로는 억상, 천상을 주장하면서도 이미 성장한 상인세력과 국가재정에 대한 상인들의 기여를 무시할 수가 없어 상인 보호 정책을 다양하게 실시했다.[37]

또한 『서유기』에서는 삼장 일행이 지나가는 이역에 대한 묘사로부터 마치 행상을 다니는 상인들의 시선을 느낄 수 있다. 예를 들어 84회의 멸법국(滅法國) 이야기에서 작자는 많은 지면을 할애하면서 여관의 외관과 내부를 자세하게 묘사했고, 여관 주인과의 대화를 통해 여관에 세 가지 등급이 있어 등급에 따라 접대가 달라지며, 잠자리를 봐주는 아가씨를 부를 경우 방값이 달라진다는 등의 매우 상세한 여관 정보를 독자들에게 소개하고 있다.[38] 이러한 내용은 『서유기』의 작자가 상인들이 묵는 객주에 대해 상세하게 알고 서민의 도시생활에 익숙한 사람임을 말해준다. 이렇게 『서유기』는 상인들의 삶과 도시경제를 작품 속에 자연스럽게 녹여내고 있으며, 이러한 서술은 이전의 『서유기』 고판본에서는 전혀 보이지 않는 부분이다. 그러므로 『서유기』에서는 당나라가 배경으로 등장하지만 실제로는 작품이 지어진 명대를 배경으로 하고 있음을 알 수 있다.

『서유기』의 이역 서사에는 명대에 바라본 이역에 대한 인식뿐 아니라 명대 사회에 대한 비판과 풍자가 교묘하게 섞여 있다. 이러한 사실

---

37 오금성 외, 『明淸시대 사회경제사』, 이산, 2007, 357~359쪽.

38 『西游記』 第84回.

은 『서유기』가 곳곳에서 당시 집권계층의 무능함과 사회 내부의 부패를 구체적으로 폭로하고 있기 때문이다. 특히 『서유기』에서는 이역의 왕과 신성들이 부정적으로 묘사되거나 희화화되어 있다. 예를 들어 『서유기』 26회에서 저팔계는 도교의 신성들인 수성(壽星), 복성(福星), 녹성(祿星)을 어리석고 무능한 존재로 조롱하고 있으며, 39회에서는 도교의 최고 신성인 노자를 소심하고 치졸한 구두쇠로 묘사했다. 42회에서는 불교의 관음보살을 펑퍼짐한 몸매에 성격이 불같고 의심도 많은 부정적인 이미지로 그렸다. 마찬가지로 44회에서는 도교의 원시천존(元始天尊), 영보도군(靈寶道君)을 무능하고 어리석어 손오공과 저팔계에서 욕을 먹는 한심한 존재로 표현했다.

『서유기』에 나오는 이국의 국왕들은 하나같이 정치에는 관심이 없고 도사들에게 현혹되어 불로장생을 추구하거나 기이한 방술(方術)을 일삼는다. 부패하고 무능한 통치자의 전형인 이들은 『서유기』에서 유일하게 성군(聖君)으로 이상화되어 있는 당태종(唐太宗)과 극단적인 대비를 이룬다.

『서유기』의 9회부터 11회까지는 삼장이 지하 세계를 방문하는 이야기가 나오는데 이때 등장하는 당태종의 이미지는 민심을 잘 다스리고 태평성대를 이룬 성군의 모습이다.

> 위대한 당나라 태종 황제께서 크나큰 은덕 베푸시니
> 요순보다 훌륭한 치도에 만백성이 풍요롭네.
> 사형수 사백 명이 모두 감옥을 떠났고
> 노처녀 삼천 명은 궁궐에서 풀려나왔네.
> 세상의 많은 벼슬아치들 주상의 장수를 칭송하고
> 조정의 여러 재상들 원룡을 축하했네.
> 오롯한 선심에 하늘이 응하여 도와주니

복된 음덕이 십칠 대 후손까지 전해지리라.[39]

『서유기』에서는 당태종만이 유일하게 훌륭한 성군으로 등장하고, 이외의 이역의 왕들은 모두 포악하고 잔인한 인물로 묘사되어 있다. 예를 들어 47회의 통천하(通天河)의 영감대왕(靈感大王)은 마을을 다스리는 신령한 존재인데 어린아이를 잡아먹는 것을 즐겨서 마을 사람들이 어린아이들을 희생으로 바치지 않으면 재앙을 내렸다.[40] 74회의 사타국(獅駝國)의 대왕도 나라의 대신들과 백성들을 모조리 잡아먹어 결국 나라엔 요괴밖에 남지 않게 되었다.[41] 78회의 비구국의 국왕은 요사스러운 도사의 꾐에 빠져서 불로장생의 방술을 추구하다가 급기야 어린아이의 심장으로 불사약을 만들어 먹는다.[42] 이런 예들에서 보듯이 『서유기』에서는 이역 국왕들의 횡포와 정치적인 무능함을 끊임없이 비판, 풍자하고 있으며, 이러한 비판과 풍자는 『서유기』가 저술되던 명말의 사회적인 상황을 반영한 것으로 볼 수 있다.

『서유기』가 소설로 저작되었을 무렵인 명 정덕제(正德帝) 무종(武宗) 시기(1505~1521)부터 만력제(萬曆帝) 신종(神宗) 시기(1563~1620)를 보면 명은 상당히 혼란한 시기였고 무엇보다 눈에 띄는 것은 국왕들의 실정이다. 예를 들면 10대 황제인 정덕제 무종은 왕위에 오른 뒤로 미녀들

39 『西游記』 第11回：大國唐王恩德洪, 道過堯舜萬民豐, 死囚四百皆離獄, 怨女三千放出宮. 天下多官稱上壽, 朝中衆宰賀元龍. 善心一念天應佑, 福蔭應傳十七宗.

40 『西游記』 第47回：這大王一年一次祭賽, 要一個童男, 一個童女, 猪羊犧牲供獻他. 他一頓吃了, 保我們風調雨順. 若不祭賽, 就來降禍生災.

41 『西游記』 第74回：那廂有座城, 喚做獅駝國. 他五百年前吃了這城國王及文武官僚, 滿城大小男女也盡被吃了幹淨. 因此上奪了他的江山. 如今盡是些妖怪.

42 『西游記』 第78回：國丈有海外祕方, 甚能延壽. 前者去十洲. 三島, 采將藥來, 俱已完備. 但只是藥引子利害. 單用着一千一百一十一個小兒的心肝, 煎湯服藥.

을 후궁으로 끌어들여 쾌락적인 생활을 즐기며 정사에는 태만했다. 게다가 환관을 총애하고, 라마교를 광적으로 신봉했으며 라마교 신전을 세우고 국비를 낭비했다. 다음으로 11대 임금인 가정제(嘉靖帝) 세종(世宗, 1521~1566)은 존호(尊號), 제사 등의 대례(大禮) 문제로 인해 조신(朝臣)들과 4년 동안 갈등을 빚었고 이 과정에서 정치가 방만해지면서 부패를 초래하게 되었다. 북쪽에서는 원의 알탄 칸이 이끄는 몽골 타타르족(Tatars, 韃靼)이 침공했고, 남쪽에서는 왜구가 강소(江蘇), 절강(浙江)의 해안지역에 출몰해 소위 '남왜북로(南倭北虜)'의 외환으로 시달렸다. 이러한 상황 속에서 세종은 도교를 신봉해 내각대학사(內閣大學士)인 엄숭(嚴嵩, 1480~1567)에게 정무를 맡겨버려 국정을 혼란에 빠뜨렸다.

제12대 황제인 융경제(隆慶帝) 목종(穆宗, 1567~1572)은 장거정(張居正, 1525~1582) 등을 재상으로 중용해 황실의 도교 행사를 대폭 줄이고 도사들을 축출했으며, 국가의 재정 확보를 위해 해외무역의 문호를 개방했다. 또한 왜구, 타타르와도 통상을 허용하는 등 성공적인 유화정책을 써서 대외적으로 안정적인 국정을 이끌었다. 이처럼 목종은 재위 기간 동안 대내외적으로 기존의 정치적인 난국을 극복하고 일시적인 안정을 회복했지만, 말년에는 대학사(大學士)에게 정사를 맡기고 향락에 빠져 결국 재위한 지 6년 만인 1572년에 36세의 나이로 요절했다.[43]

『서유기』 100회본이 출간된 13대 황제 만력제 신종 시기에는 이른바 '만력중흥(萬曆中興)'으로 불리는 중흥기를 일시적으로 회복한다. 만력제는 즉위 초기에 선왕의 뜻을 이어 장거정을 중용해 고성법(考成法), 일조편법(一條鞭法) 등을 실시해 내정을 개혁했고, 몽골 타타르족과 화

---

43 『두산백과』「정덕제」 http://terms.naver.com/entry.nhn?docId=1140335&cid=40942&categoryId=33397

평책을 지속적으로 추진했으며, 척계광(戚繼光, 1528~1587)과 이성량(李成梁, 1526~1615) 등을 중용해 왜구와 몽골, 여진(女眞)의 위협에 대하여 국방 체계를 정비하였다. 만력 시기에 명은 외환을 극복하고 국가재정을 확충하며 상공업의 발달을 성공적으로 추진해 명의 최전성기를 가져왔다. 그러나 장거정 사후에 만력제가 정무에 태만해지면서 명은 심각한 정치적인 혼란에 봉착하게 되었고, 명의 대표적인 악정으로 언급되는 광세사(鑛稅使)를 파견해 백성들의 반감을 샀다. 그러나 만력제는 재위 기간에 광세사 파견을 계속했고 그렇게 축적된 재물을 황제 개인의 사치에 낭비했다. 그래서 1618년 누르하치(努爾哈赤, 1559~1626)가 이끄는 후금(後金)의 군대가 무순(撫順)을 점령하자 대신들이 요동(遼東) 지역을 방어하기 위해 군비 지원을 요청했지만 만력제는 이마저도 거절했다. 결국 만력 10년(1582)에는 항주민변(杭州民變), 만력 29년(1601)과 천계 6년(1626)에는 소주민변(蘇州民變)이 잇달아 일어났고,[44] 혼란한 틈을 타서 북방에서 강성해진 후금 세력이 명을 위협하는 지경에 이르게 되었다. 명은 웅정필(熊廷弼, 1569~1625)을 파견해 요동(遼東)의 정세를 안정시키기 위해 노력했지만 결국 계속되는 농민반란과 후금의 침략으로 1644년에 멸망하였다.

이상 살펴본 바와 같이 『서유기』가 출간될 즈음인 정덕 연간부터 만력 연간까지 왜구와 몽골, 금의 외환이 끊이지 않았고 국왕들은 대부분 이단적인 종교에 빠져 국정에 태만했으며 개인적인 향락에 심취해 국정은 극도로 불안한 상태에 놓여 있었다. 『서유기』의 작자는 신랄한 비판과 풍자의 칼끝을 명대 현실을 향해 겨누면서도 시간적 배경을 당으로 설정하고 환상적인 이역의 공간을 십분 활용함으로써 위험의 수위

---

44 오금성 외, 앞의 책, 335쪽.

를 교묘하게 비켜나가고 있다. 『서유기』에서 묘사한 이역 국왕들의 폭정과 이교도적인 신앙 그리고 백성들의 원성은 바로 이러한 명의 실제적인 상황을 반영한 것으로 볼 수 있다. 물론 저자의 현실 비판의 의지는 『서유기』 텍스트를 통해 당시 집권계층의 폭정에 괴로워하던 많은 독자들에게 깊은 공감대를 형성했고 그들의 억눌렸던 분노를 해소하는 창구 역할을 했을 것이다.

2) 화이(華夷) 관념의 부활

원대까지만 해도 소위 '중국 의식'은 희박했다. 그러나 명대에 들어와 중원 지역에서 몽골과 투루판을 몰아내고 다시 강력한 한족 중심의 제국을 설립하고자 하는 강렬한 욕구가 일어났다.[45] 앞에서도 언급했듯이 명은 비록 원을 멸하고 일어났지만 거대 제국 원의 규모와는 비교할 수 없을 정도로 강역도 줄어들었고 국세도 약했다. 원(1271~1368)에게 약 백 년간 중원을 빼앗겼던 명에게 소위 '중국'은 더 이상 세계의 중심이 아니었다. 강력한 원을 경험하면서 그들은 스스로가 세계의 중심도 아니고 강력한 중화도 아님을 자각했다.

또한 몽골과 투루판이 과거 서역의 공간을 차지하게 되면서 송대까지 지속되었던 신비로운 천축국으로서의 서역 이미지는 차츰 희미해졌고, 명에 이르러 서역은 명을 끊임없이 침략하고 위협하는 대상으로 변화되었다. 『명사(明史)』「서역전(西域傳)」에 보면 "처음 태조는 서번은 땅

45 중국의 민족주의의 뿌리는 남송시대에 있으며 여진족과 몽골족과 접촉하는 과정에서 크게 성장했다. 볼프람 에버하르트, 『중국의 역사』, 최효선 역, 문예출판사, 1997, 328~329쪽.

이 넓고 사람은 모질고 독살스럽다고 하여, 그 세력을 나누고 그 힘을 줄여서 변방의 걱정거리가 되지 않도록 오는 자에게 모두 관직을 주었다"[46]라고 되어 있어, 서역에 대한 명의 부정적인 인식을 엿볼 수 있다. 그리고 명은 국초부터 서쪽의 몽골과 투루판뿐 아니라 남쪽의 왜구들도 진압해야 했으며 명 중기 이후로는 후금의 만주족의 침입에도 시달렸다.

명이 이러한 대내외적으로 산적한 문제들을 해결하기 위해 강구한 방법들은 다양하겠지만 그중에서도 명은 텍스트와 미디어의 대중적인 힘을 활용한다. 중국의 모든 문학 장르들이 사회 현실과 밀접하게 관련되어 있지만 특히 소설의 장르는 통속문학으로서 민중의 삶과 사회의 현실을 가장 잘 반영해냈다. 주목할 만한 점은 『서유기』가 쓰여졌던 무렵인 가정, 만력 연간에 오면 인쇄물의 수량이 폭발적으로 증가했다는 것이다. 양승신(楊繩信)이 편찬한 『중국판각종록(中國板刻綜錄)』을 기준으로 했을 때 송부터 명말까지 간행된 책의 수량은 3,098점인데, 이 중 가정에서 숭정(崇禎)에 이르는 백 년 동안 그 65퍼센트인 2,019점이 간행되었다.[47] 이렇게 인쇄출판 문화가 성행하고 문학을 담당할 생원(生員), 감생(監生), 거인(擧人) 등의 학위층뿐 아니라 상인층이 대두하면서[48] 소

---

46 김한규, 앞의 책, 274쪽.

47 大木康, 「明末 江南における出版文化の研究」, 『廣島大學文學部紀要』 第50號, 1991, p.15(나선희, 「『西遊記』 출판의 사회문화적 배경」, 『중국어문학』 제34집, 1999, 3쪽에서 재인용).

48 학위층이란 지식을 매개로 해서 학교제와 과거제를 통해 출현한 학위 소지자층을 말한다. 이들은 관직자층과는 비교도 안 될 만큼 다수를 점하고 있었으며 명대 후반부로 갈수록 집단화되어 실력을 행사하게 된다. 이들은 과거합격과 여가를 위해서 서적을 필요로 했으며 이들의 수요로 인해 서적의 판로가 확대되었다. 명대 후기에 들어설수록 관직에 비해 엄청나게 증가한 학위층의 숫자로 인해 잉여 지식층

설은 당시에 가장 영향력 있는 매체가 되었다. 또한 인쇄술은 더욱 발전하여 삽도(揷圖), 채색인쇄 등의 기술이 널리 퍼졌고, 삽도본(揷圖本), 출상본(出像本) 소설이 나오게 되었으며 『서유기』도 예외는 아니었다.

이 시기에 북경, 남경과 건양(建陽)은 출판인쇄업의 중심지였다. 북경, 남경에는 관판서방(官辦書坊)과 사인서방(私人書坊)이 있었고 건양은 사인서방의 중심지였다. 서방의 주인들은 소설 작자와 긴밀하게 연락을 주고받았으며, 소설의 창작에도 직접 참여했다. 이러한 시장화된 경영 형태는 『서유기』 같은 통속소설의 전파를 촉진하는 요인이 되었다.[49] 그리고 『서유기』에 묘사된 이역과 요괴들의 이미지도 당시 소설의 대량생산을 통해 급속하게 전파될 수 있었고, 이는 중국이라는 공동체 의식을 재소환하고 전통적인 화이관(華夷觀)을 환기하는 데 일조하였다.

고대 그리스인들이 페르시아인을 미개인의 모형으로 삼아 관객들 앞에서 비극 혹은 희극 작품들을 통해 지속적으로 교육하고 전파했듯이, 가상의 미개인에 대한 공동체적인 신화를 형성하는 데 있어서 가장 효과적인 방법은 바로 문학이었다.[50] 문학이라는 미디어를 통해 제국은 피와 전쟁을 불러일으키는 잔인한 정복의 방식이 아니라 감성적이고 자연

들은 식자층의 요구에 부합되는 방향에서 창작을 했다. 말하자면 이들 계층은 서적의 독자이자 작자였다. 또한 16세기 자본주의 경제의 맹아기에 있던 중국에서 부상하고 있었던 상인층은 주요 사회 구성층으로 성장 중이었고 일부 식자층이 儒를 버리고 商을 좇는 상황과 맞물리면서 마찬가지로 명의 중요한 문학 담당층이 되었다. 나선희, 위의 논문, 16~32쪽.

49 王大元, 「明淸時期西游記的傳播」, 揚州大學碩士論文, 2010.5, p.11.

50 그리스인들은 5세기 전반에 페르시아인들을 보고 미개인에 대한 개념을 고안해냈다. 이들은 미개인이 잔인하고 위험하며 일부다처이고 근친상간을 한다고 생각했다. 그리고 이런 성격을 지닌 미개인들을 해마다 아이스킬로스나 소포클레스 같은 지배계층의 극작가들의 비극이나 희극 작품에서 묘사했다. 토머스 패터슨, 『서양 문명이 날조한 야만인』, 최준석 역, 용의숲, 2012, 120~121쪽.

스러운 반정복적인 방식으로 이데올로기를 전파할 수 있었다.

또한 텍스트적인 측면에서 소설 『서유기』가 중국 의식을 고양하기 위한 정치적인 이데올로기를 수행했다고 볼 수 있는 까닭은, 불교의 전통적인 '사대주설(四大洲說)'을 중화주의와 교묘하게 결합하고 있어서이다. 불교의 '사대주설'이란 고대 인도의 세계관을 이르며 수미산(須彌山)을 둘러싼 바다 한가운데에 있는 네 개의 대륙을 말한다. 불교의 우주관에서는 허공에 원반 형태의 풍륜(風輪)이 떠 있고, 그 위에 또 원반 형태인데 크기가 작은 수륜(水輪), 또 그 위에 직경은 같지만 두께가 얇은 수륜과 같은 원반형의 금륜(金輪)이 겹쳐 있다고 생각했다. 금륜의 표면에는 아홉 개의 산과 네 개의 대륙, 그리고 그 사이에는 바다가 있다. 즉 금륜 표면의 중앙부에 수미산이 있으며, 수미산 주위를 일곱 겹의 산맥이 바다를 사이에 두고 둘러싸고 있다. 그 이름은 지쌍(持雙), 지축(持軸), 첨목(檐木), 선견(善見), 마이(馬耳), 상이(象耳), 니민달라(尼民達羅)이며, 가장 바깥쪽 니민달라산의 밖으로 네 개의 대륙이 있다. 그 대륙의 이름은 동쪽으로는 승신주(勝身洲), 남쪽으로는 섬부주(贍部洲), 서쪽으로는 우화주(牛貨洲), 북쪽으로는 구로주(瞿盧洲)이다. 이중 인간이 사는 세계는 섬부주로, 염부제(閻浮提)로도 불린다. 섬부주의 모양은 삼각형에 가까운 마름모꼴이며, 인도대륙을 지칭한다.[51]

---

51 불교가 천축으로부터 왔고 인도에서 유래했으니 인도는 당연히 불교의 지리관에서 중심이 된다. 이러한 지리관념 때문에 불교와 중국의 지리에 대한 인식은 일찍부터 충돌을 일으켰다. 南北朝 시대에 일어난 儒佛道 논쟁에서 불교측은 세계에 관해 수많은 묘사를 하면서 천하의 중심이 인도에 있음을 증명해 보이려 했다. 그러나 이후 불교가 중국화되고 三敎合一로 나아갔으며, 심지어는 중국의 주류 의식형태와 유가 학설에 굴복했을지라도 그것은 중국 문명이 천하에서 유일한 것이라는 관념에 전대미문의 충격을 가했다. 거자오광, 『이 중국에 거하라 : 중국은 무엇인가에 대한 새로운 탐구』, 129~130쪽.

그런데 고대 인도의 불교적인 세계관 속에서 인도를 지칭했던 섬부주가 『서유기』에서는 당나라를 가리키는 것으로 나온다. 29회에서 보상국에 도착한 당삼장은 통행증명서를 받기 위해 국왕을 알현하는데 국왕은 대국인 당나라에서 온 높은 성승이라는 말을 듣고 몹시 기뻐하고, 당삼장은 장안을 출발할 때 당태종에게서 받은 칙지를 보상국 국왕에게 보여준다. 삼장법사는 두 손으로 칙지를 받들어 국왕의 탁자 위에 펼쳐놓는데 그것은 "남섬부주의 위대한 당나라의 천운을 받들어 이은 천자가 쓰노라"[52]라는 문장으로 시작된다. 칙지에서 남섬부주란 당을 가리키는 것으로, 『서유기』가 불교적인 세계관을 이용하여 중화중심주의에 기반한 새로운 가상의 지리관념을 만들어내고 있음을 보여준다.

역사 시기 이후로 중국에서 제작된 지도와 지리지, 박물지류에 나타난 전통적인 지리 관념을 보면 중원중심주의와 화이 관념이 공통적으로 나타난다. 즉 중국은 항상 중심에 위치하고 문명의 발생지이자 가장 문화적인 공간이며, 중국의 사방은 비문명화된 이역의 공간으로, 거칠고 위험하다는 것이다.

이러한 지리 관념이 중국의 오랜 역사 동안 지속되어왔다면 유일하게 이와 상충되는 이견을 제시한 것이 인도에서 유래된 불교의 지리 관념이었다. 특히 불교신앙이 깊었던 당대에는 당시 최고의 엘리트 계층인 승려들을 중심으로 불교의 지리관념이 퍼졌고 깊은 영향을 미쳤다.[53]

---

52 『西游記』 第29回 : 南贍部洲大唐國奉天承運唐天子牒行.

53 불교에서 그려낸 세계상과 송대의 불교저작인 『佛祖統紀』에 실린 세 폭의 지도는 중국인들이 기존에 문명적으로 자신들이 중심의 위치에 있다고 생각한 오만함을 재고하게 만들었다. 이런 역할을 했던 것은 천주교 이전에는 불교와 인도문명이 유일했다. 거자오광, 『중국사상사2 : 7세기에서 19세기까지 중국의 지식과 사상, 그리고 신앙세계』, 611쪽.

그러나 이러한 변화는 일부의 승려들과 불교신도들에 국한되었으며 불교가 점차 중국화되면서 인도를 지칭하는 남섬부주는 중국을 가리키는 것으로 변질되었다. 중국인들은 중국 중심의 지리 관념이 과학적이지 않고 실제의 지리 관념에 배치된다는 사실을 자각한 순간에도 결코 오랜 시간 지속되어온 '상상의 제국'을 포기하지 않았다. 『서유기』에서 불교의 지리 관념이 중화주의와 교묘하게 결합되어 있는 현상은 이러한 오랜 중화주의적 사고의 맥락 속에서 이해해야 할 것이다.

4. 나가는 말

이 글에서는 명대 소설 『서유기』에 나타난 이역에 대한 묘사들을 분석해 그 특징을 알아보고 텍스트로서 이역 서사가 수행하고 있는 의미와 기능에 대해 살펴보았다. 우선 『서유기』에 나타난 이역의 이미지를 분석한 결과, 『서유기』에서 이역은 식인과 색욕의 야만적인 습속을 지닌 공간이자, 동물과 벌레들이 거주하는 곳이었으며, 문명의 중화와는 차별적인 황복(荒服)의 땅이었다. 『서유기』에 나타나는 이역에 대한 왜곡된 이미지는 고대로부터 계승되어온 전통적인 화이관의 연속선상에 있었다.

다음으로 『서유기』의 이역 서사가 이역에 대한 묘사를 통해 당시에 어떤 기능을 수행했는지를 주목하였다. 사실 『서유기』에는 실제적인 이역에 대한 기록은 거의 보이지 않고, '이역'의 공간을 텍스트 안에 재구성함으로써 두 가지 목적을 수행하고 있었다.

첫째, 야만의 공간인 이역을 통해 당시 명나라 사회의 폐해와 집권층의 부패를 비판하고 그 아래에서 신음하는 민중들의 처절한 삶을 폭로

하고자 했다. 『서유기』에서는 이역의 국왕과 신성, 요괴들을 대부분 우매하고 사악한 존재로 그리고 비판한다. 둘째, 이역에 대한 서사를 통해 건국 초부터 흔들렸던 국가의 기강을 바로잡고 몽골, 투루판, 왜구, 여진의 외세의 침략으로부터 스스로를 지켜낼 화이관을 회복하고자 했다. 비록 소설에서는 당을 중화상방과 천조대국으로서의 칭송하고 있지만 실제로 이것은 『서유기』가 저작되었던 명나라를 가리킨다.

『서유기』에서 중화를 상징하는 삼장의 무리들은 이역을 다니면서 요괴로부터 주민들을 구출하고 야만의 습속에 물들어 있는 이역을 중화의 문명으로 계도하는 진정한 영웅으로 묘사되어 있다. 『서유기』는 일견 가볍고 재미있는 소설로 보이지만, 사실 그 이면의 내용은 현실에 대한 엄중한 비판부터 중화주의의 정치적인 욕망에 이르기까지 여러 겹의 의미층을 갖는다. 7세기에 유행했던 당현장의 서유기 고사가 천년을 유행하다가 다시 17세기에 소설 『서유기』로 만들어져 지금까지 동아시아인들의 상상력의 원천이 될 수 있었던 것은 바로 이와 같은 『서유기』의 다층적인 의미들과 상상력 때문일 것이다.

제2부

『서유기』의 문화콘텐츠로의 변용

잡상(국립고궁박물관 소장)

1장
문화원형으로서 『서유기』의 특징

1. 들어가는 말

『서유기』는 중국의 명대(明代)에 쓰여진 소설이지만, 오늘날 중국뿐 아니라 동아시아 나아가 서구에서도 중요한 콘텐츠로서 활용되고 있다. 특히 중국과 일본의 대중문화에서 『서유기』에 대한 현대적인 각색은 1960년대 이후로 지속적으로 이루어져왔고, 최근에 와서는 『서유기』의 본산지인 중국에서도 TV드라마와 영화 등으로 활발하게 각색되고 있다. 급속한 경제성장을 거듭하고 있는 중국은 최근 문화산업에도 막대한 투자를 하면서 기존의 작품들과는 차별적인, 작품성과 영상기술에 있어서도 뛰어난 『서유기』와 관련한 문화콘텐츠를 만들어내고 있다.[1]

---

1 2015년 7월 중국에서 개봉된 애니메이션 〈西游記之大聖歸來〉는 소설 『서유기』를 새롭게 각색하여 大鬧天宮으로 封印된 손오공이 어린 玄奘의 도움으로 봉인이 풀리고 현장과 함께 여행을 하면서 초심을 찾고 자아를 찾아간다는 이야기이다. 손오공과 어린 현장의 우정과 모험이 감동적이며, 3D 기법으로 촬영된 영상미는 이

중국의 문화수준은 급속도로 높아지고 있고, 문화콘텐츠 산업도 거대한 자본을 바탕으로 눈부신 발전의 가도에 있다. 중국과 이웃한 우리로서는 이러한 중국의 문화적인 도약이 반가우면서도 내심 긴장이 되는 것이 사실이다. 국내뿐 아니라 중국과 일본으로 시야를 넓혀 그들의 취향을 저격할 흥미로운 콘텐츠를 개발해야 하는 것이 무엇보다 절실한 것은 이 때문이다.

이러한 맥락에서 국내외에서 『서유기』의 문화원형적 가치를 인식하고 문화콘텐츠와 관련하여 연구한 성과들이 증가하고 있는 것은 바람직한 현상이다.[2] 향후 중국과 지정학적으로나 문화, 경제적으로 더욱

전의 『서유기』 관련 작품들보다 훨씬 뛰어나다. 이 작품은 방영되고 나서 중국의 영화상을 7개나 휩쓸었고 중국 영화사상 흥행 제7위의 성적을 거두었다.

2 중국에서 발표된 연구 성과 중 대표적인 것으로는 졸고, 「韓國大衆文化中的西游記」, 『明清小說硏究』, 2008; 邵楊, 「西游記的視覺傳播硏究」, 浙江大學 碩士論文, 2009; 劉雪梅, 「論20世紀西游記影視劇改編及價値實現」, 山東大學 碩士論文, 2009; 張慶東, 「西游記影視文本民族審美心理硏究」, 西北大學 碩士論文, 2010, 拙稿, 「日本大衆文化中三藏的女性化」, 『明清小說硏究』, 2010; 졸고, 「西游記與東亞大衆文化」, 復旦大 博士論文, 2010; 졸저, 「西游記與東亞大衆文化－以中國, 韓國, 日本爲中心」, 鳳凰出版社, 2011; 陳延榮, 「西游記影視改編硏究」, 華東師範大學 碩士論文, 2012; 龍亞莉, 「西游記文化産業硏究」, 湖北民族學院 碩士論文, 2014; 張充, 「泰國大衆文化下的西游記」, 天津師範大學 博士論文, 2014 등을 언급할 수 있다. 최근 들어 국내의 연구 성과도 증가하는 추세이며 송진영, 「서유기현상으로 본 중국환상서사의 힘」, 『중국어문학지』, 2010; 졸고, 「韓中日 대중문화에 나타난 沙悟淨 이미지의 특징」, 『중국어문학지』, 2010; 정민경, 「디지털 시대 서유기의 교육적 변용 : 마법천자문을 중심으로」, 『디지털콘텐츠와 문화정책』, 2011; 최수웅, 「손오공 이야기가치와 문화콘텐츠적 활용양상연구」, 『인문콘텐츠』, 2011; 졸고, 「韓中日 대중문화에 수용된 삼장이미지에 대한 연구」, 『중국어문논총』, 2013; 안창현, 「문화콘텐츠 원천소스로서 서유기의 구조분석과 활용전략연구」, 한양대학교 박사학위논문; 2013, 양념, 「애니메이션에 나타난 손오공 캐릭터 특성연구 : 날아라 슈퍼보드, 대뇨천궁, 최유기를 중심으로」, 경기대학교 대학원 석사학위논문, 2015; 송원찬, 「서유기를 통해본 문화원형의 계승과 변용」, 『중국문화연구』, 2015 등을 꼽을 수 있다.

긴밀한 관계 속에서 국익을 도모해야 하는 우리의 입장에서는 특히 13억 중국인의 문화적인 전통과 성향을 연구해야 할 필요가 있다. 이 글은 이러한 필요성에서 구상되었으며, 오늘날 문화콘텐츠에서도 활발하게 변용되고 있는 『서유기』를 대상으로 하여 그 문화원형으로서의 특징을 살펴보고자 한다.

2. 문화원형으로서 『서유기』

1) 신화적인 상상의 세계

『서유기』가 오랜 세월 동안 중국뿐 아니라 전 세계인의 사랑을 꾸준히 받을 수 있었던 것은 무엇보다 『서유기』가 시공을 초월하는 신화적인 상상의 세계를 작품 속에서 성공적으로 구현하고 있어서이다. 『서유기』에서 등장인물들은 천상과 지상, 지하의 공간을 자유자재로 다니면서 현재와 과거, 미래의 시간을 거침없이 넘나든다. 『서유기』는 제1회에서 앞으로 이 책이 보여줄 무한한 신화적인 상상의 세계를 시를 통해 이야기하고 있다.

> 혼돈이 아직 나뉘지 않았을 때, 하늘과 땅이 어지러웠고
> 아득하기 그지없어 보이는 사람도 없었다네.
> 반고씨(盤古氏)가 그 큰 혼돈을 깨트려버린 뒤
> 개벽이 시작되어 맑음과 탁함이 구별되었네.
> 온갖 생명체를 안아 길러 지극한 어짊을 우러르게 하고
> 만물을 밝게 피어나게 하여 모두 선함을 이루게 하였네.
> 조물주가 안배한 회(會)와 원(元)의 공적을 알려거든

모름지기 『서유석액전(西游釋厄傳)』을 봐야 한다네.[3]

『서유기』에 따르면 원(元)은 12만 9천 6백 년을 말하고 하늘과 천지의 운수를 가리킨다. 하나의 원은 12개의 회(會)로 나뉘는데 자(子), 축(丑), 인(寅), 묘(卯), 진(辰), 사(巳), 오(午), 미(未), 신(申), 유(酉), 술(戌), 해(亥)의 12간지(干支)가 그것이다. 1회는 1만 8백 년의 시간에 해당한다. 즉 위의 시는 『서유기』의 내용이 중국 신화에 나오는 우주 창조의 신 반고(盤古)가 혼돈을 깨고 천지를 창조한 그때부터 시작됨을 말하고 있다.

『서유기』는 공간 구도에서부터 현실과 비현실의 경계가 모호한 환상적인 경지를 보여준다. 『서유기』의 공간은 천상, 지상, 지하의 세계로 삼분되어 있고 등장인물들은 일정한 공간에 거주하면서 필요에 따라서는 다른 공간으로 이동하기도 한다. 예를 들어 위징(魏徵)과 당태종(唐太宗)은 원래 인간세계에 거주하는 인물이지만 명부(冥府)를 왕래한다. 『서유기』 제9회부터 10회의 내용에서 위징은 꿈속에서 명부의 용을 처형하고, 당태종은 죽어서 명부에 갔다가 생사부(生死簿)를 관장하는 최옥(崔珏)에게 위징의 편지를 보여주고 환생하여 인간세계에서 20여 년을 더 산다. 이처럼 『서유기』에서 지상과 지하의 공간은 보통 '꿈'이라는 무의식의 세계를 매개로 하여 왕래가 가능한 걸로 나온다. 정신분석학자인 칼 구스타프 융(Carl Gustav Jung)에 의하면 꿈은 오랜 시간 동안 각 민족의 집단무의식으로 잠재되어온 무의식이고 신화적인 원형(archetype)으로써 표현된다. 그러므로 『서유기』에서 꿈을 통해 지하세계인 명부로

---

3 『西游記』 제1회 : 混沌未分天地亂, 茫茫渺渺無人見. 自從盤古破鴻濛, 開闢從玆淸濁辨. 覆載群生仰至仁, 發明萬物皆成善. 欲知造化會元功, 須看西游釋厄傳(오승은, 『西游記』, 서울대학교 서유기 번역연구회 역, 솔, 2008, 29쪽).

간다는 것은 바로 신화적인 상상이 문학적으로 표현된 것으로 볼 수 있다.

『서유기』에서 지하 세계는 용왕의 용궁이 있는 물의 세계이며, 지상처럼 구성되어 있다. 지상의 세계에는 요괴들이 도처에 도사리고 있다가 삼장법사의 취경길을 방해하고, 신선(神仙)과 법사(法師)들은 선경(仙境) 혹은 도관(道觀)과 사원(寺院)에 살면서 삼장 일행과 충돌하여 사건을 일으킨다. 천상의 세계에서는 최고신인 옥황상제(玉皇上帝)를 중심으로 원시천존(元始天尊), 관음보살, 석가모니, 서왕모(西王母) 등의 불교와 도교의 신들이 각자의 영역을 지키고 있다. 그리고 각각의 신들과 요마(妖魔)들, 인간들은 필요에 따라 다른 공간으로 이동하기도 하는데, 지하의 세계로 갈 때는 주로 꿈을 통해 이동하고, 천상으로는 특별한 사건이 있거나 동기가 있을 때에만 이동한다. 지상의 요마들은 천상과 지하로는 거의 이동할 수 없는데 이들은 꿈을 꾸지 않으며, 천상을 방문할 수 있는 자격도 충분하지 않아서이다. 이처럼 천상, 지상, 지하의 세계가 펼쳐지고, 수많은 신과 요마, 인간들이 공간을 이동하는 『서유기』의 이야기는 바로 신화적인 상상의 세계를 보여준다.

또한 『서유기』는 삼장법사 일행이 요마와의 81난(難)의 역경을 물리치고 성공적으로 천축국(天竺國)에 도착하여 신의 지위를 얻는다는 점에서 신화 속 영웅의 '개성화(individuation)'의 과정을 보여준다. 조지프 캠벨(Joseph Campbell)에 따르면 영웅신화는 출발→입문→귀환의 정형화된 도식을 따르고, 융은 정신분석학적 입장에서 이러한 도식을 한 개인이 자신의 정체성을 확립해가는 개성화의 과정으로 분석하였다. 『서유기』에서 삼장 일행은 모두 유한한 생명과 부족한 인격을 지닌 존재에서 출발하지만, 천축국으로 가는 여행에서 요마들과 끊임없이 싸우고 자신의 욕망과의 내적 갈등을 극복해내면서, 결국에는 자아를 완성하고 영생을 얻게 된다. 100회에 걸친 삼장 일행의 여행은 공식적으로는 불교 경전을 얻기 위한 것이지만 실은 진정한 자아를 찾아가는 신화 속 영웅들의 개성화의 과정인 것이다.

『서유기』의 신화적인 상상은 등장하는 캐릭터들에서도 나타난다. 『서유기』는 동물과 인간 혹은 여러 존재들이 섞인 하이브리드적인 캐릭터들로 충만하다. 손오공은 원숭이의 머리에 사람의 몸을 했고, 저팔계는 돼지의 머리에 사람의 몸을 했으며, 사막의 요괴인 사오정은 다양한 존재들이 섞인 혼종적인 이미지이다. 용왕의 아들인 용마(龍馬) 역시 『서유기』의 주요 등장인물인데 말의 모습으로 등장한다. 『서유기』에 나오는 다수의 요마들도 동물적인 속성을 지녔고 반인반수의 이미지를 지녔으며 수시로 사람으로 변신한다. 이러한 『서유기』의 혼종적인 캐릭터와 자유로운 변신은 중국 신화에서부터 그 원형을 찾아볼 수 있다. 창조의 여신인 여와(女媧)는 사람의 상반신에 뱀의 하체를 했고, 염제(炎帝)는 소의 머리에 사람의 몸을 했으며, 곤(鯤)은 누런 곰으로 변신하고, 염제의 딸인 여와(女娃)는 정위(精衛)새로 변신한다. 이처럼 『서유기』에서는 고대 중국의 신화적인 상상의 세계가 문학적으로 수용되면서 광활한 공간 구조와 세계에 대한 새로운 시각을 펼쳐내고 있다.

『서유기』의 신화적인 상상력은 신체에 대한 묘사에서도 찾아볼 수 있다. 『서유기』에서는 삼장법사 일행이 요마들과 계속해서 싸우는데, 이들의 다툼 속에서 몸은 온전한 형태로만 등장하는 것이 아니라 잘라졌다가 다시 붙기도 하고 내장이 튀어나와도 아물어 재생하는 등의 살아있는 생명체처럼 묘사된다. 생명에 대한 인식도 상당히 자유롭다. 현실의 인간에게 죽음이란 곧 생명의 종결이지만 『서유기』에서 죽음은 곧 새로운 삶의 시작이고, 현실에서 열심히 수련을 하고 선을 쌓으면 영원한 생명에 이를 수도 있다. 즉 『서유기』에서 죽음과 삶은 단절되지 않고 연결되는데 이러한 순환론적인 사고는 바로 중국의 신화와 도교의 기본적인 생명의식이다.

이상으로 살펴본 『서유기』의 순환론적이고 물아일체적인 세계관은 중국인의 내면에 오랜 시간 동안 잠재되어온 신화적인 상상과 연결되어 있고, 이로 인해 『서유기』는 지금까지도 중국인들이 가장 사랑하는 작품으로서 그들의 문화 속에서 강한 생명력을 보존하고 있는 것이다.

2) 질서에 대한 전복과 반항정신

『서유기』가 하나의 문화원형으로서 문화콘텐츠로 끊임없이 변용되고 있는 이유들 중 하나는 기성 사회의 억압적인 질서를 전복하고 현실을 비판하는 강렬한 반항정신을 내포하고 있어서이다. 『서유기』에는 일반 민중, 요마를 포함한 비천한 계급과 이들과 대비되는 신, 신선, 부처, 도사, 왕, 제후의 존귀한 존재라는 두 개의 극단적인 부류가 등장한다. 『서유기』는 겉으로는 삼장법사 일행의 모험 이야기로 보이지만 사실 그 내면의 이야기를 자세히 읽어보면 단순한 모험이 아니라 기존의 계급 질서를 파괴하고 신성한 존재들의 가식과 허위를 비판하는 이야기들이 많다.

『서유기』 안에서 이러한 비판과 풍자의 역할을 담당하는 것은 손오공이다. 그는 불같은 성격에 반항적이고 말썽도 많이 부리지만 독자들은 손오공이 거침없이 폭로하는 현실의 부조리를 보면서 통쾌함을 느낀다. 대표적인 예가 『서유기』 제5회에서 7회까지 나오는 하늘나라에서 손오공이 한바탕 소동을 벌이는 '대료천궁(大鬧天宮)' 이야기이다. '대료천궁'의 이야기는 손오공이 하늘의 요지(瑤池)에서 열리는 서왕모(西王母)의 반도연회(蟠桃宴會)에서 난동을 부린다는 내용이다. 여신 서왕모는 천상에서 칠선녀를 부리며 3천 년, 6천 년, 9천 년마다 한 번씩 복숭아가 열리는 복숭아나무를 정성스럽게 키우고 있었다. 그러던 어느 날 서왕모는 몇만 년 만에 열린 반도 복숭아를 대접하고자 신선들과 귀인들을 초대해 연회를 여는데, 손오공은 이 성스럽고 권위 있는 축제에 초대받지 못하고 소외당한다. 자존심이 상한 손오공은 분노하여 반도 연회에 가서 복숭아를 훔쳐 먹고 태상노군(太上老君)이 제조한 금단(金丹)도 몰래 먹어치운다. 결국 도망가던 손오공은 석가여래의 손바닥 안에 갇혀 벌을 받게 되고, 서왕모와 옥황상제는 안천대회(安天大會)를 다시 열고 귀인들을 초대해 천상의 소동을 원만하게 해결한다.

사실 『서유기』의 '대료천궁' 이야기에는 반도연회와 관련하여 매우 중국적인 상징 의미가 내포되어 있다. '대료천궁'이야기의 배경이 되는 반도연회는 신화서인 『목천자전(穆天子傳)』에서 주목왕(周穆王)과 서왕모가 요지(瑤池)에서 연회를 벌인 것에서부터 그 원형을 찾아볼 수 있다. 『목천자전』 이후로 제왕과 여신의 만남이라는 신화적인 모티프는 『한무제내전(漢武帝內傳)』에서 서왕모가 한나라 무제에게 선도(仙桃)를 하사하는 이야기와 결합하고, 서왕모 본래의 장생의 속성이 더해지며, 한위(漢魏) 육조(六朝) 이후로 도교의 여선인 서왕모의 신선연회(神仙宴會) 모티프가 결합되면서 명대 소설 『서유기』의 반도연회 이야기로 굳어진다. 특히 서왕모의 반도연회 이야기는 송원(宋元)대의 통속소설과 희곡(戲曲) 등의 대중문화에서 자주 소환되는 인기 있는 소재였고, 명대에 이르면 민간의 종교의례와 대중예술에서 더욱 활발하게 활용되었다.[4]

특히 『서유기』의 반도연회의 특징은 명대에 유불도(儒佛道) 삼교(三教)가 합일되고 각종 민간 종교가 번성했던 당시의 사회 배경을 반영하

4 鄭志明 主編, 『西王母信仰』, 臺灣(嘉義) : 南華管理學院, 1997.

며, 연회에 초대받는 신격들의 규모가 더욱 커지면서 스토리도 이전보다 훨씬 풍부해진다. 이처럼 명대에 있어서 서왕모의 반도연회는 민중의 영생에 대한 간절한 바람이자 지극한 신앙심의 상징적인 표현이었다. 그런데 손오공이라는 일개 미천한 원숭이가 나타나 존귀한 존재들의 신성한 반도연회를 한순간에 망쳐버렸다는 것은 기성 세력에 대한 도전이자 기득권에 대한 반항의 상징적인 의미를 지니는 것이다.

그런데 당시 사람들은 반도연회를 망쳐버린 손오공의 황당하고 무례한 행동에 거부감만 느꼈을까? 물론 그것은 아닐 것이다. 반도연회를 잘 들여다보면 사실 그것은 매우 폐쇄적이고 차별적인 모임의 성격을 지니고 있다. 요괴나 일반인은 물론이고 제후장상도 이 자리에 마음대로 참석할 수가 없었고 소수의 선택된 자들만이 이 축제에 초대받았다. 서왕모의 반도연회는 이상적인 유토피아를 구현하고 있지만 일반인들은 결코 거기에 참석할 수 없는 소수의 특권층만의 전유물이었다. 『서유기』의 '대료천궁'의 이야기는 반항적인 캐릭터의 손오공을 통해 견고한 하늘의 질서 즉 유가의 예법과 계급질서가 전복되는 통쾌함을 독자들에게 선사하고 있는 것이다.

손오공 일행의 거침없는 행보는 여기에서 그치지 않는다. 사원에 놓여 있던 신상(神像)들을 치워버리고 자신들이 그 자리를 대신 차지하고 앉아 신성한 존재들의 권위를 추락시키며 심지어 성수(聖水)라고 속이고 자신들의 배설물을 도사들에게 먹이는 신성모독도 거침없이 자행한다. 그리고 수성(壽星), 복성(福星), 녹성(祿星)의 삼선(三仙)의 외모를 멋대로 희롱하고 욕설도 마구 내뱉는다. 『서유기』에서 손오공의 무리들이 신성한 존재들과 왕후장상(王侯將相)의 위선과 가식을 욕하고 비판하는 장면은 당시 종교인과 상층계급에 대한 신랄한 풍자의 표현이며, 이와 같은 질서에 대한 전복과 반항정신은 『서유기』가 오랜 시간 민중에게 사랑받을 수 있었던 요인이 되었다.

3) 원초적 욕망에 대한 폭로 : 식(食), 색(色), 영생(永生)

『서유기』는 오랜 시간 동안 전해지면서 민중과 희로애락을 함께하고 답답한 그들의 마음에 단비 같은 통쾌함과 즐거움을 주었던 그야말로 속된 통속소설이다. 그래서 『서유기』에는 음식을 탐하고 색을 밝히며 오래 살고 싶어 몸부림치는 인간의 원초적인 욕망들이 적나라하게 표현되어 있다. 『서유기』에서 인간의 욕망을 가장 잘 대변해주는 캐릭터는 저팔계이다. 『서유기』에는 욕망을 절제하고 수행에 정진하는 삼장법사 같은 캐릭터도 나오지만, 저팔계처럼 욕망을 거리낌 없이 표현하는 파격적인 인물도 나온다. '식'과 '색'에 대한 열망은 사람이라면 어느 누구도 예외가 없겠지만, 일반적으로 사람은 사회에서 적절한 교육을 받고 이성과 도덕으로 그러한 욕망을 절제해야 한다고 배운다. 그래서 누구나 삼장법사의 욕망에 대한 절제력과 고매한 정신을 본받고 싶어 하지만 사실 그는 실제로는 존재하기 힘든 지극히 이상화된 캐릭터이며, 독자들은 그의 고상한 이미지에 결코 공감할 수도 진심을 편하게 투영할 수 없다. 오히려 삼장보다는 저속한 저팔계야말로 현실에서 결코 드러내지 못하는 우리의 무의식 밑바닥에 감춰둔 욕망들을 편하게 끄집어낼 수 있는 캐릭터이다. 오늘날 중국인이 좋아하는 캐릭터가 삼장법사가 아닌 손오공이나 저팔계라는 사실은 사람들이 진정 원하는 것이 그들과 한바탕 울고 웃을 수 있는 친근한 캐릭터임을 보여준다.

다음으로 『서유기』 제24회에서 26회에 이르는 인삼과(人參果)의 이야기를 우리는 주목할 필요가 있다. 인삼과나무는 사람이 그 열매의 냄새만 맡아도 장수할 수 있다는 신비한 나무다. 인삼과나무의 열매는 그 모습이 매우 특이하여서, 눈, 코, 입이 달렸고 손발을 꼬물거리며 엉덩이를 꼭지처럼 하여 나무에 매달려 있어서 태어난 지 얼마 안된 갓난아기를 연상케 한다. 인삼과 열매는 잘못해서 땅에 떨어지면 바로 땅속으로 들어가버리므로, 인삼과를 딸 때에는 쇠로 된 막대기를 사용하면 안되고 반드시 나무 막대기를 써야 한다. 어느 날 손오공과 저팔계는 이 인삼과나무를 지키는 진원대선(鎭元大仙)이 외출한 사이에 몰래 잠입하여 인삼과를 따 먹고 인삼과나무를 쓰러뜨린다. 분노한 진원대선은 삼장을 볼모로 잡고 손오공에게 인삼과나무를 살릴 비방을 찾아오도록 한다. 결국 관음보살의 정병(淨甁)에 든 감로수(甘露水)의 힘으로 나무는 다시 살아나고, 삼장 일행을 비롯하여 관음보살, 진원대선, 삼선 등의 신성한 존재들은 함께 모여 앉아 갓난아기 모양의 인삼과를 따 먹으며 장수를 자축한다. 여기서 모두 모여 인삼과를 먹는 장면은 표면적으로는 즐거운 축제의 한 장면으로 보일 수도 있다. 그러나 고대 중국에서 실제로 자행된 민간의 식인 풍습과 연관시켜 볼 때 이 장면은 영생의 욕망 앞에서 아이들을 잡아먹는 그로테스크한 식인의 한 장면과 겹쳐진다.[5] 일찍이 사람들이 인육을 요리해 먹거나 인육을 애호한 이야기들이 송원(宋元)대의 전적에서부터 보이는데 특히 송대 말 도종의(陶宗儀)가 쓴 『철경록(輟耕錄)』은 인육으로 만든 요리들을 자세히 기록하고 있다. 인육 중에서도 특히 어린아이 고기는 고대 중국에서 최상급의 고기로 미식가들을 유혹해왔다. 오대(五代)의 좌금오위상장군(左金吾衛上將軍)인 장종간(萇從簡)과 조사관(趙思綰), 송의 농지고(儂智高)의 어머니인 아농(阿儂)은 모두 어린아이 고기를 좋아한 미식가들이었다. 『서유기』가 소설의 형태로 정착된 명대에는 특히 약용으로 식인을 하는 식인

5 이에 대한 자세한 논의는 본서의 1부 2장을 참고.

문화가 유행하였다. 이탈리아 예수회 소속 선교사인 마르틴 마르티니(Martin Martini, 1614~1661)는 『중국사』에서 숭정(崇禎) 15년(1642)의 개봉(開封)의 모습을 묘사하면서 죽은 사람의 고기를 돼지고기처럼 시장에서 공공연하게 판매한다고 기록했다.[6] 명대 3백 년 동안 식인의 풍습이 쇠퇴하지 않고 오히려 정착하자 급기야 청대(淸代) 순치(順治) 9년(1652)에는 정부에서 금지령을 내리기도 했다.[7] 즉 『서유기』의 인삼과에 나타난 식인 모티프는 중국 역사 속에서 지속되어온 식인 풍습의 맥락 위에서 이해할 수 있다.[8] 그리고 명대 민간에서는 실제로 경수회(慶壽會)라는 장수를 기원하는 축제를 자주 열었고 장수의 상징인 서왕모를 모셨다. 『서유기』의 인삼과 이야기는 명나라 사회 전반에 만연했던 영생에 대한 민중의 광적인 집착과 소수의 특권 계층의 왜곡된 욕망에 대한 비판으로 볼 수 있다.

이상으로 살펴보았듯이 『서유기』는 독자들에게 신화적인 무한한 상상의 세계를 제시함으로써 즐거움을 주고, 질서에 대한 전복과 반항정신을 보여줌으로써 억눌린 한을 풀어주며, 먹고 사랑하고 영원히 사는 것에 대한 인간의 욕망을 있는 그대로 보여줌으로써 오늘날에도 시공을 초월하여 많은 공감을 이끌어 내고 있다. 『서유기』가 하나의 문화원형으로서 문화콘텐츠로 다양하게 변용될 수 있었던 이유는 바로 『서유기』가 지닌 이러한 특징에 기인한다.

---

6 황문웅, 『중국의 식인문화』, 장진한 역, 교문사, 1992, 74쪽.

7 위의 책, 71쪽.

8 본서의 1부 2장을 참고.

3. 나가는 말

『서유기』는 중국 고전문학 중에서 문화콘텐츠로의 변용이 가장 활발한 작품들 중 하나이다. 『서유기』는 풍부한 철학적인 함의를 지녔고 오락적인 특징이 강하여 400여 년이라는 장구한 세월을 거치면서도 여전히 문학적인 매력과 문화적인 역량이 퇴색되지 않은 콘텐츠이다.

고전 명저란 한 시대에 머물지 않고 시대를 초월하여 대중의 공감을 끌어내며 재미와 교훈을 주는 책을 말한다. 그러나 『서유기』처럼 현대적으로 끊임없이 변용되어 살아남는 작품들은 드물며, 대부분은 장구한 시대의 간극을 극복하지 못한 채 대중으로부터 멀어지고 역사의 뒤안길로 사라진다. 그러나 시대는 계속해서 변하고, 지금도 우리는 급속도로 발전하는 과학 문명 속에서 매일을 살아간다. 나날이 새롭게 등장하는 감각적이고 자극적인 볼거리들은 현대인을 웬만한 자극에 무감각하게 만들어버렸다. 이러한 감각의 홍수 속에서 무작정 고전의 필요성만을 외치는 것도 별로 설득력이 없어 보인다. 대중에게 고전의 지혜와 감동을 전달하기 위해서는 무엇보다 그들이 어떤 생각을 가지고 있고 어떤 지점에서 재미를 느끼는가를 우선적으로 파악해야 한다. 현대라는 시간 속에서 다시 읽힐 수 있는 고전을 우리는 진지하게 고민해야 할 시점에 와 있다.

이러한 맥락에서 문화원형으로서 『서유기』의 특징을 재고하고 콘텐츠로서의 가치와 활용 방법을 연구하는 작업은 중요한 의의를 지닌다. 『서유기』는 중국의 신화적인 상상의 세계를 구현하고 있고, 기성의 질서를 전복하며 정의를 추구하는 반항정신을 표현한다. 또한 인간의 식, 색, 영생에 대한 원초적인 욕망을 거침없이 표현하여 오늘날에도 중국뿐 아니라 세계인의 보편적인 공감을 얻고 있다.

중국의 대중문화에서도 『서유기』는 TV드라마, 영화, 출판물, 인터넷 문학 등으로 계속해서 재창조되며 여전히 높은 흥행 수익을 올리고 있다. 그러므로 『서유기』를 연구하는 것은 중국인의 내면의 감성과 무의식을 들여다볼 수 있는 유용한 방법이 될 것이며, 나아가 고전작품의 현대적인 변용과 재창조를 모색할 수 있는 초석이 될 것이다.

2장

한 · 중 · 일 문화콘텐츠에 변용된 사오정[1] 이미지

1. 들어가는 말

소설 『서유기』는 중국 명대의 작품이지만, 중국뿐 아니라 한국과 일본 등 동아시아 각국이 함께 향유해온 동아시아 공유의 문화자산이다. 우리나라에 처음 『서유기』 고사가 전해진 시기는 고려 시대였고, 조선 시대에 『서유기』라는 책이 본격적으로 전해졌으며 일본에서는 에도(江戶) 시대부터 『서유기』 고사에 관련한 연구가 이루어졌다.[2] 이후로 『서유기』에 관한 한국과 일본의 관심과 애정은 계속되어, 오늘날에도 『서유기』는 영화, TV드라마, 애니메이션, 만화, 인터넷 문학 등 다양한 문

---

1 소설 『西游記』의 원문에는 원래 沙悟淨보다는 沙僧이라는 명칭이 더 자주 나온다. 그러나 한국과 일본의 문화콘텐츠에는 사승이라는 명칭이 거의 쓰이지 않아서 대중에게 매우 생소한 이름이다. 가까운 예로 우리나라 사람들도 사오정은 알지만 사승은 모른다. 그러므로 이 글에서는 소설과 문화콘텐츠와의 연관성을 살피고자 한 취지를 살려 사오정이라는 명칭을 사용하기로 한다.

2 磯部彰, 『西游記形成史の研究 : 序』, 創文社, 1983, p.10.

화콘텐츠로 변용되었다. 명대 소설인 『서유기』가 장구한 시간의 간격을 뛰어넘어 오늘날까지 동아시아뿐 아니라 세계인들의 공감을 얻어낼 수 있었다는 것은 경이로운 사실이다. 이러한 결과는 우선 『서유기』라는 작품 자체가 함유한 풍부한 철학과 종교적 성분 그리고 서민적인 정서와 풍부한 유머에서 그 일차적인 원인을 찾을 수 있다. 그리고 한걸음 나아가 각국의 『서유기』에 대한 성공적인 현대적 변용에 있다고도 말할 수 있다.

『서유기』는 일찍이 1920년대부터 중국과 한국, 일본에서 만화, 애니메이션, TV드라마, 영화 등의 다양한 문화콘텐츠로 제작되었다. 1926년 중국에서 『서유기』를 각색한 영화 〈손행자대전금전표(孫行者大戰金錢豹)〉,[3] 〈저팔계초친(猪八戒招親)〉[4]이 제작되었고, 일본에서도 같은 해에 극장판 애니메이션인 〈서유기손오공물어(西游記孫悟空物語)〉[5]가 상영되었다. 한국에서는 이보다 좀 늦은 1965년에 『서유기』를 만화로 개편한 『설인 알파칸』[6]이 나와서 당시 어린이들의 사랑을 받았다. 이후로 『서유기』는 시대마다 다양한 문화콘텐츠로 지속적으로 제작되었고 2010년 중국의 저장판(浙江版) 〈서유기〉, 2009년 일본의 TV드라마 〈서유기〉, 한국의 만화 『마법천자문』,[7] 『Chronicles』[8] 등과 같이 최근까지 한 · 중 · 일 각국 대중들의 환영을 받았다. 이처럼 『서유기』가 고전의 생명력을 잃지 않으면서 동시에 오늘날 동아시아 각국의 대중들과 정서적 교감

---

3 天一影片公司, 1926.

4 大中國影片公司, 1926.

5 연출, 그림 : 大藤信郎, 自由映畫研究所制作, 1926.

6 이정문, 『설인 알파칸』, 『새소년』, 1965.11~1971.8.

7 시리얼 · 김창환, 『마법천자문』, 아울북, 2003~2010.

8 홍성군 · 김기정, 『Chronicles』, 거북이북스, 2007.

을 나눌 수 있었던 것은 이 책이 전통의 계승, 현대화와 현지화라는 세 마리 토끼를 모두 놓치지 않았기 때문이다.

문화콘텐츠는 속성상, 그 지역만의 독특한 사회 현실과 현지 특유의 정서를 반영한다. 중국, 한국, 일본 문화콘텐츠 속의 『서유기』를 보아도 이러한 사실을 알 수 있다. 같은 『서유기』라도 중국, 한국, 일본에서 변용된 『서유기』는 내용, 구성, 인물 등의 방면에서 각각 차이를 보이기 때문이다. 즉 각국의 고유한 문화와 사회적 현실이 상이하므로 오늘날 『서유기』는 자연스럽게 중국 명대와는 다른 현대적인 틀과 콘텐츠를 담은 작품으로 새롭게 창작될 수 있었다.

이 글에서는 한국, 중국, 일본에서 만들어진 『서유기』와 관련된 문화콘텐츠를 대상으로 하여, 그중 특히 사오정의 이미지를 주목하고자 한다. 오늘날 중국에서 제작된 『서유기』 관련 문화콘텐츠에서는 보통 사오정이 손오공, 저팔계 등 기타 인물에 비해서 개성이 뚜렷하지 않다. 즉 소설 『서유기』 속의 사오정의 이미지를 그대로 답습한 것이 대부분이다. 그러나 중국의 상황과는 달리, 한국과 일본의 문화콘텐츠에 나타난 사오정의 이미지는 독특하고 개성이 뚜렷하다. 필자는 이러한 차이가 바로 각국의 서로 다른 문화와 사회적 배경에 기인한다고 생각한다. 이 글에서는 중국, 한국, 일본 대중문화에 나타난 사오정 형상을 분석함으로써 각국의 사오정 형상이 그 사회의 문화적 배경과 밀접한 관련을 지님을 밝히고, 각국의 문화콘텐츠에서 변용된 사오정의 특징을 살펴보고자 한다.

2. 중국 문화콘텐츠 속의 사오정

소설 『서유기』에서 사오정은 묵묵하고 성실하게 삼장을 호위하고 사형들을 보좌하는 역할을 담당한다. 그는 취경(取經)에 대한 의지가 굳고 삼장에 대한 신심도 다른 제자들보다 깊다. 그러나 손오공과 저팔계에 비해 상대적으로 드러나지 않은 조용한 성격 때문에 그는 줄곧 개성 없는 존재로 인식되어왔다.

오늘날 중국의 문화콘텐츠에서도 사오정은 여전히 눈에 띄지 않는 존재이다. 중국의 문화콘텐츠에 나타난 『서유기』의 변용 양상을 살펴보면 『서유기』의 전체 내용 중 재미있는 내용만을 취하여 각색하거나 제자들 중 특별히 한 인물에만 초점을 맞추어 이야기를 구성한 것이 많다. 예를 들면 영화 〈제천대성손오공(齊天大聖孫悟空)〉,[9] 〈춘광찬란저팔계(春光燦爛猪八戒)〉,[10] 〈복성고조저팔계(福星高照猪八戒)〉,[11] 〈대료천궁(大鬧天宮)〉(상, 하),[12] 애니메이션 〈인삼과(人參果)〉,[13] 〈금후항요(金猴降妖)〉,[14] 희곡 영화 〈손오공대료무저동(孫悟空大鬧無底洞)〉,[15] 영화 〈진가미후왕(眞假美猴王)〉[16] 등이 그렇다. 즉 특정 인물을 주인공으로 삼고 있거나 인삼과

---

9 감독 : 馮柏源 · 黃偉明, 주연 : 張衛健, 台灣八大電視旗下第一媒體國際有限公司, 台灣新峰影業有限公司, 香港一元制作室有限公司, 2002.7.

10 감독 : 範小天, 주연 : 徐錚, 『江蘇南方派文化傳播公司攝制, 2000.

11 감독 : 夢繼, 주연 : 王永 · 黃海波 · 範冰冰, 蘇州福納文化科技股份有限公司攝制, 2004.

12 감독 : 萬籟鳴 · 唐澄, 上海美術電影制片廠, 1961, 1964.

13 上海美術電影制片廠制作, 1981.

14 上海美術電影制片廠制作, 1985.

15 감독 : 李則翔, 주연 : 丁伯祿 · 丁伯福 등, 1983.

16 珠江電影制片廠, 1983.

이야기나, 손오공이 천궁에서 소란을 부리는 대료천궁 이야기 등을 뽑아서 하나의 작품을 구성한다. 그런데 이들 작품들을 보면 주인공은 대부분 손오공과 저팔계이다. 즉 고전소설 속에서 비중이 큰 손오공과 저팔계가 여전히 현대의 문화콘텐츠에서도 인기를 누리고 있는 것이다.

또한 일본에서 삼장을 여성화하고 사오정을 갓파(河童)로 변용하거나 우리나라에서 사오정을 희극적 인물로 변형시킨 것과는 달리, 중국의 문화콘텐츠에서는 고전소설 속의 인물 이미지를 그대로 수용한 것이 많다. 이러한 중국 대중문화 속 『서유기』의 변용 양상은, 중국 제작자들이 자국 고전의 정신과 품격을 보존하는 것을 창조적인 개편보다 더 중요시해왔음을 보여준다.

1) 사오정 : 전통에서 다양함으로

이러한 보수적인 경향은 특히 영화와 드라마에서 뚜렷이 드러난다. 이들 영상물은 한번 제작되면 몇 년에 걸쳐 안방극장에 지속적으로 방송되므로 대중에 대한 영향력도 지대하다. 특히 어려서부터 영상물에 자연스럽게 노출되어 친근하게 느끼는 아동들에게는 몇 배로 큰 영향을 줄 수 있다. 그래서 『서유기』를 개편한 영상물들은 대체로 내용과 구성상 소설 『서유기』의 틀에서 크게 벗어나지 않는다.

그중 『서유기』의 사오정 역할을 맡은 배우들을 보면 대부분 장신에 몸무게가 많이 나가는 거구의 배우들이 많다. 예를 들어 1960년대에 소씨전영공사(邵氏電影公司)에서 제작된 〈서유기〉 시리즈[17]에서 사오정을

17 1966년 제작된 〈西游記〉, 〈鐵扇公主〉, 1967년에 제작된 〈盤絲洞〉, 1968년에 제작된 〈女兒國〉을 가리킨다.

맡은 톈천(田琛), 1982년 드라마 〈서유기〉에서 사오정으로 분장한 옌화이리(閆懷禮), 1995년 〈대화서유(大話西游)〉에서 사오정 역할을 맡은 장웨칭(江約誠), 1996년 〈서유기〉, 1998년 〈서유기⑵〉에서 사오정으로 분한 마이창칭(麥長靑), 1998년부터 1999년까지 제작된 〈서유기속집(西游記續集)〉에서 사오정 역할을 한 류다강(劉大剛), 이 밖에 리징(李京), 위훙량(于洪亮), 머우펑빈(牟鳳彬), 쉬진장(徐錦江), 리츄라오(李秋勞)는 모두 거구에 수염이 덥수룩하고 굵은 음성을 지닌 한마디로 험상궂은 아저씨의 모습이다.

2010년 1월 3일부터 지역 방송국에서 방영하기 시작한 드라마인 저장판 〈서유기〉[18]에서도 예외는 아니다. 청리둥(程力棟)이 감독한 이 드라마는 당승과 세 제자가 취경 여행을 하는 원작의 구성을 그대로 따랐다. 인물의 조형에서도 원작의 동물의 이미지를 그대로 따랐고 인물의 성격에도 큰 변화가 없다. 사오정 역할을 맡은 머우펑빈 역시 이전의 사오정보다는 외모가 멋있지만 여전히 목에는 해골목걸이를 걸고 손에는 반달 모양의 창을 든 대머리 털북숭이 아저씨이다. 이러한 이미지는 2011년에 방송된 장지중(張紀中)판 〈서유기〉[19]에서도 마찬가지이다. 이 드라마에서 사오정 역할을 맡은 홍콩 배우 쉬진장(徐錦江) 역시 강한 눈매와 카리스마를 갖춘 배우로, 전통적 이미지의 사오정을 재현해냈다. 그러나 2002년 〈제천대성손오공〉에서 리찬선(李燦森)이 분장한 사오정

---

18 출품인 · 총영화제작자 · 총감독 : 程力棟, 연기감독 : 曹華, 연출 디자인 : 陳敏正, 극본 : 張平喜, 佩玲, 촬영 기간 : 2008.10.22~2009.2.20. 첫방송 : 2010.1.1, 위성방송 : 2010.2.14, 총 52집.

19 출품인 : 馬中駿, 총영화제작자 : 張紀中, 총감독 : 張建亞, 감독 : 趙箭 · 黃祖權, 촬영 기간 : 2009.9~2010.5. 제작 장소 : 중국 홍콩, 총 40集, 극본 : 蕭若元 · 陳文强 · 葉廣蔭. 투자액만 13억 원, 매 集마다 200만 원의 투자금이 든 대작이다.

은 좀 더 경쾌한 이미지로 변화되었다. 텍스트 해석과 연출에서 자유분방한 홍콩 드라마답게 사오정은 기존의 전통 이미지에서 벗어나 머리띠도 풀고 수염도 깎았으며, 희극적인 이미지로 변신한다. 2011년에 방송된 드라마 〈춘광찬란저구매(春光燦爛豬九妹)〉는 특히 장면마다 3D 특수효과를 삽입하여 환상의 세계를 연출하고 있어 중국 내에서 흥행한 작품이다. 이 작품에서 사오정은 준수한 외모에 연약한 마음을 지닌 미소년의 모습으로 등장한다. 그는 천성적으로 여성에게 친절하며, 애매하고 은근한 태도로 여성들을 울고 웃긴다. 이 작품에서 사오정은 여성들과 끊임없이 애정행각을 벌이는 전형적인 바람둥이다.

이러한 변화에서 볼 수 있듯이 최근 들어 중국의 문화콘텐츠에서도 사오정의 이미지가 점차 다양해지고 있다. 홍콩 영화는 원래부터 고전 작품의 틀에서 벗어나 자유롭게 각색한 작품들을 선보였다고 해도, 〈춘광찬란저구매〉에서 보듯이 중국 내에서도 고전 텍스트에 대한 개방적인 해석이 점차 허용되고 있음을 알 수 있다.

최근 중국에서 출판된 출판물들을 보아도 영상물의 경우와 비슷한 양상을 띤다. 드라마, 영화 등 영상물에 비해 상대적으로 출판물은 제작 과정이 비교적 간단하고 제작비가 저렴하다. 또한 전국적으로 방송되어 사전 심의가 엄격한 영상물과는 달리 출판물은 비교적 자유롭게 내용을 각색하고 출판할 수 있어서 『서유기』에 대한 변용도 과감하게 시도될 수 있었다. 또한 기존의 영상물, 출판물들이 소설 『서유기』 중의 손오공을 특히 부각시켰다면 최근의 출판물들은 기타 인물들까지 새롭게 조명하는 추세이다. 예를 들어 『당승전(唐僧傳)』,[20] 『당승정사(唐僧情

20 明白人, 『唐僧傳』, 巴蜀書社, 2001.

史)』,[21] 『천봉전(天蓬傳)』[22] 등의 작품은 삼장법사와 저팔계가 주인공으로 등장한다. 특히 주목할 만한 점은 원작에서는 전혀 주목을 받지 못했던 사오정도 작품의 주인공으로 새롭게 등장하고 있다는 것이다. 1997년 종하이청(鍾海誠)의 『신서유기(新西游記)』[23]에서는 기존의 고전소설에서 주목받지 못했던 삼장법사와 사오정에 대한 묘사가 많이 나온다. 이 작품에서 사오정은 손오공을 모함하고 요마들과 결탁해서 사부를 팔아넘기고 혼자 신이 되어 승천하는 비루하고 몰염치한 인물로 묘사된다. 사오정의 이미지는 부정적이지만, 이 작품에서는 그에 대한 묘사에 많은 지면을 할애하고 있다. 반면 궈청(郭誠)의 『수자서유기(水煮西游記)』[24]에서 사오정은 능력 있는 인력 자원 매니저로서 지적인 이미지의 소유자이다. 사진(沙金)의 『사승시개인제관계고수(沙僧是個人際關係高手)』[25]는 현대 경영학의 각도에서 『서유기』를 새롭게 해석한 책이다. 작자는 이 책에서 특히 사오정을 주인공으로 삼았고 기존에 부각되지 못했던 사오정의 고고한 인품과 처세술에 주목한다. 그는 현대 사회에서 인간관계의 중요성을 강조하면서 고전소설에서 보여준 사오정의 처세술을 현대적으로 재해석하고 사오정을 인간관계의 고수로 새롭게 인식하고 있다. 이 책은 중국에서 실제로 베스트셀러에 올랐고 그 인기에 힘입어 우리나라에서도 번역되어 소개되기도 했다.[26]

그러나 중국 문화콘텐츠 가운데 창작과 유포가 가장 신속하고 활발하

---

21 慕容雪村, 『唐僧情史』, 天津人民出版社, 2003.7.

22 火雞, 『天蓬傳』, 光明日報出版社, 2002.4.

23 鍾海誠, 『新西游記』, 人民文學出版社, 1997.

24 郭城, 『水煮西游記』, 中國傳媒大學出版社, 2004.11, 第1版.

25 沙金, 『沙僧是個人際關係高手』, 中國華僑出版社, 2004.10, 第1版.

26 沙金, 『직장인이 실천해야 할 인간관계의 법칙 22가지』, 김택규 역, 일빛, 2005.8.

게 이루어지고 있는 것은 단연 인터넷 문학이다. 인터넷 문학에서는 작자가 집필하고 이야기를 완성하면 곧바로 독자가 읽고 댓글로 감상을 올려, 이야기의 소통이 실시간으로 이루어진다. 기존의 전통적인 텍스트가 원고의 집필, 편집, 출판의 많은 단계를 거쳐야 한다면 하이퍼텍스트인 인터넷 문학은 이러한 번거로운 단계를 생략하므로 작자의 집필과 독자의 열독이 자유롭고 간편하다. 그래서 인터넷 문학의 간편한 형식은 사고의 간편함을 가져왔고 결과적으로 자유로운 창작성을 낳았으며 강력한 대중성을 띤다. 인터넷에 업로드되는 인터넷 문학들을 보면 고전의 제목을 빌린 것이 많은데, 내용은 대부분 고전을 희화화한 대중적인 작품들이 많다.

2008년에 나온 『사승전(沙僧傳)』[27]은 처음에 작가가 인터넷에 올려 폭발적인 댓글이 달리자 그 인기에 힘입어 책으로 출판된 경우이다. 이 작품 역시 소설 『서유기』의 내용과 형식을 탈피하여 새롭게 창작된 유머 이야기이다. 주목할 점은 이 작품의 주인공이 소설에서는 개성이 없어서 대중들에게 외면받았던 사오정이라는 것이다. 여기에서 사오정은 기존의 무뚝뚝하고 진중한 이미지에서 벗어나 오락의 대상으로 180도 변모되었다.

인터넷 문학은 인터넷이라는 새로운 소통의 장을 통해 작자와 독자가 만나므로, 오랜 시간을 두고 보면서 감상할 수 있는 인쇄 텍스트와는 그 성격이 전혀 다르다. 인터넷 문학은 짧은 시간 안에 대중을 이해시키고 흥미를 끌 수 있어야 하므로 내용이 우선 이해하기 쉽고 새로워야 한다. 인터넷 문학이 자주 고전 텍스트의 내용을 완전히 바꾸거나 희화화함으로써 독자들의 흥미를 유발하고 카타르시스를 주는 것은 바로

27 天涯冷月, 『沙僧傳』, 2008.

인터넷 문학의 이러한 고유한 속성 때문이다. 그러나 내용 자체가 깊이가 없고 작품이 단기성에 그치는 경우가 많아서 무수히 많은 작품의 홍수 속에서 볼 만한 것은 극히 드물다는 한계를 지닌다.

2) 사오정 이미지 변화의 원인과 의미

앞에서 살펴보았듯이 중국 문화콘텐츠에서 사오정은 대부분 소설 『서유기』에서와 마찬가지로 사려 깊고 과묵한 인물로 그려져 있다. 이처럼 중국에서 이제까지 사오정 이미지에 큰 변화가 없었던 까닭은 『서유기』의 본고장이 바로 중국이기 때문이다. 『서유기』의 생산지로서 중국은 고전의 품격을 보존해야 한다는 국가적 소명을 갖고 있기 때문에 고전문학을 상품화하는 데 있어서도 보수적인 경향을 띨 수밖에 없다.

그런데 이처럼 고전에 대한 변용이 보수적인 데에는 일본에 대한 견제의 의미도 들어가 있다. 우선 『서유기』는 중국의 소설이지만 아이러니하게도 일본에서 더 활발하게 문화콘텐츠로 제작되었다. 특히 〈드래곤볼(Dragon Ball)〉은 『서유기』를 애니메이션으로 각색한 작품으로 한국, 베트남 등 아시아 지역뿐 아니라 중국에도 역수입되어 방송되었다. 2006년에는 일본에서 1978년에 방영되었던 영화 〈서유기〉가 리메이크되면서 다시 한번 아시아를 중심으로 큰 성공을 거두었다.[28] 한국, 대만, 홍콩, 싱가포르, 태국, 중국, 말레이시아 등은 모두 이 영화의 판권을 구입하여 방영했고 일본은 『서유기』 문화콘텐츠의 수출로 막대한 경

---

28 각본 : 사카모토 유지, 연출 : 사와다 켄사쿠 · 나리타 아키라 · 카토 히로마사, 출연 : 카토리 신고 · 후카츠 에리, 본방송국 : 후지TV, 제작년도 : 2006, 방송 기간 : 후지TV 2006.1.9~2006.3.20. 총 11부작.

제적 수익을 올렸다. 이 작품은 우리나라에서도 영화 전문 케이블 TV 채널인 MBC MOVIES에서 방송된 바 있다.[29]

그런데 일본에서 제작된 영화 〈서유기〉에 대한 각국의 호평과는 달리 『서유기』의 고향인 중국 내에서 이 작품에 대한 평가는 부정적이었다. 손오공은 작고 볼품없으며, 저팔계는 큰 모자를 썼고, 삼장은 여성이어서 『서유기』의 전통적인 인물 형상과는 거리가 멀었기 때문이다. 특히 사오정은 중국 소설 속의 전통적 사오정과는 완전히 다른 모습이다. 거구에 위엄 있는 아저씨가 아니라 왜소한 몸매에 희극적 외모, 초록색 모자를 쓴 일본 요괴인 갓파의 이미지에 가깝다. 이처럼 일본에 의해 변용된 『서유기』의 인물 형상은 『서유기』에 대해 큰 자부심을 가져온 중국인들의 분노를 샀고 많은 중국 학자들이 소위 일본의 "멋대로 제작하는(惡搞)" 행태에 대해 비판의 글을 썼다.[30]

특히 여기에 하나 더 중국인들의 분노를 산 것은 일본에서 만들어진 『서유기』 관련 작품이 매우 선정적이라는 점이다. 일본의 성인 애니메이션 제작사인 OZINC에서 2007년 3월부터 온라인으로 판매하기 시작한 애니메이션 〈서유기〉[31]에서는 손오공, 저팔계, 사오정이 모두 비키니를 입은 여성으로 등장한다. 이들이 실오라기 하나 걸치지 않고 가슴을 드러낸 채 요괴와 싸우는 장면은 중국인들의 집중적인 공격을 받았다.[32] 『서유기』에 대해 중국이 특히 민감하게 촉각을 곤두세우며 보수적 입장

29 방송국 : MBC MOVIES, 방송 시작 : 2006.2.3, 방송 일시 : 매주 금요일 8시. 총 11부작.

30 王成 · 王洪智, 「惡搞, 文化褻瀆何時休?」, 『民主與法制』, 中國法學會, 2007年 第2期, p.44.

31 www.ozinc.jp에서 온라인으로 판매하는 동영상 〈서유기〉이다.

32 陳一雄, 「日本爲什麽惡搞他國名著?」, 『華人時刊』, 江蘇省政府僑辦, 2007年 第9期.

을 견지하는 것은 상업적 이익에 재빠르게 움직이며 중국의 고전 콘텐츠를 판매해 수입을 올리는 일본에 대한 견제와 비판의 의미를 담고 있는 것이다.

3. 한국 문화콘텐츠 속의 사오정

『서유기』가 처음 한국에 소개된 것은 고려 시기이다. 『서유기』 고사는 명대에 소설로 정착되기 전 송원 시기에 이미 『서유기평화(西游記平話)』로 전해지고 있었는데, 고려의 한어(漢語) 교과서인 『박통사언해(朴通事諺解)』 안에 이 『서유기평화』의 일부 내용인 「거지국투성(車遲國鬪聖)」이 보인다. 『박통사언해』가 지정(至正) 7년(1347)에 편찬되기 시작한 것을 감안한다면 고려 말기에 이미 『서유기』에 관한 단편고사가 유입되었음을 알 수 있다. 이후 100회본 『서유기』는 조선 시대 허균(許筠, 1569~1618)의 『성소부부고(惺所覆瓿稿)』 제13권 「서유기발(西游記跋)」에 그 기록이 나온다.[33] 이처럼 『서유기』는 이른 시기부터 우리나라에 전해져 심원한 영향을 주었고 이는 현대까지 지속되어 다양한 문화콘텐츠로 제작되고 있다.

그러나 중국과 일본에 비해서 한국에서 제작된 『서유기』와 관련된 문화콘텐츠의 수량은 그다지 많지 않다. 한국에서 『서유기』는 주로 아동을 위한 애니메이션, 만화, 동화책 위주로 제작되었고, 재미있는 환상적인 모험 이야기가 대부분이다. 등장인물의 캐릭터도 어린이들에게 친근함을 주기 위한 동글동글하고 귀여운 이미지가 많으며 사오정도

---

33 金敏鎬, 『西游記在韓國』, 『明清小說硏究』, 2004年 第1期, p.199.

예외는 아니다.

사실 앞에서도 언급했듯이 소설 『서유기』의 원전에서 사오정의 이미지는 다른 제자들에 비해서 별다른 개성이 없다. 재기발랄하고 온갖 무술에 능한 손오공, 식(食)과 색(色)을 밝히고 능청스러운 저팔계와는 달리 사오정은 조용하고 나서지 않으며 항상 사도들을 보조하는 역할을 묵묵히 해낼 뿐이다. 그러나 원래 사오정은 유사하(流沙河)의 괴물이었고 사람을 잡아먹는 무시무시한 식인 괴물의 이미지를 감추고 있다. 그래서 중국의 문화콘텐츠에서는 여전히 이러한 사오정의 요괴적인 이미지가 남아 있다. 사오정은 괴물 같은 험상궂은 얼굴에 목에는 항상 해골목걸이를 건 털북숭이 아저씨로 나온다. 그런데 이러한 사오정의 전통적 이미지는 한국의 문화콘텐츠 속에서는 거의 보이지 않는다. 이 글에서는 우선 한국 문화콘텐츠 속 『서유기』의 이미지를 개괄해보고, 1990년대 우리나라에서 선풍적 인기를 끌었던 〈날아라 슈퍼보드〉[34]의 사오정을 중심으로 한국문화에서 사오정의 이미지가 갖는 문화적인 의미를 분석해보고자 한다.

1) 한국 문화콘텐츠에 나타난 다양한 사오정

한국에서 『서유기』가 문화콘텐츠에서 변용되기 시작하는 것은 1965년 11월 만화잡지 『새소년』에 실린 만화 『설인 알파칸』이다. 그러나 이 작품에서는 손오공이 인간화된 준이라는 남자아이와 그의 파트너인 숙이라는 여자아이만 나올 뿐 사오정의 이미지는 찾아볼 수 없다. 다음으로 나온 것이 고우영의 만화 『서유기』[35]이다. 이 책에서 사오정은 소

34 〈날아라 슈퍼보드〉 1기~5기, 방송 및 제작 : KBS · 한호흥업, 1990~2002.

35 고우영, 『서유기』, 우석출판사, 1980~1981.

설 『서유기』의 이미지와는 전혀 다른 다소 엉뚱한 이미지로 설정되어 있다. 사오정은 이 책에서 서양천국 신전의 수문장이었다가 옥황상제가 식사를 하는 식탁 옆을 지나가다가 밥상을 건드려 접시를 깨뜨린 죄로 하계로 폄적되어 유사하의 괴물이 된다. 사오정은 마치 서양인처럼 이목구비가 뚜렷하고 영어를 자유자재로 구사하는 반면 한국어가 서툴다. 1988년에 나온 허영만의 만화 『미스터 손』[36]은 『서유기』를 한국 대중들에게 본격적으로 알린 중요한 계기가 된 작품이고, 이 만화의 인기에 힘입어 1990년에 애니메이션 〈날아라 슈퍼보드〉가 제작된다. 이외에도 『파이팅! 손오공』,[37] 『서유기』,[38] 『만화서유기』,[39] 『서유기 플러스어게인』,[40] 『유쾌 상쾌 통쾌한 천방지축 손오공』,[41] 『알짜 서유기』[42] 등의 『서유기』 관련 만화책이 제작되었고, 2007년 『Chronicles』에 이르기까지 『서유기』를 저본으로 한 만화가 지속적으로 출판되었다.[43] 이들 만화 속 사오정의 이미지는 대체로 귀엽고 온순하며 침착한 이미지가 많다. 이 중 『신통 방통한 손오공』[44]에서는 사오정이 강 속의 녹색 괴물로 표현되었는데 이러한 이미지는 일본의 갓파의 이미지가 수입된 것으로 추측된다.

---

36 허영만, 『미스터 손』, 『만화왕국』, 예음출판사, 1988~1989.

37 이정문, 『파이팅! 손오공』, 동쪽나라, 1996.7.

38 김병규 · 백정현, 『서유기』, 대교출판, 1996.12.

39 장원, 『만화서유기』, 어깨동무, 1999.1.

40 고진호, 『서유기 플러스어게인』, 삼양출판사, 2001.9.

41 김혜란, 『유쾌 상쾌 통쾌한 천방지축 손오공』, 어깨동무, 2002.1.

42 김곤, 『알짜 서유기』, 계림북스, 2002.3.

43 이에 대한 자세한 내용은 拙稿, 「西游記與東亞大衆文化」의 제2장 제2절 「韓國大衆文化中的西游記」, 復旦大學 博士學位論文, 2010.6을 참고한다.

44 박정훈, 『신통 방통한 손오공』, 능인출판사, 2005.

한국에서 대중들에게 『서유기』를 본격적으로 알리고 『서유기』 열풍을 일으킨 계기가 된 작품은 앞에서 언급한 만화 『미스터손』을 개작한 애니메이션 〈날아라 슈퍼보드〉이다. 원작의 줄거리를 바탕으로 인물과 줄거리를 더 우습고 재미있게 구성한 이 작품은 한국뿐 아니라 중국에도 수출되어 큰 인기를 끌었다. 이 애니메이션은 1990년에 국내에서 방영되자마자 남녀노소의 이목을 집중시키면서 높은 시청률을 올렸고 『서유기』라는 작품을 한국인들에게 보다 친근하게 느끼게 만든 계기가 되었다. 이 애니메이션에서 사오정의 이미지는 매우 독특하다. 입에서 독나방을 발사하고 고무처럼 몸을 늘리면서 뿅망치로 악마를 물리치기도 하고, 다섯 번째 시리즈부터는 스프레이로 상대방을 공격하기도 한다. 때로는 맹독성분이 들어 있는 침을 뱉어 상대방을 즉사시키기도 한다. 무엇보다 사오정의 특징적인 면모는 기이한 외모이다. 그의 모습을 보면 작은 키에 초록색 모자를 귀 위에 덮어썼고 온몸이 주름투성이이다. 귀를 덮은 모자 때문에 사오정은 다른 사람의 말을 잘 알아듣지 못하고 늘 엉뚱한 대답을 한다. 그런데 이처럼 귀가 잘 안 들려 상대방을 답답하게 만드는 사오정의 엉뚱하고 어수룩한 모습은 당시 대중들에게 오히려 편안함을 느끼게 했고, 그가 무심하게 내뱉는 동문서답은 허탈한 유머를 주었다. 그래서 작품 속의 어느 캐릭터보다도 덜 떨어진 사오정이 오히려 대중의 사랑을 받게 되었다. 〈날아라 슈퍼보드〉의 사오정 이미지는 이후 한국에서 사오정의 대표적 이미지로 고정되었고 한국에서 제작된 작품에서는 이러한 엉뚱하고 말귀를 못 알아듣는 우스운 이미지의 사오정을 많이 차용하게 된다.

1999년에 나온 조구의 장편 판타지 소설 『서역 판타지』[45]에서 사오정

45 조구, 『서역 판타지』, 뜨인돌, 1998.12.

은 여행 중에 난관을 거치면서 자신의 어리석음을 깨닫고 신념과 구도의 본질을 묻는 진지한 캐릭터로 묘사되어 있다. 유철균이 2002년 조선일보에 연재한 소설 『서유기』에서 사오정은 인도의 컴퓨터 프로그래머로 묘사되기도 했다. 이 작품에서 사오정은 수학과 과학적 재능이 뛰어난 지적인 이미지의 소유자로 등장한다.

이상으로 살펴보았듯이 중국 고전소설 『서유기』는 오늘날 다양한 문화콘텐츠로 변용되었고 그 안에 묘사된 사오정의 형상도 매우 다양하다. 그러나 1990년대 〈날아라 슈퍼보드〉의 선풍적 인기로 인해서 우리나라 대중들에게 가장 강하게 인식된 사오정의 이미지는 엉뚱하고 우스운 것이었다. 이 글에서는 계속해서 〈날아라 슈퍼보드〉를 중심으로 사오정의 이미지와 형성 배경에 대해 간단히 살펴보고 그것이 우리나라 대중문화에 끼친 영향을 알아보고자 한다.

2) 사오정 : 말귀를 못 알아듣는 희극적 인물

1990년 한국에서는 애니메이션 〈날아라 슈퍼보드〉가 방영되면서 동시에 그 애니메이션에 출현하는 각종 캐릭터들이 대중의 사랑을 받기 시작했다. 그런데 특이하게도 『서유기』의 독보적 주인공인 손오공, 저팔계가 아닌 사오정의 캐릭터가 한국에서는 열광적인 인기를 끌었다. 사오정 캐릭터는 1990년대 말까지 지속적으로 한국 대중의 열렬한 사랑을 받았고 소위 '사오정 시리즈'로 다시 만들어진다. 사오정 시리즈란 〈날아라 슈퍼보드〉에 나오는 사오정을 주인공으로 하는 일종의 짧은 유머 이야기이다.

사실 이러한 단편의 유머 이야기는 1980년대 이후로 꾸준히 세간에 유행되었고 대표적인 것으로는 '참새 시리즈', '최불암 시리즈', '덩달이 시리즈' 등이 있다. 참새 시리즈는 80년대 초반에 처음 나와 중반까지 꾸준히 유행했고, 최불암 시리즈는 80년대 후반부터 90년대 초까지, 덩달이 시리즈는 90년대 중반까지 인기를 끌었다. 사오정 유머 시리즈는 애니메이션 〈날아라 슈퍼보드〉가 인기를 얻은 뒤인 90년대 후반부터 시작되어 대중의 폭발적인 호응을 불러일으켰다. 사오정 유머 시리즈는 대부분 단편의 개그 이야기인데 화자와 청자 양자 간의 의사소통에 있어서 일정한 언어의 유사성으로 인해 의미가 잘못 전달되어 발생하는 의외의 상황에서 빚어지는 유머를 담고 있다. 이러한 유머는 〈날아라 슈퍼보드〉에서 사오정이 귀가 잘 안 들려 상황 파악을 못 하는 이미지에서 파생되어 나온 것이다. 다음은 사오정 유머 시리즈 중 하나이다.

> 어느 날 선생님이 교실에 들어갔는데 교실은 돼지우리와도 같이 더러웠다.
> "이봐! 주번 나와!"
> 사오정이 나왔다. 그러자 선생님은 다짜고짜 사오정을 때리면서 "이게 뭐야! 교실에 완전히 돼지우리 같잖아!"라고 했다.
> 그런데 갑자기 다른 학생 두 명이 나왔다.
> "너희들은 뭐야?"
> "저희가 주번인데요."
> 그 다음 사오정은 이 말을 외치며 뛰쳐나갔다. "전 구번인데……."

위의 예를 보면 사오정은 선생님께서 주번이라고 부르신 것을 구번으로 잘못 알아듣고 선생님으로부터 이유 없이 맞게 된다. 이러한 어이없는 상황은 구번과 주번이 한글 발음상 유사하기 때문에 빚어진 것이다. 말귀가 어두운 사오정은 주번을 구번으로 잘못 이해했고 그 상황은 보는 이로 하여금 안타까움과 동시에 허탈한 웃음을 터뜨리게 만든다.

3) 사오정이 희화화된 원인과 의미

① 1990년대 한국 사회와 사오정

1990년대에 사오정 캐릭터가 한국 대중에게 열렬한 호응을 받을 수 있었던 데에는 여러 원인을 찾아볼 수 있겠지만 필자는 그 주된 원인이 당시 사회 배경과 밀접하게 연관되어 있다고 생각한다. 문화콘텐츠는 속성상, 그 사회의 정치, 경제 등의 현실적인 측면과 불가분의 상관관계에 있기 때문이다. 당시 한국의 1990년대에는 1980년대의 암울했던 군사독재 체제가 일단락되고 새로운 민주주의를 한국 사회에 뿌리박기 위한 여러 시행착오가 발생하던 시기였다. 특히 누적된 국가부채와 불황, 물가폭등 등으로 인해서 1997년에는 국가적으로 IMF라는 중대 위기를 맞게 되었고 중산층의 일부는 이러한 경제위기를 견디지 못하고 최하층의 빈곤층으로 전락하기도 했다. 당시 기업들은 이러한 불황을 타개하기 위한 방편으로서 구조조정을 감행하였고 많은 회사원들이 명예퇴직을 권고받고 회사를 그만둘 수밖에 없었다. 이때 정년퇴직보다 이른 45세에 명예 퇴직하는 것을 소위 '사오정(사십오세에 정년함)'이라고 불렀는데 이러한 명칭은 평생 직장만 바라보고 열심히 일하다가 45세가 되면 직장을 그만둘 수밖에 없었던 당시 가장들의 비극적 현실을 풍자적으로 표현한 말이었다. 이들 사오십대의 가장들은 일만 하면서 살아왔으므로 자신의 일 외에는 무관심하고 세상과의 소통이 힘들며 가정에서조차 인정받지 못하는 불쌍한 존재였다. 『서유기』 속의 엉뚱하고 희극적이며 동정심을 유발하는 사오정의 이미지가 90년대 가장들의 모습에 투영된 것이다. 90년대 당시는 고용의 불안, 가정경제의 붕괴 등으로 인해 서민들의 일상에는 불안과 절망의 검은 그림자가 짙게 드리워져 있었다. 이러한 힘든 시기에 『서유기』를 개편한 애니메이션 〈날아라 슈퍼보드〉는 대중들의 시름을 잠시 덜어주는 오아시스 같은 존재였고 사오정은 암담한 현실에서 웃음을 자아내는 존재였다. 너무 재주가 뛰어난 손오공이나, 먹는 것과 여색을 밝히는 저팔계나, 성인군자인 삼장법사보다, 말귀를 못 알아듣고 엉뚱한 사오정은 심신이 지친 한국 대중을 위로해줄 수 있는 대상이었다. 〈날아라 슈퍼보드〉를 통해서 대중은 우월한 위치에서 사오정이라는 부족한 인물을 내려다보며 사오정의 멍청한 행동에 때론 웃고 때로는 분개하며 잠시나마 지친 마음을 위로받고 자신감을 회복할 수 있었다. 즉 사오정 유머 시리즈가 1990년대에 지속적으로 창작되면서 대중의 선풍적 인기를 끌게 된 것은 고전소설 『서유기』가 개작된 〈날아라 슈퍼보드〉 속의 사오정의 이미지가 당시 한국의 경제적 위기에 직면한 대중의 현실적 불안함과 정신적 공허를 위로해주었기 때문이다.

② 『서유기』에 나타난 사오정의 이미지

한국 문화콘텐츠 속의 희화화된 사오정의 이미지는 앞에서도 언급했듯이 1990년대 우울했던 한국 사회를 반영하는 것이지만 그 원초적 형상은 소설 『서유기』 속의 사오정에서도 찾아볼 수 있다. 사실 소설 『서유기』에서 사오정은 많은 장점을 가진 인물이다. 세 제자들 가운데 재주와 법술이 뛰어나지만 다혈질이어서 실수가 많은 손오공, 임기응변에 강하지만 색욕과 식욕 때문에 속물근성이 강한 저팔계에 비해, 사오정은 매사에 심사숙고하고 정의로우며 스승에 대한 믿음도 강하다. 그러나 소설 『서유기』 속의 사오정을 자세히 살펴보면 그가 다른 두 제자에 비해 너무 진지한 나머지 답답하고 수동적이라는 것을 알 수 있다.

우선 사오정은 어떤 상황에 처했을 때 상황 파악에 느리고 혼자 결정을 내리지 못하며 매번 두 사형에게 질문을 하며 확인하곤 한다.

> 대체 무슨 말이오?[46]
> 둘째 형님, 나눠서 어쩌려고요?[47]
> 어떻게 아시오?[48]
> 형님, 왜 또 갈라서자는 거요?[49]
> 무슨 계략에 걸렸단 겁니까?[50]

이처럼 사오정은 매사에 매우 신중하기 때문에 자신의 판단에 이르는 시간이 길고 그래서 질문이 많다. 이러한 사오정의 상황 파악이 느리고 말귀를 못 알아듣는 모습은 독자로 하여금 답답함을 느끼게 한다.

또한 소설 『서유기』의 사오정은 사형에 비해서 법술과 재주는 뛰어나지는 않지만 항상 원리원칙을 지키고 제자의 도리를 중시하는 불교도의 진면목을 보여준다. 두 사형과 삼장법사를 열심히 보좌하고 그들의 허물을 조용히 지적하며 순종하는 사오정의 모습은 의리 있고 훌륭하다고 말할 만하다. 특히 삼장법사에 대한 그의 제자로서의 충성스러운 태도는 독자로 하여금 깊은 감동을 자아낸다. 제23회의 예를 보자.

> 스승님께서 저를 받아주신 뒤로 많은 가르침을 받았습니다. 그리고

---

46 『서유기』 제72회 : 怎見得?(이후의 『서유기』 번역은 오승은, 『서유기』, 서울대학교 서유기 번역연구회 역, 솔, 2004를 참고하였다.)

47 『서유기』 제75회 : 二哥, 分怎的.

48 『서유기』 제77회 : 怎么認得.

49 『서유기』 제82회 : 二哥, 又分怎的.

50 『서유기』 제86회 : 中他甚么計.

스승님을 따른 지도 두 달이 가까워가는데 이렇다 하게 해놓은 공적도 없습니다. 그러니 제가 어찌 함부로 부귀를 탐내겠습니까?[51]

사오정은 스승의 말을 자주 어기고 반항적인 태도를 보이던 두 사형과는 달리 사부의 말에 무조건 복종한다. 그리고 사부가 위험에서 살아났을 때에도 두 사형과는 달리 매우 기뻐하며 감격한다. 다음의 86회의 예를 보자.

사오정이 고개를 들어서 살펴보더니, 얼른 삼장법사 앞에 무릎을 꿇고 물었어요. "사부님, 얼마나 고생이 많으셨어요! 형님께서 어떻게 사부님을 구해내셨나요?"[52]

91회에서는 내일 사부를 구하러 가자는 손오공의 말에 다음과 같이 반박한다.

"형님, 그게 무슨 말씀이세요? '시간을 주면 꾀만 는다.'는 말도 있지 않습니까? 요괴들이 혹시 오늘 밤 잠을 자지 않고 사부님을 해치면 어떻게 합니까? 지금 바로 가서 놈들이 손을 못 쓰게 정신없이 혼을 빼놔야 사부님을 구할 수 있지요. 조금만 늦어도 일이 틀어질지 몰라요."[53]

---

51 『서유기』 제23회 : 自蒙師父收了我, 又承教誨, 跟着師父還不上兩月, 更不曾進得半分功果, 怎敢圖此富貴!

52 『서유기』 제86회 : 那沙僧抬頭見了, 忙忙跪在面前道 : 師父, 你受了多少苦啊! 哥哥怎生救得你來也.

53 『서유기』 제91회 : 哥哥說那里話! 常言道, 停留長智. 那妖精倘或今晚不睡, 把師父害了, 却如之何? 不若如今就去, 嚷得他措手不及, 方才好救師父. 少遲, 恐有失也.

위의 사오정의 말에는 사형에 대한 배려와 스승에 대한 애정이 넘쳐난다. 상황 판단에 있어서 이성적이고 논리적인 사오정은 다혈질인 두 사형이 싸울 때에는 중재 역할을 자처하기도 한다. 98회에서는 능운도(凌雲渡)라는 외나무다리를 건너면서 손오공과 저팔계가 실랑이를 벌이자 그들을 설득한다.

> 그들 둘은 그 다리 옆에서 잡아끌고 버티며 실랑이를 벌이다가 사오정이 다가가 설득하자 비로소 손오공이 손을 놓아주었어요.[54]

90회에서는 손오공이 늙은 요마의 부하들에게 버들곤장을 너무 많이 맞는 것을 보고 "내가 대신 백여 대쯤 맞아주겠소"라고 말하기도 한다. 이처럼 사오정은 스승과 제자의 관계, 사형과의 관계에서 조금도 어긋남 없이 항상 원리원칙대로 정도를 걷는다. 그런데 아이러니하게 이러한 모습은 대중에게는 오히려 현실에 적응이 더디고 답답한 이미지로서 비쳐지기도 한다. 『서유기』는 무엇보다 대중을 위한 통속소설이다. 대중이 이 책에 대해서 기대하는 것은 어떤 도덕적인 가르침이나 교훈보다 열독을 통해 느끼는 그냥 즐거움이다. 그래서 독자는, 비록 실수는 많아도 영민하게 사태에 대응하고 처세에 뛰어난 손오공과 저팔계를 더 친근하고 실감나는 인물로 느끼고 좋아하는 것이다. 한국 문화콘텐츠 속의 말귀를 못 알아듣는 답답한 사오정은 바로 이러한 소설 『서유기』에 나타난 사오정의 현대화된 또 다른 모습일지도 모른다.

---

54 『서유기』 제98회：他兩个在那橋邊, 滾滾爬爬, 扯扯拉拉的耍斗. 沙僧走去勸解, 才撒脫了手.

4. 일본 문화콘텐츠 속의 사오정[55]

일본 문화콘텐츠에서 『서유기』를 변용해 창조한 작품은 상당히 많고 그 내용과 구성도 참신한 것이 많다. 일본 문화콘텐츠 중에는 고전의 원작을 그대로 옮긴 것보다는 일본 대중을 위해 일본식으로 개편한 것들이 더 많다. 『서유기』에 관련해서도, 원작의 기본 틀을 유지하지만 인물의 이미지나 구체적인 내용을 현대 일본인들의 기호에 맞추어 바꾼 것들이 많은데, 삼장을 여성으로 표현한 것이 그 한 예이다.[56]

일본에서 만들어진 『서유기』 관련 드라마, 영화, 만화, 애니메이션 등을 보면 유독 사오정을 머리에 모자를 쓴 초록색의 생소한 동물이나 사람으로 표현한 것이 많다. 사실 이 존재는 갓파(河童)라는 일본 토종의 요괴이고 『서유기』의 사오정과는 전혀 무관하다. 그런데도 『서유기』와 관련된 일본의 문화콘텐츠를 살펴보면 갓파로 표현된 사오정을 자주 만날 수 있다. 소설 『서유기』를 읽어본 사람이라면 이러한 독특한 현상을 의아하게 생각하지 않을 수 없다. 어째서 일본의 문화콘텐츠에서는 사오정이 갓파로 변신할 수 있었던 것일까? 이 글에서는 이러한 독특한 현상의 원인을 찾기 위해 일본에서 제작된 『서유기』 관련 영화, 만화, 애니메이션, 출판물 등에 등장하는 사오정의 이미지를 찾아보고 사오정과 갓파와의 연관관계를 분석해보고자 한다.

---

55 이 부분은 拙稿, 「西游記與東亞大衆文化」의 제3장 제3절 「日本大衆文化中的西游記特徵」을 참고함.

56 拙稿, 「日本大衆文化中三藏的女性化」, 『明淸小說硏究』, 2010年 第2期, pp.243~252.

1) 일본 문화콘텐츠에 나타난 갓파(河童) 사오정

일본 대중에게 『서유기』가 가장 깊게 인식된 계기는 TV드라마 〈서유기〉였다. 일본에서는 드라마와 영화 등의 미디어가 일찍부터 발달했고, 그것의 대중에 대한 영향력은 번역서나 기타 고전적인 출판물들과는 비교할 수 없을 만큼 컸다. 특히 1978년 10월부터 1979년 4월까지 니혼TV에서 제작된 드라마 〈서유기〉는 대중이 쉽게 접할 수 있도록 재미있게 개편된 작품이었다. 당시 높은 시청률을 올린 이 작품은 대중에게 〈서유기〉라는 작품을 깊이 각인시키는 계기가 되었다. 그런데 이 작품에서 주목할 만한 점은 삼장을 여성으로, 사오정을 갓파라는 일본 고유의 요괴로 표현했다는 점이다. 이러한 변화는 이후 일본에서 제작된 『서유기』 관련 작품에서 사오정의 정체를 갓파로 고정시키는 계기가 되었다.

드라마의 영향을 크게 받은 일본 대중은 이제 『서유기』의 사오정을 갓파－초록빛 신체를 지니고, 머리에는 큰 접시를 이고 있는 요괴－와 연관시켜 생각하게 되었다. 그리고 "사오정은 곧 갓파다"라는 인식이 점차 그들의 머릿속에 박히게 되었다. 미즈노 아야코(水尾綾子)에 따르면 오늘날 일본에서는 '사오정은 갓파 요괴'라는 인식이 보편적이라고 한다.[57] 드라마 〈서유기〉는 당시 일본에서 대중적인 인기몰이를 했고 그 여파로 1979년 1월부터 1980년 5월까지 〈서유기2〉로 제작되었으며, 계속해서 1993년과 1994년에도 『서유기』와 관련된 드라마가 제작, 방송되었다. 이들 드라마 작품 중에 출현하는 사오정은 모두 갓파의 모

---

57 水尾綾子, 「テレビドラマ, アニメ, 漫畫による『西游記』の受容と變化―三藏法師と沙悟淨を中心として」, 『築紫國文』(25號), 築紫女學園大學短期大學部(國文科), 2002.10, p.90.

습이고, 염세주의적이고 조용하며 머리가 좋은 수재의 이미지로 표현되었다. 특히 1994년에 방송된 〈신, 서유기〉에서 사오정은 뛰어난 두뇌에 과학, 지리, 경제, 역사, 천문학적인 지식이 매우 우수하지만 돈을 밝히는 갓파로 표현되어 있다. TV드라마 속에서 사오정의 모습은 이후에도 계속 유지된다. 2006년 일본의 후지TV에서 방송된 〈서유기〉의 사오정은 손오공을 제치고 삼장의 첫 번째 제자가 된다. 이 작품에서 사오정은 시원시원한 성격에 자존심이 강하며 여자들에게 인기가 많다. 그러나 자신의 머리 위의 접시를 보여주는 것이 부끄러워 두건으로 머리를 가리고 다닌다. 여기에서 사오정의 머리 위에 놓인 접시는 곧 사오정이 갓파임을 의미한다. 2007년에 개봉된 영화 〈서유기〉에서도 사오정은 머리에 그릇 대신 모자를 쓴 갓파의 모습을 하고 있다. 만화 〈Dear Monkey 서유기〉에서도 사오정은 머리에 직접 접시를 이고 있지는 않지만 동그란 그릇 같은 모자를 쓰고 있다. 만화 『최유기』[58]에 나오는 사오정은 인간과 요괴의 혼혈인데, 갓파의 모습을 하고 있지는 않다. 그러나 여자를 좋아하는 사오정을 손오공과 저팔계는 종종 '에로틱한 갓파'라고 부른다. 이처럼 사오정이 갓파로 변하게 된 가장 큰 계기는 TV드라마였다. 당시 방송된 드라마 〈서유기〉는 대중의 큰 환영을 받았고 그

58 『最遊記』는 『西遊記』를 기본으로 하여 만들어진 일본의 만화책이다. 師徒 일행이 取經을 위해서 여행을 한다는 줄거리와 4명의 주인공(삼장, 손오공, 저팔계, 사오정)이 등장한다는 점에서 소설 『西遊記』의 기본 틀을 유지하고 있다. 미네쿠라 카즈야(峰倉かずや)가 그린 이 만화는 1997년 『月刊 Comic ZERO-SUM』에 처음 연재되었고 2009년까지도 계속해서 새로운 내용이 출판되었으며 현재 전 10권까지 출판되었다. 이 만화는 출판되자마자 청소년 특히 여학생들의 폭발적인 인기를 끌었고 2000년에는 TV 애니메이션으로, 2001년에는 영화로도 만들어졌다. 우리나라에서도 이미 1999년부터 번역되어 소개되었다(峰倉かずや, 『最遊記』, 서현아 역, 학산문학사, 1999).

영향으로 인해서 이후 지속적으로 갓파화된 사오정이 만들어졌기 때문이다.

그렇다면 TV드라마 이전에는 일본에서 사오정을 갓파로 표현한 작품이 없었을까? 영상 미디어가 나오기 전까지 가장 보편적인 미디어였던 문헌자료들 속에 사오정을 갓파로 표현한 기록이 있는지를 살펴볼 필요가 있을 것이다. 호리 마코토(堀誠)에 따르면 일본에서 사오정을 갓파로 표현한 가장 이른 작품으로 1932년 3월에 발행된 『손오공』[59]을 꼽을 수 있다. 이 책에는 「갓파 요괴 사오정(河童の化物沙悟淨)」[60]이라는 장을 따로 마련하여 사오정을 허리에 아홉 개의 해골을 붙이고 보마라는 창을 가지고 머리에 접시를 올린 갓파의 요괴로 묘사하고 있다. 그리고 1932년 11월에 출간된 『서유기 이야기(西游記物語)』[61]의 서문에는 "손오공 외에도 돼지의 왕인 저오능(猪悟能), 갓파의 왕인 사오정이 동반하고 있다"라는 문장이 기재되어 있다. 이 밖에도 1953년 1월 간행된 야마네 히후미(山根一二三)의 『새로운 손오공(新そんごくう)』[62]에서도 사오정은 머리에 그릇을 이고 있는 갓파의 모습이다. 1955년 4월에 출간된 『손오공』에는 갓파가 강의 밑바닥에서부터 요괴의 창을 만들어서 출현하는 장면이 나온다. 여기에서도 사오정은 허리에 아홉 개의 해골을 달고 보마의 창을 가지고 머리에는 접시를 올린 갓파의 요괴이다. 이 뒤를 이어서 1956년 1월호부터 1957년 3월호에 연재된 스기우라 시게루(杉浦茂)

---

59 大日本雄辯會,『孫悟空』,『少年講談全集5』, 講談社, 1932.

60 堀誠,『河童の沙悟淨』,『ふみくら：本の周邊6』,『早稲田大學圖書館報』No.15, 1988.11.5, pp.10~12.

61『西游記物語(前篇)』,『少年文庫36』, 春陽堂, 1932.

62 山根一二三,『新そんごくう』第二集,『おもしろ文庫』, 集英社, 1953.

의 『소년서유기』[63]에서도 사오정은 갓파의 모습이다.

이상에서 살펴보았듯이 드라마 〈서유기〉에서 사오정이 갓파로 표현되기 훨씬 전부터 일본은 이미 사오정을 갓파로 인식하고 있었음을 알 수 있었다. 이미 1930년대부터 일본 작가들은 사오정을 갓파로 표현하기 시작했던 것이다. 그렇다면 이러한 자료들로부터 우리는 일본에서 사오정이 갓파와 모종의 연관성이 있는 존재로서 인식되었음을 추정해볼 수 있다. 이른 시기부터 일본의 다수의 문헌들이 사오정을 갓파로 표현한 것은 단순히 일본 작가들의 갑작스러운 상상력의 발현으로만 보기는 어렵고, 이보다는 사오정과 갓파 사이의 연결고리를 찾아볼 필요가 있다고 생각된다. 이를 위해 이 글에서는 요괴 갓파에 대해 더 자세히 알아보고자 한다.

2) 갓파 사오정의 원인과 의미

① 일본 민속에서의 갓파

갓파는 일본 고유의 민속에 등장하는 요괴로, 본래는 『서유기』와는 전혀 관련이 없다. 그러나 일본에서 서유기가 드라마, 영화로 만들어지는 과정에서 사오정은 일본 요괴인 갓파로 변형된다. 인터넷 백과사전(Wikipedia)에 따르면 갓파는 체격이 어린애 같고 전신이 녹색이거나 적색을 띤다. 정수리 부분에는 원형의 편평한 접시를 이고 있는데 그 부분은 언제나 물로 축축하게 젖어 있다. 그런데 이 접시가 마르거나 깨지면 갓파는 힘을 잃거나 죽을 수도 있다. 갓파의 입은 짧은 주둥이로 되어 있고 등에는 거북이 같은 등껍질이 있으며 수족에는 물갈퀴가 달

63 杉浦茂, 『少年西游記』, 『おもしろブック』, 1956.1~1957.3.

려 있다. 또한 양팔은 체내에서 연결되어 한쪽 팔을 잡아당기면 다른 팔이 몸통 속으로 쑥 들어가거나 그대로 빠지기도 한다. 몸에서는 비린내의 체취가 난다.[64]

이시카와 준이치(石川純一郎)에 따르면 갓파는 대부분 하천이나 늪 속에 살지만 바다에 사는 갓파도 있으며 공통점은 모두 수영을 잘 한다는 것이다. 이들은 대부분 장난을 좋아하고 나쁜 짓을 하지 않는 것으로 알려져 있다. 그러나 물가를 지나거나 헤엄치고 있는 사람을 물속으로 잡아당겨 익사시키기도 하고 그들의 엉덩이에 있는 구슬(屁玉)을 빼내 죽이기도 한다. 빼낸 엉덩이 구슬은 직접 먹거나 용왕에게 세금으로 납부한다. 엉덩이 구슬이란 사람의 항문 안에 있다고 상상된 가공의 장기인데, 이것을 빼면 얼간이가 된다고 한다. 이러한 전승은 익사자의 항문 괄약근이 느슨해진 모양이 마치 구슬이 빠진 것같이 보였던 것에서 유래하는 것으로 보이며, 엉덩이 구슬은 위와 장 등의 내장을 의미한다는 설도 있다.[65] 또한 갓파는 씨름을 아주 좋아하여 씨름하자고 어린아이들을 유혹한 뒤, 씨름에 진 아이들의 엉덩이 구슬을 빼버린다고도 한다. 갓파는 오이를 가장 좋아해서, 오늘날 일본에서 오이를 넣고 만 김밥을 갓파마키라고 한다. 갓파가 오이를 좋아하는 것은 갓파가 수신(水神)이 영락(零落)한 모습이고 오이는 수신에게 제사 지낼 때에 맨 처음에 바치는 첫물의 채소인 데에서 유래한다. 일본의 민화에서 갓파는 의리가 있고 물고기나 약의 제조법을 은혜 갚음으로써 제공하기도 한다.

또 갓파의 기원에 관해서는 고대의 영아 살해와 관련이 있다는 설도

---

64 이에 대해서는 일본의 인터넷 백과사전인 フリ-ウィキベディア(Free Wikipedia)를 참고했다.

65 石川純一郎, 『河童の世界』, 時事通信社, 1985年 新版, pp.129~131.

있다. 에도 시대에 영아 유기는 빈번하게 행해졌는데, 부모가 영아를 유기할 때에 옆에 있던 다른 자식들에게 그 끔찍한 사실을 감추기 위해서 상상의 존재인 요괴 갓파를 만들어냈다. 죽어서 모래밭에 떠오른 영아를 가리키며 어른들은 이것이 갓파의 소행이라고 둘러댔던 것이다.[66]

갓파의 특징인 머리의 접시에 대해서는 일본의 민속학자인 오리구치 시노부(折口信夫)가 『갓파 이야기(河童の話)』[67]에서 흥미 있는 지적을 하고 있다. 접시는 먹을 것을 올리기 위한 물건으로, 말하자면 생명력의 상징이라는 것이다.

일본에서는 일찍부터 이 전설의 요괴인 갓파를 주인공으로 한 다양한 소설, 만화, TV프로그램, 영화, 광고를 제작해왔다. 원래 일본은 다양한 신들을 믿는 다신교 국가이다. 믿는 신과 요괴도 각양각색이고, 그들을 주인공으로 한 풍부한 전설과 종교 이야기가 전해진다. 그런데 이렇게 무궁무진한 신과 요괴들 가운데 특히 갓파가 현대의 문화콘텐츠 속에서 사오정으로 변용되어 환영받고 있다는 사실은 우리로 하여금 호기심을 불러일으킨다.

이에 대해서는 우선 갓파가 일본인들에게 오랜 시간 동안 매우 친근감을 준 요괴였다는 점을 생각할 수 있다. 특히 갓파는 어린아이와 같은 작은 체구에, 아이들과 자주 씨름을 하며 노는 천진난만하고 장난기 많은 성격을 가졌다. 이러한 갓파의 이미지는 아동문학 작품 속에 그를 자주 출현시키는 계기가 되었다. 특히 『서유기』와 같은 외국의 작품을 일본 국내에 소개할 때에는 우선 일본 대중들이 느낄 수 있는 문화적 이질감을 최소화할 필요가 있다. 그래서 사람들에게 친근한 일본 본토

66 フリーウィキベディア(Free Wikipedia).

67 折口信夫, 「河童の話」, 『古代研究II』, 中公クラシックス, 2003, pp.223~252.

의 캐릭터를 채용함으로써 『서유기』라는 중국 소설을 거부감 없이 받아들이게 했을 것이다.

일본에서 사오정이 갓파로 변신할 수 있었던 또 다른 원인은 갓파가 사오정과 많은 공통점을 지닌다는 점도 이야기할 수 있다. 이에 대해서는 『서유기』 속의 사오정의 모습을 통해서 갓파와의 유사성을 살펴보고자 한다.

② 『서유기』에 나타난 사오정의 이미지

앞에서도 언급했듯이 『서유기』를 읽어본 사람이라면 손오공, 저팔계에 비해서 사오정은 뚜렷한 개성이 없는 인물이라는 것에 동의할 것이다. 삼장의 세 제자 중에 손오공은 용감무쌍함으로 영웅시되었고, 저팔계는 탐욕스럽지만 사람의 마음을 끄는 유머와 매력이 있었다. 이 두 인물에 비해서 사오정은 작품 속에서 드러나는 고유한 특징이 별로 없다. 그러나 사오정에 대한 『서유기』의 기록들을 자세히 분석해보면 사오정 특유의 개성이 존재함을 알 수 있다.

우선 사오정의 특징으로 들 수 있는 것은 추악한 요괴를 연상케 하는 외모이다. 제8회에서는 사오정이 처음으로 출현하는데 그 모습을 다음과 같이 묘사하고 있다.

> 관음보살이 보고 있자니 강물 속에서 뽀글뽀글 소리가 나더니 파도 속에서 요마가 하나 튀어나오는데, 그 모습이 몹시 추악했지요.
>
> 푸른 듯 푸르지도 않고, 검은 듯 검지도 않은, 칙칙한 낯빛, 큰 듯 크지도 않고, 작은 듯 작지도 않으며, 맨발에 힘줄 솟은 근육질 몸, 눈빛은 번쩍번쩍, 부뚜막 밑의 한 쌍 등불 같네. 입은 쭉 찢어져, 백정집의 화로 같네. 삐쭉 튀어나온 송곳니는 칼날을 걸어놓은 듯하고, 시

> 빨건 머리를 어지럽게 풀어헤쳤네. 한번 내지르는 소리 뇌성벽력 같고, 두 다리로 파도치는 모습 몰아치는 바람 같네.[68]

위의 예문을 보면 우리는 사오정의 대강의 형상을 머릿속에 상상해볼 수 있다. 사오정은 사막의 물 즉 유사하에서 사는 요괴이며, 수영을 잘하고 푸른색 같기도 하고 검은색 같기도 한 근육질 몸에 날카로운 송곳니를 가졌다. 그런데 이런 사오정의 외모를 잘 보면 앞서 살펴본 갓파의 모습과 비슷한 부분이 많다. 먼저 갓파와 사오정은 모두 물과 친하고 수영을 잘한다. 또한 갓파의 몸 색깔도 초록색으로 사오정이 청색인 것과 비슷하고, 사오정의 송곳니는 갓파의 엄니와 비슷하다. 즉 두 요괴는 전체적인 이미지에서 유사한 부분이 많다.

다음으로 두 요괴의 공통점으로 들 수 있는 물과의 연관성을 자세히 살펴보도록 하겠다. 제43회에 묘사된 사오정을 보면 물과 친하고 수영을 잘한다는 것을 알 수 있다. 요괴가 변한 사공이 삼장과 저팔계를 납치하자 사오정은 그들을 구하기 위해서 물에 뛰어들기 전에 손오공에게 이렇게 말한다.

> "형님, 왜 일찍 얘기하지 않으셨소? 말하고 봇짐 좀 지키고 계셔요. 제가 물속에 들어가 찾아보고 올게요."
>
> "여긴 물빛이 좋지 않으니 네가 들어갈 수 없을 게다."
>
> "이 물이 제가 있던 유사하에 비해 어떻다고 그래요? 괜찮아요. 들어갈 수 있다니까요!"

---

68 『서유기』 第8回 : 菩薩正然点看, 只見那河中, 潑剌一聲響亮, 水波里跳出一个妖魔來, 十分丑惡. 他生得 : 青不青, 黑不黑, 晦气色臉; 長不長, 短不短, 赤脚筋軀. 眼光閃爍, 好似灶底双灯; 口角丫叉, 就如屠家火鉢. 獠牙撑劍刀, 紅發亂蓬松. 一聲叱咤如雷吼, 兩脚奔波似滾風.

멋진 사오정! 그는 승복을 벗고 팔다리를 걷어붙이고 항요장을 휘둘러 척 물을 가르고 파도 속으로 뛰어들어 성큼 성큼 앞으로 걸어갔어요.[69]

모래 사막이 파도치는 듯한 유사하가 본거지였던 사오정은 위의 예문에서처럼 물을 두려워하지 않고 파도 속으로 뛰어든다. 사오정이 물과 친하다는 내용은 『서유기』 곳곳에서 찾아볼 수 있다. 삼장 일행은 여행 도중에 물에 들어가야만 할 때가 있는데 그럴 때마다 사오정이 주도하여 사건을 해결한다. 다음의 49회의 손오공의 말에서도 사오정과 저팔계가 물과 친숙하다는 사실이 드러나 있다.

"솔직히 말해서 산속의 요괴라면 너희들이 힘쓸 필요가 전혀 없지만, 물속의 일은 내가 할 수 없다. 바다 속으로 내려가고 강을 지나려면 물을 물리치는 벽수결의 술법을 쓰거나 무슨 물고기나 게 모양으로 변신해야 되지. 그런데 그런 술법을 쓰면 여의봉을 쓸 수도 신통력을 부릴 수도 없으니, 요괴를 때려잡을 수 없어. 너희들이 물에 익숙하다는 것은 내 오래전부터 알고 있으니, 너희 둘더러 내려가라는 거야."[70]

그런데 이러한 물과의 친연성은 갓파에게서도 발견된다. 사오정의 본

69 『서유기』 第43回 : 沙僧聞言道 : "哥哥何不早說! 你看看馬与行李, 等我下水找尋去來." 行者道 : "這水色不正, 恐你不能去." 沙僧道 : "這水比我那流沙河如何?去得, 去得!" 好和尙, 脫了褊衫, 扎抹了手脚, 輪着降妖宝杖, 扑的一聲, 分開水路, 鉆入波中.

70 『서유기』 第49回 : 行者道 : "不瞞賢弟說, 若是山里妖精, 全不用你們費力; 水中之事, 我去不得. 就是下海行江, 我須要捻着避水訣, 或者變化什么魚蟹之形, 才去得; 若是那般捻訣, 却輪不得鐵棒, 使不得神通, 打不得妖怪. 我久知你兩个乃慣水之人, 所以要你兩个下去."

거지가 유사하라면 갓파의 주거지 역시 강가나 늪이다. 그런데 갓파는 물속에 있다가 수영하는 아이들을 물속으로 끌어당겨 실신시키거나 죽이기도 한다. 전승에 따라서는 갓파가 익사한 시체의 엉덩이 구슬을 빼먹기도 하는 잔인한 성격도 가지고 있다고 한다. 이러한 갓파의 식인의 이미지는 사오정에게서도 보이는 부분이다. 제8회에서 사오정이 관음보살에게 사죄하는 장면을 보자.

> "보살님, 제 죄를 용서하시고 제 말씀을 들어주세요. 저는 요마가 아니라 영소보전에서 난여를 모시는 권렴대장입니다. 반도대회 때 실수로 유리잔을 깨뜨리는 바람에, 옥황상제께서 팔백 대를 때려 아래 세상으로 쫓아내고 이런 몰골로 만드셨습니다. 또 이레마다 한 번씩 검이 날아와 옆구리를 백 번도 넘게 찌르고 돌아가는지라, 이렇듯 괴로워하고 있습니다. 배고픔과 추위를 참을 길이 없어 이삼일에 한 번씩 물결 속에서 뛰쳐나와 행인을 잡아먹곤 하는데, 뜻밖에도 오늘 멋모르고 대자대비하신 보살님께 덤벼들게 되었습니다."[71]

위의 예문에서 사오정이 이삼일에 한 번씩 물결치는 듯한 사막 속에서 뛰어올라 행인을 잡아먹는 모습은, 지나가는 사람들을 물속으로 끌어들여 잡아먹는 갓파의 모습과 거의 일치한다.

이상으로 살펴본 결과 갓파와 사오정은 외모와 이미지에서 유사점이 많고, 특히 두 인물 모두 물과 친하며 수영을 잘하고 식인의 이미지를 갖고 있다. 필자는 이러한 유사성이 『서유기』가 일본에서 수용되는 과

---

71 『서유기』 第8回 : "菩薩, 恕我之罪, 待我訴告. 我不是妖邪, 我是灵霄殿下侍鑾輿的卷帘大將. 只因在蟠桃會上, 失手打碎了玻璃殘盞, 玉帝把我打了八百, 貶下界來, 變得這般模樣. 又教七日一次, 將飛劍來穿我胸脅百余下方回, 故此這般苦惱. 沒奈何, 飢寒難忍, 三二日間, 出波濤尋一个行人食用; 不期今日无知, 冲撞了大慈菩薩."

정에서 사오정을 일본 고유의 요괴 갓파로 자연스럽게 변신하게 만든 중요한 원인이 되었다고 생각한다.

마지막으로 일본에서 갓파화된 사오정의 현상은 문화콘텐츠의 기본적인 속성 즉 대중적인 상업 가치를 중요시하는 측면과도 관련되어 있다. 앞에서도 언급했듯이 사오정은 『서유기』의 주요 인물들에 비해 뚜렷한 자기만의 개성을 갖지 못했다. 손오공과 저팔계에 비해서 사오정은 조용하고 눈에 띄지 않으며 보조적인 역할만을 수행한다. 늘 제1인자가 되지 못하고 2인자의 그림자 속에서 만족하는 인물이다. 그러나 원작인 『서유기』가 문화콘텐츠로 변용될 때에는 대중의 관심을 유도하여 최대한 상품의 구매력을 높여야 한다. 그러기 위해서는 우선 작품이 재미있어야 하고 인물 하나하나가 뚜렷하고 독특한 이미지를 갖고 있어야 한다. 이런 면에서 일본의 문화콘텐츠에서는 원작에서 존재감이 없었던 사오정에게 뚜렷한 개성을 부여함으로써 사오정 캐릭터를 손오공이나 저팔계에 못지않은 주인공으로 부활시키고자 했을 것이다. 필자는 이런 과정에서 사오정이 일본 대중에게 친근함을 주었던 요괴 갓파로 점차 변질되어갔을 것으로 생각한다.

5. 나가는 말

이상으로 중국, 한국, 일본의 문화콘텐츠에 변용된 사오정의 이미지를 분석해보았다. 사오정은 본래 소설 『서유기』의 인물 중 개성이 드러나지 않는 인물이었다. 손오공, 저팔계에 비해 소설 속에 출현하는 비율도 작고 현란한 법술과 재주를 부리지도 않는다. 인물들 간의 대화에서도 사오정은 간단한 대답이나 질문 정도만 할 뿐 대부분 소외되어 있다. 그럼에도 불구하고 사오정은 취경의 무리 중에 빼놓을 수 없는 인물이기도 하다. 그는 취경에 대한 신심이 투철하고 불심이 깊으며 사형과 사부에 대한 애정이 각별하다. 어떤 상황에 처했을 때 두 사형들보다 냉정하고 이성적으로 사태를 분석하고 현명하게 대처하기도 한다. 또한 다혈질이고 실수투성이인 두 사형을 보좌하고 언쟁을 중재하기도 한다. 이러한 사오정의 본모습은 중국의 문화콘텐츠 속에 그대로 수용되었다. 사오정은 장신의 거구에다 우락부락한 아저씨의 외모를 했고, 목에는 해골목걸이를 걸었으며, 손에는 월아산(月牙鏟)을 들었다. 그는 의협심이 강하고 사도들을 보좌하는 역할을 충실하게 수행한다. 오늘날 중국의 문화콘텐츠에서 사오정의 이미지가 점차 다양해지고 있기는 하지만 여전히 그 변화는 크지 않다. 필자는 이러한 현상이 『서유기』의 본산지로서 고전을 계승하고 보존하려는 중국의 자부심과 밀접한 관련이 있다고 생각한다.

그런데 동일한 『서유기』 속의 사오정이 한국과 일본의 문화콘텐츠에서는 전혀 다른 이미지로 변용되는 것을 볼 수 있다. 1990년대에 방영된 애니메이션 〈날아라 슈퍼보드〉의 폭발적 인기로 말미암아 여기에 출현하는 사오정도 큰 대중적인 인기를 누리게 된다. 우리나라에서는 손오공과 저팔계보다도 사오정이 더 큰 인기를 끌게 되는데, 〈날아라 슈퍼보드〉에서 사오정은 초록색 모자를 귀밑까지 눌러써서 귀가 눌려 상대방의 이야기를 오해하고 엉뚱하게 대답하는 우스운 캐릭터로 표현된다. 애니메이션의 인기에 힘입어 1990년대 후반에는 사오정을 주인공으로 한 '사오정 시리즈'라는 개그 이야기가 전국적으로 크게 유행하게 되었다. 사오정 유머 시리즈는 허무하고 엉뚱한 유머로서, 1990년대에 불안하고 답답한 현실에 직면한 한국 대중에게 심리적인 위로를 주었다.

다음으로 일본의 문화콘텐츠에서 변용된 사오정은 한국, 중국과는 또 다른 독특한 갓파(河童)의 이미지로 묘사되었다. 갓파는 일본 고유의 요괴로서 물속에 살면서 수영을 잘하고, 길 가는 아이를 잡아먹기도 하며, 초록색의 몸에 머리에는 접시를 얹고 있다. 물과의 친연성, 식인의 기질, 요괴라는 공통점으로 인해 일본에서 사오정은 일본의 민속 요괴인 갓파로 변용되었다. 오늘날 일본의 문화콘텐츠에서 사오정은 대부분 갓파로 묘사되어 있어 일본인들에게 사오정은 곧 갓파라는 오해를 불러일으키기도 한다. 대중에 대한 영상물의 영향력이란 상상을 초월할 만큼 크기 때문에 일본에서 제작된 TV드라마 〈서유기〉를 보면서 『서유기』를 처음 접하게 된 대중들이 이러한 오해를 하는 것도 무리가 아니다. 그러나 이러한 상황은 다양한 문화콘텐츠를 창작하고 즐기는 동시에 원작에 대한 정확한 이해도 함께 이뤄져야 할 필요성을 다시 한 번 생각하게 한다.

오늘날 세계 각국은 새로운 콘텐츠를 발굴하기 위해 국가적 차원의 적극적인 지원을 아끼지 않고 있으며, 반드시 자국에서 생산된 이야기가 아니더라도 활용의 가치가 있다면 국경을 초월하여 수용하고 새롭게 상품화한다. 이러한 문화콘텐츠 사업은 국가의 경제적 이익과도 직결되어 있는 실용적인 산업이기도 하다. 특히 문화콘텐츠에는 오랜 시간을 두고 사람들에게 감동을 주어온 검증된 이야기들 즉 신화, 전설, 소설 등 고전 문학작품들이 중요한 소재로서 다수 포함되어 있다. 많은 사람들에게 친숙한 고전작품을 현대적으로 변용함으로써 더 쉽게 대중들에게 다가갈 수 있고 성공률도 높일 수 있기 때문이다. 단적인 예로서 영국의 경제잡지 『포브스(*Forbes*)』에 따르면 최근 영국이 『해리 포터(Harry Potter)』에 의해 거두는 경제적 이익이 전통적인 경제 수입원인 철강산업으로 올리는 수입보다 훨씬 많다고 한다. 이러한 사실은 전통문

화의 현대적인 변용의 무한한 가능성과 문화콘텐츠 산업의 실용적인 가치와 중요성을 잘 대변해준다.[72]

그런데 이러한 문화콘텐츠 산업은 국경을 초월하는 산업이므로 다른 나라의 이야기 소재를 가져와 창작하는 과정에서 무엇보다 상호 이해가 필요하다. 왜냐하면 원전에 대한 깊은 이해의 바탕 없이 제작된 상품은 자칫 고전의 왜곡이라는 오명에서 자유로울 수 없기 때문이다. 그래서 세계 각국의 문화콘텐츠에 대해 정확하게 이해하고자 한다면 그 나라가 가진 고유의 전통문화에 대한 깊은 이해가 선행되어야 한다. 이제 옛날이야기도 전 세계가 공유하는 시대가 도래했고, 앞으로 이야기 콘텐츠를 각색하고 상품화하는 데 있어서 고전 원전에 대한 이해는 더욱 절실해질 전망이다. 그리고 이러한 작업은 원전을 독해할 수 있고 문화적인 각도에서 문화콘텐츠를 분석, 비판할 수 있는 인문학자들이 앞으로 담당해야 할 영역일 것이다.

---

72 『Cartoon World』, 『玩具世界』, 2005.4, p.63.

3장

한 · 중 · 일 문화콘텐츠에 변용된 삼장법사 이미지

1. 들어가는 말

『서유기』는 명대의 소설이지만 수백 년의 시간을 뛰어넘어 오늘날까지도 TV드라마, 영화, 만화, 소설, 인터넷 문학 등으로 변용되어 세계인에게 무한한 환상의 세계를 제시하고 있다. 이와 같은 『서유기』의 생명력은 『서유기』 자체가 기발한 상상력, 흥미로운 역사 이야기, 개성적인 등장인물 등 많은 매력을 지니고 있어서이기도 하지만, 『서유기』가 하나의 콘텐츠로서 현대의 미디어에 맞추어 성공적으로 변용되었기 때문이다.

고대 사회에서는 이야기를 전달하는 매체가 주로 출판인쇄물이었다. 물론 이야기꾼들이 저잣거리에서 멍석을 깔아놓고 사람들에게 이야기를 전하기도 했지만, 역시 고대 사회에서 이야기는 책을 통해 사람들에게 읽히고 퍼졌다.

그러나 현대사회에서는 이야기를 전달하는 미디어가 매우 다양해졌다. 이야기는 출판인쇄물뿐 아니라 TV, 영화 등의 영상물과 컴퓨터의 디지털 글쓰기 나아가 모바일 폰의 다양한 SNS[1]를 통해서도 전해진다. 일상이 바쁜 현대인들은 책을 읽는 것보다 오히려 영상물과 같은 시각적인 이미지로 이야기를 즐기는 것에 익숙하고, 짧은 시간 내에 읽을 수 있는 인터넷과 SNS의 단편적인 이야기들을 선호한다. 즉 과학기술이 발달함에 따라 다양한 미디어가 만들어지고 새로운 미디어는 대중의 사고에 영향을 미치게 된다. 또한 거꾸로 과학의 발달과 더불어 사람들의 생각에도 변화가 생기고 새로운 미디어와 이야기를 필요로 하게 되었다. 과학기술, 미디어, 문화 그리고 이야기는 이렇게 맞물려 영향을 주고받으면서 발전한다. 또한 문화콘텐츠는 그 사회의 문화적인 특징을 반영하므로 하나의 작품이라도 민족과 국가마다 각각 다른 모습으로 존재한다. 이 글에서는 한 · 중 · 일의 문화콘텐츠에서 『서유기』가 각 나라의 문화와 미디어 등의 차이에 따라 어떻게 특징적으로 변용되었는지를 『서유기』 속 삼장법사의 이미지를 중심으로 살펴보고자 한다.[2]

---

1 SNS란 Social Network Service의 약자로 사용자 간의 자유로운 의사소통과 정보 공유 그리고 인맥 확대 등을 통해서 사회적 관계를 생성하고 강화시켜주는 온라인 플랫폼을 의미한다. SNS는 범주상 블로그, 위키, UCC 등과 함께 소셜 미디어의 한 유형으로서 보는 것이 타당하다. 최근 들어 스마트폰 이용자의 증가와 무선 인터넷 서비스의 확장과 더불어 SNS의 이용자 또한 급증하고 있다. 국내의 SNS 시장을 주도하고 있는 페이스북(Face book)과 트위터(Twitter) 이용자 수는 이미 2011년 1천만 명을 돌파했다(인터넷 백과사전 위키피디아 참고). 이러한 SNS로 전해지는 이야기는 출판인쇄물처럼 길고 완정한 형태의 이야기는 아니지만 현대사회의 변화된 미디어 환경과 대중들의 요구에 맞춰 새롭게 형성된 또 다른 담론체계로 생각된다.

2 필자는 『서유기』의 등장인물들이 각각 오늘날 한 · 중 · 일 문화콘텐츠에서 어떻게 수용되어왔는지를 고찰해왔다. 이 글 역시 이러한 연장선상에서 구상되었다. 이 책의 2부 2장 참고.

2. 한국 문화콘텐츠에 나타난 삼장법사

우리나라의 『서유기』에 대한 최초의 기록은 조선 시대 중국어 교과서인 『박통사언해(朴通事諺解)』에 실린 『고본서유기(古本西遊記)』의 한 단락인 「거지국투성(車遲國鬪聖)」이다. 이 「거지국투성」은 100회본 『서유기』의 제46회의 내용을 가져왔다. 오늘날 『박통사(朴通事)』는 전해지지 않고 조선시대 숙종(肅宗) 3년 박세화(朴世華) 등 12인에 의해서 간행된 『박통사언해』만 남아 있다. 그런데 『박통사』의 성립 연대는 대략 고려 말 지정(至正) 7년(1347)경으로 추정할 수 있어서, 『서유기』는 이미 고려 말에 우리나라에 들어왔음을 알 수 있다.

이후로 『서유기』는 조선 시대 문인들에게 두루 읽히면서 그들의 삶과 학문에 큰 영향을 끼쳤다. 예를 들면 조선 중기 문인인 허균(許筠)은 『성소부부고(惺所覆瓿稿)』에서 『서유기』가 가진 문학적인 재미와 오락성을 언급한 바 있고 조선 후기 문인 심재(沈鋅)와 정조(正祖) 때 문인인 이만수(李晩秀)는 『서유기』의 뛰어난 언어 구사와 기발한 문체를 칭찬하고 있다.[3]

이처럼 역사적으로 이른 시기부터 우리 선조들에게 깊은 영향을 주었던 『서유기』는 600여 년이 지난 오늘날까지도 만화, 애니메이션 등의 다양한 문화콘텐츠로 각색되어 여전히 감동과 재미를 선사하고 있다. 이 글에서는 특히 『서유기』의 삼장법사가 우리나라의 문화콘텐츠에서 어떠한 이미지로 변용되었는지 구체적인 작품들을 예로 들어 살펴보고자 한다.

---

3 민관동, 「『西遊記』의 國內流入과 板本研究」, 『中國小說論叢』 제23집, 2006, 217~220쪽.

1) 존재감 없는 삼장법사

우리나라에서 소설 『서유기』가 원서나 번역서가 아닌 문화콘텐츠로서 처음 대중에게 소개된 것은 만화라는 미디어를 통해서이다. 1965년 11월부터 『새소년』에 연재된 이정문의 『설인 알파칸』[4]은 『서유기』의 내용을 현대적으로 각색한 작품이다. 에베레스트에 간 천문학자 신경준 박사 일행, 신 박사의 아들 준이 그리고 소녀 숙이가 히말라야에서 기계인간인 설인 알파칸을 만나 세계정복의 야욕에 불타는 뜨베르 박사를 물리친다는 내용이다. 소년 준이와 소녀 숙이를 중심으로 한 선의 무리들이 악당들을 끊임없이 물리치는 내용은 『서유기』의 삼장 일행과 요마들의 대립 구조를 본 딴 것이며, 특히 준이 일행이 몸속으로 여행을 떠나는 이야기는 이 작품이 『서유기』의 영향을 많이 받았음을 보여준다. 『설인 알파칸』에서 큰 귀와 귀여운 원숭이를 닮은 준이의 모습은 『서유기』의 손오공과 비슷하기도 하고, 1951년 처음 등장하여 일본과 우리나라에서 큰 인기를 누렸던 데즈카 오사무(手塚治蟲)의 아톰[5]과도 닮았다. 그런데 이 『설인 알파칸』 속에는 제자들을 이끌고 구법의 여행을 책임지는 삼장법사는 등장하지 않는다.

이후 『서유기』는 우리나라에서 만화가 고우영에 의해 또 한 번 새롭게 창작된다.[6] 『서유기』의 인물들은 고우영 특유의 동양적인 화풍과 풍

---

4 1965년부터 1971년까지 『새소년』에 연재된 만화 『설인 알파칸』은 최근 한정판으로 복간되었다. 이정문, 『설인 알파칸』, 청강문화산업대학 미디어출판부, 2007.

5 아톰의 원제는 『鐵腕아톰』이다. 일본의 만화작가인 데즈카 오사무가 1952년 『少年』에 연재한 작품을 1963년 만화영화로 제작했다. 1963~1966년 일본의 첫 만화영화로 방영되어 선풍적인 인기를 불러일으켰고 세계로 수출되었으며 국내에서는 1970년대에 방영되었다.

6 고우영, 『서유기』, 우석출판사, 1980~1981.

부한 유머를 담은 필치를 거치면서 대중적이고 친근한 캐릭터로 재탄생하게 된다. 특히 그는 당시 우리나라에서 유행하던 조용필의 〈단발머리〉 같은 대중가요들, TV드라마 제목, F-Killer와 같은 살충제 상표명 등을 만화 곳곳에 등장시켜, 현대적이고 한국적인 『서유기』를 만들어낸다. 고우영의 『서유기』에서 주로 부각된 캐릭터는 손오공과 사오정이다. 손오공은 소설 『서유기』에서 구름을 타고 다니는 것과는 달리 제트기를 타고 다니면서 용감하게 요마들을 물리치고, 사오정은 서양인 같은 외모에 영어를 남발하는 엉뚱하고 우스운 캐릭터로 등장한다. 저팔계는 이 작품에서 식욕과 성욕이라는 인간의 원초적인 욕망을 솔직하게 드러냄으로써, 독자들의 욕망의 분출구 역할을 하기도 했다. 그런데 갸름한 얼굴에 고운 인상을 지닌 삼장은 작품 속에서 제자들에 비해 상대적으로 존재감이 미미하다. 이야기 속에서 그는 놀랄 만한 활약도 없고 제자들처럼 기발한 도술도 부리지 못하며 제자들의 도움 없이는 한 발짝도 나갈 수 없을 만큼 나약하다. 그러나 그는 여전히 제자들을 진정으로 염려하고 불심도 깊은 고승의 면모를 지니고 있다.

고우영의 『서유기』가 당시 세태에 대한 풍자와 함축적인 유머를 곳곳에서 드러내고 있고 성적인 소재도 적지 않아 청소년 이상의 성인을 주요 독자로 삼았다면, 이후 등장한 허영만의 『미스터 손』[7]은 어린이들이 주요 독자였다. 『미스터 손』은 『만화왕국』이라는 만화잡지에 처음 연재되다가 중간에 캐릭터가 바뀌면서 1부 『미스터 손』이 끝나고 2부 『날아라 슈퍼보드』란 제목으로 다시 연재되었다. 『미스터 손』은 『서유기』의

7 허영만의 『미스터 손』은 1988년 8월 15일자로 예음에서 출판된 만화잡지인 『만화왕국』 창간호에 등장하여 인기를 끌었고 1989년 2월 25일부터 1990년 4월 30일까지 새소년에서 출판된 '요요코믹스' 시리즈에서 전 3권으로 출판된다.

인물과 줄거리를 기본 틀로 가져왔으나 현대적으로 새롭게 창작된 작품으로, 1990년대에는 애니메이션으로 제작되어 큰 인기를 누렸다.[8] 이 작품에서 손오공은 여의봉 대신 쌍절곤을 휘두르고 보드를 타고 다니며, 저팔계는 선글라스를 끼고 바주카포를 멘 채 오토바이를 타고 다닌다. 삼장법사는 여전히 가사를 입은 승려의 모습이지만 용마(龍馬) 대신에 벤츠 지프차를 몰고 다닌다. 무엇보다 이 작품을 통해 대중에게 깊이 각인되면서 사랑을 받기 시작한 것은 사오정 캐릭터였다. 사오정은 초록색 몸에 보라색 모자를 귀까지 눌러쓰고 타인의 말을 못 알아듣고 엉뚱한 이야기를 하는 우스꽝스런 이미지로 각색되었다.[9] 그러나 삼장의 이미지는 여전히 사오정, 손오공, 저팔계의 뚜렷한 캐릭터에 가려져 그 존재가 유명무실하다.

이후 『서유기』와 관련되어 우리나라에서 출판된 만화책은 적지 않은데, 삼장은 늘 작품 속에서 뚜렷한 인상을 남기지 못했다. 우리나라의 만화와 애니메이션에서 삼장이 주인공의 자리를 손오공, 사오정에게 내주고 뒷전으로 밀려나 있는 현상은 우리나라에서 『서유기』가 대부분 아동을 위한 만화나 한자 학습서, 애니메이션으로 각색되어 수용되

8 허영만의 원작만화를 1990년 KBS와 ㈜한호흥업에서 텔레비전 애니메이션 영화 시리즈로 제작한 것이다. 감독은 이우영, 김일남, 이건설, 정수용이 담당했고, 음악은 김수철이 담당했다. 1990년 총 2편의 애니메이션 영화로 제작되어 호평을 얻은 후, 1991년에는 제2부 총 13편, 1992년에는 제3부 총 13편이 제작되어 KBS에서 방영했다. 2001년 총 13화로 제작된 5번째 시리즈는 KBS2 텔레비전을 통해 방영되었다. 1990년 첫 방송 이후 42.8%라는 경이적인 시청률(1992.11. 기준)을 기록하여 2002년 현재에도 국내 애니메이션영화 사상 최고의 시청률로 기록되고 있다(인터넷 두산백과 참고).

9 한국, 중국, 일본의 문화콘텐츠에 나타난 沙悟淨의 이미지에 대한 자세한 논의는 본서의 2부 2장 참고,

고 있기 때문이다. 아동이라는 수용자층을 고려했을 때, 등장인물은 아동들이 좋아하는 활발하고 적극적이며 용감한 캐릭터의 소유자여야 하는데 삼장은 이러한 조건에 전혀 부합되지 않는다. 오히려 삼장은 조용하고 눈에 띄지 않으며 도덕군자처럼 원리원칙을 중시하는 인물이이서 유년기의 아이들이 별로 좋아하지 않은 까다로운 노선생님의 이미지와 비슷하다. 그리고 어린이들은 이 시기에 특히 환상성과 오락성에 탐닉하는데, 삼장은 이들이 추구하는 판타지와는 거리가 멀기 때문에 우리나라 문화콘텐츠에서는 삼장보다 손오공이 독보적인 주인공의 자리를 차지하고 있다.

2) 여성화된 삼장법사

우리나라에서 대중들이 『서유기』에 관심을 갖게 된 또 다른 통로는 일본에서 유입된 만화와 애니메이션들이다. 2차 세계대전(1939~1945) 이전부터 일본은 전통적인 도제(徒弟) 시스템을 바탕으로 만화산업 시장을 육성하기 시작한다. 청소년용 종합 월간 오락잡지 『소년』은 2차 세계대전 이전부터 발행되다가, 전후 잠시 휴간을 거쳐 재간행되면서 점차 만화 잡지화되어갔다. 1950년대 후반 일본에는 이미 월간 만화지가 6종 있었고, 1958년에는 세계 최초로 주간만화지 『소년매거진』이 창간된다.[10] 이처럼 일본은 만화라는 미디어에 대해 일찍부터 관심을 기울였고 수용층도 두터워 국가의 전략산업으로 키워갔다. 그리고 이 시기에 일본에서 나온 만화 가운데 성공한 작품들은 대부분 애니메이션으

10 한국문화콘텐츠진흥원, 『일본애니메이션 산업의 역사』, 커뮤니케이션북스, 2007, 84쪽.

로 다시 제작되어 성공을 거둔다. 당시 우리나라는 국가의 경제성장이 급선무였으므로 만화나 애니메이션 등의 문화산업에까지 국가적인 투자와 관심을 기울일 수 없는 상황이었다. 따라서 만화와 애니메이션 사업은 아직 초보적인 걸음마 단계였고, 1970년대부터 우리보다 앞선 일본의 『서유기』 관련 만화와 애니메이션을 주로 수입해서 보았다.

『서유기』와 관련해 우리나라에 수입되어 대중적인 인기를 끈 일본 만화와 애니메이션을 꼽는다면, 〈별나라 손오공〉,[11] 『드래곤볼』, 『최유기(最遊記)』 등을 들 수 있다. 이 중 〈별나라 손오공〉은 한국에서 80년대 초반에 〈오로라 공주와 손오공〉이라는 제목으로 처음 방영되었으나 중간에 방영이 중단되었다가, 80년대 후반에 〈별나라 손오공〉이라는 제목으로 KBS에서 재방영되었으며 최고 시청률 21%을 달성하며 선풍적인 인기를 얻었다. 이 작품은 기본적으로 『서유기』를 모티브로 삼고 있지만 작품의 시대적인 배경이 당나라가 아닌 미래이고 지리적인 배경 역시 중국이 아닌 우주로 설정되어 있다. 그리고 소설 『서유기』 속에서 삼장 일행을 위협하는 요괴들은 행성을 파괴하고 사람들을 해치는 스페이스 몬스터로 바뀌어 있다. 여행의 목적도 취경이 아닌 스페이스 몬스터로부터 우주를 지키기 위해 초능력을 소유한 오로라 공주를 무사히 대왕성에 보내어 약해진 갤럭시 에너지를 극대화시키는 데 있다. 무엇보다 이 작품에서 특징적인 변화는 삼장이 여성인 오로라 공주로 변

---

11 〈별나라 손오공〉의 원제는 일본 애니메이션 《SF서유기 스타징가(SF西遊記スタジンガー)》이다. 1978년부터 1979년까지 후지TV를 통해 첫 방영된 작품이다. 〈은하철도 999〉로 유명한 마쓰모토 레이지(松本零士)가 그렸으며, 원작은 이시카와 에이스케(石川英輔)의 소설 『SF서유기』이다. 원래는 64편의 에피소드였으나 높은 시청률을 얻자 추가로 9편의 에피소드를 더 제작하여 총 73편의 에피소드로 구성되었다. 만화에 등장하는 각종 무기나 캐릭터, 비행선을 본딴 장난감이나 학용품들이 선풍적인 유행을 하기도 했다(인터넷 백과사전 위키피디아 참고).

화되었다는 점이다. 아름다운 여성 삼장인 오로라 공주는 손오공, 저팔계, 사오정을 이끌고 우주여행을 떠나게 되고 그 과정에서 수많은 스페이스 몬스터들을 물리친다. 그리고 아름다운 오로라 공주는 손오공과 미묘한 러브 라인을 형성하는데, 이러한 여성 삼장과 손오공과의 애정 관계는 당시 일본에서 방영되고 있던 TV드라마 〈서유기〉에서 영향을 받은 바가 크다.

여성의 모습을 한 삼장은 이후 수입된 일본 만화 『드래곤볼』에서도 나타난다. 『드래곤볼』의 부르마는 작가가 인터뷰에서 밝혔듯이 삼장법사의 캐릭터를 여성화한 것이다. 이후 만화 『드래곤볼』은 TV애니메이션의 형태로 일본에서 다시 제작되었고 이것이 우리나라에 수입되면서 『서유기』 콘텐츠는 선풍적인 인기를 불러일으킨다. 이처럼 우리나라에서는 자체적으로 『서유기』와 관련된 문화콘텐츠를 만들기도 전에 〈별나라 손오공〉, 『드래곤볼』과 같은 일본의 문화콘텐츠를 먼저 수입하게 되면서 자연스럽게 일본 스타일의 『서유기』에 더 익숙해졌다.

그래서 이후 우리나라에서 제작된 『서유기』 관련 문화콘텐츠에서 삼장의 이미지는 종종 여성 캐릭터로 나타난다. 예를 들어 〈날아라 슈퍼보드〉라는 애니메이션의 원작 만화인 『미스터 손』에는 『드래곤볼』의 여자 주인공인 부르마와 비슷한 '미로'라는 여자아이가 등장한다. 손오공 옆에서 풍부한 과학 지식과 기구들을 활용하여 손오공을 돕는 미로의 모습은 『드래곤볼』의 부르마를 연상시킨다. 허영만의 『미스터 손』은 단 10화 분량만이 연재되고 나중에 미로가 빠지면서 제2부 『날아라 슈퍼보드』라는 제목으로 다시 연재된다. 이 제2부가 애니메이션으로 제작되어 큰 인기를 끌었으므로 1부 『미스터 손』은 상대적으로 대중들의 뇌리에 깊이 각인되지 못하고 사라졌는데, 1부와 2부의 가장 큰 차이점은 바로 여성 주인공인 미로의 등장 여부이다.

다음으로 여성 삼장이 출현하는 또 다른 『서유기』 관련 작품은 2003년 처음 서점가에 등장하여 오늘날까지 스테디셀러로 꾸준한 인기를 끌고 있는 한자 학습 만화인 『마법천자문』[12]이다. 『마법천자문』에는 손오공과 악의 무리들이 대결하는 과정에서 크고 강렬한 한자의 이미지들이 등장하는데, 아이들은 흥미로운 이야기와 함께 자연스럽게 한자를 기억하게 된다. 이와 같이 『마법천자문』은 한자 학습서의 측면에서 독자들에게 다가갔으므로 단기간에 어린이와 학부모의 높은 호응과 적극적인 지지를 끌어낼 수 있었다. 그런데 『마법천자문』에서도 삼장의 성별은 남성이 아니라 여성이다. 뛰어난 한자 마법 실력을 지닌 의리파 소녀인 삼장은 손오공을 늘 따라다니며 위기 상황에서 도움을 준다. 삼장은 댕기머리를 양 갈래로 땋고 한복과 버선 모양의 신발을 신은 전통적인 외모를 하고 있는데, 성격은 매우 활달하고 적극적인 현대 여성의 전형적인 모습을 하고 있다. 그녀에게서는 소설 『서유기』의 삼장처럼 불심이 깊고 현학적이며 소심한 이미지를 전혀 찾아볼 수 없다. 그리고 겉으로는 친구라고 하면서도 속으로는 손오공에게 깊은 애정을 느끼고 있는데 예를 들어 5권의 10장에서는 손오공을 대신해 스스로 혼세마왕(混世魔王)의 마법의 희생양이 되기도 한다. 악마가 될 수도 있는 매우 위험한 상황임에도 그녀는 손오공을 위해 기꺼이 혼세마왕의 마법에 자신을 내던진다.

그런데 이러한 여성화된 삼장과 손오공의 사랑 이야기는 모두 일본으로부터 수입된 만화와 애니메이션으로부터 영향을 받은 바가 크다. 왜

12 『마법천자문』은 아울북에서 출간한 학습만화이다. 2021년 7월 가장 최근 권인 51권이 나왔으며 중국의 『서유기』를 모티브로 선과 악의 대결이 주 내용이다. 줄임말 '마천'으로 불리며 마천 열풍을 일으키기도 했다. 작화는 19권까지 스튜디오 시리얼에서 담당했으며 시즌1 마지막 권인 20권부터는 '홍거북'이 그리고 있다.

냐하면 중국에서 제작된 『서유기』와 관련된 문화콘텐츠에서는 여성 삼장을 거의 찾아볼 수 없고, 여성 삼장이 처음 등장하는 것은 일본이며 1970년대 이후로 우리나라는 일본의 『서유기』 관련 작품들을 꾸준히 수입해 소개해왔기 때문이다.

우리나라의 여성 삼장에 대해 또 한 가지 생각해봐야 할 것은 문화콘텐츠가 지닌 현실적인 속성과 경제적인 원리이다. 문화콘텐츠는 대중의 관심이 필수적이므로 우선 그 사회의 트렌드를 잘 반영해야 하고 수용자층의 기호와 요구를 충분히 고려해야 한다. 그러므로 현대사회에서 제고된 여성의 사회적인 지위와 다수의 여성 수용자층의 생각과 취향을 작품에 반영하지 않을 수 없다. 그러므로 소설 『서유기』에는 등장하지 않았던 여성 삼장이 현대의 문화콘텐츠에서 새롭게 등장하는 현상은, 현대사회의 여성 독자들이 작품을 통해 자신의 정체성을 확인하고 작품에 더욱 몰입하도록 하기 위해 고안된 것으로 분석할 수 있다.

3. 중국 문화콘텐츠에 나타난 삼장법사

『서유기』는 명대의 오승은(吳承恩)에 의해 소설 형태로 대중에게 소개된 뒤로 『삼국지연의(三國志演義)』, 『수호전(水滸傳)』, 『금병매(金瓶梅)』와 함께 소위 사대기서(四大奇書)로 따로 호칭될 만큼 중국인에게는 각별한 의미를 지녀왔다. 예나 지금이나 『서유기』가 중국인들의 폭넓은 사랑과 지지를 받을 수 있었던 것은 이 작품이 고전소설이면서 문화콘텐츠로서도 성공적으로 재창조되었기 때문이다. 중국에서 『서유기』는 영화, TV드라마, 애니메이션 등의 문화콘텐츠로 끊임없이 변용되었고 오늘날도 여전히 관심과 논쟁의 대상이다. 매번 『서유기』가 TV드라마나 영화로 제작될 때마다 이번에는 누가 감독을 맡았는지 또 주인공은 누구인지가 뉴스의 헤드라인으로 등장할 만큼 『서유기』는 중국인들에게 여전히 뜨거운 감자이다.

중국에서 『서유기』는 다양한 미디어를 통해서 대중들에게 전파되어 왔다. 물론 시대를 불문하고 가장 보편적인 매체는 출판인쇄물이었고, 1940년대 이전에는 서적을 제외하고는 희곡과 곡예가 『서유기』 전파의 또 다른 중요한 매체로 잠깐 등장하기도 한다. 그러나 1950년대 이후로 가면서 희곡과 곡예를 통한 『서유기』의 전파는 점차 줄어들고 영상물과 인터넷이 그 자리를 대신하면서 1970년대 이후로는 『서유기』를 전파하는 가장 영향력 있는 미디어가 되었다.[13]

1) 불심 깊은 승려

중국에서 『서유기』는 1926년 대중국영편공사(大中國影片公司)에서 제작된 〈저팔계초친(猪八戒招親)〉을 시작으로 하여 1927년 상해영희공사(上海影戲公司)에서 제작된 무성영화 〈반사동(盤絲洞)〉까지 큰 인기를 얻는다. 이후로도 계속해서 상해영희공사, 장성화편공사(長城畵片公司), 태평양영편공사(太平洋影片公司), 천일영편공사(天一影片公司), 대중국영편공사 등에서 『서유기』를 영화로 제작했다. 그러다가 1980년대부터 중국에 TV가 보급되면서 영상물 제작이 본격적으로 이루어지는데, 당시 대표적인 작품은 1982년에 제작된 25집의 TV드라마 〈서유기〉[14]였다. 이 드라마는 고전을 각색할 때 중국인들이 기본적으로 가지는 '원저

---

13 王平, 『明淸小說傳播硏究』, 山東大學出版社, 2006, p.427.

14 감독 : 楊潔, 주연 : 六小齡童, 제작 : 中央電視臺, 1982.

에 충실하고 각색에 신중하라(忠于原著, 愼于翻新)'는 원칙에 기반해 제작된 작품이었다. 그래서 소설 『서유기』의 내용이 그대로 들어가 있고 인물들의 성격 역시 원작에서 크게 벗어나지 않는다. 당승도 기존의 불심 깊은 고승이자 부족한 제자들의 정신적인 지주로서 이미지를 그대로 보여주고 있다.

그런데 이후 1996년 홍콩에서 제작된 TV드라마 〈서유기〉와 2000년에 제작된 〈서유기후전(西遊記後傳)〉을 보면 스토리는 손오공과 저팔계 위주로 전개되고 삼장은 등장은 하되 주인공의 범주에서는 제외되어 있다. 이후 제작된 TV드라마에서도 저팔계와 손오공이 주로 주인공 역할을 담당하고 있다. 예를 들면 2000년에 방송된 38집 〈춘광찬란저팔계(春光燦爛猪八戒)〉,[15] 2004년 40집 〈복성고조저팔계(福星高照猪八戒)〉,[16] 2002년 대만과 홍콩이 합작한 〈제천대성손오공(齊天大聖孫悟空)〉[17]이 그것이다. 이들 작품들에서도 주인공은 저팔계와 손오공이고, 삼장은 원작에서의 불심 깊은 승려의 이미지이지만 그 역할은 미미하다.

중국에서 『서유기』는 시기적으로 TV드라마보다 영화로 더 일찍 제작되었다. 1941년에 상영된 〈철선공주(鐵扇公主)〉는 『서유기』를 각색한 중국 최초의 장편 애니메이션 영화이다. 이후 소설 『서유기』를 스크린에 옮기는 작업들이 활발하게 이루어졌는데 이렇게 만들어진 작품들은 소설 『서유기』 중 재미있는 내용을 선별해 제작되었다는 특징을 지닌다. 영화는 방영 시간이 한두 시간으로 제한되어 있어서 99회에 달하는 장

---

15 감독 : 范小天, 주연 : 徐錚, 江蘇南方派文化傳播公司, 촬영 · 제작 : 2001.

16 감독 : 夢繼, 주연 : 王永 · 黃海波 · 范冰冰, 蘇州福納文化科技股份有限公司, 촬영 · 제작 : 2004.

17 감독 : 馮柏源 · 黃偉明, 주연 : 張衛健, 臺灣八大電視旗下第一媒體國際有限公司 · 臺灣新峰影業有限公司 · 香港一元制作有限公司, 2002.

편의 『서유기』를 다 보여줄 수 없으므로, 대중의 흥미를 가장 자극할 만한 소재들로만 엮어서 제작되었다. 예를 들면 〈화염산(火焰山)〉, 〈철선공주(鐵扇公主)〉, 〈대료천궁(大鬧天宮)〉, 〈반사동(盤絲洞)〉, 〈여아국(女兒國)〉, 〈인삼과(人參果)〉, 〈금후항요(金猴降妖)〉 등의 작품이 그것이다. 그리고 이들 작품들 속에 등장하는 삼장은 소설 『서유기』의 전통적인 고승의 이미지를 대체로 보존하고 있는 경우가 많다.

그러나 시대가 흐를수록 영화 속 삼장의 이미지도 점차 대중의 관심을 끌 수 있도록 엉뚱하고 희극적인 이미지이거나 사랑에 연연하는 감성의 소유자로 극단적으로 표현되는 경우가 많아졌다. 그러나 중국 작품에서는 한국과 일본에서처럼 삼장의 역할이 완전히 축소되거나 사라지는 경우는 거의 없었다. 『서유기』에 무한한 자부심을 가지고 있는 중국이므로 그만큼 『서유기』에 대한 변용은 원작의 틀을 최대한 벗어나지 않은 선에서 이루어졌고, 내용에 있어서도 파격적인 변화보다는 부분적인 변용의 단계에서 절충되었다.

이처럼 문화콘텐츠의 영역에서 중국이 보여주는 『서유기』에 대한 조심스러운 접근은 자국의 고전을 보존, 계승하려는 중국 정부의 적극적인 보호 정책과 관련이 크다. 자국의 전통문화를 국가의 '비물질문화유산(非物質文化遺產)'으로 지정하여 보존하려는 중국 정부의 노력이, 오늘날 고전의 현대적인 변용에 있어서도 영향을 미치는 것이다. 그래서 각색된 작품들을 보면 고전의 품위를 지킨다는 긍정적인 면도 있으나 동시에 참신함이 떨어지고 고답적이라는 한계도 지닌다. 『서유기』 관련 작품들도 마찬가지이며 그 안에 나타난 삼장의 이미지도 그렇다. 그래서 중국 본토보다는 홍콩과 대만에서 제작된 『서유기』가 더 현대적이고 대중적이며, 미디어에 있어서는 출판인쇄물과 드라마보다 영화가 더 참신한 것들이 많다. 따라서 중국의 문화콘텐츠에서는 『서유기』의 삼장이 여전히 당나라 때 온갖 역경을 딛고 경전을 구해온 성승(聖僧)의 이미지를 보존하고 있는 것이 많다.

2) 역사에 대한 전복, 희화화된 캐릭터

소설 『서유기』 속 삼장과 비교했을 때 완전히 새로운 삼장의 이미지를 창조한 작품은 1995년 홍콩에서 제작된 〈대화서유(大話西游)〉[18]이다.

중국에서는 앞서 이야기했듯이 고전을 보존하려는 노력도 있었지만 동시에 전통적으로 역사적인 제재나 허구적인 이야기에다 재미와 유머를 더하여 새롭게 창작하는 희설(戱說)의 전통이 있었다. 예를 들어 정사(正史)인 『삼국지』를 희설한 것이 『삼국지연의』이고, 당삼장(唐三藏)의 실제 취경 고사를 모티브로 하여 재미있게 만들어진 허구가 바로 『서유기』인 것이다. 오늘날 현대 대중문화에서 역사와 고전의 소재를 가지고 변용한 다양한 콘텐츠들은 모두 넓은 의미에서 희설로 볼 수 있다. 그런데 이렇게 중국에서 역사와 고전에 대한 희설이 시대마다 크게 인기를 누렸던 것은 민간문화에서였고, 정사(正史)와 고전에 대한 진지한 경외의 태도는 별도의 영역으로 엄격하게 지켜져왔다.[19] 『서유기』 역시 그 당시에도 잡극과 잡기 등의 민간문예에서 다양하게 희설되었고, 오늘날 문화콘텐츠에서도 변용되고 있지만, 중국인들은 이러한 2차적인 창작물들을 원작 『서유기』와 분명하게 구분 짓고 별개의 것으로 생각하며 원작의 명성을 넘어서지는 못한다고 여긴다. 또한 원작의 품위를 손상

---

18 〈大話西游〉는 중국에서 불리는 이름이고 원래 홍콩에서 제작되었을 때는 〈西游記月光寶盒〉, 〈西游記之結局之仙履奇緣〉이라는 제목이었다. 감독 : 劉鎭偉, 주연 : 周星馳, 新星電影公司, 1995.

19 李紅秀, 「古典名著的戱說邊界」, 『中華文化論壇』, 2005.1, p.74.

하지 않는 한도 내에서만 명저의 각색을 허용했고 이러한 태도는 중국인들 사이에서 암묵적으로 지켜져왔다. 오늘날 수많은 고전과 역사에 대한 현대적인 변용은 바로 중국인의 이러한 희설 전통의 연장선상에 있다.

그런데 1995년 홍콩에서 제작된 〈대화서유〉는 이러한 사대기서에 대한 중국인들의 무조건적인 경외의 태도에 정면으로 맞서는 작품이다. 우선 이 작품은 내용 자체가 소설 『서유기』와는 완전히 다르다. 〈대화서유〉에서 여행의 목적은 취경이라는 의미심장한 구도(求道)에 있는 것이 아니라 손오공이 환생한 지존보(至尊寶)의 개인적인 사랑을 찾는 데에 있다. 물론 〈대화서유〉에서도 지존보가 구애의 여행을 하면서도 선과 악, 자애와 이기심을 분별하고 도를 깨닫게 되지만 소설 『서유기』에서처럼 요마들과의 치열한 다툼과 내적 욕망의 극복을 통해 득도하고 신의 경지에 오르는 스토리는 보이지 않는다. 게다가 〈대화서유〉에서는 기존의 진지한 역사의식, 숭고함, 절대적인 가치와 질서는 부정되고 해체된다. 대신에 순간적인 욕망과 가벼운 지껄임, 비판적이고 염세적인 태도를 적나라하게 드러냄으로써 기존의 소설 『서유기』의 권위를 철저하게 전복한다.

이와 같은 경전과 고전에 대한 과감한 해체는 사실 〈대화서유〉가 중국 대륙에서 좀 떨어진 홍콩이라는 특수한 지역에서 제작되었기에 가능한 것이었다. 1997년 당시 홍콩 사회는 곧 중국에 복속될 것이라는 우울한 정조가 만연해 있었고 이러한 정서는 당시 서구에서 유입된 포스트모더니즘의 탈구조주의와 해체주의의 영향을 받아 현실을 비판, 왜곡하는 사회 분위기를 형성했다.[20]

---

20 〈대화서유〉와 포스트모더니즘 간의 관계에 대해서는 陳卉, 「網絡時代的西游記」,

특히 〈대화서유〉 속의 삼장은 원작 『서유기』처럼 진지하거나 숭고하지 않을 뿐 아니라 인간적이다 못해 오히려 속물근성을 적나라하게 드러낸다. 원작에서 불교 경전의 내용을 수시로 인용하면서 자신의 학문적인 깊이를 은근히 자랑하던 삼장은 〈대화서유〉에서는 가벼운 말투로 시시한 이야기를 끊임없이 지껄이고, 낯설고 우스꽝스러운 중국식 영어를 남발하기도 한다. 이러한 엉뚱한 삼장의 이미지는 그가 미국의 올드 팝인 〈Only you〉를 지존보에게 노래하는 장면에서 절정에 이른다. 감옥에 갇힌 삼장은 손오공이 환생한 지존보만이 취경에 성공할 수 있다고 설득하면서 손오공에게 이 노래를 부르는데, 삼장의 구애하는 듯한 태도와 이를 거북하게 바라보는 두 인물의 과장된 표정 연기는 보는 이로 하여금 폭소를 자아낸다. 교통수단이 낙후된 당나라 때에 이역만리 천축까지 가서 경전을 가져온 『서유기』의 위대한 승려 삼장이 수다스럽고 괴상한 영어를 지껄이는 모습으로 희화화된 것은 당시 홍콩뿐 아니라 중국인들에게도 큰 충격을 주었다. 동시에 원작 속에서 진지하고 성스러웠던 삼장이 왜곡되고 희화화되는 과정을 보면서 관중은 억눌렸던 자신이 해방되는 반전의 쾌감을 경험하게 된다. 즉 〈대화서유〉에서 보듯이 역사와 고전을 희화한 문화콘텐츠에서 기존의 권위와 성스러움은 더이상 진지하게 받아들여지지 않고 그 가치는 전복되며 오히려 웃음의 소재로서 전락한다.

『甘肅廣播電視大學學報』 第14卷 第1期, 2004.3과 孫石磊, 「經典的解構：從西游記到西游補, 大話西游」, 『淮海工學院學報(人文社會科學版)』 第2卷 第1期, 2004.3, 王瑾, 「互文性：名著改寫的後現代文本策略－大話西游再思考」, 『中國比較文學』, 2004年 第2期를 참고.

3) 사랑을 갈망하는 로맨티스트

중국 문화콘텐츠에 변용된 삼장법사의 또 다른 이미지는 인간미가 넘치는 풍부한 감성의 소유자이다. 오래된 소설 속의 진부한 승려의 이미지는 이제 현대의 문화콘텐츠에 오면 변화를 겪을 수밖에 없다. 현대인의 생생한 감성을 전달하기 위해 삼장을 인간 삼장으로서 새롭게 주목하는 것은 어쩌면 자연스러운 일일 것이다.

2006년 초에 방송된 영화 〈정전대성(情癲大聖)〉[21]에서는 삼장법사가 손오공을 제치고 주인공 역할을 하고 있다. 셰팅펑(謝霆鋒)이 분장한 삼장은 우선 기존의 삼장법사보다 우월한 외모를 지녔고, 소설 속의 근엄하고 답답한 캐릭터가 아니라 사랑 때문에 울고 웃는 풍부한 감성의 소유자이다. 삼장법사 무리는 어느 날 우연히 사거성(莎車城)이라는 마을에 도착하는데 이 마을의 아이들은 벌레요괴들에게 모두 납치된다. 사거성 사람들은 삼장법사를 잡아다가 잡혀간 아이들과 맞바꾸려 하고 이 사실을 알게 된 손오공은 삼장법사를 다른 곳으로 피난시킨다. 이렇게 해서 삼장법사가 도착한 곳은 요마들이 사는 평화로운 마을이었다. 삼장법사는 그곳에서 악미염(岳美艶)이라는 요괴를 만나게 되고 악미염은 원래 삼장을 잡아먹으려다가 자신도 모르게 삼장을 사랑하게 된다. 마지막에 가서 미염은 삼장의 과오를 대신 뒤집어쓰고 천궁에서 벌을 받게 되며 삼장은 어느새 악미염을 진정으로 사랑하고 있음을 깨닫

---

21 〈情癲大聖(*A Chinese Tall Story*)〉은 『서유기』를 변용한 영화이다. 감독은 劉鎮偉이고, 華誼兄弟傳媒股份有限公司, 西部電影集團股份有限公司, 英皇電影이 합작하여 출품했다. 2005년 12월 22일 홍콩에서 상영했고, 謝霆鋒, 蔡卓妍, 范冰冰이 주연을 맡았다. 〈大話西游〉의 종결편으로서 2005년 성탄 시즌의 인기 영화 중 하나였다. 이 영화는 唐僧이 주인공이며, 그가 81難을 정식으로 겪기 이전의 이야기를 주로 다루고 있다.

고 천궁으로 가서 미염을 풀어달라고 소란을 피운다. 이 작품은 전체적으로 홍콩 특유의 코믹함과 가벼움 그리고 SF적인 요소를 갖추고 있다. 그리고 삼장의 모습은 원작과 비교했을 때 소심하고 사려 깊은 것은 비슷하지만 사건을 주도적으로 해결하는 데 있어서는 오히려 손오공과 비슷하다. 또한 제목에서 보듯이 삼장은 원작에서는 볼 수 없는, 사랑을 갈구하는 평범한 인간의 모습을 보여주어 기존의 이미지와는 많이 다르다.

이러한 변화된 삼장법사의 이미지는 출판인쇄물 속에서도 찾아볼 수 있다. 무룽쉐춘(慕容雪村)의 『당승정사(唐僧情史)』[22]는 원래 인터넷에서 게재되었다가 인기를 얻자 2003년 책으로 출판된다. 이 책에서 삼장법사는 미남이고 순수한 마음을 지녔으며 자신을 언제 잡아먹을지도 모르는 요마를 사랑하는 감성적인 청년이다. 그리고 그녀를 위해 기꺼이 자신을 희생하고 3천 년 동안 이 세상에 돌아오지 못하는 벌을 받는다. 그는 소설에서의 고상하고 딱딱한 삼장법사의 이미지를 완전히 벗어던지고 속된 요마에 대한 사랑 때문에 고해의 길을 자처하는 진정한 로맨티스트의 모습으로 바뀌어 있다. 흥미로운 것은 특히 『당승정사』, 『당승전(唐僧傳)』,[23] 『당승일기(唐僧日記)』[24]와 같은 인터넷 문학에서 시작되어 나중에 출판된 작품들에서 삼장법사의 모습이 사랑의 감정에 충실하거나 인간적이라는 점이다.

최근 대륙에서는 인터넷 문학이 큰 인기를 끌고 있다. 이러한 원인은 우선 인터넷이 글을 쓰고자 하는 사람이면 누구나 자유롭게 자신의 글

---

22 慕容雪村, 『唐僧情史』, 天津人民出版社, 2003.6.

23 明白人, 『唐僧傳』, 巴蜀書社, 2001.6.

24 吳俊超, 『唐僧日記』, 花城出版社, 2004.7.

을 올릴 수 있는 익명성이 어느 정도 보장되기 때문이다. 그리고 자신의 글을 책으로 출판하려면 우선 작가는 출판사와 접촉해야 하고 계약서를 작성해야 하며 교정도 봐야 하는 등의 번거로운 과정들을 감수해야 한다. 이처럼 책이 출판되기까지는 시간과 비용뿐 아니라 복잡한 과정을 거쳐야 하는 데 비해, 인터넷 문학은 이 모든 과정들의 생략이 가능하다. 즉 시간과 비용 면에서 저렴하고 효율적이며, 한 가지 더 특별한 점은 독자와의 자유로운 소통이 가능하다는 것이다. 인터넷의 특성상 독자들은 작가의 글을 읽고 자신의 느낌을 댓글로 올릴 수 있고, 작가는 댓글을 통해서 실시간으로 대중의 반응을 살피며 자신의 작품을 수정, 보완할 수 있다. 이러한 특징으로 인해 중국에서는 특히 작가 지망생의 경우, 우선 인터넷을 통해 자신의 글을 게재하고 독자들의 호응을 이끌어낸 뒤에 자연스럽게 출판사와 접촉해 책을 내는 경우가 많다. 그리고 이러한 인터넷 문학의 중요한 주제 가운데 하나가 바로 고전을 현대적인 감각으로 새롭게 해석하는 것이다.[25] 그래서 『서유기』 안에서 누구보다 성스럽지만 지루하기 그지없는 삼장법사는 인터넷이란 최첨단의 미디어를 만나면서 완전히 새롭게 태어날 수 있었다.

4. 일본 문화콘텐츠에 나타난 삼장법사

한 · 중 · 일 가운데 삼장의 이미지가 가장 다채로운 것은 바로 일본이

25 중국의 인터넷 문학에 대해서는 鄒賢堯, 『廣場上的狂歡－當代流行文學藝術研究』, 中國社會科學出版社, 2008, pp.235~264; 周志雄, 『網絡空間的文學風景』, 人民文學出版社, 2010을 참고.

다. 일본에서는 에도 시대(1603~1867)부터 『서유기』에 대한 연구가 이루어졌고, 국내의 불교 신도의 비율이 비교적 높으며[26] 전통적으로 원숭이를 친근하게 여기는 분위기로 인해 일찍부터 『서유기』의 영향을 많이 받았다.

특히 2차 세계대전의 패망의 전조 속에서 일본 열도가 암흑에 잠겨 있을 때, 당시 최고의 배우인 에노켄[27]이 손오공을 희극적으로 연기함으로써 일본 대중은 『서유기』로부터 위로를 받고 국가 재건의 힘을 얻는다.[28] 뮤지컬 코미디 〈에노켄의 손오공(エノケンの孫悟空)〉[29]을 통해 『서유기』는 일본인들의 가슴 속에서 가장 좋아하는 중국고전으로 자리 잡았고, 이후 일본이 경제적인 안정을 회복하고 문화콘텐츠 산업에 막대

---

26 일본의 불교는 6세기 중엽 중국과 한반도를 거쳐 전해졌다. 12세기경까지 일본에서 불교는 귀족 중심의 종교였으나 13세기부터는 일반 민중 사이에서도 번성했고 동시에 무사계급들 사이에서는 禪이 보급되었다. 이것들은 현재까지 이어져 일본 종교의 중심이 되었다. 특히 1613년에는 당시 확산되고 있던 가톨릭을 금지하고 신분에 관계없이 어느 절이든 단가(檀家 : 불교 신자)로 등록할 것을 강요했다. 『서유기』에 대한 활발한 연구는 이러한 당시 일본 내의 종교적인 상황과 맞물려 있다고 볼 수 있다. 2005년 일본 문화청 조사에 따르면 전체 종교인들 가운데 神道가 1억 700만 명, 불교가 9,100만 명으로 불교는 신도 다음으로 신자 수가 많지만 일본의 미술, 문학, 건축, 사상, 도덕 등 문화 전반에 걸쳐 불교의 영향은 지대하다. 일본의 불교에 대해서는 정항, 『일본, 일본인, 일본문화』, 다락원, 2009, 136쪽을 참고.

27 에노켄은 에노모토 켄이치(榎本健一, 1904~1945)의 애칭이다. 일본의 코미디언이자 배우이며, 가수 활동도 하였다. '일본의 喜劇王'이라고 불리며 2차 세계대전 이후에는 희극계의 중진으로 널리 활약했다.

28 제2차 세계대전 이후로 일본의 영화는 눈부시게 성장했다. 패전 직후는 필름과 기재의 부족으로 영화 제작상 어려움이 많았지만 오락에 굶주린 대중의 갈망에 힘입어 불과 2년 만에 전쟁 전의 산업 규모로 회복된다. 문화이론연구소 편, 『일본인과 일본문화의 이해』, 보고사, 2001, 146쪽.

29 최초 공개일 : 1940.11.6, 감독 및 각본 : 山本嘉次郎, 제작 : 滝村和男.

한 자본을 투자하면서 만화, TV드라마, 애니메이션, 영화 등으로 활발하게 변용되기 시작한다.

〈에노켄의 손오공〉 이후 1970년대까지 『서유기』는 일본에서 주로 만화라는 미디어를 통해서 대중에게 소개되고 큰 인기를 얻게 된다. 주지하다시피 일본에서 만화산업은 문화콘텐츠 산업의 근간을 이루고 있다. 영화나 TV드라마 제작보다 상대적으로 제작 비용이 저렴하기 때문에 일본에서는 영화나 TV드라마 제작 이전에 우선 흥행할 만한 스토리가 있으면 만화를 통해 소개하고 문화콘텐츠 시장에서 흥행 여부를 먼저 가늠해본다. 그리고 이 만화가 성공하면 이것을 기반으로 하여 영화, TV드라마 등의 후속 제작을 기획하는 단계로 나아간다. 일본의 문화콘텐츠 산업이 국내외의 문화시장에서 이제까지 막대한 경제적 이익을 거둘 수 있었던 배경에는 이처럼 만화를 주축으로 한 OSMU(One Source Multi Use) 체계가 일본에서 일찌감치 체계화된 이유도 있었다.

1) 신비한 중성미

〈에노켄의 손오공〉 이후, 『서유기』는 일본 만화계의 대부인 데즈카 오사무(手塚治蟲)에 의해 주로 그려지는데 대표적인 것은 1952년부터 1959년까지 소년만화 잡지인 『만화왕(漫畵王)』에 연재되었던 『나의 손오공(ぼくのそんこくう)』이다. 이후로도 『소년서유기(少年西遊記)』, 『서유기전(西遊記伝) · 대원왕(大猿王)』, 『고! 고! 오공(ゴ-ゴ-悟空)』 등의 만화를 통해 『서유기』는 일본에서 지속적으로 출판된다. 이들 『서유기』 관련 만화의 수용자층은 주로 청소년이었고, 내용은 원작 『서유기』를 그대로 따른 것이 많았으며, 캐릭터도 원작의 성격을 보존하면서 동글동글하게 귀여운 이미지였다. 삼장의 이미지도 취경의 목적을 달성하기

위해 철없는 제자들을 이끄는 조용하고 신중한 불교 승려의 모습이 대부분이다. 이처럼 만화라는 미디어를 통해 전해지는 삼장은 소설 『서유기』 속의 이미지를 많이 닮아 있다.

그러나 1970년대 후반부터 『서유기』가 TV드라마로 제작되면서 삼장의 이미지는 이전과는 달라진다. 캐스팅에서부터 제작까지 막대한 비용이 요구되는 TV미디어의 특성상, TV드라마로 제작된 『서유기』는 시청률을 고려하지 않을 수 없고 더욱 오락적인 요소를 강화하게 된다. 그래서 요괴에 대한 묘사도 기이한 이미지를 부각시켜 재미와 볼거리를 부여했고 특히 삼장을 여자 배우가 연기함으로써 '여성 같은 남성'이라는 독특한 중성미를 창조해냈다. 1978년부터 1980년까지 니혼TV에서 방송된 〈서유기〉는 일명 '서유기 시리즈'라고 불렸는데, 이는 다시 〈서유기〉와 〈서유기 Ⅱ〉로 나뉜다. 당시 이 '서유기 시리즈'는 일본 내에서 대중들의 열광적인 호응을 불러일으켰고 2008년까지도 재방송되었다.

'서유기 시리즈' 중 〈서유기〉는 1978년 10월 1일부터 1979년 4월 1일까지 방송되었는데 이 작품은 원래 니혼TV가 개국 25주년을 기념하기 위해서 기획, 제작한 작품이다. 1978년은 일본과 중국의 평화우호조약이 조인된 해였으므로 이전에는 불가능했던 중국 현지 로케이션이 획기적으로 이루어져서 중국의 중앙미디어방송국(中央廣播電視臺)이 제작에 참여하게 되었고 당시 돈으로 10억 엔이라는 막대한 예산이 이 TV드라마 제작에 투입되었다. 이 작품은 소설 『서유기』의 내용을 비교적 충실하게 수용하면서도 삼장과 제자들의 캐릭터를 더 개성 있게 창조해냈다. 특히 원래 남성이었던 삼장법사를 여배우인 나츠메 마사코(夏目雅子)가 연기하면서 고귀하고 중성적인 매력을 지닌 삼장의 이미지가 탄생된다. 삼장은 이 드라마 〈서유기〉에서도 원작에서처럼 불심이 깊고 성실한 성격으로 제자들을 잘 지도하는 정신적인 지주로 나오는데, 다만 융통성이 부족하여 손오공과 갈등을 빚기도 한다. 당시 삼장의 역할을 맡은 나츠메 마사코는 전형적인 일본의 미인으로, 당대 일본의 최고 인기 배우였다. 나츠메 마사코의 삼장은 요괴들의 공격에 속수무책으로 당하다가도 천방지축인 제자들을 다독여가며 험난한 여행을 완수하도록 이끄는 부드러운 스승의 면모를 지녔다. 이와 같은 삼장의 부드러운 리더십은 나츠메 마사코의 고전적인 여성미와 겹쳐지면서 성별은 남성이지만 마치 여성 같은, 중성적인 제3의 캐릭터를 탄생시킨다.

TV드라마 〈서유기〉는 일본에서 대중들의 폭발적인 사랑을 받았고 이후로 삼장의 역할은 이 드라마의 영향으로 줄곧 여배우에 의해 연기된다. 이후 〈서유기〉는 1993년 3월 28일 니혼TV 개국 40주년 기념드라마로 또다시 제작, 방송되는데 여기에서도 미야자와 리에(宮沢りえ)라는 당시 최고 인기 여배우가 삼장의 역할을 연기한다. 이 작품에서 삼장은 어려움에 처하면 자신이 난제를 극복하기보다 눈물을 흘리며 주위의 남자 제자들에게 도움을 청한다. 즉 미야자와 리에의 삼장은 이전 TV드라마 속 삼장보다 더 연약하고 보호 본능을 자극하는 여성의 모습이며, 그녀의 중성적인 아름다움은 남성 제자들이 내심 연모하지만 현실적으로 이루어질 수 없는 금지된 사랑의 대상이기도 하다. 그래서 손오공은 자신의 첫사랑과 많이 닮은 삼장을 내심 흠모하면서도 표현하지 못한다. 그녀는 여성처럼 아름답지만 남성이며, 그의 스승이기 때문이다. 그러나 저팔계는 아예 대놓고 삼장에게 추파를 던지며 추근거린다. 이러한 아름다운 스승에 대한 제자들의 애틋한 감정은 아직 인간성을 완전히 획득하지 못한 제자들의 부족함 탓으로 드라마에서 자연스럽게 무마된다. 그리고 자비로운 삼장은 저급한 동물의 상태인 손오공, 저팔계, 사오정을 최대한 인간으로 만들기 위해서 이들을 끊임없이 용서하

고 받아준다. 그런데 아이러니하게도 끝없이 포용하는 어머니 같은 미야자와 리에의 삼장은 전편의 나츠메 마사코의 삼장보다 훨씬 관능적이다.

다음으로 제작된 TV드라마 〈신서유기〉[30]에서도 삼장은 마키세 리호(牧瀨里穗)라는 여배우에 의해 연기되는데, 엄격하고도 유약하며 변덕스러운 성격의 소유자이다. 이 드라마에서 삼장은 원작과는 달리 천축 여행을 실패로 끝내고 이에 절망하여 마약에 중독되는 것으로 최종회를 마감한다. 그는 이 세상에서 가장 소중한 것이 경전이 아니라 동료와의 사랑이라는 것을 깨닫고 결국 동료들의 격려로 재기의 힘을 얻는다.

이후 『서유기』는 2006년 다시 드라마로 제작, 방송되는데[31] 삼장의 역할은 마찬가지로 여배우인 후카츠 에리(深津繪里)가 담당했으며 1978년 니혼TV에서 방송되었던 〈서유기〉 시리즈의 나츠메 마사코가 분장한 삼장의 분위기를 그대로 답습했다. 이 작품에서 삼장은 고귀한 심성에 완고한 지조를 가진 인물이다. 그러나 주변에서 뭔가 질책을 받으면 곧바로 울음을 터뜨리고 요괴를 만나면 두려움에 벌벌 떤다. 제자들의 도움 없이는 어떤 난제도 해결하지 못하므로, 제자들은 삼장을 의지할 수 있는 스승이 아니라 보호해야 할 나약한 여성 같은 존재로 생각한다. 이 드라마는 2007년 영화로 만들어지는데[32] 여기에서도 후카츠 에리가

---

30 이 작품은 1994년 4월 8일부터 9월 23일까지 니혼TV에서 매주 금요일 저녁 8시부터 54분간 방송되었으며 1978년부터 1980년까지 방송되었던 〈서유기〉의 재판이다.

31 2006년 1월 9일부터 3월 20일까지 방송된 〈서유기〉는 일본 후지TV에서 매주 월요일 저녁 9시부터 9시 54분까지 방송되었다. 전체 11화로 되어 있고 소설 〈서유기〉에서 주요 스토리를 가져왔으면서도 등장 인물의 특징에 변화를 주는 등 대표적인 개편을 했다.

32 2007년 7월 14일 개봉된 〈서유기〉는 2006년 방송된 TV드라마 〈서유기〉를 영화화

삼장을 맡아 열연했다.

2) 여성으로 대체된 삼장법사

지금까지 살펴본 일본 문화콘텐츠에서 변용된 삼장은 모두 특이하게도 여배우에 의해 연기되었다. 그래서 여성과 남성의 아름다움이 공존하는 독특한 중성미를 구현했지만 공식적으로 삼장의 성별은 여전히 남성이었다. 그런데 1970년대 후반에 접어들면서 일본의 문화콘텐츠 산업이 본격적으로 활기를 띠게 되고 『서유기』가 더욱 다양한 미디어를 통해 각색되면서 삼장은 아예 여성으로 등장하거나 삼장이 아닌 제3의 여성 캐릭터로 대체된다.

예를 들어 1978년 일본에서 제작된 애니메이션인 〈SF서유기 스타징가(SF西遊記スタジンガ)〉[33]를 보면 남성 삼장은 사라지고 그 자리를 여성이 대신하고 있다. 이 작품은 원래 일본의 이시카와 에이스케(石川英輔)의 소설인 『SF서유기』[34]를 원작으로 하여 만화로 나왔다가 다시 애니메이션으로 제작된다. 〈SF서유기 스타징가〉는 내용 면에서 소설 『서유기』를 현대적으로 각색했는데, 시대 배경은 중국의 당나라에서 미래로 바뀌었고 공간적인 배경 역시 광활한 우주이다. 그리고 남성인 삼장과 동물적인 외모의 제자들은 여성 삼장과 3명의 남자 기사로 바뀌어 있다. 소설과 공통점이 있다면 삼장이 취경 여행에서 수많은 요괴를 물리쳤던 것처럼 이들도 우주 여행에서 적들을 끊임없이 처치한다는 것이다.

한 작품이다. 캐스팅은 2006년 드라마 〈서유기〉와 동일하다.

33 松本零士, 「SF西遊記スタジンガ」, 『ワンダーゴミックス』, 1979.7, 東映動畫, 旭通信社, 1978.4.2~1979.8.2日, 全 73話.

34 石川英輔, 『SF西遊記』, 講談社, 1976.6.

여성 삼장은 이 작품에서 오로라 공주라는 여성 인물로 바뀌어 있는데 TV드라마에서처럼 위기에 처했을 때 눈시울을 붉히는 나약한 존재가 아니라 지혜롭고 조용한 카리스마를 지닌 당찬 현대 여성의 모습을 하고 있다. 그녀가 보여주는 지혜와 용기 그리고 정신적 지주로서의 역할은 원작에서의 삼장의 모습과 비슷하다. 그녀의 아름다우면서도 당당한 이미지는 경제 발전과 더불어 향상된 일본 여성의 사회적인 지위를 반영한 것이었고 이는 당시에 많은 청소년 팬들을 불러 모았다.

토리야마 아키라(鳥山明)의 만화 『드래곤볼(ドラゴンボール)』[35]에 등장하는 부르마(ブルマ)도 변형된 여성 삼장으로 볼 수 있다. 토리야마 아키라는 제작 발표회의 인터뷰에서 부르마라는 캐릭터는 삼장을 염두에 두고 그 대체 인물로 구상한 것임을 밝힌 바 있다.[36] 『드래곤볼』의 부르마는 이전의 여성 삼장보다 용감무쌍하고 독립적이며 남성의 도움을 전혀 필요로 하지 않는다. 그녀는 똑똑하고 특히 과학적인 지식이 풍부하여 스스로 새로운 무기와 각종 기계들을 발명해낸다. 즉 기존의 소설과 TV드라마에 보이는, 작은 문제에도 쩔쩔매고 의존적인 여성 이미지를 부르마 캐릭터에서는 찾아볼 수 없다. 그녀의 현대적인 여성 이미지는 미니스커트 등 첨단의 패션을 즐기는 취향에서도 잘 드러난다. 그러나 부르마의 노출이 심한 의상과 성적인 농담은 많은 학부모들로부터 비판을 받기도 했다. 만화와 TV드라마는 매체의 특성상 남녀노소 누구나 감상할 수 있으므로 이러한 부르마의 모습이 아이들의 교육에는 부적합하다는 것이다.

---

35 鳥山明, 「ドラゴンボール」, 『週刊少年ジャンプ』, 集英社, 1984年 51號~1995年 25號.

36 Yahoo Japan의 위키피디아 참고.

2007년에 출판된 만화 『오공도(悟空道)』[37]에서도 삼장의 성별은 여성이다. 이 만화에서 여성 삼장은 서천취경(西天取經)의 목표를 갖고 있고 3명의 제자를 두고 있다는 점에서는 기본적으로 원전의 틀을 유지하고 있다. 그러나 그녀는 숭고한 불심과는 별개로 여성미를 노골적으로 드러내며, 그녀를 연모하면서 그림자처럼 따라다니는 핸섬한 남자 제자들의 보호를 받는다. 그리고 제자들은 요괴들로부터 그녀를 늘 보호한다. 앞서 일본의 TV드라마나 애니메이션에서 누차 보아왔듯이, 여기에서도 손오공은 삼장을 사랑하지만 결국 그녀에 대한 사랑을 이루지 못하고 종교적으로 승화시킨다.

이상에서 살펴보았듯이 일본에서 『서유기』는 영화, TV드라마, 만화 등의 미디어를 통해서 이른 시기부터 소개되었으며 내용과 구성 면에서 한국과 중국보다 훨씬 다양한 작품들이 제작되었음을 알 수 있다. 시대의 변화에 따라 작품의 시간, 공간적 배경도 현대와 우주로 설정된 것들이 많았고 인물에서도 특히 삼장이 여성으로 설정된 것이 특징적이었다. 나츠메 마사코, 미야자와 리에, 후카츠 에리 등 당시 유명했던 여배우들이 신비한 중성적인 매력의 삼장을 연기하면서 『서유기』는 일본에서 대중적으로 큰 인기를 누리게 된다. 그리고 TV드라마로 제작된 〈서유기〉로 인해 일본인들은 오늘날까지 삼장을 여성으로 오해하기도 한다.[38]

이와 같이 일본에서 삼장이 여성화된 원인은 몇 가지로 분석해볼 수 있다. 우선 삼장이라는 캐릭터를 주목했을 때 삼장은 원작인 소설 속에

---

37 山口貴由, 『悟空道』, 東京 : 秋田書店, 2007.11.20.

38 水尾綾子, 「テレビドラマ, アニメ, 漫画による西遊記の受容と變化－三藏法師と沙悟淨を中心として」, 『筑紫國文』 25號, 筑紫女園大學短期大學部(國文科), 2002.10, pp.95~98.

서 제자들에 비해 뛰어난 기술도 없고 성격도 소심하여 자신만의 독특한 개성을 구현해내지 못한다. 즉 계륵과 같은 존재인 것이다. 그래도 『서유기』라는 소설이 당나라 때 삼장의 구법 여행이라는 역사적인 사실을 근거로 하고 있으므로, 삼장이라는 인물이 소설에서 절대로 빠질 수는 없다. 즉 당나라 때부터 전설처럼 전해지던 당삼장의 위대한 여행에 대한 사람들의 관심과 호기심이 소설 『서유기』를 탄생시켰고 이 소설에 대한 애정을 꾸준하게 유지시켜준 원동력이었으므로 소설 『서유기』에서 삼장의 존재는 여전히 확고할 수밖에 없는 것이다. 그러나 현대의 문화콘텐츠로 오면서 소설 『서유기』 속에서 삼장의 지위는 흔들리기 시작한다.

현대사회의 대중들은 문화콘텐츠를 대할 때 오락성을 가장 중요하게 생각한다. 탄탄한 스토리와 풍부한 볼거리가 부재한 콘텐츠들은 예외없이 대중에게 주목받지 못하고, 이러한 콘텐츠들은 사라지게 되어 있다. 그래서 문화콘텐츠의 제작자들은 대중의 감성과 흥미를 자극할 만한 요소들을 끊임없이 개발해야 하고 이러한 원리는 『서유기』와 관련된 콘텐츠 개발에 있어서도 마찬가지로 적용되었다. 궁극적으로 재미있고 유익한 콘텐츠를 개발해야만 그 상품은 대중의 관심을 얻게 되고 상품으로서 가치를 갖게 된다. 그런데 소설 『서유기』에서 삼장은 앞서 이야기했듯이 대중의 이목을 집중시킬 만한 매력적인 요소를 별로 가지고 있지 않다. 그리고 현대사회의 대중은 종교, 역사, 철학, 진리와 같은 무거운 주제들을 달가워하지 않으며, 이보다 가볍게 즐길 수 있거나 자극적인 감동을 줄 수 있는 이야기들을 선호한다. 그러므로 삼장의 캐릭터는 『서유기』가 문화콘텐츠로 변용되는 과정에서 사라지거나 여성의 캐릭터로 변화될 수밖에 없는 것이다.

그렇다면 개성 있는 남성 캐릭터로 변용되지 않고 여성화된 이유는 무엇일까? 이것은 소설 『서유기』에 보이는 삼장의 원래 성격과 관련이 깊다. 소설 속에서 삼장은 외모에서부터 곱고, 마음이 여리며, 제자들을 어머니같이 포용한다. 또한 요마의 공격을 당했을 때 스스로의 힘으로 난관을 극복하기보다 제자들에게 도움을 요청하며 의지한다. 삼장은 신체 수련을 열심히 하는 것도 아니어서 연약한 외모를 하고 있다. 이처럼 삼장의 태생적인 외모, 신체, 성격 등의 요인들을 분석해봤을 때 그가 남성보다는 소위 여성적이라고 말해지는 이미지에 더 가깝다는 것을 알 수 있다. 따라서 성격이 여리고 존재가 미미한 삼장은 일본의 문화콘텐츠 안에서 여성으로 변용될 수밖에 없었다.

일본에서 삼장이 여성화된 또 다른 원인을 분석해보려면, 현대사회의 여성의 지위 변화와 문화콘텐츠의 오락적인 속성을 다시 이야기해야 한다. 본래 소설 『서유기』에는 여성 인물이 등장하지 않는다. 주인공들을 보면 삼장과 손오공, 저팔계, 사오정이며, 이들은 남성이고, 동물이거나 괴물적인 존재이다. 『서유기』가 처음 등장한 명대에는 이렇게 네 명의 남성 인물만으로도 충분히 대중의 인기를 끌 수 있었다. 왜냐하면 고대 사회에서는 남성 인물로만 구성된 주인공들이 여행을 하는 것은 지극히 자연스럽게 받아들여졌지만, 여성 인물이 이 제자들 무리에 끼어서 도술과 마법을 부리며 요마에 맞선다는 것은 상상조차 불가능했기 때문이다. 『서유기』에서 유일한 여성 캐릭터는 삼장 무리를 유혹하고 해치는 요마들뿐이다. 그러나 지금은 성별에 대한 사회적인 인식이 달라졌고 여성의 사회적인 지위도 향상되었으며, 이러한 변화는 문화예술의 전 영역에 영향을 끼치고 있다. 책을 읽고 영화를 보는 수용자층의 절반은 이미 남성이 아닌 여성이므로 이들을 대변해줄 여성 캐릭터에 대한 필요성이 커졌다. 여성의 대변자로서의 역할이 굳이 아니더라도, 남자들로만 구성된 작품은 오히려 남녀의 캐릭터가 모두 등장하여 스토리가 풍부해지는 작품들보다 흥미를 끌지 못한다. 대부분의 작품에서 남성 주인공과 더불어 여성 히로인이 등장하는 것은 이러한 대중성을 의도한 것이다. 삼장이 일본의 문화콘텐츠에서 여성으로 주로 등장하게 된 것은 이러한 다양한 요인들에서 비롯되었다고 분석해볼 수 있다.

5. 나가는 말

이 글에서는 중국의 고전소설인 『서유기』가 한국, 중국, 일본의 문화콘텐츠 어떻게 변용되었는지를 등장인물인 '삼장법사'에 주목하여 살펴보았다.

우선 우리나라의 경우, 『서유기』와 관련된 문화콘텐츠가 중국, 일본에 비해 상대적으로 적다. 고려 시기부터 『서유기』가 유입되었지만 근대 이후로 우리나라에서 중국의 작품들은 큰 인기를 누리지 못한다. 그보다는 서구의 이야기들이 영화, TV 등의 디지털 미디어를 통해 급속도로 우리의 대중문화를 점령하게 된다. 이러한 상황은 중국이 오랜 시간 동안 폐쇄적인 공산주의 체제하에 있었고 지금도 여전히 불완전한 개방 상태이므로 중국의 문화가 우리나라에 전파되는 데 한계가 있었던 것이 그 일차적인 원인이다. 그래서 우리나라 문화콘텐츠에서 서구의 콘텐츠보다 『서유기』와 같은 중국의 콘텐츠가 상대적으로 많이 소개되지 못했고 대중의 인식도 낮은 것이 사실이다. 우리나라에서는 『서유기』와 관련해서 성인을 위한 영화나 TV드라마 등은 자체적으로 제작된 것이 많지 않고 주로 만화, 애니메이션 등의 어린이들을 위한 작품들이 대부분이며 작품 수도 일본에 비해서 적다. 그리고 그 안에 등장하는 삼장을 보면, 역할이 축소되거나 존재 자체가 사라지기도 한다. 원작에서부터 삼장은 제자들에 비해 뚜렷한 활약이 없으므로, 철저하게 경제적인 이윤을 추구하는 문화콘텐츠에서는 무개성의 삼장의 역할이 축소되거나 사라지는 것이다. 혹 사라지지 않은 경우에는 성별이 여성으로 바뀌어버린다. 원래 『서유기』의 등장인물들은 삼장, 손오공, 사오정, 저팔계의 모두 남성이었다. 그런데 이러한 남성 일색의 밋밋한 캐릭터 구성으로는 현대사회의 대중들의 다양한 욕구와 흥미를 충족시킬 수가 없다. 남녀의 조화로운 구성은 더 다양한 에피소드를 만들어낼 수 있을 뿐 아니라 현대 여성들의 감성도 반영하여, 대중의 폭넓은 관심을 받을 수 있기 때문이다. 그래서 현대의 문화콘텐츠에서는 존재감 없는 삼장을 여성으로 대체시킴으로써 오락적인 효과를 극대화한다.

이러한 삼장의 여성화는 우리나라보다 일본의 작품들에서 먼저 보인다. 일본은 우리나라보다 앞서서 1940년대부터 『서유기』 관련 영화를 제작했고 1960년대에 오면 만화와 애니메이션을 활발하게 제작한다. 우리나라 문화콘텐츠에서 나타나는 삼장의 여성화는 1970년대부터 우리나라가 일본의 애니메이션을 수입하면서 일본의 작품들에 나타난 여성 삼장으로부터 영향을 받은 것으로 볼 수 있다.

다음으로 『서유기』와 관련된 중국의 문화콘텐츠를 보면, 『서유기』의 원산지로서 중국은 한국과 일본에 비해 자부심이 크며, 고전작품을 변용함에 있어서도 상당히 신중하다. 그래서 중국의 문화콘텐츠에서 삼장은 원작의 이미지를 답습하는 경우가 많다. 즉 나약하지만 신심이 깊고 인내하는 승려의 모습이 오늘날까지도 중국의 문화콘텐츠 안에 많이 나타난다.

그러나 홍콩과 대만으로 가면 삼장의 이미지는 또 달라진다. 대륙과는 다른 지역적인 특수성으로 인해 홍콩과 대만에서 제작된 작품들에서 삼장은 엉뚱하고 우스꽝스럽게 희화된다. 그리고 상대적으로 표현이 자유로운 인터넷 문학에서 삼장은 사랑을 갈구하는 로맨티스트로 변화되기도 한다.

다음으로 일본의 문화콘텐츠를 살펴보면, 삼장의 이미지는 한국과 중국에 비해 훨씬 다양하게 변용되었다. 일본은 일찍부터 문화콘텐츠 산업의 상업적인 측면을 중시했고, 중국처럼 전통을 지켜야 한다는 부담감도 없었으므로 『서유기』와 관련해서도 오락적이고 파격적인 변용을 시도해왔다. 그래서 삼장도 원작의 재미없고 지루한 이미지를 벗어던지고 중성적으로 등장하거나 여성으로 완전히 대체되는 등의 파격적인 변용이 나타난다. 이러한 일본 작품들에 대해 중국인들은 중국의 고전을 왜곡했다고 격렬하게 비판하여 중국 내에서 한동안 이슈가 되기도 했다.[39]

이상으로 살펴보았듯이 『서유기』의 삼장은 한국, 중국, 일본의 문화콘텐츠에서 다양한 이미지로 변용되었다. 한 · 중 · 일 삼국은 지리적으로 가깝고 역사적으로도 교류가 빈번했지만 문화적인 배경, 문화콘텐츠 산업의 수준, 『서유기』에 대한 인식 등의 여러 방면에 있어서 차이가 있었으므로 『서유기』의 삼장법사도 다르게 변용되어 왔음을 알 수 있다.

39 陳一雄, 「日本爲什麼惡搞他國名著?」, 『華人時刊』, 江蘇省政府僑辦, 2007年 第9期, pp.64~66; 王成 · 王洪智, 「惡搞, 文化褻瀆何時休?」, 『民主與法制』, 中國法學會, 2007年 第2期, pp.44~45.

참고문헌

1. 원전 및 역서, 주석서

• 한국

『宋史』(影印本), 景仁文化社, 1979.

郭璞 注 · 東方朔, 『穆天子傳 · 神異經』, 송정화 · 김지선 역주, 서울 : 살림, 1997.

金學主 譯解, 『老子』, 明文堂, 2002.

오승은, 『서유기』, 서울대학교 서유기 번역연구회 역, 서울 : 솔, 2004.

王弼 주, 『왕필의 老子』, 임채우 역, 서울 : 예문서원, 2001.

정재서 역주, 『山海經』, 서울 : 민음사, 2001.

左丘明, 『春秋左傳1』, 신동준 역, 서울 : 한길사, 2006.

고우영, 『서유기』, 서울 : 우석출판사, 1980~1981.

고진호, 『서유기 플러스어게인』, 서울 : 삼양출판사, 2001.

김곤, 『알짜 서유기』, 서울 : 계림북스, 2002.

김병규 · 백정현, 『서유기』, 서울 : 대교출판, 1996.

김혜란, 『유쾌 상쾌 통쾌한 천방지축 손오공』, 서울 : 어깨동무, 2002.

박정훈, 『신통 방통한 손오공』, 서울 : 능인출판사, 2005.

沙金, 『직장인이 실천해야 할 인간관계의 법칙 22가지』, 김택규 역, 서울 : 일빛, 2005.

스튜디오 시리얼 · 홍거북, 『마법천자문』, 서울 : 아울북, 2003~2012.
이정문, 『설인 알파칸』, 『새소년』, 1965~1971.
———, 『파이팅! 손오공』, 서울 : 동쪽나라, 1996.
———, 『설인 알파칸』, 이천 : 청강문화산업대학 미디어출판부, 2007.
장원, 『만화서유기』, 서울 : 어깨동무, 1999.
조구, 『서역 판타지』, 서울 : 뜨인돌, 1998.
허영만, 『미스터 손』, 『만화왕국』, 서울 : 예음출판사, 1988.
홍성군 · 김기정, 『Chronicles』, 서울 : 거북이북스, 2007.

• 중국

『道教大辭典』, 杭州 : 浙江古籍出版社, 1990.
『文淵閣四庫全書』(影印), 臺北 : 臺灣商務印書館, 1983.
葛洪, 『(新譯)抱朴子』, 臺北 : 三民書局, 1996.
陶宗儀 撰, 『輟耕錄』, 沈陽 : 遼寧教育出版社, 1988.
杜佑, 『通典』, 『國學基本叢書』, 臺北 : 新興書局, 1996.
史次耘 註譯, 王雲五 主編, 『孟子今註今譯』, 臺北 : 臺灣商務印書館, 1984.
薛道光 註, 徐立先 參訂, 『悟眞篇三注』, 上海 : 江東書局, 1912.
吳承恩, 『西游記(圖文本)』(全三册), 上海 : 上海古籍出版社, 2004
———, 『西游記』(上 · 下), 李卓吾 批評, 長沙 : 岳麓書社, 2006.
王夢鷗 註譯, 王雲五 主編, 『禮記今註今譯』, 臺北 : 臺灣商務印書館, 1984.
李贄, 『李贄文集』 卷1, 北京 : 社會科學文獻出版社, 2000.
張繼禹 主編, 『中華道藏』, 北京 : 華夏出版社, 2004.
程顥 · 程頤, 『二程集』, 臺北 : 漢京文化事業有限公司, 1983.
趙汝愚, 『宋朝諸臣奏議』 卷130 「邊防門 · 遼夏2」, 北京大學 中國中古史研究中心 校點整理本, 上海古籍出版社, 1999.
周敦頤, 『周子全書』, 臺北 : 臺灣商務印書館, 1978.
陳鼓應, 『老子今注今譯』, 北京 : 商務印書館, 2009.
焦竑, 『老子翼』, 張繼禹 主編, 北京 : 華夏出版社, 2004.

漢語大詞典編輯委員會,『漢語大詞典』, 上海：漢語大詞典出版社, 1994.
慧立 · 彦悰,『大唐大慈恩寺三藏法師傳』, 北京：中華書局, 1993.

郭城,『水煮西游記』, 北京：中國傳媒大學出版社, 2004.
童恩正,『西遊新記 · 後記』,『童恩正作品集』, 天津：新蕾出版社, 1985.
明白人,『唐僧傳』, 成都：巴蜀書社, 2001.
慕容雪村,『唐僧情事』, 天津：人民出版社, 2003.
沙金,『沙僧是個人際關系高手』, 北京：中國華僑出版社, 2004.
成君憶,『孫悟空是個好員工』, 北京：中信出版社, 2004.
韶華,『吳承恩 · 孫悟空 · 猪八戒新傳』, 蘭州：蘭州大學出版社, 2004.
吳俊超,『唐僧日記』, 廣州：花城出版社, 2004.
李小白,『新西游記：一琴一劍畜生"評話"』, 沈陽：春風文藝出版社, 1997.
鍾海誠,『新西游記』, 北京：人民文學出版社, 1997.
火雞,『天蓬傳』, 北京：光明日報出版社, 2002.

● 일본

大日本雄辯會,『孫悟空』,『少年講談全集5』, 講談社, 1932.
富山房編輯部,『漢文大系9』, 民族社, 1982.

『西游記物語(前篇)』,『少年文庫36』, 春陽堂, 1932.
山根一二三,『新そんごくう』第二集,『おもしろ文庫』, 集英社, 1953.
杉浦茂,『少年西游記』,『おもしろブック』, 1956年 1月號~1957年 3月號.
石川英輔,『SF西遊記』, 講談社, 1976.
山口貴由,『悟空道』, 秋田書店, 2007.
鳥山明,「ドラゴンボール」,『周刊少年ジャンプ』, 集英社, 1984年 51號~1995年 25號.

2. 연구서

● 한국

거자오광, 『중국사상사2 : 7세기에서 19세기까지 중국의 지식과 사상, 그리고 신앙세계』, 이등연 외 역, 서울 : 일빛, 2015.

———, 『이 중국에 거하라 : 중국은 무엇인가에 대한 새로운 탐구』, 이원석 역, 파주 : 글항아리, 2012.

김진곤 편역, 『이야기, 소설, novel－서양학자의 눈으로 본 중국소설』, 서울 : 예문서원, 2001.

김한규, 『天下國家 : 전통시대 동아시아 세계질서』, 서울 : 소나무, 2005.

낸시 헤더웨이, 『세계신화사전』, 신현승 역, 서울 : 세종서적, 2004.

魯迅, 『中國小說史略』, 조관희 역, 서울 : 살림, 1998.

르네 지라르, 『폭력과 성스러움』, 김진식 · 박무호 역, 서울 : 민음사, 1997.

리언 래퍼포드, 『음식의 심리학』, 김용환 역, 서울 : 인북스, 2006.

리처드 커니, 『이방인, 신, 괴물 : 타자성 개념에 대한 도전적 고찰』, 이지영 역, 서울 : 개마고원, 2004.

문화이론연구소 편, 『일본인과 일본문화의 이해』, 서울 : 보고사, 2001.

範文瀾, 『中國通史(下)』, 박종일 역, 서울 : 인간사랑, 2009.

볼프람 에버하르트, 『중국의 역사』, 최효선 역, 서울 : 문예출판사, 1997.

사카쿠라 아츠히데(阪倉篤秀), 『長城의 中國史』, 유재춘 · 남의현 역, 춘천 : 강원대학교 출판부, 2008.

오금성 외, 『明淸시대 사회경제사』, 서울 : 이산, 2007.

월터 J. 옹, 『구술문화와 문자문화』, 이기우 외 역, 서울 : 문예출판사, 1995.

유용강, 『『서유기』 즐거운 여행 : 『서유기』 새로운 해석』, 나선희 역, 서울 : 차이나하우스, 2008.

윤성익, 『명대 왜구의 연구』, 서울 : 경인문화사, 2007.

정재서, 『사라진 신들과의 교신을 위하여』, 서울 : 문학동네, 2007.

정철생, 『三國志 시가감상』, 정원지 역, 서울 : 현암사, 2007.

정향,『일본, 일본인, 일본문화』, 서울 : 다락원, 2009.
줄리아 크리스테바,『공포의 권력』, 서미원 역, 서울 : 동문선, 2001.
지그문트 프로이트,『프로이트 성애론』, 정성호 편역, 서울 : 문학세계사, 1997.
토머스 패터슨,『서양문명이 날조한 야만인』, 최준석 역,서울 : 용의숲, 2012.
한국문화콘텐츠진흥원,『일본애니메이션 산업의 역사』, 서울 : 커뮤니케이션북스, 2007.
황문웅,『중국의 식인문화』, 장진한 역, 서울 : 교문사, 1992.
Joseph Campbell with Bill Moyers,『신화의 힘』, 이윤기 역, 서울 : 고려원, 1992.

• 중국

李華 主編,『中國電影發展史』, 靈寶：華藝出版社, 1980.
詹石窗,『道教文學史』, 上海：上海文藝出版社, 1992.
陶希聖 等,『明代宗教』, 臺北：臺灣學生書局, 1968.
徐朔方,『小說考信編』, 上海：上海古籍出版社, 1997.
宋貞和,『『西游記』與東亞大衆文化－以中國, 韓國, 日本爲中心』, 南京：鳳凰出版社, 2011.
楊啓樵,『明清皇室與方術』, 上海：上海書店出版社, 2004.
余國藩,『余國藩西游記論集』, 臺北：聯經出版事業公司, 1989.
王平,『明清小說傳播研究』, 濟南：山東大學出版社, 2006.
柳存仁,「全眞教和小說西游記」,『和風堂文集』, 上海：上海古籍出版社, 1991.
李安綱,『文化載體論：李安綱揭秘西游記』, 天津：人民出版社, 2010.
李義華,『胡適學術文集』, 北京：中華書局, 1998.
鄭崇選,『鏡中之舞：當代消費文化之語境中的文學敘事』, 上海：華東師範大學出版社, 2006.
鄭志明 主編,『西王母信仰』, 臺灣(嘉義)：南華管理學院, 1997.
曹炳建,『西游記版本源流考』, 北京：人民出版社, 2012.
周志雄,『網絡空間的文學風景』, 北京：人民文學出版社, 2010.
中野美代子,『西游記的秘密：道教與煉丹術的象徵』, 劉俊民・王秀文 譯, 北京：

中華書局, 2002.
鄒賢堯,『廣場上的狂歡－當代流行文學藝術研究』, 中國社會科學出版社, 2008.
竺洪波,『四百年西游記學術史』, 上海 : 復旦大學出版社, 2006.
胡勝,『明清神魔小說研究』, 北京 : 中國社會科學出版社, 2004.
黃霖 · 許建平 等,『20世紀 中國古代文學研究史(小說卷)』, 上海 : 東方出版中心, 2006.

● 일본

磯部彰,『西游記形成史の研究 : 序』, 東京 : 創文社, 1983.
石川純一郎,『河童の世界』, 東京 : 時事通信社, 1985.
折口信夫,『古代研究II』, 東京 : 中公クラシックス, 2003.
澤田瑞穗,『中國の民間信仰』, 東京 : 工作舍, 1982.

3. 연구논문

● 한국

강종임, 「고대중국의 여인국 서사와 의미지향」,『중어중문학』 제65집, 2016.
김경아, 「『漢武內傳』 試論 및 譯註」, 이화여자대학교 대학원 중어중문학과 석사학위논문, 1998.
김영숙 · 최동규, 「비극적 시대의 긍정적 전망 : 바흐친의 웃음의 미학」,『세계문학비교연구』 제29집, 2009.
나선희, 「『西遊記』 출판의 사회문화적 배경」,『중국어문학』 제34집, 1999.
민관동, 「『西遊記』의 國內流入과 板本研究」,『中國小說論叢』 제23집, 2006.
박지훈 「北宋代 禦戎論과 華夷論」,『역사문화연구』 제30집, 2008.
송원찬, 「서유기를 통해 본 문화원형의 계승과 변용」,『중국문화연구』 제27집, 2015.
송정화, 「韓中日 대중문화에 나타난 沙悟淨 이미지의 특징」,『중국어문학지』 제

34집, 2010.
———, 「『西游記』에 나타난 웃음에 대한 고찰 : 낯섦과 추악함을 통한 顚覆의 미학」, 『중국어문학지』 제36집, 2011.
———, 「『西游記』에 나타난 食人의 의미에 대한 고찰－신화, 종교적 분석을 중심으로」, 『중국어문학지』 제37집, 2011.
———, 「한중일 대중문화에 수용된 삼장 이미지에 대한 연구」, 『중국어문논총』 제56집, 2013.
———, 「서유기 삽시의 도교적 특징과 문학적 기능에 대한 연구」, 『중국어문논총』 제76집, 2014.
———, 「서유기 인삼과 고사의 형성과정에 대한 종교 · 문화적인 탐구」, 『중국어문논총』 제73집, 2016.
———, 「서유기 재구성된 이역」, 『중국문학연구』 제69집, 2017.
송진영, 「서유기 현상으로 본 중국 환상서사의 힘」, 『중국어문학지』 제33집, 2010.
심하은, 「페로 동화의 식인귀 연구 : 교훈을 덧붙인 옛이야기를 중심으로」, 서울대학교 대학원 불어불문학과 석사학위논문, 2004.
안창현, 「문화콘텐츠적 원천소스로서 서유기의 구조 분석과 활용 전략 연구」, 『인문콘텐츠』 제29집, 2013.
양념, 「애니메이션에 나타난 손오공 캐릭터 특성 연구 : 날아라 슈퍼보드, 대뇨천궁, 최유기를 중심으로」, 경기대학교 대학원 석사학위논문, 2015.
오민석, 「카니발의 민중성과 그 불안 : 바흐찐의 「라블레와 그의 세계」를 중심으로」, 『안과 밖』 제15집, 2003.
우현수, 「조선후기 瑤池宴圖에 대한 연구」, 이화여자대학교 대학원 미술사학과 석사학위논문, 1996.
유강하, 「幼兒犧牲神話硏究」, 연세대학교 대학원 중어중문학과 석사학위논문, 2001.
이제우, 「중국 고대 笑話의 갈래와 비교」, 『中國語文論譯叢刊』 제6집, 2000.
이화영, 「『述異記』試論 및 譯註」, 이화여자대학교 대학원 중어중문학과 석사학위

논문, 2004.
정민경, 「디지털 시대 서유기의 교육적 변용 : 마법천자문을 중심으로」, 『디지털 콘텐츠와 문화정책』 제5집, 2011.
최수경, 「명 제국의 邊境 기록에 재현된 시간과 타자 : 『廣地繹』을 중심으로」, 『중국어문논총』 제77집, 2016.
최수웅, 「손오공 이야기 가치와 문화콘텐츠적 활용 양상 연구」, 『인문콘텐츠』 제23집, 2011.
홍성초, 「『서유기』의 형성과정 연구」, 고려대학교 대학원 중어중문학과 석사학위 논문, 2004.
홍승현, 「漢代 華夷觀의 전개와 성격」, 『동북아역사논총』 제31호, 2011.

• 중국

郭健, 「胡適西游記考證的失誤及其影響」, 『西南民族大學學報』(人文社科版) 第206期, 2008.
邱樹森, 「唐代蕃坊與治外法權」, 『寧夏社會科學』, 銀川 : 寧夏社會科學院, 2001.9.
金敏鎬, 「西游記在韓國」, 『明淸小說研究』, 南京 : 江苏省社会科学院文学研究所, 2004年 第1期.
紀德君, 「西游記中的民間說唱遺存」, 『廣州大學學報』(社會科學版) 第6卷 第1期, 2007.
鹿憶鹿, 「遠國異人在明代 : 從『異域圖志』談起」, 『東華漢學』 2011年 夏季特刊, 東華大學中國語文學系 華文文學系, 2011.7.
———, 「『贏蟲錄』 在明代的流傳－兼論 『異域志』 相關問題」, 『國文學報』 第58期, 臺北 : 國立臺灣師範大學國文學系, 2015.
蕭兵, 「人參果的文化考析－兼論其與肉芝, 人參, 小人國及生命樹, 搖錢樹, 聖誕樹的關系」, 『民族藝術』, 南寧 : 廣西民族文化藝術研究院, 2002.
小川環樹, 「西游記的原本及其改作」, 『明淸小說研究』(第1 · 2集), 胡天民 譯, 中國文聯出版公司, 1985.

孫石磊,「經典的解構：從『西游記』到『西遊補』,『大話西游』」,『淮海工學院學報(人文社會科學報)』第2卷, 第1期, 2004.

宋貞和,「韓國大衆文化中的西游記」,『明淸小說硏究』, 南京：江苏省社会科学院文学研究所, 2008.

———,「日本大衆文化中三藏的女性化」,『明淸小說硏究』, 南京：江苏省社会科学院文学研究所, 2010.

———,「西游記與東亞大衆文化」, 復旦大學 中國古代文學硏究中心 博士學位論文, 2010.6.

王瑾,「互文性：名著改寫的後現代文本策略－大話西游再思考」,『中國比較文學』, 2004.

王大元,「明淸時期西游記的傳播」, 揚州大學碩士論文, 2010.5.

王成·王洪智,「惡搞, 文化褻瀆何時休?」,『民主與法制』, 中國法學會, 2007年 第2期.

王靜如,「敦煌莫高窟和安西榆林窟中的西夏壁畵」,『文物』, 1980年 第9期.

劉一明,「西游原旨序」,『古本小說集成』第5集, 上海：上海古籍出版社, 1995.

李紅秀,「古典名著的戱說邊界」,『中華文化論壇』, 2005.

林華瑜,「英雄的悲劇, 戱仿的經典－網絡小說『悟空傳』的深度解讀」,『網文點擊』, 2002.

張瑩,「唐代旅行家杜寰遊歷考證」,『蘭臺世界』, 沈陽：遼寧省社會科學院, 2014年 7月.

鄭笑兵,「超文本文學的後現代性特征」,『齊齊哈爾大學學報(哲學社會科學版)』, 2006.

宗建亮,「唐代的經濟繁榮與對外開放」,『貴州文史叢刊』, 貴陽：貴州省文史硏究館, 2001年 第3期.

陳一雄,「日本爲什麼惡搞他國名著?」,『華人時刊』, 江蘇省政府僑辦, 2007年 第9期,

陳卉,「網絡時代的西游記」,『甘肅廣播電視大學學報』第14卷 第1期, 2004.

蔡靜波·楊東宇,「試論唐五代筆記小說中的胡商形象」,『西域硏究』, 烏魯木齊：

新疆社會科學院, 2006年 第3期.
肖潔, 「評童恩正惟一的科幻長篇, 『西遊新記』」, 『新華書目報,科普走廊』 728期, 2006.
韓洪波, 「西游記中所見中國古代典籍考」, 『明清小說研究』, 南京：江苏省社会科学院文学研究所, 2012年 第2期.
黃阿明, 「明代學者郎瑛生平與學術述略」, 蘇州科技學院學報(社會科學版) 第26卷 第1期, 蘇州科技學院人文學院, 2009.2.
黃于玲, 「西游記長生術讀解」, 『西華師範大學學報』(哲學社會科學版), 四川南充：西華師範大學, 2005年 第1期.

● 일본

堀誠, 「河童の沙悟淨」, 『ふみくら：本の周邊6』, 『早稻田大學圖書館報』 No.15, 1988.
大木康, 「明末 江南における出版文化の研究」, 『廣島大學文學部紀要』 第50號, 1991.
水尾綾子, 「テレビドラマ, アニメ, 漫畫による『西游記』の受容と變化－三藏法師と沙悟淨を中心として」, 『築紫國文』 25號, 築紫女學園大學短期大學部(國文科), 2002.
中野美代子, 「人參果考－西游記成立史の一斷面」, 『北海道大學人文科學論集』16, 北海道：北海道大學敎養部人文科學論集編輯委員會, 1979.
折口信夫, 「河童の話」, 『古代研究II』, 中公クラシックス, 2003.

찾아보기

인명 및 용어

도서 및 작품

ㅇ

ㅈ